光文社文庫

絶叫

葉《は》真《ま》中《なか》　顕《あき》

光　文　社

目次

絶叫

江戸川NPO代表理事殺害　同居の女、姿消す

江戸川区鹿骨《ししぼね》の住宅でNPO法人『カインド・ネット』の代表理事を務める神代武《こうじろたけし》さん（54）が殺害された事件で、同居の女性が行方不明になっていることが捜査関係者への取材で分かった。

22日未明、女性の声で「家の中で人が死んでいる」との110番通報があり、現場に駆けつけた捜査員が、居間で血を流して倒れている神代さんを発見した。現場には通報者の姿はなく、神代さんは、首筋、胸、腹など全身20カ所以上を刺されており、発見時すでに死亡していた。

神代さんはこの住宅で仕事仲間など複数の知人と同居していたが、事件後、女性が一人行方不明になっているという。通報者の声が女性だったこともあり、捜査当局はこの女性が詳しい事情を知っていると見て、足取りを追っている。

――『毎朝新聞』二〇一三年一〇月二六日付朝刊より

◇　プロローグ

その部屋には、死の海が広がっていた。

国分寺《こくぶんじ》駅の南口から、徒歩一〇分足らず。住宅街の一角に建つ、五階建ての単身者向けマンション『ウィルパレス国分寺』。近年流行《はや》りの落ち着いたモダンデザインで、外壁には白を基調にダークブラウンをアクセントとしたサイディングが施されている。

奥貫綾乃《おくぬきあやの》が四人の男たちを率いてそのエントランスに到着すると、オートロックのスライドドアが内側から開けられた。

小さなエントランスホールに、一見して夫婦と分かる初老の男女がおり、制服を着た若い女性警官に付き添われていた。

綾乃が代表して三人に挨拶をする。

「国分寺警察署刑事課の奥貫です」

同行した男たちが、背後で会釈する気配がした。

女性警官は一礼する。

「地域課の小池《こいけ》です」

まだ顔立ちにあどけなさを残し、二〇代にも見える。最寄りの交番に勤務しているのだろう。

「こちらが、このマンションのオーナーの八重樫《やえがし》さんご夫婦です」

小池に紹介され、頭を下げた二人は、顔色をなくしていた。

綾乃は極力、表情を緩めて、声をかけた。

「このたびはご苦労様です。まずは現場を確認させていただき、のちほど発見時の詳しい状況をお聞かせ願うことになると思います。それまで、こちらで待機していただいてよろしいでしょうか」

「はい、よろしくお願いします」

夫人の方が、絞り出すような声で言った。

相当ショックを受けているようだが、話はちゃんとできそうだ。

「五〇五号室?」

綾乃は小池に確認する。

「はい、エレベーターで五階に上がって、一番奥の部屋です。佐藤《さとう》という者が、現場の保全作業を始めています」

「了解。では引き続きこちらで、八重樫さんたちの付き添いをお願いします」

「はい」

綾乃は男たちと、ホールの隅にあるエレベーターに乗り込んだ。

本日——二〇一四年三月四日、午後二時ごろ、市内のマンションで死体を発見したとの一一〇番通報があった。これを受けた多摩通信指令センターによれば、通報者はマンションのオーナーを名乗る八重樫という男性とのことだった。エントランスにいた八重樫夫妻の夫の方だろう。

音信不通になってしまった住人の部屋を確認したところ、死体を発見したという。部屋のドアは施錠されており、通報者はマスターキーで開けて中に入ったようだ。通報段階では要領を得ない部分が多く、死体の詳しい状況や死因は不明。ただし死亡直後の発見ではない模様、とのことだった。

エレベーターを降りると、まっすぐに延びる廊下の突き当たりのところで、制服警官がブルーシートを張って、部屋の入り口を隠しているのが見えた。

綾乃たちが廊下を進み近づくと、制服警官は手を止めて挨拶をした。

「ご苦労様です」

「ご苦労様です。刑事課の奥貫です」

「地域課の佐藤です」

佐藤は綾乃より少し上、四〇過ぎといったところだろうか。下にいる小池と同じく、最寄りの交番に勤務しているのだろう。

マンションなどの住宅で死因不明の死体が発見された場合、大抵、最初に現着するのは交番勤務の地域課の署員だ。彼らは現場の保存と発見者の確保を最優先で行い、次いで、綾乃たちのような所轄警察署の捜査員が到着次第、事件性の有無を確認する。

今回、署から派遣されたのは五人。

刑事課強行犯係所属で巡査部長の綾乃、同じく強行犯係に所属する巡査で国分寺署の刑事課では最年少の町田《まちだ》、それから鑑識係所属のベテラン野間《のま》と、その部下が二人だ。

階級が一番上で、年齢的にも野間に次ぐ年長者である綾乃が、現場の仕切りを任されている。

この五人で見分を行い、事件性あり（つまり、殺人事件の可能性あり）となれば、本庁《警視庁》にも連絡を入れ、捜査本部を設置して大規模な捜査が行われることになる。

ただし、この通報のようなケースでは、ほとんどそうはならない。

独り暮らしの者が人知れず死んでいる。病死か事故死か、あるいは自殺か、いずれにせよ事件性は低い——近年、東京二三区外の多摩地区では、そんな「孤独死」が爆発的に増加しており、ここ国分寺も例外ではない。

単身者向けマンション、施錠あり、音信不通、オーナーが発見、というのは典型的なパターンだ。一報を受けたとき、綾乃の上司にあたる捜査係長は、ため息をついて「またか」と呟《つぶや》いた。

非婚率の増加、単身世帯の増加、そして高齢化。社会構造の変化が、首都のベッドタウンとして機能していた地区をいつの間にか「孤独死の街」に変えていた。当然の結果なのかもしれないが、対応する警察の方は大変だ。

孤独死は最終的には事件にはならないから、犯人逮捕といった実績《てがら》にもならない。しかし、それが孤独死であることを確認するまでの作業は、相当な手間がかかる。まさに、労多くして功少なしだ。そもそも、警察という組織自体が、孤独死が大量発生する社会を想定してできていないのだ。

そうでなくても、孤独死体の見分は気が滅入《めい》る。

その理由は世間が孤独死というものに抱いているような、一人寂しく死んでいった者への憐《あわ》れみとは関係ない。単純な話、死体が酷《ひど》い状態になっていることが多いのだ。

綾乃はかつて二〇代のころ、警視庁捜査一課の女性捜査班に所属していた。これは性犯罪を始め、女性が被害者になる事件を専門に捜査する部署だ。被害者やその関係者が女性の場合、同じ女性が捜査した方がスムーズに運ぶことが多い。ゆえに女性の捜査員だけで構成されている。そこで綾乃は、鬼畜の所行としか思えない強姦殺人を何度か担当し、その被害者の死体も拝んでいる。犯され、殺された同性の死体は痛ましく、当時は歯を食いしばり、それに向き合った。

孤独死体には、あのころ見た死体のような痛ましさはない。が、その見た目のグロテスクさで言えば、ずっと上だ。

どんな悲惨な暴力を受けた死体でも、死後すぐに発見されれば、それは人の形をしている。しかし人知れず命を失い放置された死体は、人の形を留《とど》めない。虫や微生物の力により、腐り、溶ける。

おそらく人間の生理は、そういう死体を本能的に忌避するようにできている。数々の修羅場をくぐり死体など見慣れたという刑事の中にも、孤独死体にはなるべく遭いたくないと言う者は少なくない。

この現場も御多分に漏れないようで、佐藤は眉根《まゆね》を寄せて言った。

「中、すごいことになってます。飼ってた猫が一緒に死んでいるみたいで」

「了解しました。心してかかります」

鑑識たちが廊下にツールケースとバッグを置き、鑑識作業用のビニールキャップとマスク、手袋、足袋《たび》などを用意する。

綾乃は手早くそれらを身につけると、「では、行きます」と部屋のドアを開けた。

途端、中から、濃厚な臭気が立ちこめる。

人の血と肉と汚物が一緒になって腐るときに発する独特の臭い。死臭。それに獣臭さも混ざっている。これほどの臭いが籠《こ》もり、外にはまったく漏れていなかったことが、部屋の気密性の高さを物語っている。

隣で町田が「うっ」と声を漏らした。

大柄で顔つきも精悍《せいかん》な町田だが、去年、刑事課に配属されたばかりで、まだ死体そのものにも馴《な》れていない。

「しっかりしな！」

綾乃は、ぱん、と町田の背中を叩《たた》いて、発破《はっぱ》をかけた。

「うす」と町田は頷《うなず》く。

玄関を上がるとトイレやバスルームのある短い廊下があり、その先にコンパクトなダイニングキッチン。更にその奥に八畳はありそうな洋間があった。

綺麗に片付いてさえいれば、女性が独りで暮らすには十分快適だろうと思えるその部屋には、しかし死の海が広がっていた。

床一面を、腐り溶けたあとで干からびた動物の肉と、それを餌に繁殖したものの冬を越せなかった蛆《うじ》と蠅《はえ》の死骸、そして大量の獣毛がぐしゃぐしゃに混ざって覆い尽くしていた。海に浮かぶ島のように、猫のものと思われる骸骨がいくつも転がり、一段と多くの虫の死骸にたかられている。

目視する限り、十《とお》前後の猫の死体に囲まれて、部屋の真ん中に人のものと思われる亡きがらが一つ。

その頭部は、頭皮の一部と髪の毛を残して肉がない髑髏《されこうべ》となり、手足も白骨化している。胴の部分にはまだ多少肉が残り、女物のチュニックにくるまったまま、干からびているようだ。背の低いガラス製のテーブルに突っ伏すような姿勢をとっている。

もしかしたら、女が独り、たくさんの飼い猫に囲まれて安らかに死を迎えたのかもしれない。しかし、綾乃の目の前に広がる光景は、まるで異常者が拵《こしら》えた芸術作品のようだ。

「これ食べられちゃったパターンだなあ」

鑑識係のベテラン、野間が部屋を見回しながら言った。

「そのようですね」と綾乃は相づちを打つ。

「あの、食べるって？」

背後から、町田が尋ねる。まだ、こういう現場を経験していないから、分からないのだろう。

「猫よ」綾乃が答えた。「あいつら肉食だからね。閉じ込められて腹が減ったら、仲間だろうが、飼い主だろうが食べるの。服に覆われているところが骨になっていないのはそういうわけ」

「そうなんすか……」町田は頷きながら、顔をしかめた。

野間が「パターン」と言うように、孤独死した者がペットに食われて、一部白骨化した死体として発見されるのは、最近ではさほど珍しいことではない。

独り暮らしの人がペットを飼う理由には、多かれ少なかれ寂しさを埋めるためというのがあるだろう。ペットを単なる愛玩動物ではなく、家族の一員だとする考え方も最近では一般的だ。死後、そんな存在に食われてしまうのは、ずいぶんと悲しい最期《さいご》のように思えてしまう。

「結構、近いかもしれませんね？」

綾乃は野間に尋ねた。死亡時期のことだ。

人間の死体が骨になるまでの期間は環境に大きく左右される。マンションのように気密性の高い住宅では、白骨化するまでは一年以上かかるのが普通だが、ペットに食われたのなら、それよりずっと早い。

「つってもこんだけ干からびてんじゃや、四、五ヶ月は経《た》ってそうだけどな」

「暖房、ついてませんよね？」

「ん？　ああ、そうだな」

野間はすぐに意味を理解した様子で頷いた。

真夏や真冬に死亡した孤独死体は、エアコンがかけっぱなしの部屋の中で見つかることが多い。そうでないということは、比較的過ごしやすい季節に死んだことが窺《うかが》える。死体が身につけている服の感じからしても、死亡したのは去年の秋ではないだろうか。

「死因はどうでしょうか？」

「うーん、ちょっと無理じゃねえかな」

「ですよね……」

死体の大半は、すでに猫に食われ、消化され糞尿としてまき散らされてしまっている。これでは死因を特定するのはまず不可能だろう。事件性の有無については、死体以外の遺留品や部屋の鑑識結果から推測するよりない。

部屋の入り口の脇にある背の低いチェストの上に、小物入れ代わりにしているのだろう、水の入っていない金魚鉢があり、中に公共料金の領収証らしき紙の束と、銀行の通帳が無造作に突っ込まれていた。

綾乃は通帳を手に取り開いてみる。最後に記帳されたのは昨年の一〇月だ。やはり、このくらいの時期に死亡したのだろうか。

大きな金の動きはなく、細々《こまごま》とした入出金の記録が並んでいる。毎月二〇万円前後の入金があるが、これは給料だろうか。しかし普通の勤め人なら、もっと早くに会社の人間が確認するなりして、発見されていたのではないか。アルバイトだったのだろうか。社名などの記載のない現金振り込みで、通帳からは勤め先は判別できない。公共料金は自動引き落としで、家賃も自動送金にしていたようだ。昨年一〇月の時点で残高は一〇〇万近くあり、死後も光熱費と家賃の支払いは、滞りなく続いていたと思われる。このことも、発見が遅れた一因だろう。

通帳の名義は――、鈴木陽子《すずきようこ》。

金魚鉢に一緒に突っ込んであった領収書類を見ると、宛先の欄には、この部屋の住所とともに、同じ氏名が印字されていた。

ねえ、あなたは、鈴木陽子っていうの？

綾乃は猫に食われて骨になってしまった女に視線を移し、胸の裡《うち》で問うてみたが、無論、答えなど返ってくるはずもなかった。

第1部

◆

1

声が、聞こえる。

あなたの名前を呼ぶ、声が。

――陽子、

あなたが生まれたのは一九七三年一〇月二一日。

まだ年号は昭和で、電話を携帯することができなかった時代。海の向こうで起きた戦争の影響で、トイレットペーパーが手に入らなくなるという噂がまことしやかに飛び交っていた、秋のことだ。

あなたの故郷、Q県三美《みつみ》市は、西側と北側は海に面し、東側と南側を山地に囲まれているため、海からの風で流れ込んできた湿った空気が雲になって停滞しやすい。一年の半分は雨が降るし、そうでない日も大抵は鈍色《にびいろ》の雲が空を覆う町だ。

けれど、その日は雲一つない晴天に恵まれたという。

そんな貴重な一日にあなたが生まれたというのは、もちろん偶然以外の何ものでもない。しかしこの世から偶然を剝《は》ぎ取ってしまえば何も残らないだろうし、その偶然に運命や縁《えにし》を読み取るのが人間という生きものかもしれない。

あなたは、母から聞かされた。

「あんたが生まれた日は、よく晴れていてね。それで、お父さんが、名前は『陽子』にしようって言ったのよ。安直よねえ。私、笑っちゃったわ。まあ、お父さんらしいっちゃ、らしいけど」

第二次ベビーブームのピークで二〇九万人もの子どもが生まれたこの年、女の子に付けられた名前で最も多いのが、実は「陽子」だった。母が安直と笑ったあなたの名前は、一番ありふれた名前でもあった。

そして、母はこの話をするときいつも、余計なひと言を付け加えるのを忘れなかった。

「まあ、私は、本当は男の子が欲しかったんだけどね」

裏を返せば女の子なんて——つまり、あなたなんて——いらなかった、とすら取れる言葉を平気で投げつけてきた。

あなたの母は、そういう人だった。


あなたを産んだとき母は二四歳。父は二つ上の二六歳。両親ともに終戦直後の第一次ベビーブームで生まれた、いわゆる団塊の世代だ。

二人とも長野県の出身で、Q県で暮らすようになったのは結婚してからだという。

母は幼いころから勉強が得意で、中学三年のときに学校の先生から「将来的には大学進学も夢じゃない」と、県立の進学校を受験することを勧められたという。しかし母は学問よりも料理や裁縫といった家政教育に力を入れている女子校へ進学し、その後、高卒で大手建築資材卸会社の長野支社に事務員として就職した。

あなたは、母から聞かされた。

「私のお父さん――あんたにとっては、お祖父《じい》ちゃんね――、あんたが生まれる前に死んじゃったけど、すごく厳しい人だったのよ。消防団の団長をやっててね。何かっていうとすぐに拳《げん》骨《こつ》が飛んでくるの。女だって平気で殴るんだから。そのお祖父《じい》ちゃんに、言われたの。『大学なんぞいかんでええ、女が知恵付けてどうする。過ぎたる学問は毒じゃ』って。いまじゃ時代おくれに聞こえるかもしれないけれど、昔はそれが普通だったのよ」

父もまた高卒で母より二年先に同じ会社に就職していて、二人は出会った。

団塊の世代というと、学生運動のイメージが強いが、当時の大学進学率は男子で二〇パーセント弱、女子にいたっては五パーセント程度しかない。大部分の若者は、理想社会の夢など見る間もなく、実社会へ出て働いていた。

のちに夫婦となる二人の交際が始まったのは、母が二〇歳のときだ。

まだ男女雇用機会均等法も、一般職と総合職の区分もなかった当時、多くの女にとって「会社」というのは、形を変えたお見合いの会場で、お茶くみや雑用を中心とした「仕事」というのは、形を変えた花嫁修業に他ならなかった。

交際が始まり一年が過ぎたころ、父がQ県Q市にある本社へ主任として抜擢《ばってき》されることになった。これが背中を押す形で、二人は結婚し、夫婦だけの新しい生活を始めることになる。母は職場を離れ、専業主婦になった。

あなたは、母から聞かされた。

「私とお父さんはね、結婚したのと同時にQ県《こっち》に引っ越して来たの。ちょうどあのころ、Q市で大規模開発が始まってね、会社はその仕事を請け負って急に人手不足になったの。だから、お父さん、高卒でも二〇代で本社の主任になれたのよ。私は結婚したら仕事を辞めて家庭に入るって決めていたわ。だって男が外で働いて、女は家を守るのが、やっぱり一番じゃない」

あなたが生まれたのは、父と母が結婚して三年後の秋だった。

比較的身体は丈夫で、乳幼児につきものの急な発熱などはほとんどなく育ったあなただったが、一歳半のときに受けた乳幼児健診で、先天性股関節脱臼と診断された。この疾患は女の子に多く、頭に「先天性」と付くけれど、実際はほとんどが後天的な要因で、まだ固まりきっていない赤ちゃんの股関節が外れてしまうというものだ。

あなたの場合、原因はおむつだった。使い捨ての紙おむつはまだコストパフォーマンスが悪くて布おむつが一般的だったこの当時、海外で流行しているお洒落《しゃれ》なおむつのあて方だとして「三角おむつ」なるものが婦人誌などで紹介されていた。これは、柄の入ったおむつを三角に折って、股に巻き付けるようにして留めるというものだ。確かに見栄えはいいし、隙間ができにくく漏れにくいというメリットもある。けれどその反面、股関節の動きが不自然に制限され、脱臼しやすくなるのだという。

あなたは、母から聞かされた。

「あんたには、本当に苦労させられたわ。きかん坊で、一度泣き出したら、なかなか泣きやまないし。丈夫なのだけが取り柄なのに、変な病気になるし。お医者さんは、おむつが悪いって言ってたけど、三角おむつの子なんて、他にもいっぱいいたもの。やっぱり、あんたがちょっとおかしかったのよ」

あなたが生まれてから二年と少し、一九七六年の二月に、弟の純《じゅん》が生まれた。生まれ年は三つ違うが、早生まれなので学年は二つ違いだ。

弟の名前は、父ではなく母が付けた。

純粋に育って欲しいから、純と。

母は、命名本を何冊も買ってきて、他にも、晃《あきら》、真司《しんじ》、琢磨《たくま》、隆一《りゅういち》、智仁《ともひと》、謙《ゆずる》など、二〇以上の候補を挙げ、その中から吟味に吟味を重ねて、純という名前を選んだのだという。

あなたは、母から聞かされた。

「待望の男の子でしょう。私、嬉しくてねえ。ああ、私はこの子を産むために生きてきたんだって、思ったものよ」

その純は生まれつきあまり身体が丈夫でなく、すぐに熱を出したり、食べたものを吐いたりしていた。季節が変わるごとに風邪をひき、三九度を超える高熱も頻繁に出すような子だった。

三歳のときにはアトピー性皮膚炎も発症し、以来、身体中に発疹が出るようになった。

あなたは、母から聞かされた。

「純ちゃんは、あんたと違って、小さなころから繊細だったのよ。その分聡《さと》くて、言葉を喋《しゃべ》るのもあんたよりだいぶ早かったし、まだ幼稚園のときに九九も憶えちゃったのよ。先生に『純くんはとても賢いですね』なんて誉められてたっけ」

地方都市の開発が急ピッチで進められていた一九七〇年代、父の勤める会社は順調に業績を伸ばしていった。二度のオイルショックが発生し、世間では原油価格の高騰と歩調を合わせるようにインフレが起きていたが、父の給与はそれを上回るペースで上がっていたようだ。

父が三美市の住宅街にマイホームを建てたのは、純が生まれた翌年のことだった。

あなたは、母から聞かされた。

「私ね、純が生まれて家族が四人になったとき、とにかく早く家を建てようって言ったの。お父さんは『もうちょっと土地の値段が下がるまで待とう』なんて言ってたけど、いつ下がるかなんて分かんないじゃない。ローンだって若いうちに組んだ方がいいに決まってるしね。だからね、私、一生懸命お父さんを説得したのよ。案の定、あれからずっと土地も物価も上がり続けていったんだから。あのとき建ててなかったら、もっと小さい家に住むことになっていたわ」

あなたには、小さなころ、四歳くらいまでの記憶はほとんどない。

あなたがものごころ付いたとき、すでにあなたの家は、サラリーマンの父と、専業主婦の母、長女のあなた、長男の弟という、当時としては典型的かつ標準的な核家族《ニュー・ファミリー》で、三美市の住宅街に父が建てた庭付き一戸建てに住んでいた。

あなたが母から聞かされた知識ではなく、記憶として持っている一番古い思い出は、小学校に上がる前、五歳の夏に、神社で催されていたお祭りに行ったことだ。

まだかすかに陽《ひ》が残る藍色の空に、赤い提灯《ちょうちん》が幾つも連なって浮いていた。その上に花火が上がり、ひゅう、どん、という音と共に、色とりどりの大きな花を咲かせていた。

境内《けいだい》にはオレンジ色の白熱灯を提げた屋台がずらりと並び、そこかしこから呼びこみの声と、小麦粉や砂糖が焼けるいい匂いが漂っていた。

あなたは親にせがんで金魚掬《すく》いをしたけれど、一匹も捕ることができずに泣いてしまった。するとダルマのようにずんぐりむっくりしたテキヤのおじさんが、小さな金魚を一匹掬ってビニール袋に入れると、「お嬢ちゃん、ほら、これもってき。残念賞や。だから泣きやみや」とあなたに差し出した。

「ありがとう！」

おじさんから、金魚を入れたビニール袋を受け取るとき、あなたは、あれ？　と思った。

一、二、三、四、五、六――、何度数えても六本ある。おじさんの浅黒い手には指が六本生えていた。

おじさんは、あなたが自分の手をじっと見ていることに気づき、ニヤリと笑って言った。

「へへへ、ええやろ？　神さんが一本余計にくれたんや。太閤さんと同じなんやで」

この六本指のおじさんからもらった金魚は、家に持ち帰り、金魚鉢に移して飼うことになった。

お祭りの魔法のように暖かな光の下では、鮮やかな朱色で、とても可愛らしく見えたはずの金魚は、しかし蛍光灯の下で改めて見てみると、どこかくすんでいて貧相な感じがした。あまり元気がなく、いつも鉢の底で息苦しそうに口をぱくぱくさせながら、その小さな身体を漂わせていた。

そんな金魚を見て、母は言った。

「この金魚、なんかあんたみたいねぇ」

母がどういう意味で言ったのかは分からない。けれど、幼いあなたは、母の言葉をそのまま受け止めた。

ああ、この金魚は、私なんだ。

そう思うと、貧相に見える金魚にも不思議と親近感が湧いてきた。

あなたは毎朝、起きたら一番に金魚鉢の様子を見にゆき、もう一人の自分に「おはよう」と声をかけ、夜寝る前にも「おやすみなさい」と声をかけた。

しかし、もともと弱っていたのだろう。その金魚は、五日もしないうちに、死んでしまった。

朝、白い腹を向けて水面に浮かんでいるのを、あなたが見つけた。

「金魚さん、死んじゃった」

キッチンで洗い物をしていた母に告げた。

幼いなりにあなたは、命あるものが「死」によって動けなくなることや、それがとても悲しいことなのだということ、そして死んだものはお墓に埋めてあげるのだということを理解していた。だから、母が庭に金魚のお墓を作ってくれることを期待していた。

しかし母は、「死んじゃったの。嫌ねえ」と、悲しむ様子などみじんも見せずに、キッチンペーパーを使って汚物を摑むように金魚の死骸を鉢から拾い上げて、ごみ箱に棄《す》てた。

あなただと言ったはずの、金魚を。

あなたは、無性に悲しく惨めな気持ちになり、わんわんと声をあげて泣いてしまった。

母はそんなあなたを見て苦笑いすると「あらあら、しょうがない子ね。また来年のお祭りでもらいましょうね」と、丸っきり見当外れの慰め方をした。

あなたは、せめて地面に埋めてあげようと、ごみ箱から金魚を拾い上げて、プラスチック製の玩具のスコップを持って庭へ出た。

あなたが穴を掘ろうとして金魚を地面に置いた、そのとき。

さっと何かの影が通り抜けたかと思ったら、金魚がいなくなっていた。

真っ黒い四本足の獣――、猫だった。

黒猫は金魚を咥《くわ》え、跳ぶように走り、どこかへ消えてしまった。

あなたや弟が幼いころ、その面倒をみるのは、もっぱら専業主婦の母の役割だった。

県庁所在地のQ市に新設されるターミナル駅の建設と、その周辺市街地の開発に関わっていた父は、仕事が相当に忙しかったようで、毎日、あなたが起きる前に出社し、あなたが寝た後で帰宅していた。休日出勤や泊まりがけも多く、あなたが家で父と顔を合わせるのは週に一度あるかどうかといったところだった。

父が仕事をしているということを知識としては知っていても、その意味や価値まではよく分からないあなたにとって「親」とは、ほとんど母一人のことだった。

母は小柄ながら、美人と言って差し支えのない整った容姿をしていて、あなたは幾度となく、よその人から「お母さん、綺麗でいいわね」などと言われた。

母は家事もよくこなし、家の中はいつもぴかぴかだったし、美味《おい》しいご飯を毎日食べさせてくれた。その上、とても物知りで、あなたのちょっとした疑問にはすぐ答えてくれ、勉強を見てくれたりもした。

幼いあなたにとって、美しく、賢く、なんでもできる母の存在は、空や太陽といった世界そのものと同じほど大きく、絶対的だった。

多くの子どもがそうであるように、あなたは母の傍《そば》にいるときが一番安心できたし、母のことが大好きだった。

あなたが小学校に上がると母は「これからは、女の子もしっかり勉強しなきゃ駄目よ」と、市販のドリルの類《たぐい》を何冊も買ってきて、毎日あなたにやらせた。

二年遅れで弟の純が小学校に上がると「純ちゃんは、男の子なんだからお姉ちゃんの何倍も勉強しなきゃ駄目よ。お父さんの会社でも偉くなる人は、みんないい大学出ているんだから」と、同じようにドリルをやらせた。

あなたの住んでいた町内では夕方の五時になると夕焼け小焼けのチャイムが鳴る。それが、合図だった。あなたたち姉弟は、毎日この時間になると、机に向かうことを義務づけられていた。世界と同じ大きさの母《ひと》がそう決めた。

けれどあなたは、だんだんとこのドリルの時間を苦痛に感じるようになっていった。

学年が上がっていくにつれて、あなたは自分がそんなに勉強が得意ではないことに気づき始めた。別に苦手というわけではない。学校で習ったことは、だいたい分かる。つまり人並み、「平凡」だ。

対して弟の純は「平凡」よりだいぶ賢く、小学校くらいの勉強なら、教科書を一度読んだだけで、だいたいではなく完璧に理解してしまった。

あなたが高学年に上がるころには、純とのできの違いは、如実に表れるようになった。

純は学校でやるテストも、母から与えられたドリルも、一問も間違えずに常に満点を取る。

母はそんな純を笑顔で誉めた。

「さすがね、純ちゃん。私もこんなにはできなかったわ。きっと純ちゃん、天才なのね」

一方であなたは、テストもドリルも、常にそこそこだ。丸っきりできないわけじゃないが、満点でもない。それでは母は満足してくれなかった。

母はあなたに対しては、いつもため息をついて、あきれたような顔で薄く笑った。

「駄目ねえ」「どうしてできないの」「純ちゃんはこんなにできるのに」

けなし言葉を吐きながら、しかし感情露《あら》わに怒るわけでなく、笑うのだ。それは純を誉めるときに向ける笑顔とはまったく別のものだった。

あなたには、母から目一杯誉められた記憶も、真剣に叱られた記憶もほとんどない。あるのは、ため息をつきながら、あきれたように冷たく笑われた記憶ばかりだ。

幼いなりに、あなたにも分かっていた。母がこんな態度をとるのは、自分が母の期待に応えていないからだと。

大好きな母からの期待、すなわち世界からの期待。それに応えられないということには、心がぺしゃんこになってしまうような、寂しさと悲しさがあった。

やがてあなたの耳には、ドリルの時間を告げるどこか寂寥《せきりょう》を誘うあの夕焼け小焼けのメロディが、よりもの悲しく聞こえるようになった。

どうして私と純はこんなに違うんだろう？

あなたはときどき、真剣にそのことを考えた。

あなたと純は同じ家に生まれて、ほとんど同じ生活をしている。勉強している時間にだって差はないはずだ。なのに、純はよくできて、あなたはそうでもない。その一方で、純はすぐに風邪をひいたり、熱を出したりして学校を休むが、あなたはそんなこと滅多にない。

神様は、純の頭をよくした分、身体を弱くしたのだろうか？

けれど、それはまったく帳尻の合っていない話だった。なぜなら、そのどちらも、母に好かれる属性なのだから。

賢くて病弱な純は、母に特別愛された。それは世界に愛されることに等しい。

母はすぐに体調を崩す純の面倒をかいがいしくみた。「純ちゃんは繊細だから、色々気をつけなきゃねえ。大丈夫、私が守ってあげるわ」と、毎朝熱を測り、三七度を少しでも超えたら、学校を休ませ、おぶって医者に連れて行った。

いつだって母は、純のことばかり考え、純のことばかり誉め、純のことばかり心配していた。

他方、頭のできは平凡で身体はそこそこ丈夫なあなたに対して母は淡泊だった。

あなたが珍しく風邪をひいたときなどは、一応、面倒をみてくれるのだが、純に対するそれと違い「まったく、しょうがないわねえ」と、いかにも面倒臭そうに、市販の風邪薬を与えるくらいだった。

はっきり言ってしまえば、愛を感じなかった。

もちろん、子どものあなたに「愛」などという形而上《けいじじょう》を理解できたわけではない。しかし、酸素を理解できなくても、それがなければ苦しくなるのと同じように、身体で分かった。母が純に微笑《ほほえ》むときにある温かなものが、あなたを笑うときにはない、ということが。

母から笑われるたびに、あなたは、水の中に落ちたような息苦しさを覚えた。そして、自分が金魚鉢の底を這《は》いずっていたあの小さな金魚になったような気分を味わった。

やがてあなたは、母は、あなたに対してだけでなく、およそこの世のありとあらゆることに対して、同じような態度を取っていることに気づくようになった。

純だけが、例外だったのだ。

母が心からの笑みを浮かべるのは、純に対してだけだ。母が誉めるのは、純のことだけだ。

純以外はなんであれ、いいことに対しても、悪いことに対しても、いつだって母は、ため息をついて、それから、あきれたように笑うのだ。

あなたにも、ため息とともに笑みを浮かべる母が、楽しいわけでも嬉しいわけでもないことは分かっていた。

冷笑、失笑、嘲笑——そういう熟語を知るより前に、あなたはこの世に「不機嫌な笑み」というものがあることを母の態度から教わった。

そんな母の口癖は「幸せ」だった。

「真面目で働き者のお父さんと結婚できて、子宝にも恵まれて、いいお家《うち》で暮らせて、私は幸せ者だわ」

食事をしているときやテレビを観ているとき、よく母は、なんの脈絡もなく、そんなことを口にした。

嘘ではない。

毎日残業をする父は確かに真面目で働き者だ。あなたと弟、二人の子宝に恵まれた。庭付き二階建てのマイホームもある。

すべてそのとおりだった。しかし母が言葉で「幸せ」と言うとき、あなたはそわそわと落ち着かない気分になった。

当時のあなたは自覚できていなかったが、きっと幼心に気配がしたのだ。

本当の本当に幸せなら、いちいち言葉にして確認なんかしない。本当の本当に幸せなら、ため息をついて不機嫌な笑みを浮かべたりしない。

母が「幸せ」という言葉の幕で覆い隠したどこかに、何か不穏なものがある――そんな気配が。

母は時折、その「幸せ」の幕の中に子どものことも引き込んだ。

「純ちゃん、陽子、あなたたちはいいわね、こんなに豊かな国の、こんなに豊かな時代に生まれて。アフリカの貧しい国では、あなたたちくらいの小さな子が飢えや病気で死んでいるんだから。毎日ご飯が食べられるってだけで幸せなのよ」

小学校の廊下に貼ってあるユニセフのポスターで、世界のどこかに、想像を絶するような貧困があることは、あなたも知っていた。ポスターに印刷された、肌の黒い半裸の少年の写真と「三秒に一人、子どもの命が失われています」という文言を見るたびに、あなたの心は痛んだ。

母は正しい。

あの子に比べたら、私はきっと幸せなんだ。

「この日本だって、私が子どものころは、とても貧しかったのよ。洋服なんてなくって、私はモンペで学校行ってたの。給食は毎日、鯨の肉と脱脂粉乳――って言っても、いまの子には分かんないでしょうね、どっちもすっごく不味《まず》いんだから。あれを食べなくていいだけでも、幸せなのよ」

かつてこの国に酷く貧しい時代があったことも、あなたは知っていた。学校でも、年嵩《としかさ》の教師が、いかに昔は大変だったかという苦労話をよくしていた。

やはり、母は正しい。

昔の子どもに比べたら、私はきっと幸せなんだ。

でも、それは言葉に過ぎなかった。

手の届かない遠い国や遠い時代の不幸せと比較して拵えた「幸せ」は、やはり手の届かない頭の中の言葉としてしか存在しなかった。

けれど母は繰り返した。

「私も、あなたたちも、本当に幸せなのよ」

ため息をつき、あの不機嫌な笑みを浮かべながら。

いつのころからだろうか。

あなたが、そんな母のことを、むしろ疎《うと》ましく思うようになったのは。

やはり、一般的に反抗期を迎えるという思春期のころからだろうか。

胸が膨らみはじめ、生理が始まり、身体が大人に近づくにつれて、あなたの心は他の誰とも違う、「自分」というものを強く意識するようになった。

家の中よりも、学校や友達といった家の外で、多くのことを学ぶようになった。それとともに、かつては世界そのものほどもあった母の大きさは、相対的に縮小していった。

あなたは次第に、母に対して不平不満や懐疑を抱くようになった。

たとえばあなたは、母がいつも純にばかり愛情を注ぎ、あなたに対しては不機嫌な笑みしか向けてくれないことを、悲しいとか寂しいと感じるだけでなく、不当でずるい、えこひいきだと思うようになった。

また、母があまりちゃんと家事をしていないことや、本当はびっくりするくらい物知らずなのだということにも気づいた。

人目を気にする母は、玄関とリビングだけはぴかぴかにしていたけれど、寝室や二階の部屋は、月に一度掃除機をかければいい方で、いつも散らかっていた。食卓に並ぶ食べ物は、ほとんどが店屋物かスーパーで売っているお総菜だった。そして、「アメリカの首都はニューヨークに決まってるじゃない」とか、「月極《ゲッキョク》さんって、ずいぶんたくさん駐車場を持っているのね」なんて冗談みたいなことをよく真顔で言っていた。

別にそれ自体が悪いわけじゃない。ただ母は、妙な見栄の張り方をするのだ。自分だって大してできてないくせに「昨日、木村さんの家に行ったんだけどね、汚いったらありゃしないの。やっぱ、働いている人はだめよねえ」なんて勝ち誇ってみたり、ただ皿に盛っただけの料理を「腕によりをかけてつくったのよ」などと、さも自分の手料理のように言ってみたり、また、間違いを指摘されても絶対に認めず「そんなの分かってたわよ！」などと逆に怒る始末だった。

なんなの、この人？

心と身体が成長するにつれて、あなたの中で、少しずつ母の存在は変質していった。

あなたが生まれて初めて自覚的な恋に落ちたのは、中学生になってすぐのことだ。

中学校には、全生徒が何かしらの部活に入らなければならない決まりがあり、あなたは、美術部に入部することにした。

特別美術に強い興味があったわけではない。芸術家といえばピカソと、前にテレビCMで「芸術は爆発だ！」とやっていたおじさんくらいしか知らなかったし、小学生のときに図工が得意というわけでもなかった。

強《し》いて言えば、部員に女子が多くて入り易《やす》かったのと、廊下に貼ってあった「美術部　新入部員募集中！」のポスターに描かれていた海の絵が、とても綺麗に見えたからだ。

美術部の活動はものすごくゆるくて、放課後の美術室で各人が思い思いに好きなものを描いたり、作ったりしていいことになっていた。それで、特に自分で気に入った作品を秋の文化祭で展示するのだという。

自由にやっていいと言われても、ほとんどの一年生は未経験者で何をしたらいいのか分からない。そこで一学期の間は、顧問や先輩がついて、基礎的なデッサンなどのやり方を教えることになっていた。

このとき、あなたについたのが、一学年上の山崎《やまさき》という男子の先輩だった。

美術部には、名簿の上では男子と女子がほぼ同数いたが、男子のほとんどは帰宅部代わりに籍だけ置いている不良《ヤンキー》で、滅多に部活には出てこなかった。そんな中、山崎は熱心に活動する数少ない男子部員の一人だった。

背が低く痩せっぽちで、青白い顔に度の強い黒縁メガネをしていた山崎の第一印象は、「なんだか冴《さ》えない人」だった。そうでなくても、どうせ教わるなら、男子より女子の先輩の方がよかったと、あなたは思った。

けれどこの山崎は、実際に接してみると、とても人当たりがよく、絵のことも丁寧に教えてくれた。

「いいかい、まずは、いきなり上手《うま》く描こうなんて思わないこと。っていうか、ヘタッピでも全然いいから、落書きするくらいの軽い気持ちで描けばいいよ。ただし、モチーフは、よく見ること。上手く描けなくてもいいから、とにかく、よく見るんだ」

山崎に教わっていると、この人は本当に絵が好きなんだということが、とてもよく伝わってきた。

「上手く描けなくてもいい」とか「気楽に描けばいい」と言う山崎自身は、部でも一、二を争うほど絵が上手く、いつだって真剣だった。ほとんど毎日、一番乗りで美術室へやってきて、一番最後までスケッチブックやキャンバスに向かっていた。

そんな山崎に絵を教わることは少しも苦ではなく、それどころか、あなたは心地よいと思うようになっていった。

山崎とあなたは、家の方向も一緒だったので、部活のある日は自然と途中まで二人で一緒に帰ることになった。最初のうちは、黙々と歩いているだけだったが、ひと月もして打ち解けてくると、互いに色々なお喋りをするようになった。いつの間にかあなたは、その時間を一日のうちで一番楽しいと感じるようになっていた。

あるとき、あなたはなんとなく山崎に尋ねてみた。

「山崎先輩は、小さなころから絵、習ったりしていたんですか？」

「いや、ちゃんとしたデッサンとかやるようになったのは、中学で美術部に入ってからだよ」

「そうなんですか？」

あなたは驚いた。自分があと一年で、いまの山崎くらい上手くなれるとは到底思えない。

「あ、でも、イラストとか漫画なら、幼稚園くらいのころから描いててさ。独学っていうか、『漫画の描き方』みたいなのを読んで自分なりに勉強はしてたけど」

「漫画、ですか」

そういえば、小学校のときのクラスメイトでも、ノートに漫画を描いている子はいた。山崎もああいうのをやっていたのか。

「うん。僕さ、将来は漫画家になりたいんだ」

山崎は少し照れくさそうに言った。

あなたは、彼がこういう話をしてくれるのが、なんだかとても嬉しかった。

「へえ」

「いつか、ちゃんとインクを使ってケント紙に描いて、出版社の賞に出そうと思うんだ」

「賞って、中学生でも出せるんですか？」

「もちろん。誰でも出せるんだよ。まあ、いきなりは取れないかもしれないけど。でも賞が取れなくても、見所がある人には、担当の編集者がついてデビューを目指すことになるんだって」

「すごいですね」

「すごくないよ。だって、まだその賞に出す漫画だって描いていないんだから」

「いや、すごいですよ」

あなたは本心から思った。自分と一つしか違わないのに、そんなふうに具体的な将来の夢があるなんて、すごい。それに山崎くらい絵が上手ければ、漫画家にだってなれるような気がした。

「鈴木は？　どうして、美術部に入ったの」

今度は山崎があなたに尋ねた。

「え、あ……、私は、本当になんとなくで……、あの、部員募集のポスター見て、綺麗だなって思って」

あなたは、大した理由がないことが申し訳ないような気分で答えたのだが、山崎は嬉しそうな声をあげた。

「え、マジで？　あのポスター、僕が描いたんだよ！」

「そうだったんですか」

あなたは勝手に顧問の美術教師が描いたものだとばかり思っていた。が、確かに山崎でもあのくらい描けそうだ。

山崎は満面の笑みを浮かべた。

「すげー嬉しい！　だって、僕の描いた絵が人を動かしたってことでしょ。描いてよかったぁ」

このとき、あなたはなぜか自分の顔が赤く火照《ほて》っているのに気づき、自分の気持ちを自覚した。


私、この人のこと、好きになっちゃったんだ。


時は、日本社会がのちにバブルと呼ばれる空前の好景気の入り口にさしかかろうとしていたころ。

東京の一等地を中心に土地や株の価格が実質を越えた上昇を始め、この国のいたるところで泡《あぶく》のようなお金が、ぶくぶくと湧き出していた。

あなたの父の会社は、これを追い風にますます業績を伸ばしていたのだから、あなたも間接的にはバブルの恩恵を受けていたと言えるのかもしれない。けれど中学生のあなたには、直接その泡を実感できるようなことは何もなかった。

初恋の真っ最中だったあなたにとっては、日経平均株価よりも、公定歩合の引き下げよりも、髪型が上手く決まらないことのほうがずっと一大事だった。

朝、鏡の前で二〇分も三〇分も、ああでもないこうでもないとやっていると、母はそんなあなたを、小馬鹿にするように笑った。

「あんた元がぱっとしないんだから、どうやったって、大して変わらないわよ」

どうして、お母さん《このひと》は、こういうことを言うんだろう。

「うるさいなあ、黙っててよ！」

あなたが言い返しても、いつだって母は悪びれず「はいはい」と笑うばかりで、また次の朝も同じようなことを言うのだ。

もっとも、母の言っていることは事実の一側面なのかもしれない。

鏡の中にいる少女は、確かにぱっとしなかった。

ブスではないと思いたいが、お世辞にも美少女とは言えない。たぶん「平凡」という表現が一番ぴったりくる。

美醜というのは不思議なもので、僅《わず》かなバランスのずれが、決定的な差を生んでしまう。

あなたの顔立ちは、誰もが美人と認める母と似て整ってはいた。けれど、ほんの少し鼻が上を向いていたり、目が離れていたり、輪郭が丸みを帯びていたりするおかげで、全体的にのっぺりと、実に凡庸な印象を与えるのだ。

平凡でぱっとしない、私。

どうしてこんな顔に生まれたんだろう？

どうしてお母さんは美人のくせに、私を同じような美人に産んでくれなかったんだろう？

自分に自信がないからか、あなたは思いを伝えるだけの勇気を持てず、恋心を持てあました。

やがてあなたは、夜、布団の中でこっそりと、それを紛らわすようになった。

自分の身体に触ったりこすったりすると、気持ちよくなる部分があることは、ずっと前から知っていた。たぶん最初に気づいたのは、小学校の体育の授業で登り棒をやったときだ。棒を股に挟んで滑り降りたとき、謎の快感が身体を貫いた。

幼いなりにそれが恥ずかしいことだというのは分かったから、誰にも言わなかったけれど、以来、あなたはときどき、登り棒で遊ぶふりをして、その快楽を味わっていた。

が、自分の指を使って、積極的にそれを掘り起こすようになったのはこのときからだ。恐る恐る乳首と性器の周りをさすったくらいだけれど、それでも十分な気持ち良さと切なさが込み上げてきた。

行為の間、あなたは、ずっと山崎のことを考えていた。

中学生にもなれば、愛し合う男女が何をするのかとか、どうやったら子どもができるのかは、もう大体分かっている。けれど、たとえば山崎の裸を具体的に想像することはできなかった。

あなたの頭に浮かんだのは、山崎の声と、笑顔、そして絵筆を握るその指先だけだ。あなたの妄想の中で、肉体を持たない「断片的な山崎」があなたを優しく愛撫してくれた。

あなたは、恋しい人を淫靡《いんび》な妄想に登場させて自分で自分を慰めることの、後ろめたさと表裏一体の悦《よろこ》びを貪《むさぼ》った。そして、自分の体内に保健体育の教科書には載っていない女の官能が、いつの間にか育まれていたことを知った。

そんなあなたの初恋は、しかし一年ほどで、あっけなく幕を閉じることになる。

国鉄が分割民営化を果たした一九八七年、あなたは中学二年生に、山崎は三年生になった。

あなたはこの一年間、ほとんど休まず美術部の活動に参加していて、そのおかげでそれなりには絵が描けるようになってきていた。

けれど、あくまでそれなりであり、一年前の山崎の絵といまの自分の絵を比べれば、やはり足もとにも及ばない。それどころか、あなたと同じようにまったくの初心者だった同級生の中にも、あなたよりだいぶ上手くなっている子もいた。

子どものころからあなたと同じくらい勉強していた純が、あなたよりよい成績を取るのと一緒で、努力や修練の量と、結果は必ずしもイコールではない。

ただ、あなたにとって、それはそんなに重要ではなかった。はっきり言ってしまえば、部活に参加しているのは絵を描くためではない。山崎と同じ空間と時間を共有するためだ。

あなたはずっと山崎への恋心を秘していたが、先輩後輩の関係としては良好で、だいぶ気心が知れた感じになっていた。

あなたがキャンバスの前で悩んでいると、ひょいと顔を出して「ここ、こうしたら？」とアドバイスをくれたり、二人で道を歩いているときはさり気なく車道の側を歩いてくれたり、山崎があなたのことを憎からず想ってくれているんじゃないかと、期待を抱いてしまうことも少なくなかった。

もちろん、単に後輩に優しくしてるだけという可能性も十分あるわけで、この楽しい時間が壊れてしまうかもしれないと思うと、すぐに告白するなんてことは考えられなかった。

でも、次の春、山崎先輩が卒業するときには……。

卒業してしまえば、もう会うこともないかもしれない。だったら、そのときは勇気を出して言ってみた方がいいのかもしれない。「好きです」と伝えた方がいいのかもしれない。想いが通じ合っていると思える瞬間は、確かにあるのだから。

しかし、あなたが思うよりずっと早くに、山崎と会えなくなる日がやってきた。夏の夕立のように、唐突に。

七月、一学期の終業式の直前。夏休み前、最後の部活の日だった。いつものように夕方まで美術室で絵を描いて、いつものように二人で一緒に帰り道を歩いた。

午後六時を回り、もう七時に近い時間だったけれど、曇った空はまだ青白く明るかった。カナカナとひぐらしが鳴いていた。

この年の夏は、数年に一度の猛暑だそうで、一般家庭やオフィスにも広くクーラーが普及し始めたことと相まって、電力不足に陥るかもしれないと不安視されていた。この時間でも、まだ歩いていて汗ばむほどに暑かった。

「あのさ」と、山崎が少し重いトーンで切り出したのは、いつもあなたたちが別れる十字路のすぐ手前だった。

「僕、今日で最後なんだ」

「え？」

一瞬、意味がよく分からなかった。今日で最後なのは山崎ではなく、一学期の部活だ。山崎はすぐに言葉を継いだ。

「夏休みに、引っ越すんだ。二学期からは別の学校行くんだ」

親の仕事の都合で、金沢に移り住むことになったのだという。

「そう、なんですか……」

あなたは他に言葉が出なかった。金沢。名前は聞いたことがあるけれど、行ったことはない。別の県にあって、中学生が簡単に行き来できないくらい遠いところだということは分かる。

「だから、鈴木とこうして帰るのも今日で最後なんだ」

十字路に差し掛かった。直進してすぐがあなたの家、左に曲がった先が山崎の家だ。

「はい……」

突然のことで、あまり上手く頭が回らなかった。今日で最後。こうやって、二人で道を歩くことは、もうないのか。楽しいお喋りの時間も、もうないのか。

「鈴木――」

山崎が立ち止まり、あなたを呼んだ。あなたも立ち止まった。目が合った。背の高さはほとんど同じなので、視線はまっすぐだ。

しばらく、沈黙が流れる。山崎の口がかすかに開いて躊躇《ためら》うように閉じた。

何かを言いよどんでいるのが分かった。その何かを言って欲しいとあなたは思った。

「――楽しかった。元気で」

山崎の口から出たのは、あなたが期待した言葉ではなかった。

「あ、はい。お元気で」

あなたの口からも、本当に言いたい言葉は出てこなかった。

「じゃ」

山崎は、少しがっかりしたような、それでいてどこかほっとしたような、微妙な表情を浮かべて、十字路を曲がった。いつもどおりに。

あなたは、きっと自分も同じような微妙な表情をしているに違いないと思いながら、その背中をただ見送るばかりだった。

そんなことがあった矢先のことだ。

あなたは、中学生の告白もできない恋とはかけ離れた、えげつない、男女の交わりを見てしまう。よりによって、自分の父と母の。

真夏の、酷く蒸し暑い夜だった。

深夜、何か恐ろしい夢の途中であなたは目を覚ました。

覚醒と同時に、具体的な夢の内容は頭の中から消えてしまい、黒く粘つく恐怖感だけが染みのように残っていた。

汗で髪の毛が顔に張り付き、パジャマはぐっしょりと濡れていた。

喉の渇きを覚え、水を飲みにいこうと部屋を出た。あなたが中学に上がったときに自室としてもらった、二階の四畳半だ。隣が両親の寝室だったが、そこに人の気配はなかった。

部屋を出て廊下を進むと階段から灯りが漏れ、その先から父と母の声がした。二人ともまだ起きていてリビングにいるようだ。

　母の金切り声が聞こえてきた。

「酷い！　酷いわよ！」

　うんざりしたような、父の声もした。

「お前、大げさだよ」

「大げさなんかじゃないわよ！　あなた、ずっと私のこと裏切ってたんじゃない」

「それが大げさだってんだよ。こっちだって毎日残業続きでたまには息抜きしなきゃ、やってらんないんだよ」

「何が息抜きよ！　浮気じゃない！」

　母の声は濡れて尖《とが》っていた。あなたは、それに生理的な恐ろしさを感じ、身をすくませつつも、同時に何かに吸い寄せられるように、声のする方へ向かった。足音を立てないように、ゆっくりと。

　階段を二つほど降りると、ちょうど壁の陰から、リビングが見えた。ワイシャツのボタンを外した父がソファに身を沈め、その前で母が仁王立ちしていた。遠目にも母がぼろぼろと涙をこぼしているのが分かった。二人とも階段の上のあなたには気づいていなかった。

　決して見てはならないものを見ているようで、後ろめたかったけれど、あなたは目をそらすことができなかった。

「浮気じゃないよ。ソープは合法的に営業している風俗だ。飲みに行くのとそんなに変わんないんだよ」

「全然違うわよ！　ようは買春でしょ？　あなただって、浮気してるって自覚があるから隠してたんでしょ！」

父の言う「ソープ」が単純に石鹸を意味していないことは、あなたにも分かった。

少し前まで「トルコ風呂」と呼ばれていた風俗店だ。トルコ人留学生からの抗議を受けて「ソープランド」と呼び名を変えたとニュースでやっていた。そして、具体的なサービスの内容まではよく分からないが、男の人が客になって女の人にいやらしいことをしてもらうお店なのだということくらいは知っていた。

父がそのソープランドに通っていたことが母にばれて、難詰されているようだった。

需要と供給。客がいるからお店があるのだということは分かる。けれど、自分の父親が行っていたと知ると、やはりショックだった。

それは、法律がどうこうという問題じゃないし、「飲みに行くのとそんなに変わんない」などとは思えない。母の言うとおり浮気だと思った。

「あなたは、酷い！　本当に酷いわ！」

なじり続ける母に対して、ずっと、かすれた低い声で応じていた父が、突然、掌《てのひら》でばんとテーブルを叩いて怒鳴った。

「うるせえ！　いい加減にしろ！」

父の怒声を聞くのも、やはり初めてだった。言葉は母に向けられたもので、叩かれたのはテーブルだった。しかし、あなたは自分が内臓をえぐられたような思いがした。

あまり家にいないが、あなたが知る限り、父はいつも温厚で母の言うことを「分かった、分かった」と聞く人のはずだった。

いま眼下に見えるその人は、父とはまったく別の「こわいひと」に見えた。

こわいひとは、父が絶対に言わないようなことを言い、父が絶対にしないようなことをする。

「ぐちゃぐちゃ、ぐちゃぐちゃ、つまんねえこと言いやがって！」

こわいひとは立ち上がり、一度、母の頰《ほお》を張った。

「きゃっ」と、母は顔を押さえ、その場に崩れ落ちる。

こわいひとは、母の髪の毛を摑み上げて無理矢理立たせた。

「やめて！　ねえ、やめて！」

「てめえ、誰のおかげで飯が食えると思ってんだ！　てめえが、家でだらだらしてる間、こっちは毎日、必死になって働いてんだ！　ちょっとくらい大目に見やがれ！」

こわいひとは、片手で髪の毛を摑んだまま、もう片方の手で母の顔の顎《あご》の辺りをむんずと摑む。

「分かったわ、分かったから ぁ、やめて、許して」

母は、先ほどまでの剣幕が嘘のように情けない声で許しを乞《こ》う。

こわいひとが、母を床に突き飛ばした。

「だったら、謝れ。うるさいこと言ってごめんなさいって、謝れ！」

「は、はい」

母は泣きながら、その場で三つ指をついて、頭を下げる。

寒い、と思った。

あなたは、あの母が、いつも不機嫌に笑って自分の非を認めない母が、いとも簡単に暴力に屈服するのを見て、えもいえぬ寒気を感じた。

「ごめんなさい……、うるさいこと言って、ごめんなさい」

それは、母とはまったく別の「よわいひと」に見えた。

床に額を押しつけるようにして謝るよわいひとに、こわいひとは、少し声のトーンを落として尋ねた。

「反省してるのか？」

「はい、反省、してます」

「服を、脱げ」

こわいひとは、よわいひとに命じる。その声色には悦が混じっていた。

よわいひとが息を呑むのが分かった。

「あ、あなた、嘘でしょ？　こんなときに……」

「こんなときだからだ。俺がソープに行ってることが不満なんだろ。お前のことも可愛がってやる」

「そんな」

「いいから、脱げ！　そして股を開け！　痛い目に遭いたいのか？」

「ああっ、ああっ、うう」

よわいひとは嗚咽《おえつ》を漏らしながら、ブラウスのボタンを外してゆく。

寒い、寒い、寒い。

夏だというのに。

あなたの肌は粟立《あわだ》った。

冷たい水の中に沈められ、全身が凍えてしまったようだ。

よわいひとは服を脱いでゆく。こわいひとも、シャツを放り投げ、チャカチャカと音を立てベルトを外し、ズボンを下ろす。

寒い、寒い、寒い。

蛍光灯の冷たい光が、よわいひとの白い肌を照らす。あなたは不意に、ずっと昔によく似た何かを見た気がした。

なんだろう。陶器のように冷たく白い――、ああ、金魚の腹だ。

記憶の一番底にへばりついている、六本指のおじさんからもらったあの金魚。金魚鉢にぷかりと浮いたときに見た腹の色があんな白だった。

よわいひとは、カーペットの上で、半身になって、こわいひとに向かうようにして股を開いた。

「どうぞ……」

こわいひとは、下半身は裸になり、上には下着のランニングを着たまま、よわいひとに覆い被《かぶ》さる。

二人が何をしているのかは分かる。友達の中に二人だけ、もう初体験をすませている子がいた。

けれど、そこにはあなたが想像するような、愛とか優しさはなく、ただただ野卑で粗雑で暴力的な交わりがあった。

「おう」「ああ」「はあ」「ほう」「はう」声があがる。どちらがよわいひとの声で、どちらがこわいひとの声か判然としない。言葉ではないその声は、獣《けだもの》の鳴き声のようだ。あなたには、よわいひとがこわいひとに食われているようにも見えた。

寒い！　寒い！　寒い！

もう駄目だ。ここはあまりにも寒すぎる。ここにいたら、私は死んでしまう。あの金魚みたいに死んでしまう！

あなたは、両手で耳を塞ぐと、凍ったようにこわばっている身体を無理矢理動かして、その場所から逃げだした。

寒い、寒い、寒い。

耳を塞いでも、遠くからいつまでも獣の咆哮《ほうこう》が聞こえた。

全身から汗が噴き出しているのに、寒くて仕方なかった。

あなたは、自室に戻ると、布団代わりのタオルケットを身体に巻き付けた。やがて気絶するように眠りに落ちた。

次の日、目が覚めると、父はもう会社に行って家にはいなかった。昨夜、こわいひとに食われたはずの母は、何事もなかったように、トーストを焼いて、コップに牛乳を注いだ。

あなたはどうにも食欲が湧かず、トーストを半分も残してしまった。

「何、陽子、あんた、こんな残すの？　せっかくつくってあげたのに、しょうがないわねえ」

母は怒るのでも、あなたの体調を心配するのでもなく、ため息をついて冷たく笑った。まったくもって、いつもどおりだった。

昨日のあれは、夢だったの？

そんな思いが一瞬だけよぎったとき、あなたは見つけてしまった。母の顎の下にできている赤紫色の痣《あざ》を。昨日、こわいひとに摑まれていたところだ。

やはり、現実だったのだ。

よわいひとは、こわいひとに襲われ、食われていたのだ。

◇ 2

「ちょっと三人じゃきついな、応援呼んでいいか?」

女一人と猫たちによって作り上げられた死の海が広がる部屋を見回して、鑑識係の野間が言った。

これだけ現場が混沌としてしまっていては、鑑識作業には相当手間がかかりそうだ。

奥貫綾乃は頷いた。

「ええ、お願いします」

野間は携帯電話で署に応援要請の電話をかける。

綾乃は町田と一緒に慎重に部屋の中を歩きながら、気になったことを頭にメモしていく。

食器の数や種類から、女の独り暮らしは間違いないようだ。目につくところに男の匂いのするものはない。死体の数からして、ペットというには、あまりに多くの猫を飼っていたようだ。繁殖でもしていたのだろうか。いや、もしかしたら——

ざっと一回りしてから、町田に尋ねた。

「ぱっと見、何か気になったことはある?」

「あ、はい……」

町田は少し考えるそぶりをして口を開いた。

「猫のトイレトレーニング、上手く、できてなかったみたいっすね。あまり、関係ないかもしれませんけど」

部屋には猫用のトイレが置かれているが、そこら中に糞尿がまき散らされていた。しっかりしつけて飼育されていなかった証拠だ。

「いや、結構いいとこに、目、つけてるよ」

綾乃はこういった猫の飼い方から、死んだ女の人となりについて、一つの仮説を立てつつあった。

「よし。じゃあ私らは、下、行こうか」

綾乃は町田を促すと、「発見者の話を訊いてきます。あと、お願いします」と野間に声をかけて部屋を出た。


発見者でマンションのオーナーでもある八重樫夫妻によれば、あの部屋の住人は、やはり鈴木陽子という名前だった。

入居時の書類を見せてもらったところ、生年月日は一九七三年一〇月二一日。いま生きていれば四〇歳。綾乃の二つ年上。ほぼ、同世代と言っていい。

一般に孤独死といえば老人のイメージが強く、統計上も六五歳以上の高齢者が一番多いのだが、それより若い五〇代以下の孤独死も決して少なくはない。

入居届に添付されていた住民票は、埼玉県狭山《さやま》市のものだった。記載されているのは彼女一人だ。このマンションに入居する前は狭山市で独り暮らしをしていたことが窺える。本籍地の欄にも同じ狭山市の住所があった。

入居時期は、二〇一二年三月一二日。居住用の賃貸としては一般的な二年契約なので、もうすぐ更新だったようだ。

「先月、契約をお願いしている不動産屋さんが、更新のお知らせをしようとしたところ、どうも連絡が取れないということで――」

主に受け答えをしたのは、通報した夫ではなく、夫人の方だった。不動産会社とのやりとりや、家賃の確認など、いわゆる大家としての仕事は、ほとんど夫人がやっていたという。

「それで私の方も何度かお部屋を訪ねてみたんですけれど、いつもチャイムを鳴らしても出られなかったんです。鍵も閉まっているんで留守がちなのかなとも思ったんですが、一階のポストに、チラシがずいぶん入っていて――」

鈴木陽子は特に新聞の類は取っていなかったようだが、それでもこういう住宅街では様々なチラシがポスティングされる。それが明らかに数ヶ月分、溜まっていたというのだ。

つまり、鈴木陽子はそれだけの期間、ポストを確認していなかったことになる。

八重樫夫人の頭にも「万が一の事態」がよぎっていたという。

「不動産屋さんから、孤独死っていうんですか？　凄く増えているって聞いていたので。逆に中を確かめるのも怖くなってしまって。それに、大家だからってむやみに鍵を開けて中に入っていいわけでもないので。どうしようかと思っているうちに、更新の日も近づいてきてしまったので、この人に相談して――」

夫の方が相づちを打つように頷いた。

夫婦で相談し、やはり一度は部屋の中を確認してみようということになったのだという。

マスターキーを使って扉を開けた時点で、部屋から漏れ出してきた臭いで、もう尋常じゃないことは分かったそうだ。夫人は廊下に残り、部屋の中には夫が一人で入っていったという。

その夫がやや顔をしかめて言った。

「私も、その、入り口からちょいと中を覗いただけで、あの骨、骸骨が、見えたものですから、情けない話、すっかり腰を抜かしてしまいまして。すぐに一一〇番した次第で」

「部屋の中の状態は、我々でも思わず怯《ひる》んでしまうほどでしたので」

実際、一般人が目にするには刺激が強すぎる光景だと思う。それに、警察《こちら》としては下手《へた》に現場を荒らさずに、すぐに通報してくれたのはありがたかった。

綾乃は再び夫人の方に視線を向けて尋ねた。

「部屋の中には、かなりたくさんの猫が一緒に死んでいたんですが、鈴木さんがたとえば猫の繁殖をしていたというような話は聞いていましたか？」

「いえ、全然。というか、もしそんなことをしていると知っていたら、声をかけさせてもらったと思います」

夫人によれば、このマンションは基本的にペット可だが、三匹以上の多頭飼いについては規約で禁止しているのだという。

「では、鈴木さんは違反していたわけですね？」

「はい。ただ、こっそり飼おうと思えば、できたんだと思います。別に、一軒一軒、確認して回っているわけでもないですし、壁も防音で隣近所にほとんど音も臭いも漏れませんから」

部屋はピアノが置ける仕様になっているのだという。実際、ドアを閉めた状態では、あの濃厚な死臭さえ廊下には漏れていなかった。

「家賃は振り込みで？」

「はい、毎月、末日までに次の月の分を頂く形です」

「滞納などは、これまでありませんでしたか？」

「いえ、ないです」

「先月、二月末にも振り込まれていたんですね？」

「はい」

やはり家賃の自動送金は続いていたようだ。

「鈴木さんの普段の様子については？」

夫人はかぶりを振った。

「ちょっと、分かりません。ちゃんとお話ししたのは、契約のときだけだったと思います。私たちの住まいは離れていますし、不動産屋さんからも、あまり大家が住民の生活に干渉しない方がいいと言われていたので」

「契約時に変わった様子や、普通と違うことはありませんでしたか？」

「特には……。真面目そうで、受け答えもしっかりしていたので、こういう方なら、安心できそうだなって思ったのを憶えています」

真面目そうか。

「服装とかメイクがあまり派手じゃなく、落ち着いた感じだったということですか？」

少し具体的な表現にして訊いてみると、夫人は頷いた。

「ええ、そうです」

少なくとも入居した時点では、不潔だったり、身を持ち崩したような感じはなかったわけだ。更に印象を尋ねたところ、髪は長めで、中肉中背、見た目は実年齢相応で、やや地味とのことだった。

「……あ、そうだ」

夫人は、不意に何事かを思い出した様子で声をあげた。

「そういえば、離婚して、こっちに越してきたって言ってました」

「離婚、ですか」

歳《とし》が近いだけじゃなくて、バツイチってとこも一緒か。

少しだけ据わりの悪い気分になった。

綾乃は、いまからちょうど一〇年前、二八のときに、結婚して一度、警察を寿退職している。当時は刑事畑をゆく女性警察官にとっては花形といえる本庁捜査一課女性捜査班に所属していたが、未練も後悔もなかった。あのときは、すっぱり仕事を辞めて家庭に入るつもりでいた。

しかし、その家庭は一〇年保《も》たずに壊れてしまった。

一昨年、離婚したとき、ちょうど折良く、警視庁が円満退職者の再雇用を積極的に進めているという話を聞いた。団塊の世代の大量退職に伴う人手不足を解消するための措置だという。渡りに船とばかりに、これに乗り、所轄の刑事課で、警察官人生を再スタートすることになった。

別に、やり残したことがあるとか、刑事が天職だとか、格好いいことを言うつもりはない。ただ、生きていくためには何か仕事をしなければならず、他にやるべきことが見つからないだけだと思っている。

感傷のようなものがよぎる頭の一部で、綾乃は冷静に考えていた。

婚姻歴があるとなると、確認作業が少し面倒になるかもしれない。

変死体が発生した事案で、事件性の有無に拘《かか》わらず、警察が必ずやらなければならないのが、血縁者への連絡と身元の確認だ。

最終的な遺体の埋葬は血縁者がやるのが原則だし、部屋に残されていた遺留品は法的には相続財産となるので、こちらで勝手に処分するわけにもいかない。それに今回のように死体が原形を留めていないような場合は、死んでいるのが間違いなく本人であることを確かめるため、DNA型鑑定もしなければならない。

血縁者は戸籍を調べて探すのが原則だが、離婚歴のある女性は、結婚時と離婚時の都合二回、戸籍を移動している場合がある。子どもの有無も含めた血縁者を確認するには、すべての戸籍を辿らねばならず、これに案外手間がかかることが多いのだ。

八重樫夫妻から話を聞いたあと、綾乃と町田は五階に住む住人たちに簡単な聞き込みを行った。

これで分かったのは、鈴木陽子は近所づきあいをまったくしていなかった、ということだ。五〇一号室から五〇四号室までの四つの部屋の住人の話を聞いたが、うち二人は五〇五号室の住人を見たことがなく、残りの二人も、廊下で見かけたという程度で、ちゃんと話をしたこともなければ、人となりもよく知らなかったという。

この時点では写真がないのではっきりと確認はできないが、二人が見たのは「髪の長い女性」「中肉中背」「歳は三〇後半か四〇くらい」「整っているがどこか地味な顔立ち」とのことで、八重樫夫人から聞いた鈴木陽子の印象と大きくは違わなかった。

また、部屋から猫の鳴き声や匂いが漏れてくることはなく、多頭飼育どころか猫を飼っていること自体、誰も知らなかった。

周囲との関わりが薄かったことと、部屋に鍵がかかっていたこと、そしてピアノを置けるほど壁が厚く気密性の高い部屋だったことから、死体発見がここまで遅れてしまったのだろう。

鑑識係の野間たちは応援を呼び、深夜までかかって作業を続けたが、部屋から事件性を示すようなものは、特に何も出てこなかった。

死体の状況に加え、預金通帳の最終記帳日や、冷蔵庫や台所のストッカーに残っていた食品類の製造日などから、死亡したのはやはり去年一〇月ごろではないかとのことだった。

死体がほとんど原形を留めていないため、この場に監察医は呼ばず、人間のものと思われる骨と肉片を警察病院で回収することになった。組織片を調べて、なるべく事実に近い死亡時期を推定してゆくことになる。

死後時間がかなり経過していたのと、猫がたくさんいたせいで、現場は混沌としてしまったが、やはり孤独死だろうか——この時点では、綾乃はまだそう思っていた。

◇

千葉俊範《ちばとしのり》（警察官　警視庁江戸川署地域課所属　四四歳）の証言

はい、現場となった江戸川区鹿骨の邸宅に、一番最初に駆けつけたのは私です。

あの日は当直で、一時間ごとに自転車でパトロールをしていたのですが、その途中で無線が入り、「家の中で人が死んでいる」という通報があったとのことで、そのまま急行しました。

住所と「神代」という名字を聞いて、あの家だとすぐに分かりました。すごく大きな邸宅なんで、巡回中も目立ちますし、柄の悪い連中が出入りしているという話もあって、この辺りでは有名でしたから。いえ、特に警戒していたわけではないです。ええ、柄が悪いといっても暴力団ではないようですし、近隣トラブルの報告もありませんので。

地域課が任意で集めている巡回連絡カードによれば、家主の神代武の名前だけ記載があり、職業は自営業となっていました。それ以上の具体的なことは何も。ＮＰＯ法人をやっていることなども、把握していませんでした。

現着したのは、午前五時二五分。報告書にも記載したとおりです。はい、時計で確認しています。

門扉《もんぴ》は開いたままになっていたので、とりあえず「御免ください」と声をかけながら敷地に入りました。玄関のところと幾つかの窓に灯りはともっていましたが、物音はまったくしませんでした。

何度も声をかけてチャイムを鳴らしてみたのですが反応がないので、ドアを引いてみました。鍵はかかっておらず、開いたドアの向こうから、はっきりと血の臭いがしたので、中に入って……、はい、もしも出血中の怪我人がいれば一刻を争う事態になっているかもしれないので、入る判断をしました。

玄関をあがると廊下があり、左側は曇りガラスの窓が、右側には部屋のドアが並んでいました。そのうち一つが、開いていて、血の臭いはそこから漂ってくるようでした。

それで、部屋を覗き込んで……、覚悟はしていたんですが、恥ずかしながら、思わず大きな声をあげてしまいました。正直、あのような陰惨な殺害現場に遭遇するのは初めてでして。

そこは奥に床の間のある広い居間で、部屋中に血が飛び散っていました。隅に大きなソファが置かれていて、その前に全裸の男が、はい、そうです、神代武が血まみれで倒れていました。

まったく生気がなく、ぴくりとも動かないのと、首のところが、ぱっくりと切れて、頭が身体からちぎれかかってるような感じでしたので、死んでいるのは一目で分かりました。

死体の下腹部のところから生えるみたいに、短い刀が突き刺さっていて、あれが凶器なのだろうとは思いました。のちの鑑識作業に差し障るといけないと思い、死体や現場の様子は目視するに留め、一度、居間を離れて応援を待つことにしました。

あ、はい、それで、女性が通報してきたと聞いていたので、その通報者はどこにいるのかと、あとまだ犯人が潜伏している可能性も当然あるわけですから、警戒しながら居間の隣の部屋から順に見て回りましたが……ええ、少なくとも、確認できた範囲では、誰もいませんでした。なにぶん広い家なので、断言するのは難しいのですが、おそらく、私が現着した時点でもう、神代の死体を残して無人になっていたのだと思います。

◆ 3

——陽子、

あなたは、いつごろから、弟の純がいじめに遭っていることに気づいていたのだろう。

本人が詳しく話さなかったので、正確なところは分からないけれど、少なくとも純が小学校の高学年になったころには、はっきりとその兆候があった。

学校で純の持ち物がなくなったり、手や足に何かで叩かれた痕《あと》を付けて帰ってくることが多くなったし、頭にガムを付けて帰ってきたこともある。

純は「ものがなくなるのはなぜかよく分からない」「ふざけてて転んだ」「知らないうちにガムが付いていた」と、自分では決して認めなかったけれど、やはりいじめられていたのだろう。

あなたは何度か、下校中の純が友達の荷物を一人で持たされているのを見たこともあった。薄々感づいてはいたのだ、純がいじめられていることに。でも、あなたは心のどこかで、それを「仕方ない」と思っていた。

純にはもともと集団の中でからかわれやすい特徴がいくつかあった。

まず第一に、身体が弱く運動も苦手だということ。小中学校では、男子の場合それだけでクラスの中での地位が下がる。

また、純はアトピーの発疹が顔にも出ていたので、その容姿も子どもたちの無邪気な差別性を刺激した。あなたは、純が同級生から「ゾンビ」というあだ名で呼ばれているのを知っていた。

その上、純には妙に気むずかしく、融通の利かないところがあった。たとえば、食事のときに使う自分の食器や、自分の座る椅子の位置、テーブルの上の物の配置など、少しでも普段と違うものがあれば「違う！」と怒り出したりする。通学路の一部が工事で通行止めになっていたときに、道順を変えず突っ切ろうとして、警備員に制止されたこともあった。クラスでは席替えのたびに、「違う！」とパニックを起こしていたようだ。

そのくせ、他人に対してはひどく無頓着で、人と話をするときは相手と目を合わせようとしないし、いつも自分が喋りたいことを一方的に喋る感じだ。ときには相手が嫌がることでもズケズケ言ったりする。

確か小四のときだったか、純が太った女子のクラスメイトに面と向かって「デブ」と言って泣かしてしまい、ちょっとした騒ぎになったこともあった。

母はそんな純を、「繊細」で「正直」と表現したが、あなたには「わがまま」で「意地悪」としか思えなかった。姉のあなたでさえそうなのだから、他人であるクラスメイトが純のことをよく思うわけがない。

あんなんだったら、いじめられるのも当然。

母に溺愛される純のことを「えこひいきされている」と妬《ねた》む気持ちのあったあなたは、いい気味だとすら思った。

のちに。

そう、これはのちのこと。決定的なことが起こってしまったあとのことだけれど。

大人になったあなたは、テレビで発達障碍《しょうがい》についての特集を見て愕然《がくぜん》とする。

そこで紹介されていた「アスペルガー症候群」という発達障碍の特徴は、ぴったりと純に当てはまった。

知的な能力は普通か、あるいは優秀なくらいだが、いわゆる「空気を読むこと」が極端に苦手で、コミュニケーション上のトラブルを起こしやすい。言外のニュアンスが分からないので、ときに無礼なことを言ってしまうこともある。こだわりが強く、日常のパターンに変化があると強い不安を感じる。これらは主に生まれつきの脳の器質上の特徴により引き起こされるのであり、必ずしも本人に悪意があってやっているわけではない。むしろ、本人は生きづらさを感じていることが少なくない――。

番組では、ベートーベンや、ゴッホ、アインシュタインといった名前を挙げ、歴史上の偉人の中にもこのアスペルガー症候群だったのではないかと推測される人物が多くいると紹介していた。

純が本当にそうだったのかは、もう確かめようもない。

けれど、もしかしたら。

純は「わがまま」でも「意地悪」でもなかったのかもしれない。

いじめられるのは、仕方なくなんてなかったのかもしれない。

あなたや純が子どものころは、そんな障碍があることは、一般にはほとんど知られていなかった。

もし分かっていたら。

周りがよく理解して、配慮していたなら、純はいじめられずにすんだのだろうか。

純は死なずにすんだのだろうか。


あれは、あなたが進学校でも底辺高でもなく生徒の大半がライトなヤンキーという地方ではごく平凡な高校に進学した年だから、一九八九年のことだ。昭和天皇が崩御し、のちに総理大臣になるメガネのおじさんが「平成」という新しい年号が書かれた額縁を掲げ、春には消費税が施行され、人々はレジで三パーセント余計にお金を払うようになった、あの年のことだ。

高校にも美術部があり、あなたは一応、見学には行ったのだけれど、入部はしなかった。

中学のときも、山崎がいなくなった二年の二学期からは、丸っきり部活をやる気が失せてしまって半ば幽霊部員のようになっていた。結局、あなたが好きだったのは、美術ではなく、山崎だったのだ。

あなたは「また恋をしたい」とか「彼氏が欲しい」という漠然とした思いを抱いてはいたも

のの、幸か不幸か、高校では山崎のような相手に出会うことがなかった。

もうこのころになると母は、あなたの進路や学校での成績にはほとんど興味を示さなくなっていた。

あなたが中学三年のときの三者面談で母は「親としては、特に希望もありませんし、この子はどこでもいいので、行ける高校に行けばいいと思っているんです」と宣《のたま》った。

当時の担任は「理解のあるお母さんでよかったな」なんて言ったけれど、あなたには分かっていた。母は何も理解なんてしていない、ただ無関心なだけだと。

一方、弟の純はあなたが卒業した中学校で二年生になっていた。一年生の終わりくらいから純は学校を休みがちだったけれど、中間期末のテストの成績は抜群によく、常に学年で五位以内に入り、ときどき一位にもなっていた。これに母は大いに満足しており、「純ちゃんだったら、高校は県立なんて楽勝だし、東京の進学校を考えてもいいと思うの」と、本気っぽく言っていた。


八月三〇日。あと二日で夏休みが終わるという日だった。

いつものように、父は朝早くに家を出て、母と、あなたと、純で、朝食をとった。

そのあと、純は家族に何も言わずに、ふらりと外に出ていった。

母は純がいなくなっていることに気づき、あなたに「純ちゃんどこ行ったか知ってる?」と尋ねた。あなたはリビングで当時流行《はや》っていた生まれ変わりをテーマにした少女漫画を読みながら「え、知らない。図書館じゃない？」と生返事をした。

純に特に変わった様子はなかったから、あなたはなんとも思っていなかった。母にしても、大して気にしていないようだった。

胸騒ぎも、虫の知らせも、なかった。

ほどなく、どこかから電話がかかってきて、母が取った。

「はい、鈴木です。はい？　ええ、そうですけど。え――」

このあと母は大声をあげたのだが、なんと言ったのか、あなたにはよく分からなかった。

「嘘よ！」かもしれないし「嫌あ！」かもしれない、あるいは意味のない悲鳴だったのかもしれない。

電話は市内の大きな総合病院からだった。

純が車に撥《は》ねられ、救急搬送されたのだという。

タクシーで病院に駆けつけた母とあなたを出迎えたのは、沈痛な面持《おもも》ちの医師と年配の女性看護師だった。

頭に白いものが混じったその看護師が、告げた。

「残念ですが、すでに息をひきとられています」

「嘘ですよ！　ひ、人違いに決まってますよ！　だって、純ちゃんが、そんな……」

すがるように否定する母に、看護師は静かに言った。

「はい。確かにその可能性はあります。ですから、大変、心苦しいのですが、お母さまには、念のため確認していただく必要があります」

あなたと母は、地下の安置室に案内された。あなたは廊下で待つように言われ、母だけが中で遺体と対面した。

看護師と医師に付き添われ、安置室へ母が入って、数秒後、家で電話を受けたときより遥かに大きな悲鳴が聞こえた。

それからしばらくして、「嫌！　嫌！　嫌！」と、まるで注射を嫌がる子どものように泣きじゃくる母が、看護師に抱き支えられるようにして中から出てきた。

この母を見たときに、あなたは「ああ、やっぱり純は死んだんだ」と妙な納得を覚えた。

胸のあたりがざわざわとして、お腹がきゅっとすぼまるような気持ちの悪さを感じたが、あなたの目からは涙がこぼれなかった。

弟が死んだというのに。

母のように人目も憚《はばか》らず泣き叫ぶことができなかった。というより、悲しいのかどうかもよく分からなかった。

「ご主人もこちらへ向かっているそうです。のちほど、警察の方《かた》もいらっしゃいますので、しばらくお待ちください」

あなたたちは、丸テーブルとソファのある小さな待合室のようなところに通された。

母はずっと泣き止むことなく両手で顔を覆い、「純ちゃん……純ちゃん……」と、亡くした我が子の名を呼んでいた。

ほどなくして現れた父も、目を真っ赤に腫らして泣いていた。あなたは、そのことに少し驚いていた。父は家のことはほとんど母に投げっぱなしで、純に対して父親らしいことなんて、何もしていなかったのに。

父は母の隣に寄り添い、慰めるように肩を抱いた。

母は父の胸に顔を埋め声を出して、父は母を抱きしめ無言のまま、泣いていた。

その様子を見ていたあなたは、この場でただ独り泣いていない自分が、酷く冷たい人間のように思えて、いたたまれなくなった。しばらくして、父が泣き止み、母の嗚咽が止まったときは、あなたは密《ひそ》かにほっとしていた。

部屋のドアがノックされ、看護師と共に、制服を着た警察官が姿を現した。

「このたびは、誠にご愁傷様です」

警察官は、きびきびとした動作で、あなたたちに頭を下げると、神妙な表情で事故の状況を説明し始めた。

純は中学校からほど近いところにある二車線道路で、トラックに轢《ひ》かれたのだという。場所は特に横断歩道も交差路もない車道の真ん中で、ドライバーの証言によると、純が突然、歩道からトラックの前に飛び出してきたということだった。

だとしたら、それは自殺だ。

「そんな馬鹿なこと、あるわけないでしょう！　冗談じゃないわよ！」

警察官の説明を遮《さえぎ》るようにして、母は立ち上がって金切り声をあげた。

警察官は表情を変えず「落ち着いてください」と母を制した。

「ドライバーからは現在、署の方で更に詳しい話を聞いております。いまのところ、他に目撃した人もいませんが、車道の真ん中で轢かれていたことから、純くんが車道に侵入してきたのは間違いないと思われます」

「う、嘘よ！　そんな、純ちゃんが飛び出してきただなんて！　みんなで、嘘をついてるのよ！」

母は激高した。

警察官はそれを無視するように、あなたたちを見回して尋ねた。

「ここ最近で、純くんが何か悩んでいたりとか、変わったことは、ありませんでしたか？」

「そんなのないわよ！」母は全力で否定した。「純ちゃんは、こないだの期末テストだって、すごくよくできていたし、悩むことなんて何もなかったんだから！　純ちゃんが……そんなこと、するわけないいじゃない！」

母は「自殺」という言葉は使わなかった。

警察官は息をついて、あなたと父にも問うような視線を向けてきた。

「すみません。私も、心当たりはありません」

父は、無念そうに俯《うつむ》きながら答えた。当然だ。父に純の普段の様子など分かるわけがない。

あなたは、一瞬、純がいじめられていたことを言っておいた方がいいんじゃないかとも思ったが、無言のままかぶりを振った。

そんなことを言えば、母がどんな反応をするか分からない。それに、いじめの確たる証拠があるわけじゃない。純自身が「いじめられている」と告白したことだって一度もない。余計なことは言わない方がいい。

「そうですか……」

どこかあてが外れた様子の警察官に、母はすがるように叫んだ。

「ねえ、そんな嘘に騙《だま》されないで、ちゃんと調べてください！　純ちゃんは飛び出してなんかいないんです。そんなことをする子じゃないんです！　純ちゃんは殺されたんですよ！」

果たして、母の訴えも空《むな》しく、そのすぐあとに、やはり純は自殺したのだと思わざるを得ないようなものが見つかった。

病院から帰宅して、純の部屋を確認してみたところ、勉強机の上に、メモが一枚残されていたのだ。

そこには、独特の右上がりのくせ字でこう書かれていた。

——死にたくなったから、死にます。

あまりにシンプルで、なぜ死にたくなったのか理由は一文字も書かれておらず、どこか小馬鹿にするようですらあったけれど、それは確かに遺書だった。

これを目《ま》の当たりにした母は、あなたに対して怒りをぶつけた。

「陽子！　あんた、なんでこんなもの書くのよ！　純ちゃんの字を真似して」

さすがに、面食らった。

「そんなことするわけないでしょ！」

「あんたじゃなきゃ、誰がやったっていうのよ！」

「誰もやってないよ、それは純が書いたんだよ。純は自分で死んだんだよ！」

「嘘よ！　純ちゃんが、そんなことするわけないじゃない！　あんたが書いたのよ！　そうに決まってるわ！　あんたが書いたのよ！」

母は、まるであなたのせいで純が死んだかのような調子で、あなたのことを責めた。

あまりの理不尽に、あなたは目眩《めまい》を覚える思いだった。

「お母さん、どうして、そんなこと言うのよ！」

言い返しつつも、その実、あなたは答えを知っていた。

受け止めきれないからだ。

母は最愛と言っていい息子が死んだことを、まして、自ら死を選んだのだということを、受け止めることができない。だから、その責任の一部をどこかに――たとえば、さほど愛していない、まだ生きている方の子どもに――なすりつけたいのだ。

しかし、あなただって、そんな母のことを受け止めることなんてできない。

壊れたラジカセのように「あんたが書いたのよ！」と繰り返す母を、さすがに見かねたのか、父が制した。

「おい、いい加減にしなさい！　陽子がこんなもの書くわけないだろう」

「でも、純ちゃんは書いてないのよ……、絶対に」

母はぼろぼろ涙をこぼしながら、頑として純が書いたのだとは認めようとしなかった。だから、このあと母は明らかに遺書と思えるこのメモの存在を警察に知らせることなく、処分してしまった。

あなたは、そんな母をしり目に、他にも何か純が書き残していないかと、部屋の中を少し探してみた。

純の部屋は綺麗に片付いており、あまりものがない。目を惹《ひ》くのは、壁一面にカラーボックスを重ねて作った本棚で、そこにはぎっしりと文庫本が並んでいた。ざっと見ても数百冊はあるのが分かる。あなたは自分が一生かかっても、こんなにたくさんの本を読むことはないだろうと思った。

背表紙を見ると、ほとんどが、あなたは聞いたこともない海外の作家のもので、タイトルからしてSFが多いようだった。

純って、本が好きだったんだ。

そういえば、家のリビングでもよく本を読んでいたような気がするが、弟がこれほどの読書家だったことを、あなたは知らなかった。この部屋には純だけが知っている豊かな世界があったのかもしれないけれど、それは永遠に失われてしまった。

勉強机や棚もよく整頓されていて、あのメモ以外に書き置きのようなものはないようだった。

ただ、純が学校で使っていたノートと教科書をぱらぱらとめくると、ところどころ、黒いマジックでぐしゃぐしゃに塗りつぶした部分があった。灯りに透かしてみると、塗りつぶした黒の向こうに「クズ」「ウザすぎ」「ゾンビ」といった文字が見えた。どうやら、落書きされたのをこうやって消していたようだ。

あなたの脳裏に、警察官に言いそびれた「いじめ」の三文字が浮かんできた。

やっぱり純はいじめが原因で、死んだのではないだろうか。

あと二日で夏休みが終わってしまうから。学校に行くのが嫌で死んだのではないだろうか。中学校の傍の道で死んだのは、自分をいじめた連中への当てつけの意味があったんじゃないだろうか。

分からない。確たる証拠はない。

でも、あなたは思った。

可哀相――。

それまで、弟のことはあまり好きではなかったし、いじめられるのも当然と思っていた。けれど、いざこういうことが起きてみると、哀れに思えた。

葬儀は純が死んでから四日後の日曜日に、市内の斎場で執り行われた。

中学の教師や純のクラスメイトも、たくさん参列して純を見送った。

この日あなたは、ようやく泣けた。

出棺前の「最後のお別れ」のときだ。

あなたは遺体の確認をしていなかったから、このとき初めて、純の死に顔を見た。

薄めの死に化粧を施され、棺の中で花に囲まれ横たわるその姿を目の当たりにした瞬間、あなたはなぜか猛烈な悲しみに襲われた。

死体という実在は暴力にも等しい圧力で、あなたの胸を締め付け、揉《も》みくちゃにした。

強い強い悲しみがあふれた。

病院で死んだと聞かされたときには流れなかった涙が、止めどなく流れた。

可哀相、可哀相、可哀相。悲しい、悲しい、悲しい。

あなたは、なんだかよく分からないけれど大切なものを理不尽に奪われたような気分を味わった。

死んだのは純だ。わがままで意地悪だと思っていた、あまり好きじゃなかった弟だ。なのにあなたは、自分が何かを失ったように感じた。

そしていつしか被害者のような心持ちになり、泣いていた。

それは葬儀に参列した純のクラスメイトや、学校の教師たちも同じようだった。

彼らは、みな、涙をこぼしていた。きっとその中には、純の教科書に落書きをしたやつや、見て見ぬふりをしたやつもいたはずだ。けれど誰もが、あなたと同じように純を哀れみ、泣いていた。被害者のように。

可哀相な純が死に、みんなが被害者になれた。

母は、純のために涙を流す参列者を眺めて、どこか満足そうに言った。

「純ちゃん、こんなに慕われていたのね」

葬儀の数日後、両親が検察に呼び出され、純を轢いたドライバーを不起訴にすることを知らされた。事実上の無罪放免だ。純が飛び出したというドライバーの証言が、全面的に認められたようだった。

母は「人を殺したのに、なんの罰も受けないなんておかしいじゃない！」と憤慨していたが、あなたには妥当な判断に思えた。突然、飛び出してきた人を轢いて人殺し扱いされたのでは堪《たま》らないだろう。

ただ、警察も検察も、純がなぜ道に飛び出したかまでは追及せず、結局、純の死は、公的には「殺人」でも「自殺」でもない、「交通事故」として処理された。

それからしばらくして、四十九日が過ぎたころだったろうか。

母は突然、学校や純のクラスメイトたちの家を一軒一軒訪問し始めた。そして、生前の純がどんなふうにしていたかを訊いて回った。

純が自殺したことを認め、その真相を探ろうとし始めたわけではないようだった。母は純粋に、純の思い出話をしに行っていたのだ。

母は行く先々で慰められ、励まされたという。

「このたびはご愁傷様です。学校としても驚いておるのですよ。純くんは極めて優秀な子でしたし、休み時間も、友達と……仲よく過ごしていたようですから。本当に惜しい子を亡くしました」「奥さんわざわざ来てくださって。うちの子、純くんが亡くなってから、すっかりふさぎ込んでしまって」「ぼく、鈴木くんによく宿題みせてもらっていたんです。本当に感謝しています」「鈴木くんのいない学校は、なんだか寂しいです。あ、ごめんなさい、おばさんの方がずっとつらいんですよね」

そんな言葉を受け、母は日ごとに生気を取り戻していくようだった。

「先生方も純の将来をとても期待していてくれたんですって」「純は本当にみんなから慕われていたのね」「今日、お伺いした家の女の子、純の話をしてる途中で泣き出しちゃって。もしかして純のこと好きだったのかしら」「みんな、純のことを忘れないって言ってるわ」

それはまるで、母が学校や純のクラスメイトたちと協力して「理想の純の死」を作りあげてゆく儀式のようだった。

純は学校の勉強はできるけれど、空気の読めない嫌われ者で、いじめられた挙げ句に当てつけのように自殺した——のではなく、

純は賢く、将来を嘱望《しょくぼう》され、みんなに慕われていたのに、ある日、突然の事故で非業の死を遂げた——のだ。

やがて、純は車道に迷い出た子猫を助けるために飛び出した——などという明らかな嘘が、実《まこと》しやかに語られるようにもなった。

あなたは、一度だけ母に言ってみたことがある。

「ねえ、お母さん、純って、いじめられてたんじゃない？」

母は、いつもそうしているのと同じ調子で、ため息をついて薄く笑った。

「そんなわけないじゃない」

「じゃあ、純はなんで死んだの？」

「不幸な事故だったのよ。警察の人もそう言ってるわ」

「あの書き置きは？　事故だとしたら、あの日純はどうして学校の傍まで行ったの？」

「陽子、そんなことより大事なのはね、残された私たちが、純ちゃんの分も、一生懸命、強く生きることなのよ」

母はすっきりした顔で、そんなことを言った。

母は目の前のあなたでなく、もうこの世にいない純のことばかりを、いつまでも見ていた。等身大の純ではなく、自分に都合のいいように作り替えた理想的な純の姿ばかりを。

純が死んで一年半が過ぎ、同級生たちが中学校の卒業を迎えたとき、母は卒業式に招かれ、特別に純の名前の入った卒業証書を授与されることになった。

母はスーツを新調して式に出席し、壇上で「卒業生に送る言葉」として純の思い出を語り、最後に「みなさんは、純の分も、一生懸命、強く生きてください！」と呼びかけたという。

その日の夕食のときに、母は満足げに語った。

「体育館の中が割れんばかりの拍手に包まれてね。感動して泣いている子もいっぱいいたわ。きっと純ちゃんは、みんなの心の中で永遠に生き続けるのね」

まるで、純が、母やみんなのために死んだみたいな口ぶりだった。

そして、母は「幸せ」を口にした。

「純ちゃんも、きっと、幸せね」

純は自ら死を望んだというのに。

純の死を一番悲しんだのは母だけれど、一番喜んだのも、たぶん、母だ。


あなたが初めて幽霊を見たのは、その日の夜だった。

自分の部屋で寝ようとして、蛍光灯の紐を引っ張ったときだった。灯りが消え、暗くなった部屋の隅に、ぼんやりと小さな朱色の影が浮かび上がってきた。

影はひらひらと揺れながら、宙を漂う。

それは金魚だった。

突然現れて、水もない空間を泳いでいた。

なぜか怖いとも不気味とも思わなかった。あなたはこの不思議な現象を、ごく当たり前のことのように受け止めた。

金魚は、ぷちぷちと小さな泡がはじけるような音を立てて笑った。

そしてひとしきり笑ったあと、喋り始めた。

——姉さん、姉さん。

「純？　純なの？」

——そうだよ。そうかこれは、純の幽霊なんだ。

やはり怖いとも不気味とも思わなかった。むしろ、すとんと腑に落ちる感じがした。

「ねえ、純、あんたは、どうして死んだの？」

あなたは幽霊に尋ねていた。

——書き置きしたとおりだよ。死にたくなったから、死んだんだよ。自殺するやつなんて、みんなそうだろ？

「どうして、死にたくなったの？」

——生きているのが嫌になったからだよ。

「どうして、生きているのが嫌になったの？」

——死にたくなったからだよ。

幽霊は同じ意味の言葉を繰り返した。

「ふざけないで」

——ふざけてなんかいないさ。人の気持ちや行動なんて、そんなもんなんだ。意味なく突然、降ってくるのさ。人が何を考えて、どう行動するかなんて、本当は自分にだって分からないんだよ。姉さん、よく考えてみてくれ。

幽霊は生きていたころの純より、ずっと饒舌《じょうぜつ》に喋った。

——姉さんは、自分の行動をちゃんと説明できるかい？　たとえば、姉さんは、いつも右足から先に靴を履いてるけど、その理由が分かるかい？

「えっ？」

自分がどちらの足から靴を履いているかなんて、意識したことはなかった。理由どころか、本当に右足が先なのかすら分からない。

――分からないだろ？　姉さんは自分でもよく分からないうちに、右足から靴を履いていたんだ。でも、それが当たり前だよ。人が自分の意志で、身体を動かしているなんてのは錯覚なんだ。人は環境に応じて勝手に行動する動物なんだよ。

「それは、そういうこともあるかもしれないけれど……。自分の頭で考えて行動することだってあるでしょう」

朝、どちらの足から靴を履くかは意識していなくても、たとえば、どの道を歩くかは自分で選んでいるはずだ。

――いや、ないね。人が自分の考えで行動していると感じるのは全部錯覚だよ。いいかい、姉さん、人の行動にはどこかで必ず感情による判断が混じるんだ。たとえば、どんな洋服を着るか、レストランで何を注文するか。考えて選んでいるような気がしても、その選択の根幹は、好き嫌いやその日の気分といった感情だ。さて姉さん、人は自分の感情を選んだり、理解したりできるのかな？　好きなものを好きな理由を説明できるのかな？　姉さんは中学のとき一つ上の山崎って先輩のことを好きになったろ？

幽霊は誰も知らないはずの、まして純は絶対に知らないはずの、あなたの恋を口にした。

——姉さんは、自分で好きになりたくて山崎さんを好きになったのかい？　また、どうして山崎さんを好きになったのか、分かるかい？

あなたは山崎のことを思い出す。

最初から好きだったわけじゃない。第一印象は「冴えない人」だった。彼のことを好きになりたいなんて思ったわけじゃない。それが一緒に過ごすうちに、いつの間にか好きになっていた。

私は、どうして山崎先輩を好きになったんだろう？

「恋はするものではなく落ちるもの」というのは決まり文句だけれど、確かに理由はよく分からない。なんとなく、としか言いようがない。

——分からないだろ？　姉さんは、好きになりたかったわけでなく、何か理由があったわけでもなく、山崎さんを好きになった。つまり、その気持ちは、姉さんとは全然関係ないところから降ってきたってことだよ。姉さん、人間って存在はね、突き詰めれば、ただの自然現象なんだ。どんなふうに生まれるか、どんなふうに生きるか、どんなふうに死ぬか。全部、雨や雪と同じで、意味も理由もなく降ってくるんだ。僕の自殺もそうさ。どこからか「死にたい」って気持ちが降ってきて、僕は死んだんだよ。

途中から、理解が追いつかなかった。靴を履く順番と、恋と、自殺を、同じように考えてしまっていいものなんだろうか。人の心や、考えまでもが、雨や雪と同じ自然現象なのだろうか。

ああ、でも、言われてみればそうかもしれない。
私は自分で選んだわけでも決めたわけでもなく、私なのだから。
幽霊はぷちぷちと笑い、闇に溶けるように消えてしまった。

◇ 4

平日の午前中。通勤通学ラッシュ時を過ぎた西武新宿線の下り電車は、まばらな乗客を乗せて悠々と走る。窓の外を流れる緑の多い景色と相まって、車内は長閑《のどか》な雰囲気に満たされている。

席は十分空いているが座らず、奥貫綾乃はドア横のスペースにもたれるように立っていた。

向かう先は、狭山市。

昨日、国分寺のマンション『ウィルパレス国分寺』で猫に食われた遺体となって発見された鈴木陽子の本籍地だ。

いまのところ、事件性を示す証拠が何も出ていないため、「孤独死の可能性が高い変死」として、綾乃と町田の二人で調べを進めてゆくことになった。

町田に昨日回収した証拠品の精査を任せ、綾乃は鈴木陽子の戸籍を確認することにした。

現状、戸籍の管理システムには全国統一のデータベースはなく、市区町村ごとに個別に管理している。電話で簡単な確認はできても、実際に戸籍を見るには、直接その自治体に行くか、郵送を頼むよりない。狭山市なら国分寺から西武線を乗り継いで一時間足らずなので、急ぐなら直接行ってしまった方が早い。

綾乃は、ポケットからスマートフォンを取り出して、ブラウザアプリを立ち上げた。検索エンジンの窓に「アニマルホーダー」と入力する。

鈴木陽子の部屋に転がる大量の猫の死体を見るうちに、記憶とともに脳裏に蘇《よみがえ》った言葉だ。検索ボタンを押すと、幾つかのサイトがヒットした。どれもすでに目を通したことがあるサイトだし、新しい情報はない。ただ、考え事をするリズムを取るために、文字を追った。

アニマルホーダー。

綾乃がこの言葉を知ったのは、まだ結婚していたころのことだった。

当時、居を構えていた町内で、ちょっとしたトラブルが発生した。昔から数頭の犬を飼っていて「犬屋敷」と呼ばれている家があったのだが、近年、その頭数が異常に増え、衛生状態も著しく悪化しているというのだ。

近隣住民から異臭と吠え声の騒音に対して苦情が出るようになり、町内会の理事が多少犬を減らしてくれるようにと申し入れに行った。しかし、その家に住む初老の男は聞く耳を持たず、訪れた理事に犬をけしかける始末だったという。

この手の隣人トラブルは、話し合いが通じないとなると、途端に対応が難しくなる。特にこの家は、男の持ち家で独り暮らしのため、大家や家族などから間接的に働きかけることも難しかった。

困り果てた町内会は、どこからか綾乃が元警察官だという話を聞きつけたようで、相談を持ちかけてきた。

それまで生活圏が町の反対側だったこともあり、綾乃はその犬屋敷の存在すら知らなかったが、実際にその目で見てみて、確かに酷いと思った。コンクリートの塀に囲まれた敷地に近寄ると、強烈な獣臭さがして、中からは「うおん」「わおん」と、犬の鳴く声がした。門扉の隙間から庭の様子が一部窺えるが、巨大な檻がいくつもあり、鎖で繋《つな》がれた犬が何頭もうろうろしているのが見えた。犬たちは痩せ、腹にはあばらが浮き出て、目だけがらんらんとしている。健康状態がよくないのは一目瞭然だった。家主と話をしに行った町内会の理事によれば、家の中や裏庭にもたくさんの犬がいて、全部で二〇頭近くはいるのではないかということだった。

なるほど、これじゃ周りは迷惑だろうし、犬たちも可哀相だ。

綾乃は町内会の理事に、大変かもしれないがもう一度、話し合いに行き、そのとき犬たちの写真を撮ってきて欲しい、と頼んだ。最低でも一〇頭以上の犬を飼っている証拠になるように、と。

町内会の理事は、それで解決するならと、すぐさま犬屋敷を訪れ、前回と同じように犬をけしかけられつつも、一三頭分、明らかに違う犬の写真を撮ってきてくれた。

綾乃はこの写真を持って管轄の警察署へ向かい、犬屋敷への強制捜査と、家主の検挙を要請した。

日本の多くの自治体では「化製場条例」により、一〇頭以上の犬を飼育する場合は、首長の許可が必要とされている。化製場とは、家畜を食用以外の目的で加工する工場のことで、もぐりでこれを開業させないための規制だ。条例本来の趣旨はどうであれ、無許可で一〇頭以上飼っている証拠さえあれば、これを適用して強制的に止めさせることができるのだ。

元同業者からの訴えということもあり、警察はすぐに動いた。犬屋敷の家主は逮捕され、犬たちは保健所が保護した。家主は起訴まではされなかったものの、さすがに応えたのか、家を売りに出しどこかに引っ越して行った。

一件落着だ。町内会からはずいぶん感謝された。

しかし一人だけ、この顛末《てんまつ》が気にくわない様子の人物がいた。綾乃の夫（いまでは元夫だが）だ。

別に隠していたわけではないのだが、特に夫に相談はせず、彼が犬屋敷のことを知ったのは、警察が介入したあとだった。

「その人、たぶんアニマルホーダーだよ。いわば病気なんだ。本当に必要なのは、排除じゃなくて包摂だよ。警察が無理矢理止めさせるより前に、福祉的な支援策は取れなかったのかな」

このとき夫から、アニマルホーダーという言葉があることを教わった。

曰《いわ》く、まともな飼育ができないのに、大量の動物を病的に集めてしまう人のことだという。日本では単に迷惑な隣人の奇行と思われがちだが、欧米では依存症と同じような精神疾患だと捉える研究が進んでいるのだそうだ。

アニマルホーダーの多くは、心的な問題を抱え、社会的に孤立しており、動物を集めるという行為が、心の傷や孤独を紛らわせることと一致してしまっている。薬物依存症患者が麻薬を止められないのと同じように、彼らは動物を集めることを止められない。だから、公権力が介入して無理矢理止めさせても、また別のところへ行って同じ問題を起こす可能性が高いのだという。

そう言われれば、件《くだん》の犬屋敷の家主も、もともとは常識的な犬好きだったようだが、数年前、連れ合いを亡くしてから近所づきあいが減り、気がつけば大量の犬を飼うようになっていたという。

夫の言い分は正しいのかもしれない。もしかしたら、あの家主には治療や支援が必要だったのかもしれない。

けれど、綾乃は反発を覚えた。

包摂だの福祉だのと簡単に言うが、相手は話し合いにすら応じようとしなかったのだ。綺麗事を言って手をこまねけば、近隣の人たちはその間、ずっと迷惑を被《こうむ》ることになる。常識的にも法的にも間違っている者が支援を受けて、その周りの何の罪もない者が我慢を強いられるのは、道理が通らない。

排除というと聞こえが悪いが、ある問題が発生したとき、その源を取り除くという対処は決して間違ってはいないはずだ。仮に綾乃の取った手段が最善ではなかったとしても、次善ではあったはずだ。それを、こんな後出しでくさされたくない。

「なんで、何もしてないあなたに、そんなこと言われなきゃいけないの？　支援？　包摂？じゃあ、あなたがやってみなさいよ！」

つい、そんなことを怒鳴り散らした。夫はいつものように酷く困った顔をして「ごめん、きみの気に障ったなら謝る」と頭を下げた。

思えばあのころは、もうすでに二人の間はかなりぎくしゃくしていた。

青春時代のすべてを柔道に献《ささ》げ、高卒で警察官になり、日本独特の体育会系的保守主義が身体に染みついている綾乃と、中学までフランスで過ごした帰国子女で、有名私大の大学院まで進み、ごく自然にリベラルな気風を身につけている夫。そもそも、正反対のパーソナリティなのだということは、最初から分かっていた。

お互い、自分にないものに惹かれあったのだと思う。

しかし、実際に生活を共にするとなると、根本的な価値観のずれは埋めがたい溝となって現れた。水と油は混ざらないのだ。

次第に何かというと衝突して、喧嘩をするようになった。いや、違う。見解の相違はあっても、喧嘩なんてしたことがなかったか。

綾乃は昔のことを思い出し、ちくりと胸が痛んだ。

私が一方的に怒ってばかりいたんだ。彼に対しても、そして娘に対しても。

つい余計なことを考えてしまう。

いけない、私でなく、鈴木陽子だ。

綾乃は目の前の問題に意識を集中する。

彼女も、アニマルホーダーだったのではないだろうか。

鑑識係が頭骨の数で確認したところ、あの部屋には一一匹の猫がいたようだという。一応、猫の飼育グッズはあったが、トイレトレーニングができていなかったことなどからも、まともに飼育できていなかったことが窺える。また鈴木陽子には、近所づきあいもまったくなかったようだ。

たとえば、離婚をきっかけに心を病み、あの部屋の中で孤独を深め、すがるように猫を集めていたのではないだろうか。

無論、こんなのは勝手な想像に過ぎない。おそらくは確かめることも難しい。

でも、そんな女の姿を思い浮かべると、背筋を冷たいものでなぞられたような気分がしてしまう。

西武新宿線狭山市駅は、どうやら比較的最近、改装されたようだった。駅舎は真新しく綺麗で、コンビニやおにぎり屋といったテナントが入ったショッピングモールも併設されている。

綾乃は案内板を見て、市役所があるという西口からデッキに出た。

都心の駅前とは違い視線を遮るような大きなビルはなく、地上二階にあたる高さのデッキから、かなり遠くまでの景色と青い空が見渡せた。なかなか穏やかで気持ちのいい眺めだ。

スマートフォンで確認した地図によれば、市役所はせいぜい一〇分足らずのところにあるようなので、タクシーは使わず歩いてゆくことにした。

県道沿いに街路樹に囲まれるようにして建つ狭山市役所は、駅舎ほどではないが、やはり比較的新しく綺麗な建物だった。

綾乃は、正面玄関からその中に入ってゆく。

今朝、事前に電話を入れ事情を説明しておいたため、市民課の窓口で来意を告げると、すでに用意がしてあり、二通の戸籍全部事項証明書の写しを受け取れた。どちらも、あの鈴木陽子のもので、二通あるのは市内を本籍地とした婚姻とその解消があったからだという。

現在、多くの自治体では戸籍事務がコンピュータ化されており、戸籍の写しは従来の縦書きのものでなく、見やすい横書きの表の形式でプリントされる。それに伴い、かつて「戸籍謄本」と呼ばれていたものは「戸籍全部事項証明書」と、「戸籍抄本」は「戸籍個人事項証明書」と、呼び名が変わっている。

警察関係者は職務のために必要であれば個人情報の開示を求めることができるのだが、そのために必要な手続きをどのくらいきちんと踏むかは相手によって変わってくる。

一番きっちりやるのは携帯電話会社をはじめとする民間の通信事業者で、「捜査関係事項照会書」という正式な書面による要求をしても、必要性が認められる最低限の情報しか開示してくれない。それだけ個人情報の漏洩に神経を使っているということだろう。

対して役所は、かなりゆるい。大抵の役所では書面を用意しなくても、警察関係者が身分を示して職務であることを告げれば、ほぼ無条件で戸籍や住民票を用意してくれる。これは公務員同士の仲間意識の為《な》せる業《わざ》かもしれないし、かつて戸籍などの住民情報は無条件公開が原則で誰でも簡単に見ることができたことの名残りかもしれない。なんにせよ、調べる側としては手間が少なくてありがたい。

綾乃は受け取った二通の戸籍に目を通し、あれ？　と思った。

昨日、マンションの大家である八重樫夫人から鈴木陽子が離婚しているという話は聞いていた。しかし、戸籍の記述を見る限り、どうやら普通の離婚ではなかったようだ。

鈴木陽子の身の上は、思っていたよりも複雑なのかもしれない。

綾乃はこの女の死に「事件」の手触りを感じ始めていた。

◇

児玉健児《こだまけんじ》（警察官　警視庁刑事部捜査一課所属　三八歳）の証言

自分が鹿骨の神代邸に現着したのは、午前七時半ごろです。江戸川署に捜査本部が設置されることになり、自分たち殺人犯捜査第四係に出動がかかりました。

はい、自分は、先着していた江戸川署の捜査員や機動捜査隊員らが行っている初動捜査に加わりました。

邸宅内の捜索で、殺害されていたのが、ここに住む神代武という男で、台東区《たいとう》に事務所のある『カインド・ネット』というＮＰＯ法人の代表理事らしいということ、また、現場は無人でしたが、家具、雑貨、洋服などの様子から、邸宅には女性を含む複数人の人間が居住しているらしいことなどが明らかになってゆきました。

隣近所への聞き込みでは、この家の内情に詳しい隣人はおりませんでしたが、数人で同居していたらしいことや、その中に少なくとも一人は女性がいたことが確認できていました。はい、一一〇番通報は女性の声だったということですから、同居していた女が通報者だろうとは考えておりました。

捜査を続けていたところ、九時ごろに、例の三人組、梶原仁《かじわらひとし》、山井裕明《やまいひろあき》、渡辺満《わたなべみつる》が帰宅してきました。

自分の第一印象では、半々でした。三人とも、チンピラふうというか、あまり柄のいい感じじゃなかったのですが、本気で驚いているようだったのと、もし彼らが犯人だとしたら現場に戻らず逃亡するのが自然に思えたので。

ともあれ、重要参考人であることには間違いないので、近くの交番まで来てもらって、聴取をすることになりました。

彼らはみな『カインド・ネット』の職員で、代表理事の神代と、あの邸宅で家族同然に生活しているとのことでした。

また、邸宅には彼ら三人の他に、四〇歳くらいの神代の情婦も住んでおり、昨夜、神代がその女と二人きりで過ごすことになったため、三人は家を空け、銀座へ飲みに行っていたと証言しました。

その情婦がどのような人物か詳しく訊こうとしたところ、三人とも、名前も知らないと答えました。

ある日、神代が連れて来た女で、みんな「あんた」とか「姐《ねえ》さん」と、そういう呼び方をしました。

ていたと。『カインド・ネット』の仕事には関わっておらず、何をしているかも分からなかったけれど、神代の女ということで、みな、納得していた——、というようなことを言っていました。

奇妙な話とは思いましたが、捜索でも、女ものの服や小物は見つかるのですが、身分証や名前の分かるものは一切出てこず、この時点ではなんとも言えませんでした。

それから、八木徳夫《やぎとくお》については、彼らは「や」の字も口にしませんでした。

いまから思えば、余計な情報を出さないように、上手く口裏を合わされたのだと思います。

ともあれ、三人が事件当夜、銀座で飲んでいたことは、すぐに確認が取れ、完全なアリバイがあるため、神代殺しの容疑者リストからは外れることになりました。

はい、近隣住民の証言からも、神代の情婦らしき女がいたことは間違いなく、事件後、行方が分からなくなっていることから、この女が第一容疑者ということで、捜査を進めてゆくことになったのです。

◆ 5

――陽子、

あなたが高校三年生になった一九九一年は、それがすでに歴史の一部となったいまでは、バブルがはじけた年とされている。

際限なく増殖するはずの泡が、帳尻を合わせるような激しさで、はじけ、消え始めたのだ。

けれどリアルタイムでこの時代を生きていた人の大半は、まだそのことに気づいていなかった。多くの人々が「少し景気が悪くなったけれど、来年にはまた元に戻るさ」などと能天気なことを考えていた。

その証拠に、のちに「バブルの象徴」のように語られるディスコがオープンするのはこの年だし、一年中スキーができる馬鹿げたレジャー施設は、もっとあとにできる。

地方の高校三年生を「東京に憧れる者」と「地元を愛する者」に分けるとしたら、あなたは断然、前者だった。

たぶんここは私の居場所じゃない。

いつの間にか、あなたの胸にはそんな想いが鎮座するようになっていた。

家には自分の部屋があったけれど、そこは自分の居場所と思えなかった。滅多に顔を見せず月に一度も言葉を交わさない父と、もういなくなった息子のことばかりを見ている母、そんな二人と暮らす住まいはどこか他人の家のようですらあり、空気が薄かった。

学校の教室には自分の席があったけれど、そこも自分の居場所と思えなかった。クラスの中心にいるヤンキーたちのノリには正直ついていけなかった。かといって、部活にも入らず、何かに熱中しているわけでもなく、いつも放課後は自分と同じようなやや地味目のぱっとしない女子でグループを作って、教室の隅で紙パックのジュースを飲みながら「だりぃね」「超だりぃ」「彼氏欲しい」「私も」「昨日ラジオでさ――」なんて、だべっていた。そこには青春と呼べるような熱はなく、やはり空気が薄かった。たぶんみんな、あなたと同じで居場所がなかったのだ。

まだ地方のロードサイドにレンタルビデオショップやファストファッションの大型チェーン店が雨後の筍《たけのこ》のように建つ前のことだ。三美市のあなたの住む町には、駅前の小さな商店街と田んぼと家しかなかった。女子高生の目線からすればそれは「何もない」に等しい。自転車くらいしか移動手段を持たないあなたにとって、地元は、金魚鉢のように狭く、どこに行っても空気が薄く息苦しかった。

だから、東京へ行きたかった。

雑誌やテレビが伝える東京の街は、羽虫の複眼から見る誘蛾灯のように魅力的に輝いて見えた。

原宿にはすごくお洒落な服を売っているセレクトショップなるものがあるらしい。竹下通りのホコ天では、毎週のようにゲリラライブが行われているという。渋谷のセンター街で有名私大の付属校の男の子たちがチームを作って遊んでいるという。円山町《まるやまちよう》に一〇〇〇人も入れる巨大なライブハウスができたという。ウォーターフロントには次々と新しいディスコがオープンし、毎晩のように派手な格好をしたお姉さんたちが踊りに行くという。

東京なら。

ここじゃなくて、東京なら、居場所が見つかるかもしれない。

根拠もなく、あなたはそう思った。

特にあなたの東京への憧れを刺激したのは、この年放送されたテレビドラマだった。タイトルに「東京」とつくそのドラマのヒロインは、好きな人に堂々と「セックスしよ」なんて言ってしまう奔放なキャリアウーマンだった。スポーツ用品メーカーでばりばり働いていて、すごく広くてお洒落なマンションに住んでいた。結局、好きな人とは結ばれないのだけれど、最後まで彼女は彼女らしく生きてゆくのだ。

あなたは自分があんなふうになれるとまでは思わなかったけれど、東京で独り暮らしをして、東京の会社で働いて、東京の人と恋をしたいと思った。

しかし現実問題、あなたには東京へ行く手段がなかった。

よくテレビで芸能人が「一八のときに親元を飛び出して上京して――」なんて、身の上話をしているけれど、ロクにバイトもしたこともなく、アパートの借り方すら分かっていないあなたは、自分にそんなふうな「上京」ができるとは思えなかった。

東京の大学に進学できれば話は早いが、それも現実的ではなかった。

あなたは、高校での成績はそこそこだったし、全国模試を受けても偏差値五〇弱は取れていた。純のように特別優秀ではなくても「平凡」ではあった。けれど、地方在住の女子でこのくらいの学力では、行ける大学はなかったのだ。

このころの女子の大学進学率はまだ二〇パーセントに満たない程度だ。さすがに母の時代よりは上がっていたが、まだまだ一般的とはいえなかった。特にあなたの世代は、第二次ベビーブームのピークに当たり、競争が厳しく、あなたの周りの女子で大学に進むのは、県立の進学校に通うような「本当にできる子」だけだった。

「平凡な子」だったあなたは、結局、地元の短期大学に進学することになった。

高校の卒業式と短大の入学式に挟まれた春休みのある日、あなたは、特に使い道もなく貯めていた小遣いをはたいて、一日だけ東京に行ってみることにした。

父も開発に関わったQ市のターミナル駅から特急を乗り継げば、東京までおよそ三時間半。遠いけれど、その気になれば、日帰りできないこともない。

それでも、県外に出ることなどせいぜい修学旅行くらいしかなかったあなたにとっては大冒険だった。一人でみどりの窓口に入って、特急の指定券を買ったときは、異常に胸が高鳴った。

行き先は、新宿にした。当時、移転したばかりで日本一高いビルだった東京都庁に行ってみようと思った。最初は東京タワーに行ってみたいと思ったけれど、地下鉄の路線図を見ても、なんという駅で降りてどうやって行けばいいのかさっぱり分からなかったので、都庁にしたのだ。

埼玉の大宮という駅で特急を降りて、E電（当時、駅などの案内板には「JR」ではなくこう表記されていた）で新宿に向かう。

この時点で、あなたは、駅と電車の中にいる人の多さに驚いた。地元の電車は、朝の通勤通学時間帯でも、こんなに混むことはない。

新宿に到着すると、そこは更に大勢の人でごった返し、異常な騒がしさに満ちていた。たまたま、何か特別なイベントのある日に訪れたのかと思ったが、どうもそうではないようだ。

新宿の駅の構内も、階段をあがった先の駅前も、そこかしこ、ありとあらゆるところに人がひしめき、一瞬も立ち止まることなく対流していた。その口から発せられる話し声と、店頭に流れる音楽や呼びこみが幾重にも重なり、音の洪水となって降り注いでいた。あなたは、こんな空間に身を置いたことはこれまで一度もなかった。

次にあなたが驚いたのは、臭いだ。駅前に出た途端、酷い悪臭が鼻をついた。人が発するのか、車が発するのか、あるいは街が発するのか。東京は驚くほど臭かった。

あなたは地元の本屋で買ったポケットサイズの地図を片手に、人と音と臭いの波をかき分けて新宿の街を歩いた。東口の駅前で、お昼の番組をやっている有名なスタジオのあるビルを見つけた。大きな通りの向こうに「歌舞伎町一番街」の文字を掲げた派手なゲートが見え、その奥からは、あの独特で淫靡な空気が滲み出ていた。

あなたは新宿通りを三丁目まで進み、南口方面を経て、西口のビル街までぐるりと駅の周りを一回りした。テレビでCMを流しているカメラ屋さん、日本で初めてインドカレーを出したレストラン、名前だけは聞いたことのある大型書店や百貨店、途中であなたは何度も足を止め「ああここがあの有名な」とその建物を見上げた。

そうこうしているうちにお腹が空いてきて何か食べたくなった。お洒落で美味《おい》しそうなレストランが何軒もあったけれど、あなたは気後れして入ることができなかった。結局、地元のターミナル駅にもあるハンバーガーショップに入って、地元でも食べたことのあるハンバーガーとポテトを食べた。

ご飯を食べたあと、西新宿のビル街へ入り、都庁を目指した。徹底的に無機質で人工的にデザインされたその街並みは、歩いているとまるでSF映画の中に迷い込んだような気分にさせられた。

東口側から大回りしたせいか、都庁にたどり着いたときはもう足がぱんぱんになっていた。新宿のビルはどれも、あなたが見たことがないほど高かったので、日本一の高さを誇るそれを見たときは、すでに感覚が麻痺《まひ》していて、「ああやっぱり高いなあ」くらいしか思わなかった。

せっかくなので無料で入れるという展望室へ行ってみることにした。エレベーターの前には行列ができていて一時間くらい並ぶことになった。ただでさえ疲れていた足はすっかり棒のようになってしまった。

こうして昇った地上四五階からの景色が、三度目の驚きだった。

そこから見下ろす、東京の街には終わりがなかった。遥か遠くに山らしきものは見える。けれど眼下に広がる景色には、田んぼも畑も森もなかった。いや、あったのかもしれないけれど見えなかった。ビルやらマンションやら、建物が建ち並ぶ「街」が延々と続いている。こんな景色は見たことがない。東京は、こんなに大きいのか。

展望室から降りてきたら、もう帰らなければならない時間になっていた。そこであなたは、この日あなたは、ビル街にある地下通路から新宿駅へ向かうことにした。そこであなたは、この日最後のそして最大の驚きに出会った。

このころ、新宿西口の地下通路にはまだ、大量の段ボールとブルーシートで作られたホームレスたちの街があった。そこは地上とは別の「もう一つの新宿」だった。

ホームレスは地元の町にもいたし、河川敷で段ボールハウスを見たことはあった。しかし、これほどの規模で連なっているのを見るのは初めてだった。

地下通路の壁に沿って隙間なく紙の家が建ち並び、赤黒い顔をした男たちが行き交っていた。ごく少数だが、女や若者の姿もある。ある者は身体中を掻《か》きむしりながらぼろぼろの雑誌を読みふけり、ある者は小さなウクレレをかき鳴らし調子の外れた歌をうたい、またある者たちは一本のしけた煙草を四人でわけあっている。幾つかの段ボールハウスにはサイケデリックなペイントが施され、中には複数のハウスを繋げて巨大な絵のように見えるものもあった。背広を着て行き交う人々は、みな当然のようにその前を通り過ぎていた。

東京はあなたが想像していたような、お洒落で洗練された都会とは違った。お洒落なものや、洗練されたものは確かにあったが、それと同じくらい汚く粗雑なものもあった。明らかに後付けで積み重ねていったことが分かる街並みは、整然としてなどおらず、人と物であふれ、騒音と異臭をまき散らしていた。

やっぱりいつか、東京に行きたい——。

帰りの特急に揺られながら、うつらうつらする頭で、あなたは思った。

都庁から見下ろした巨大な街。そのどこかに自分がいることを思い描いた。たとえばあの西新宿のビル街で働いて、気後れせずにお洒落なお店でご飯を食べて、ホームレスの街を横切って、たぶんどこかのマンションへ帰っていく、そんな自分を。

一八での上京を果たせなかったあなたは、このとき密かに二年後、ハタチの上京を夢見た。短大を卒業したら、東京の会社に就職するんだと。

しかし実際に短大を卒業する年になってみて、あなたは思い知ることになる。

地方の平凡な女子短大生が東京の企業に就職することは、地方の平凡な女子高生が東京の大学に進学するよりも、もっと現実的ではないことを。

まず第一に地方の短大には東京の企業の情報など入ってこなかった。就職課にくる案内は地元の企業だけで、まだネットもパソコンもほとんど普及していなかったから、ぶ厚い就職案内だけを頼りに、ほぼ自力で募集をかけている企業を探さなければならなかった。また、当然のことながら東京の企業は就職説明会も採用試験も全部東京で行う。地方在住ならその都度上京しなければならず、無論、交通費も宿泊費も自腹だった。

時期も悪かったかもしれない。この年、一九九四年は「就職氷河期」という言葉が、新語・流行語大賞の審査員特選造語賞を受賞した年でもあった。さすがにこのころになると「バブル崩壊」という言葉が色々なところで叫ばれるようになっていた。企業の業績も軒並み悪化してゆき、それまで空前の売手市場と言われていた新卒採用は大幅に絞られていた。

氷河期の就職戦線は地方在住のハンディを背負って戦うにはあまりに過酷すぎた。


結局あなたは、ハタチの上京も叶えることができず、地元の会社に事務員として就職することになった。六〇代の社長が経営する従業員数二〇人強の小さな部品メーカーだ。

ドラマで見たお洒落な会社とは全然違った。社屋は西新宿で見たようなビルではなく、工場も兼ねる巨大なプレハブだった。そこら中に鉄くずが転がっていて、いつも油の匂いがした。

従業員の平均年齢は高めで、一番歳が近い社員でも一回り上の三〇代。女性はあなたを含めて四人しかいなかった。気さくな社長の人柄を反映してか、職場はアットホームで和気藹々《あいあい》としていたが、その反面、ややデリカシーに欠ける部分があり、たとえば、あなたがなんとなく元気のない様子を見せていると、おじさん社員たちが一切の悪気なく「どうした鈴木選手、今日はメンスか？」なんて声をかけてきたりするセクハラ気質があった。

そんな年上のおじさんばかりの職場は、やはり自分の居場所とは思えなかったけれど、さほど居心地が悪いわけでもなく、家にいるよりはいくらかましだった。

母は未《いま》だに純のことばかりを見ていて、あなたが就職を決めたときも「おめでとう」のひと言すらなく、ため息をついて「純ちゃんが生きてれば、今年、大学入学なのよね。純ちゃんは、どんな大学に行ってたかしらねえ。やっぱり東大か京大かしらねえ。それともハーバードあたりに留学していたかもねえ」なんて中身のないガラス細工のようなｉｆを開陳した。

東大にもハーバードにも縁のないあなたは、会社で社長の奥さんが統轄する「経理部」に配属された形になっていたが、実際にはお茶くみからコピー取り、電話番などの雑用全般をやらされることになった。

その対価は決して高くない、というより安かった。あなたの初年度の月給は、額面で一四万。手取りだと一二万ほどしかなかった。毎朝九時に出社して、仕事が終わるのは夜の七時過ぎ。一応、週休二日制だったが、月に二日程度は休日出勤があった。それで、この額だ。

しかし、あなたは、この待遇に不満や疑問を持つことはなかった。

周りを見回してみても、地元で短大卒や高卒の女子の給料なんて、大体こんなもの。むしろいい方だった。親元で暮らし、家にお金を入れる必要もないあなたは、これで十分だと思っていた。

就職してからは、平日は会社と自宅を往復し、休みの日にはＱ市のターミナル駅まで遊びに行くというのが、あなたの生活パターンになった。

高校時代に放課後だべっていた友達もみんな地元に残っていたので、たまに連絡を取り合って、集まったりもした。昔と違うのは、場所は教室ではなくて居酒屋で、飲むのはジュースじゃなくてお酒ということ。そして、ときどき女子と同じ人数の男子も参加して、合コンっぽくなることだ。

あなたに生まれて初めての恋人ができたのは、就職一年目の夏の終わりだった。合コンっぽい飲み会で知り合った地元の製菓会社に勤める二八歳で、あなたから見て友達の友達の彼氏の友達という距離にいる男だった。

飲み会のあと、家まで送ってもらうことになり、その途中で「少し休んでいこうか？」と誘われ、さすがにあなたにも「ああ、これは、そういうことなんだな」と分かった。

あなたとしては、恋人が欲しいという気持ちは常にあり、その男は少なくとも嫌いなタイプではなかったし、眠れない夜にこっそりする自慰《オナニー》とは全然違うと噂のセックスなるものをそろそろ経験したいと思っていた。

けれどその一方で、頭の中には中学生のときに目撃してしまった両親の獣のような交《まぐ》わいの像が残っていて、恐ろしくもあった。

アンビバレンツな気持ちのまま、なんとなく頷くと、案の定ラブホテルに連れて行かれて「そういうこと」になった。

あなたは大人の恋は告白などなく、ＡＢＣがいっぺんに来て始まることを知った。

初めてのセックスは、期待したほど気持ちよくなく、覚悟したほど恐ろしくもなかった。肉体的には気持ちいい時間より、痛い時間の方が長かった。単純に性的な快感だけで比べるなら自分でした方がずっといい。けれど誰かに耳元で名前を呼ばれ、肌と肌を合わせ体温を共有することで、独りでは決して満たすことのできない何かを得ることができた。

かつて、東京で独り暮らしをして、東京の会社で働いて、東京の人と恋をしたいと思ったあなたは、地元で親と暮らしながら、地元の会社で働いて、地元の人と恋をした。

望みどおりではなかったけれど、それはそれで、悪いものではなかった。

もちろん、悪くないというだけで、いいことばかりじゃない。

大人になった分、地元の町はより狭く感じるようになった。特に若いあなたが楽しめるようなお店やものは圧倒的に少なかった。

雑用ばかりの仕事は面白くないし、会社へ行くのが嫌になるのもしょっちゅうだった。

そして初めての恋人は、つきあって三ヶ月目に実は妻帯者だということが判明し、壮絶な破局を迎えた。彼を飲み会に招いた友達も知らなかったようで、あとから平謝りされた。このときは酷く傷ついて、もう一生恋愛なんかしないとすら思ったけれど、一年もしないうちに、また別の人と付き合うようになった。

結局それが「平凡」ということなのだろうけれど、いいことも、嫌なことも、それなりに経験しながら、概《おおむ》ねは穏やかな日常の中であなたは歳を重ねていった。

まあ、こんなもんかもね。

いつしかあなたは、自分の生活に、そんな、あきらめとも納得ともつかない気持ちを抱くようになっていた。

いつまで経っても、地元を自分の居場所とは思い切れなかったけれど、取り立てて不自由があるわけでもなかった。

この町は都会ではないかもしれないけれど、生きるのに困るほど不便なわけじゃない。食べるものも、着るものも、小さな商店街で手に入る。電車でターミナル駅まで行けば百貨店もある。恋する相手も、まあ、いないことはない。

別に西新宿の会社に勤めて、お洒落なお店でご飯を食べなくても、生きていくのに支障はない。

そもそも、そういう生活は、東京の大学に行けるような優秀な子のものだ。

平凡な私は、この地元の小さな会社で働いて、いつか誰か適当な人と結婚するんだろう。たぶん、これが現実ってやつね。いまは自分の居場所と思えなくても、地に足をつけて生活していれば、いつかそこが居場所になるのかもしれない。

いつの間にか東京へ行きたいという気持ちは、見えないほど小さく縮んでいた。

このときあなたは、自分は結果的にだが、上京という夢をあきらめて、現実的な選択をしたのだと思っていた。

あなたはまだ気づいていなかった。

歌やドラマの世界のように「夢か現実か」なんて単純な二者択一など存在しないということに。

夢をあきらめたからといって、安定した現実が手に入る保証など、どこにもないのだということに。

「地に足をつける」と思ったところで、その地面の中身がぼろぼろなら、ちょっとした拍子で崩れてしまうということに。

人生は個人の選択とは関係なく壊れるときには壊れるものだということに。

気づかないまま、六年が過ぎた。

その間に、象徴的な出来事はいくつもあった。

たとえば一九九五年。年明けすぐに発生した兵庫県南部を震源とする都市直下型の大地震と、その傷跡も癒えぬ間に、今度は東京の地下鉄で発生した宗教団体による毒ガステロ。安全と思われていた都市にあって、なんの罪もない人々の人生が、いとも簡単に破壊されていった。

更にその後、九〇年代の後半に入ってから、バブル崩壊に端を発する様々な経済的災厄が巻き起こった。泡がはじけきり、土地価格が暴落し、金融機関は回収の見込みがなく担保でも補えない不良債権を大量に抱えることになった。一九九七年には、誰でも名前を知っている超大手の証券会社が経営破綻し、自主廃業に追い込まれた。それを皮切りに地方銀行を始めとする金融機関が次々に破綻《はたん》していった。一つの破綻はドミノ倒しのように無数の破綻を生み、日本中で幾つもの企業が倒れた。そこで働く人々の人生を破壊しながら。

一九九八年には自殺者が急増し、年間三万人の大台を超えた。

人生を破壊された人々は、自ら死を選ぶようになった。

そういう時代に、なっていたのだ。

かつて恐れられていた世界大戦や核戦争など起こる気配はみじんもないまま、この国には世紀末と呼ぶに相応《ふさわ》しい状況が生まれていた。

新聞はテレビ欄と四コマ漫画しか読まないあなたも、テレビのニュースや、職場のおじさんたちの話で、どうも不景気が長く続いているらしいということは分かっていた。給料はずっと上がらなかったし、ここ三年は夏の氷代と正月の餅代（あなたが勤めていた会社では賞与のことをこう呼んでいた）は支給されなかった。

けれど、それで別段、苦労したわけでもなく、困ったわけでもなかった。

親元で、お店も娯楽も少ない地方で、まだ二〇代で、仕事は忙しい。そんな生活の中で月一〇万円以上も自由になるお金があれば、あなたは十分リッチだった。

少し前から持つようになった携帯電話の使用料を払って、週一ペースでレンタル屋さんでビデオを借りて、休みの日にはターミナル駅まで出かけ、洋服や化粧品を買って、当時流行し始めたネイルアートをやってみたりして、ごくごくたまに高校時代の友達と会ってカラオケに行ったり、飲みに行ったり。

デフレが始まっていたという事情も手伝って、みんな安上がりですんだ。給料を使い切る月はほとんどなく、この六年間で一〇〇万円を超える貯金ができていた。

不景気からくる閉塞感のようなものは多少なりとも感じていたが、地元の町が息苦しいのは昔から変わらない。

あなたにとっては、地震もテロも倒産も自殺も、どこか遠い街で起きる他人事《ひとごと》に過ぎなかった。

二〇〇〇年、二〇世紀最後の年。あなたの二七度目の誕生日が近づいてきた一〇月のことだ。

その日の朝、いつも早くから会社に行ってしまう父が、珍しくあなたと母と朝食をとった。

家族で食卓を囲むだけなら、珍しいと言っても、年に数度はある程度の珍しさだが、この日の父は、更に、あなたに話しかけてきた。

「晴れてるな」

それは、独り言でなく、はっきりとあなたに向けて投げられた言葉だった。

「え、何？」

あなたはやや面食らい、訊き返した。あなたが記憶する限り、食卓で父に話しかけられるのは成人してからは初めてだった。

「いや、今日はよく晴れてると思ってな」

父は視線を僅かに動かす。その向こう、窓から黄色い朝陽が射していた。三美市では稀《まれ》な晴天だ。

「もうすぐ誕生日だろ。おまえが生まれた日も、こんなふうに晴れていたんだ」父はかすかに目を細めた。

「そうだったわねえ。それで、お父さんが、陽子ってつけたのよね」

母が思い出したように言った。その声色は昔を懐かしむというより、どこか馬鹿にするような響きがあった。

幼いころに何度も聞かされて知っていた。あなたに陽子という名を与えたのは、父だった。よく晴れた日に生まれたから、陽子。母は安直だと言うし、実際ありふれた名前だけれど、あなた自身は、そんなに悪くないと思っている。

次いで父は、いかにもとってつけたような、漠然とした問いを発した。

「陽子、最近どうだ？」

「あ、うん。別に」

あなたは、問いと同じくらい漠然とした答えを返した。同時に自分が少し緊張していることを自覚した。

かつて母を蹂躙《じゅうりん》しているのを目撃したからか、あるいは、圧倒的にコミュニケーションが足りていないからか、おそらくはその両方なのだろうけれど、あなたは未だに父のことを、どこか得体の知れない恐ろしい存在のように感じてしまう。

傍《はた》から見れば毒にも薬にもならない親子のやりとりだろう。しかし、滅多に口を利かなかった父が、突然、話しかけてきたことにあなたは戸惑った。なんだかいつもと様子が違う。

父は「そうか……」と小さく頷くと、口をつぐんだ。もしかしたら、あなたが戸惑っていることは父にも伝わっていたのかもしれない。

それから父は、いつもの父に戻ったように、ひとことも言葉を発せず食事をすませ、背広を着て家を出た。「ごちそうさま」もなければ「行ってきます」もなかった。

父を見送ったあと、母は会社に行くために身支度をするあなたに言った。お得意の不機嫌な笑みを浮かべながら。

「ねえ、陽子、分かってる？　お父さんも、あんたがいつまでも結婚せずに家にいるのを気にしているのよ、きっと」

父がなぜこの日に限って話しかけてきたのかは分からないが、そんなことではないと思えた。お母さんがそう思ってるだけでしょう——喉まで出かかった言葉を飲み込み、あなたは無視してブラウスのボタンを留める。母は構わず重ねて尋ねてきた。

「ねえってば。陽子、あんたもうすぐ二七でしょ。いい人いないの？」

一番最近の恋人とはもう一年以上前に別れていて、いまはその候補になるような男もいない。あなたは半ば無意識のうちに、「どうでもいいでしょ」と漏らしてしまい、その瞬間、内心で後悔した。反応したって、母を喜ばすだけなのに。

案の定、母はなんだか嬉しそうな、勝ち誇ったような口調で言った。

「どうでもよくないわよぉ。私があんたの歳には、もうとっくに結婚して、あんたと純ちゃんを産んでたんだから」

「もう、お母さんのときとは時代が違うんだよ」

あなたはつい言い返してしまう。

確かあなたが子どものころまでは「クリスマスケーキ」という言葉があって、二四歳を目安としてそれ以降独身でいる女性は「売れ残り」なんて言われていた。

けれど、いまや二四歳までに結婚する人はむしろ少数になっている。

クリスマスをもう二年以上過ぎているが、同級生の友達で結婚しているのは半分くらいだ。早々と「結婚しないでずっと独りで生きていく」と宣言している子だっている。

母は優越を貼り付けたような笑みを浮かべていた。

「何言ってんのよお。いつの時代も、女の幸せは変わらないわ。いい人と結婚して、子どもを産むことよ。あんたなんか、ぱっとしないんだから、早くしなきゃ駄目よ。三〇過ぎたら、もう結婚できなくなっちゃうわよ」

なによ、それ。

どうして、この人はこんなことを言うんだろう?

最近、母はあなたに対してやたらと「まだ結婚しないの」というようなことを言いたがる。いまだって、父のことはただのきっかけで、母はこの話をしたかっただけに違いない。

その口ぶりや顔つきからは、親として娘を心配しているような感じは一切受けない。結婚していない娘を蔑《さげす》み、悦に入ってるようにすら見える。

あなたは、少しは反撃してやろうかと思い、ジャケットに袖を通すと、こちらから母に尋ねてみた。

「ねえ、お母さん。そう言うけどさ、お母さんは、結婚したくて結婚したの？　本当は大学に行きたかったんじゃないの？」

このころになると、あなたはもう確信していた。

母は、結婚したくてしたんじゃない。家族が欲しくて家族を持ったんじゃない。

小さなころから勉強ができた（というのが、事実か見栄かはともかく）母は、本当は大学まで進学して社会に出たかったに違いない。けれど「女が知恵付けてどうする」と言うような父親の下《もと》では、それは許されなかった。早めに結婚するしかなかったから、結婚したのだ。

おそらく母は「もし男に生まれてれば」「もし大学に行ってれば」というｉｆを心の中にずっと抱《かか》えている。そんな母にとって、子どもは、そのｉｆを実現する手段だった。だから、男の子で勉強が得意な純に愛情を注いだ。そしてその純が死んでからは「もし純ちゃんが生きていたら」という、もう一つのｉｆを抱えているのだろう。

母は動揺するそぶりも見せず、かぶりを振った。

「そんなわけないでしょう。そりゃあ、勉強は得意だったから、その気になれば大学行けたと思うけど。別に、ねえ？　女が婚期を遅らせてまで勉強してどうするのよ」

ブドウを食い損ねたキツネが、ブドウを食べたかったと認めるわけがない。母はこう付け足した。

「それに、私がお父さんと結婚してなきゃ、あんただって生まれてないのよ？」

それは、そうだけれど……。

あなたは、とてつもなく理不尽なことを言われたような気がしたけれど、それは上手く言葉にできるような思考の形を取らずに、気配だけで消えてしまった。

そんな母との不愉快なやりとりがあったせいで、あなたの頭の中から、いつもと様子が違った父のことは一度消えてしまった。

けれどあとから思えば、あれはサインだったのだろう。

この朝の短いやりとりが、あなたが父と交わした最後の言葉になった。


父の帰宅はいつも遅く、あなたが自室のベッドに入ったあとになることの方が多かった。いつの間にか、母は父の帰りを待たなくなった。かつての純の部屋が母の寝室になり、夫婦の寝室では父が独りで寝るようになった。おそらく、というか、間違いなく、夫婦生活はもうないのだろう。

そんなふうだったから、父が帰らなかったことに気づいたのは、翌朝になってからだった。

「お父さん、帰ってこなかったのねえ。きっと遅くなって会社の傍《そば》に泊まったのね。まったく、しょうがないんだから」

母は特に慌てる様子もなく、暢気《のんき》に構えていたが、あなたは胸騒ぎを覚えた。

番号は教わっていたけれど、一度もかけたことのない父の携帯に電話をかけてみた。しかし電源が入っていないようで、繋がらなかった。父の会社にも電話をしてみたが、まだ早すぎたようで、コールはするが繋がらなかった。

「そんなに心配することないわよ」

母は、まったくいつもと変わらぬ調子で、朝食のトーストをさっさと一人で食べ始めていた。

その様子を見ていると、心配している自分がなんだか馬鹿みたいに思えてきた。

確かに、大人のそれも男が、一日、家族に無断で外泊したところで、騒ぐことはないのかもしれない。父がそれなりにいかがわしい夜遊びをする人間だということは、あなたも知っている。


とりあえずは、様子を見よう。

あなたは朝食をすませて、いつもどおりに会社へ行く準備をした。

念のためと思い、家を出る前に、父の携帯と会社に、もう一度電話をしてみることにした。

携帯は相変わらず繋がらなかったが、会社の方は出社してきた社員がいたようで、若めの男が出てくれた。

あなたは、昨夜父が家に帰ってこなかったので、確認したくて勤め先に電話した旨を伝えた。

すると、男はあなたに信じられないような事実を告げた。

「——え？　鈴木さんって、先月で退職されてますよね？」

あなたは何度も確認したが、電話に出た男が言っている「鈴木さん」は間違いなくあなたの父のようだった。

男によると、父は五〇歳以上の全社員を対象に公募された、早期退職制度に応募し、先月一杯で退職したのだという。いわゆる人員削減《リストラ》だが、個別の退職勧告の類は行っておらず、父は自分からこの制度を利用したようだ。

父は会社を辞めていた。

もちろん、あなたはそんなこと知らなかったし、さすがの母も「嘘でしょ？」と目を丸くした。

クビを切られたわけでもないのに、会社を辞めたことを家族に隠す理由は？　いや、そもそも、どうして辞めたの？

あなたは表に出て、カーポートを確認してみた。車がなくなっていた。父は特別な事情がない限りは電車通勤していたはずだ。もっとも、もう会社には用事はないようなのだが。

では、父はどこへ行ったのだろう？

はっきり言って、嫌な予感しかしなかった。この先、父は帰ってくるのだろうか。

あなたは、自分の勤め先に電話をして風邪をひいたことにして、休みをもらった。

とにかく、父がいまどこにいるのか突きとめなければ。

あなたは母に心当たりはないかと質《ただ》したが、不機嫌そうに「知らないわよ」と言うばかりだった。

それどころか母は、父の知り合いや親戚と連絡を取ることも嫌がった。

「嫌よ。そんなの恥ずかしいじゃない。どうしてもって言うなら、あんたがしなさいよ」

母と口論していても埒《らち》が明かないので、あなたが連絡をすることにした。

といっても、当たれる先は限られている。

あなたの祖父母は父方も母方もすでに他界している。父には兄弟姉妹いずれもいないので、親戚は父からみて従兄弟《いとこ》にあたる人が数人いるくらいだ。また、すぐに連絡先が分かるような知り合いも、そんなには多くない。

あなたは順番に電話をかけていったが、みな「何があったの？」と驚くばかりで、父の足取りは分からなかった。

お昼ごろに父の勤めていた会社に赴いてみたが、こちらも空振りだった。父の上司だったという部長職の男性と、父の同僚だったという男性が応対してくれたが、共に父の居所に心当たりはないと言った。彼らも、まさか父が家族に黙って会社を辞めているとは思っておらず、驚いているようだった。父は先月、退職する直前まで、特にそれまでと変わった様子はなく、普通に勤めていたという。

ただ、部長によれば、早期退職制度を利用するにあたっての面談のときに、父は「まとまった金が必要になって」と話していたとのことだった。

「この早期退職制度は、退職金が割り増しして支払われるものでしてね。まあ、事情は人それぞれありますから、深くは詮索しませんでしたが……」

まとまったお金が必要だった？

あなたにしても、そんな話は初耳だった。それも含めて家族に隠していたとなると、いよいよ雲行きが怪しい。

家に帰って、母に尋ねてみたが、やはり思い当たるフシはないようだった。

「お金？　そんなの聞いてないわよ」

「何かなかった？　たとえば、お父さんが誰かからお金を借りていたとか」

「そんなの、知らないわよ。私に訊かれたって困るわ」

母は眉をハの字にして、すねたように言った。

どうしてよ、夫婦でしょ！　――と言いかけたが、言葉は出てこなかった。

自分だって、親子なのに、父のことはほとんど何も分からない。

何か手がかりになるものはないかと、寝室にある父が使っていた棚などをひっくり返してみたが、何も見つかりはしなかった。ただ、探すうちに、あなたは逆に、なきゃおかしいものがないことに気づいた。

保険証と銀行の通帳、それに印鑑だ。

母が「そういうものは、ここに入れていたはずだけど……」という引き出しの中は空になっていた。

母もこれには驚いたようだ。

「全部持っていったってこと？」

失踪、の二文字が頭に浮かんでくる。

事情はまったく分からないけれど、父が自らの意志でいなくなったのは間違いないように思えた。

「ねえ、お母さん、警察に相談しよう」

あなたは提案したが、母は躊躇った。

「でも、一日帰ってこなかっただけでしょう。そんな大事《おおごと》にするのは……」

「私たちに黙って仕事辞めてて、通帳持っていなくなったんだよ？　一日帰ってこないだけのわけないじゃない！」

「そんなの、まだ分からないでしょう……」

母だって、ただ事じゃないことは分かるだろうに、どうにも煮え切らない。

あなたは、あまり言いたくはなかった頭の隅にある不安を口にした。

「このままお父さんが帰ってこなかったら、生活費とかどうするの？」

母は働いていないし、あなたはこれまで家にお金を入れてこなかった。この家の衣食住は、ほとんど家にいない父によって支えられていたのだ。

「それは、まあ、困るわよねえ」

母は取り忘れた魚の腸《わた》でも食べたときのように顔をしかめ、頷いた。

あなたは気乗りしない母をどうにか説得して、一緒に警察署に向かった。

が、結局、あまり期待したような対応を取ってはもらえなかった。

あなたたちを応接したのは、生活安全課に所属しているという刑事だった。細長い顔に、小さい目と高い鼻、どことなく木彫りの人形を思わせる顔立ちをしていた。

母はまったく喋ろうとしないので、あなたがひととおりの事情を説明した。

刑事はそれこそ人形のように眉ひとつ動かさぬ無表情でそれを聞くと、やけに事務的な調子で言った。

「確かに家出をされている可能性がありますね。捜索願を出して行かれますか？」

「はい。あの、捜してください」

あなたが藁《わら》をも摑むような気持ちで言うと、人形の顔にかすかな苦笑が浮かんだ。

「捜すと言いますか、捜索願を出していただければ、コンピュータに登録され、全国の警察で情報が共有されますので、お父さんがなんらかの形で事件や事故に関われば、すぐに連絡を差し上げられると思います」

「え、捜してはくれないんですか？」

「ええ、いなくなったのが未成年である場合や、何か事件に巻き込まれた形跡がある場合を除いて、私どもが積極的に家出人を捜索することはできないんですよ。市民には自由に外を出歩く権利がありますから。むやみに居場所を突きとめることは、人権侵害にあたる可能性があるんです」

言わんとする理屈は分かるが釈然としなかった。

「でも、父は仕事を辞めたことも黙って、いなくなったんですよ？」

「そういった、ご家庭の中での問題には、私どもは立ち入りませんので」

刑事は抑揚のない声で、しかしきっぱりとシャッターを閉めるように言った。

あなたは何度も「捜してください」と繰り返したが、刑事はそういうふうに作られた人形のように「捜索願は受理しますので」と繰り返すばかりで、首を縦には振ってくれなかった。

「純ちゃんのときもそうだったけれど、警察なんてちっとも頼りにならないわよねえ」

警察署では、ずっとあなたの隣で黙っていた母は、家に帰ってから急にそんな文句を言い始めた。

「これじゃあ、なんのために税金払ってるんだか分からないわ」

言葉では警察の対応を非難しているが、どこか嬉しそうでもあった。

あなたは、あとからこんなことを言うくらいなら、その場で母からも捜してくれるよう頼んでくれたらよかったのにと思った。もっとも、そうしたところで、あの人形が「分かりました、捜しましょう」と言うとは思えなかったけれど。

母に確認したところ、父は口座から引き落とされる水道光熱費以外の生活費として月に二〇万円ほどを現金で母に渡していたとのことだった。今月分をちょうどもらったばかりで、また、母は毎月余った分をへそくっており、これが七〇万円くらいあるという。あなたの貯金もあるので、当面の間はいままでどおりの生活ができそうだが、父が帰らなければ、そう長くは保《も》たないだろう。

母は無職だし、あなたの月給は、父が現金で入れていた生活費の半分ちょっとしかない。また、それとは別に公共料金や住宅ローンが父の口座から引き落とされているはずだが、これがどうなるのかも分からない。銀行に問い合わせてみたが、本人がおらず通帳もないのでは、口座情報は開示できない、とのことだった。

母はまるで危機感を覚えていないようで、反応が鈍かった。

「仕方ないわよ、待ちましょうよ。お父さんが、帰ってくるのを」

しかし次の日も、その次の日も、そのまた次の日も、父が帰ることはなかった。

それでも母は何事もなかったように日常を過ごし始めた。

あなたにしても、父を捜すために仕事を休み続けるわけにはいかない。当面はいままでどおり生活するよりなかった。毎日会社へ行き、仕事をして、家に帰って、眠る。

大黒柱がなくなっても、あなたの家はすぐには崩れ落ちなかった。しばらくの間は、それまでと寸分違わない日々が過ぎていった。

くく。

◇ 6

狭山市役所の一階に小さな喫茶店があったので、奥貫綾乃はそこに入って、いま受け取ったばかりの戸籍の内容をよく確認することにした。

コーヒーを注文し、窓際のテーブルについて、二通の戸籍を並べ、じっくりと読み込んでゆく。


戸籍は、住民票と並んで、日本の行政が管理する住民情報の根幹をなすものだ。ごく簡単に言えば、住民票にはその人が実際に住んでいる（とされている）住所が記載されているのに対して、戸籍にはその人の家族関係や婚姻歴といった身の上が記載されている。

戦前まで戸籍は「〇〇家」というような「イエ」を単位にしており、一つの戸籍に直系傍系含める親戚縁者の情報がすべてまとめて載っていたが、戦後、新憲法施行とともに大きく改正された。現在の戸籍は「夫婦とその子」という最小の「家族」を一つの単位とし、その家族を代表する「筆頭者」に、その配偶者、子という順番でそこに連なる形をとる。特にそう決まっているわけではないが、大抵の場合、筆頭者になるのは男性、夫の方である。

また、戸籍は住民票と違い実際の住居は反映しない。たとえば東京に本籍地のある家族が大阪に引っ越しても、特別な手続きをしなければ本籍地は東京のままになる。別居中の夫婦も離婚していなければ同じ戸籍に入ったままになるし、成人した子どもが家を出て独り暮らしをしていても、独身なら親の戸籍に入ったままになる。

だから、普通、独身者の場合は同じ戸籍に両親と兄弟も載っており、とりあえず血縁者を探すならこれ一つの確認ですむことが多い。

しかし、鈴木陽子はそうではなかった。結婚して戸籍が移動しているからだ。

現行の戸籍制度では結婚すると親の戸籍から外れて、夫婦で新しい戸籍をつくることになる。婚姻届を出すことを俗に「入籍」というのはこのためだ。このとき自由に本籍地を決めることができるので、実際に暮らしている場所を本籍地にすることが多い。だから実家を出て別の県や市で結婚した場合は、本籍地が変わる。

市民課で受け取った二通の戸籍のうち一通目は、鈴木陽子が結婚したときにつくられたものだった。

編成日は平成二三年（二〇一一年）の二月一〇日。思ったよりも最近だ。この日付で、鈴木陽子は新垣清彦《あらがききよひこ》という男と結婚している。

筆頭者は夫で、陽子は妻。この時点で戸籍上は鈴木陽子から新垣陽子になったわけだ。

夫婦の他に名前はないので、少なくとも認知された子どもはいなかったことが分かる。

「妻・陽子」の出生地はQ県三美市、生年月日は昭和四八年（一九七三年）一〇月二一日となっていた。これはマンションの入居届に記入されていたとおりだった。

対して、「夫・清彦」の方は、昭和四〇年の生まれとなっているので、八つ上の計算だ。この夫の「身分事項」の一番最後のところに次のような記載があった。

死亡
【死亡日】　平成23年　12月10日
【死亡時分】　午前3時15分
【死亡地】　埼玉県狭山市下奥富×××
【届出日】　平成23年　12月11日
【届出人】　親族　新垣陽子

どうやら正確には「離婚」ではなく「死別」だったようだ。

日付を見ると、結婚してからおよそ一〇ヶ月後に夫を亡くしてしまったことになる。まだ新婚と言っていい時期かもしれない。

死別の場合だと、通常、妻が何もしなければ死んだ夫の戸籍に入ったままになる。やや奇妙な感じもするが、筆頭者が死んでも戸籍は残るのだ。

ただし、妻が元の名字に戻したい場合などは、手続きをすれば亡夫の戸籍から抜けて、元の親の戸籍に再び入るか、自分一人だけの戸籍をつくることができる。これを「復氏」という。婚姻期間が短かったり、まだ妻が若い場合は復氏することが多い。

綾乃も離婚したときにそうしたのだが、鈴木陽子は復氏して、自分一人の戸籍をつくったようだ。

それが市民課で受け取った二通目の戸籍だ。

編成日は平成二四年（二〇一二年）二月一日。

本籍地は結婚していたときと同じで、籍だけを変えて、名字を鈴木姓に戻している。

自分一人だけの戸籍なので、当然、筆頭者は鈴木陽子自身だ。

鈴木陽子が『ウィルパレス国分寺』に入居したのは、二〇一二年三月一二日だったから、復氏したあとということになるわけだ。だから、鈴木陽子の名義で入居していたのか。

ここまでは、まあ、いい。

離婚でなく死別だったことは「鈴木陽子アニマルホーダー説」を強化するような気もする。結婚してすぐに夫を亡くしてしまい、それをきっかけに心を病んでしまったのではないか、と。

でも……。

綾乃は、テーブルに並べた二通の戸籍を改めて見比べる。

ことはそう単純ではないようだ。

まず、一通目、結婚して新垣陽子になったときにつくられた戸籍にある「従前戸籍」の記述だ。

戸籍は、移動してもきちんと身元を辿れるように、移動先の戸籍には移動元を示す「従前戸籍」が、移動元の戸籍には移動先を示す「新本籍」が必ず記載される。入籍時につくった戸籍に書かれている「従前戸籍」は、結婚前の戸籍ということになる。それがこうなっていた。

【従前戸籍】　東京都三鷹市牟礼×××　鈴木陽子

結婚前の本籍地は東京の三鷹で、彼女自身が筆頭者となる戸籍に入っていたということだ。出生地がQ県なのに本籍地が東京になっていることからしても、鈴木陽子は結婚する前にすでに親の籍から抜けていたことになる。そして、入籍時に筆頭者が夫になることの多い日本では、女性が筆頭者の戸籍ができるケースは、離婚や死別によって復氏したときがほとんどだ。つまり、鈴木陽子は新垣清彦と結婚する前にも一度結婚して、離婚ないし死別を経験している可能性が高い。

更にもう一つ、気になるというか、少なからず驚いた点がある。

戸籍にある除籍のマークだ。

除籍とは読んで字のごとく、その戸籍から抜けて除かれることだ。戸籍に名前が載っている人物が死んでしまったり、結婚や離婚で籍を移動した場合に、除籍になったことが分かるように名前の横に『除籍』と書いたマークがつけられる。かつてコンピュータ化される前の縦書きの戸籍では、この除籍をマークではなく、名前のところに大きな×をつけて示していた。離婚すると籍から抜ける配偶者に×印がつくことから、離婚歴があることを「バツイチ」などと言うようになったという。

一通目の結婚していたときの戸籍は、死んだ夫も復氏した陽子も籍から抜けているので、当然、どちらにも除籍のマークがついている。これは別に不思議ではない。

しかし、二通目の復氏したあとの戸籍にも鈴木陽子の名前のところに除籍のマークがあったのだ。

実際、鈴木陽子は死んでいるわけだが、まだ親族にも知らせておらず、死亡届が出ていないから、死亡による除籍ではない。

鈴木陽子はこの戸籍からも、移動しているのだ。

行き先は、身分事項の欄にこう記載されていた。

婚姻
【婚姻日】　平成24年　7月1日
【配偶者氏名】　沼尻太一
【新本籍】　茨城県取手市和田×××

再婚していたのだ。

この日付で、鈴木陽子はこの沼尻《ぬまじり》太一《たいち》という男と茨城県取手市で婚姻届を提出している。平成二四年（二〇一二年）だから、二年前だ。

仮にこの婚姻関係が継続しているとしたら、彼女は独身ではないし、また、戸籍上の氏名は、鈴木陽子ではなく沼尻陽子なのかもしれない。

昨日の話しぶりからすると、大家の八重樫夫人もおそらく知らなかったと思われる。そもそも『ウィルパレス国分寺』は単身者用のマンションだ。
綾乃は常に持ち歩いているA5サイズのノートをバッグから出して、とりあえずこの時点で推測できる鈴木陽子の身の上を時系列順に並べて書き出してみた。

一九七三年　一〇月二一日　Q県三美市で出生
↓
未確認　結婚？
↓
未確認　離婚・復氏？
↓
【本籍地・東京都三鷹市　戸籍上の氏名・鈴木陽子】
二〇一一年　二月一〇日　新垣清彦と結婚
↓
【本籍地・埼玉県狭山市　戸籍上の氏名・新垣陽子】
二〇一一年　一二月一〇日　新垣清彦と死別
二〇一二年　二月一日　鈴木姓に復氏
【本籍地・埼玉県狭山市　戸籍上の氏名・鈴木陽子】
↓

二〇一二年　三月一二日　『ウィルパレス国分寺』に入居
↓
二〇一二年　七月一日　沼尻太一と結婚
【本籍地・茨城県取手市　戸籍上の氏名・沼尻陽子】
↓
二〇一三年　秋ごろ　『ウィルパレス国分寺』にて死亡
↓
二〇一四年　三月四日　死体で発見

二度結婚しているのは間違いなく、もしかしたら三度結婚しているかもしれない。

いまどきそのくらい珍しくない気もするが、鈴木陽子は単身者用マンションに入居したまま結婚し、退居もしなかったことになる。あまり一般的な状況とは言えないだろう。

また、沼尻太一と結婚したのが、前夫・新垣清彦と死別してから、およそ半年後というタイミングも気になる。

現時点での日本の民法では、婚姻を解消した女性は半年間再婚できないことになっている。仮に子どもができた場合、どちらが父親か混乱しないようにするためだ。鈴木陽子は、まるでこの期間が過ぎるのを見計らったように再婚している。

いい相手と巡り会い、結婚できるようになるのを待って、すぐに結婚したのかもしれない。

単身者用マンションに住み続けたのは、仕事などの事情で籍だけ入れて離れて暮らす別居婚だったからなのかもしれない——などと、可能性だけならいろいろとあるところだろうが、警察官の頭で考えれば、まず思いつくのは偽装結婚だ。

人が社会生活を営む上での様々な個人情報は、基本的に氏名で判別される。結婚して、氏名を変えることは、別人になることに等しい。無論、戸籍を辿ればすべて繋がっており、同一人物だと分かるのだが、そこまでの確認を行うケースは稀だ。

一般的な商取引の記録や、クレジットカードの信用情報などは名前が変わるとリセットされてしまう。多重債務者の女性が、偽装結婚して再び金を借りられるようにするのは、常套手段であり、手数料を取り、それを斡旋《あっせん》する裏の業者も存在する。

もしかしたら、鈴木陽子はそういったことをしていたのではないだろうか。


綾乃は市役所を出るとまっすぐ駅に向かわず、庁舎前のロータリーで客待ちをしていたタクシーに乗った。

「下奥富の×××にある、『コーポ田中』というアパートまでお願いします」

綾乃が告げると、立派な富士額をした五〇がらみのドライバーは「はーい。えっと入間川《いるまがわ》んとこかな」と、カーナビのボタンを押し始めた。

鈴木陽子の戸籍の附票にあった住所だ。

戸籍の附票というのは、戸籍と住民票をリンクさせ、その戸籍に名前のある者の住所を示すものだ。通常の住民票と違い、引っ越しなどによる住所の履歴もすべて記録され、一覧できるようになっている。ただし、戸籍をベースにつくられるため、戸籍が移動してしまうと附票の記録も途切れる。

つまり、いま手元にある附票に記載されているのは、鈴木陽子の戸籍が狭山市にあった期間の住所の記録というわけだ。

そこにある住所履歴は二つだけ。

まず東京都三鷹市のマンションらしき住所から始まって、新垣清彦と結婚した直後に、いまドライバーに告げた狭山市内の『コーポ田中』というアパートに移っている。以後、動きはない。

この『コーポ田中』の住所は、入籍したときの本籍地と一致し、また、鈴木陽子が『ウィルパレス国分寺』の入居届に添えた住民票の住所とも一致する。

三鷹に住んでいた鈴木陽子が、結婚して狭山に引っ越し、夫とともに『コーポ田中』で暮らし、死別したあともしばらく同じ場所に住み続けた――、素直に読み取れば、そう思える。

ただ『ウィルパレス国分寺』に入居したあとも、住民票を移していない。これが妙と言えば妙だが、そのすぐあとに例の再婚で戸籍を移しているので、その先の住民票の動きについては、まだ分からない。

『コーポ田中』は、市の郊外にあたる場所なのだろう、茶畑が点在する町の一角にあった。

春先に特有の、茶の木が土から水を吸うときに発する青臭さが、そこら中に漂っていた。綾乃の実家の近くにも茶畑があり、この時期にこの匂いを嗅いだのを思い出す。

昔ながらの二階建て木造アパートで、小ぎれいだが、築年数はかなり経っていそうで、普請もそんなに上等な感じではない。立地などを考えると、間取りがどうであれ『ウィルパレス国分寺』の方が家賃は高いのではないだろうか。

一階も二階も三部屋ずつの計六部屋。部屋の番号は一階の端からA、B、Cと、アルファベットで振られていた。附票によれば、新垣夫妻が住んでいたのは、B室なので、一階の真ん中の部屋だ。

少し話を聞ければと、両隣を訪ねてみた。C室は留守のようだったが、A室には、おばさんと呼ぶべきか、お婆さんと呼ぶべきか、判断に迷う歳頃の白髪交じりの小柄な女性が在宅していた。

「はいはい、どちらさま？　セールスだったら、間に合ってるよ」

チャイムのないドアをたたくと、女性はそう言いながら、ひょいと顔を覗かせた。

「あの、すみません。奥さん、二年くらい前まで隣のB室に住んでいた、新垣陽子さんってご存じですか？」

とりあえず、奥さんと呼ぶことにして、警察官としてではなく、知人を探しているような感じで訊いた。

「新垣？　ああ、木場《きば》さんの前にいた女の人？」

いま、B室のところには『木場』という表札が出ている。

「ええ、私と同じくらいの歳で、中肉中背というか、大きくも小さくもない、女の人なんですが」

未だ写真がないので、こういう訊き方をするよりない。

「確かいたねえ、そんな人」

「お話しされたこととかは？」

「いやあ、てんでなかったわあ。挨拶くらいなら、何度かしたこともあったかしらねえ」

ここに住んでいたときも、近所づきあいは、あまりしていなかったようだ。

「とても猫が好きな方なんですけど、こちらでも猫を飼っていましたか？」

あのマンションと違い、このアパートなら、一匹でも猫を飼っていれば周りの人は気がつくだろう。

「猫？　憶えがないねえ。野良ならこの辺はまあまあいるけど。飼ってはなかったと思うよ。それどころか、あまり家にいなかったんじゃないかしら。ウチが夜早いからかもしれないけど、ほとんど見なかったもの」

「ご主人の方はどうです？」

綾乃が続けて尋ねると、女性は「はあ？」と顔をしかめた。

「ご主人って、あの人、結婚してたの？」

「はい。年上の方と結婚してここで暮らしていたはずなんです」

戸籍とその附票を見る限りは、そうだ。

しかし女性は首をひねる。

「旦那さんなんて見なかったと思うけどねえ」

「え？　確かに、二年くらい前にいた新垣さんで間違いありませんか？」

確認するように尋ねると、女性は口を尖らせた。

「そんな言われてもねえ、こっちも分かんないわよぉ。木場さんの前にいた女の人はそんな名前だったと思うけども……」

綾乃は、ふと思いつき、訊き方を変えてみた。

「東日本大震災が発生したとき、その人はもうお隣にいましたか？」

関東・東北圏に居住する人は東日本大震災が発生した二〇一一年三月一一日のことを、また関西圏に居住する人は阪神淡路大震災が発生した一九九五年一月一七日のことを、鮮明に憶えていることが多い。人間の動物的な本能の部分が、命の危険を感じたことを忘れないのだという。同じ理屈で、地下鉄サリン事件や、ニューヨークの九・一一テロの日のことなども、よく憶えている人が多くいる。だから、こういった大規模災害や事件の日付の記憶を確認することが、証言の時系列を検証するのに有効に働くことがある。

「震災？　ああ、いたわ、いたわよ！」

この女性もあの日のことをよく憶えているようだ。やや大きな声をあげた。

「この辺りもすごく揺れてねえ。私、ちゃぶ台の下にもぐり込んだんだけど、こんなボロアパート、壊れちゃうんじゃないかって思ったわ。どうにか揺れが収まって、様子を見に外に出ていったら、同じようにお隣から女の人が出てきて。そのちょっと前からお隣の表札が新しくなってて、誰か越してきたのは知ってたんだけど、それまで顔を見たことなかったからね。あ、こういう女の人だったのかって思ったんだったわ」

鈴木陽子が新垣清彦と結婚したのは、二〇一一年二月一〇日で、『コーポ田中』に引っ越してきたのはその直後。東日本大震災が発生するひと月ほど前だ。女性の話は矛盾しない。

すると、この女性が言っている「木場さんの前にいた女の人」は、やはり鈴木陽子――新垣陽子だったのか。しかし、戸籍の附票によれば、夫と二人で暮らしていたはずだ。なのに夫の姿は見なかったという。

どういうことだ？

夫は妻にも増して、近所づきあいをしなかったのか。いや、しかしそれでも、隣に住んでいれば、姿くらいは目にするんじゃないだろうか。

「そのときは、その人と何か話されたりしました？」

「ええちょっとだけね。『すごい揺れたわねえ』とか、そんなことを言ったら『そうですね』って。ああ、そうそう、それで私が『死んじゃうかと思ったわ』って言ったら、その人、呟くみたいに『自然現象ですからね』って。変にすっきりした顔で、ちょっと笑ってるみたいだったのよ。なんだか気味が悪くてねえ」

女性は眉根を寄せながら言った。

『コーポ田中』をあとにした綾乃は、タクシーを拾うため大きな通りに出た。

道の先に橋が見えたので、なんとなくそこを目指して歩いた。橋のたもとに古びた定食屋らしき店があり、入り口に「閉店しました」という手書きの貼り紙が貼ってあった。その前を通り過ぎて、橋にあがり、欄干から川を見下ろす。

幅広くゆったりとした流れ。その川上から、風が吹いてきた。涼しくいい風だが、少しだけ生臭い。

『入間川』と書かれた標識が出ていた。

名前と、埼玉県を流れる川だということくらいは綾乃も知っていたが、それ以上の知識はなかった。眼下の流れがどこからきたのか、そしてどこへ行くのかも、分からない。

鈴木陽子らしき女が口にしたという「自然現象」という言葉が妙に耳に残っていた。

◇

手塚学《てづかまなぶ》（NPO法人『助け手』代表理事　四〇歳）の証言

はい、『カインド・ネット』の悪い噂は結構有名でした。

NPOって聞くと、それだけで信頼できる真面目な団体だと思われがちですが、あ、いや、もちろん、うちを含めてほとんどの団体は、実際、真面目にやってるんですけど、中にはそのイメージを隠れ蓑《みの》にして、あくどいことをやる連中もいるんですよ。税制の優遇などを受けられる「認定NPO法人」になるには、一定の要件を満たす必要があるのですが、普通のNPOをつくるだけなら、それこそ誰でもできますから。

『カインド・ネット』がやっていたことは、表面的には私たちのような貧困者支援団体と変わりません。住居をなくしたり、働けなくなって、貧困状態に陥ってしまった人たちの相談に乗り、必要があれば生活保護の申請を手伝ったり、住む場所を紹介したりもする。

こういった支援の目指すところは、その人が自分らしく生きられるような環境をつくること、そして働くことができるのであれば、きちんと働いて、自立して生きていけるようにすることです。しかし『カインド・ネット』はその正反対の、貧困者を貧困に縛り付けるような「支援」を行っていたようです。

彼らは、ホームレスの人などに声をかけ「生活保護を受けて、生活を安定させましょう」「保護費で入れる三食付きの格安物件があるんです」「ここに住んでくれたら私たちも支援がしやすいのです」などと言葉巧みに誘導して、生活保護を受けさせた上で自分たちの管理するアパートに住まわせます。それで、手数料、家賃、食費、光熱費など様々な名目をつけて、毎月の保護費から必要以上の経費を徴収するんです。

そうです、俗に「囲い屋」と呼ばれる貧困ビジネスです。

貧困状態に陥っている人は、社会的に孤立してしまっていたり、心身ともに不調を抱えていたりすることが、非常に多いのです。そういう人が一度、このような悪徳団体に囲われてしまうと、声をあげることができなくなってしまいます。

でも、自立のための支援を何もしなければ、その人は絶対に貧困から抜け出せません。それこそが『カインド・ネット』の狙いです。貧困から抜けられなければ、彼らはずっと搾取し続けられるのですから。

管理しているアパートに空きが出ると、彼らはドヤ街や、川原にホームレスをスカウトしに行くのですが、それを「入荷」と呼んでいたようです。貧困者を完全にモノ扱いしているのが窺えます。

昨今、マスコミなどで生活保護費の不正受給が批判され、生活保護という制度そのものへの風当たりが強くなっていますが、そういう風潮が、逆にこの『カインド・ネット』のような団体をのさばらせているのではないでしょうか。

いま、不正受給への批判や財源の不足を理由に、多くの自治体で蛇口を締めるように、申請を厳格化して、生活保護をなるべく受給させないようにしています。しかし、このやり方では、たとえば、事務能力がない人や、自分の状況を上手く説明できない人といった、立場の弱い人がはじかれてしまい、『カインド・ネット』のような業者は、むしろ申請の通し方を熟知していてマニュアル化したりしていますから、楽々すり抜けてしまうのです。日本では、生活保護の捕捉率――あ、給付水準の生活をしている人のうち、実際に受給している人の割合ですが――、これは二〇パーセント程度しかありません。つまり、本当は生活保護を受けられる水準の生活を強いられているのに、受けていない人が相当程度いると考えられるのです。対して、不正受給の割合は、金額ベースでは僅かに〇・四パーセント程度。仮に倍の暗数があったとしても、一パーセントにも届きません。不正は十分に少ないのです。いま、本当に必要なのは門戸を閉じることではなく、開くことで社会全体が……

え？　ああ、すみません、つい。

ええ、『カインド・ネット』でしたね。はい、いま話したように、実態は囲い屋だったようです。同じ地域で似たような活動をしてましたから、福祉事務所なんかで何度かニアミスというか、職員の方を見かけたこともあります。

まあ見た目で判断してはいけないのでしょうが……、正直、チンピラっぽいというか、福祉関係の仕事をしている人の雰囲気ではありませんでした。

◆

7

――陽子、

あなたの家に、あの男たちがやってきたのは、父がいなくなってひと月ほどが過ぎたころだった。

一一月に入り肌寒くなってきた日曜日の朝。あなたは、ぼんやりとテレビを観ながら、いつもより少し遅めの朝食をとっていた。

父を捜そうにも、あてはほとんどなく、会社も知り合いも親戚も当たり尽くしてしまった。

天気予報によれば、三美市は一日中雨。県の内陸では初雪が降る見込みだという。窓の外は薄暗く、ガラスに水滴が張り付いているのが見えるが、雨音はテレビの音と、二階から漏れてくるモーター音にかき消されて聞こえない。先に食事をすませた母が、珍しく二階の自分の部屋を掃除していた。

チャイムが鳴った。

あなたはリビングの壁に設置されているドアホンのボタンを押した。

「はい?」

〈おはようございます。朝から恐れ入ります。あの、鈴木さんに大変お世話になっている者な

のですが、少々よろしいでしょうか〉

玄関に出てドアスコープを覗くと、二人組の男が立っているのが見えた。

背が高くでっぷりと肥《ふと》った大男と、背が低くメガネをかけた痩せぎすの小男という、絵に描いたような凸凹《でこぼこ》の二人組だった。

父の知り合いのようだが、どちらにも見覚えはなかった。

あなたがドアを開けると、小男の方が「突然、押しかけてしまい申し訳ありません」とお辞儀をした。

その背後の大男も軽く会釈をする。雨の中を歩いてきたからだろう、二人ともコートに小さな水滴を幾つも張り付かせていた。

「あ、いえ。あの、すみません、いま父はいませんで……」

「ずっと、ご自宅に帰っておられないわけですか？」

小男が確かめるように尋ねた。

「はい」と頷いたあと、あなたは気づいた。

家人に「いない」と言われれば、出かけていると思うのが普通だ。けれど、いまの尋ね方は、まるで父が家出したことを知っているようだった。

「いや、私どもも、鈴木さんと連絡が取れなくなって多少困っておりまして、ご家族と関係ある話もありますので、上がらせてもらって少々お話しよろしいでしょうか」

小男の物言いは穏やかだが、有無を言わせない重みが感じられた。

あなたはこの二人が、父がいなくなった理由を知っているに違いないと確信した。

正直、あまりいい予感はしない。けれど確かめたいなら、この二人の話を聞くよりない。それに、帰れと言って帰ってくれる雰囲気でもなかった。

「あの……、どうぞ」

あなたは二人を家の中に招き入れた。

「では、失礼いたします」

二人は靴を脱ぎ、羽織っていたコートを手に持つと、中へ上がってきた。

小男の方は、父や母と同世代だろうか。品のいい三つ揃いのスーツを着ている。たれ目で常に微笑んでいるような温和な顔立ちだ。実際に物腰柔らかく、立ち居振る舞いも丁寧だった。

一方、大男は四〇前後だろうか。何もかもが小男と対照的で、喪服のように黒いダブルのスーツに、ワインレッドのシャツという組み合わせは、上品とはいい難い。顔立ちは厳《いか》つく、肥っているせいか頬が垂れ、まるでブルドッグのようだ。無言のまま小男に付き従っている感じだが、その体格も相まって、異様な迫力があった。

「いま、母も呼びます」

あなたは二人をリビングに通し、二階の母に声をかけた。

母が下に降りてくると、小男は深々と頭《こうべ》を垂れ、大男もそれに倣《なら》った。

「奥様ですね。私どもご主人に大変お世話になっておる者でして」

「あ、はあ」と、母は相づちを打つ。

どうやら、母もこの二人組とは面識がないようだ。

母はあなたの傍に寄り、小さな声で尋ねた。

「どちらさま?」

「分かんない。お父さんの知り合いみたい」

それが聞こえたのだろう、小男は、母に名刺を差し出して改めて挨拶をした。

「ああすみません、申し遅れましたが、私、弁護士をしている永田《ながた》と申します」

名刺の肩書きには『永田法律事務所　弁護士』とあった。

「弁護士さん、ですか?」

母は名刺をまじまじと見つめている。

「はい。そしてこちらが、遠藤《えんどう》社長です」

永田に促され、大男の方も名刺を出した。

「初めまして。遠藤です」

このとき、初めて大男の声を聞いたが、体躯《たいく》どおりの野太い声だった。こちらの名刺の肩書きは『エンドー企画　代表』となっている。どんな会社なのかは、まったく分からない。

遠藤から名刺を受け取るとき、母が身をすくませるのが見て取れた。無理もないと思う。かなりの威圧感だ。

弁護士と、やたらと迫力のある強面《こわもて》の社長。あなたは、いい予感がしないどころか、かなり嫌な予感がし始めていた。

「あのそれで？」

あなたが尋ねると永田は、にこやかな顔で答えた。

「鈴木さんのことで、ご家族にもお知らせしておかないといけないことがありまして……。ちょっと落ち着いて話をさせていただいてもよろしいでしょうか」

永田は、ダイニングテーブルのほうを一瞥《いちべつ》した。

「あ、はい、どうぞ」

あなたは二人に椅子を勧め、母は気づいたように台所へ向かい、お茶を用意した。

永田と遠藤、あなたと母で、向かい合うようにテーブルにつくと、永田がおもむろに話の口火を切った。

「私どもが本日参りましたのは――」

永田の穏やかなたれ目の奥に、一瞬だけ冷たい光が宿ったような気がした。

「――鈴木さんの遠藤社長に対する債務、まあ平たく言えば借金ですが、これの清算についてお話しさせていただきたいと、こういうわけなんですな」

嘘でしょ？　という驚きと、やっぱりそういうことか！　という納得が同時に心に現れた。

借金。父がまとまったお金を必要としていたと聞いたときから、その可能性は頭にあった。

しかし実際にこうして告げられれば、やはり狼狽《ろうばい》してしまう。

しかも遠藤という男は、いわゆるカタギには見えない。

「借金……ですか？」

母が訊き返すと、永田は笑顔を浮かべて「さようでございます」と頷いた。

「あの、いくらくらい？」

永田はアタッシュケースから、Ａ４サイズの紙を一枚取りだし、テーブルに置いた。借用書だ。金額は三二〇〇万円。父の筆跡で署名捺印がされており、印紙も貼ってある。

「はあ……」と母は、目をしばたたかせた。大きな金額に困惑しているというより、よく意味が分からないような様子だ。

「これをどう清算するか、私が間に入りまして、鈴木さんと話し合っていたんですが、急に連絡が取れなくなってしまいまして。困ったというか、とても心配になりまして、こうしてご自宅までお伺いした次第です」

「父はどうして、こんなお金を？」

あなたが絞り出すように尋ねると、永田は眉間に皺《しわ》を寄せ、いかにも同情しているふうに首を振りながら答えた。

「株と先物の投資で、失敗してしまったようでして」

「投資ですか……」

これも初耳だった。

隣で母もきょとんとしているから、やはり知らなかったのだろう。

「バブルというのは、まったく恐ろしいものでしてねえ。最近、有名企業の倒産が続いておりますが、企業だけでなく、そこら中の個人にも同じことが起きておるのですよ。鈴木さんも、バブル期に流行していた『財テク』ってやつをやってましてね。最初はまあ、ちょっとした実益を兼ねた趣味のつもりだったそうなんですが——」

永田の語るところによれば、父は軽い気持ちで始めた投資で、思った以上に儲けを出したことをきっかけに、のめり込むようになったのだという。が、ほどなくしてバブルは崩壊。信用取引で手持ちの資金を大きく上回る規模の投資を行っていた父は、多額の負債を抱え込むことになってしまったという。

バブル期というと、あなたは高校生で、純がトラックに撥ねられて死んだころだ。財テクという言葉も、当時よく耳にした気がする。

「美味《うま》い話はない、とは言いますが。この国には一瞬だけ、なんの知識もない素人でも、ただ売り買いするだけで資産を何倍にも増やすことができた時期があったんです。ただねえ、こういうのは、結局は帳尻が合うようになっているんですよ。本当に勝てたのは、それを承知して、絶頂期に売り抜けてゲームを降りた一握りの人だけです。圧倒的大多数は、気づいたときには、もう降りるに降りられなくなって、ツケを払わされることになった。鈴木さんも、その一人でした。ええ、そのことは責められません。だって、鈴木さんは悪いことをしたわけじゃない。ただ、一握りの勝ち組に入れなかった、平凡な普通の人だったというだけのことです。誰でも、勝てるように見せかけられているのに、本当はごく一部の人間しか勝てないゲームに負けたところで、何を責められましょうか。借りたものさえ返せば、まったく問題ありません」

永田はにっこりと笑った。その笑顔に、あなたは怖気《おぞけ》を覚えた。

まさか、この借金を肩代わりしろと言うのだろうか。はっきり言って、無理だ。

「でも、その……うちにはこんなお金は」

あなたがおずおずと言うと、永田は笑みを浮かべたままうんうんと頷いた。

「ええ、ええ、鈴木さんの借金は、あくまで鈴木さんの借金ですからね。遠藤社長は真面目な金融業者ですから、ご家族から無理矢理取り立てるようなことはいたしません」

そうなのか。

あなたはかすかな安堵《あんど》を覚えた。

でも正直、この永田の横でずっと腕を組んで話を聞いているブルドッグのような大男のビジュアルと、真面目という言葉は結びつかない。

永田は続ける。

「奥様や娘さんがない袖を振る必要はございません。こちらとしましても、法律に則《のっと》って清算させていただきますので、そのことだけご了承くださいませ」

法律に則って、清算？

あなたは、そしてきっと母も、その意味するところを掴みかねた。

それを察したのか永田は言った。

「担保となってます、このご自宅を競売にかけさせていただきますので」

「えっ？」思わず声が出た。「競売って、売るってことですか？」

「さようで」

「じゃあ、私たちは」

「まあ、立ち退いていただくことになるかと」

「そんな……」

ちらりと横の母を見ると、小さく口を開いて、ぽかんという音が聞こえそうな様子で呆然《ぼうぜん》としていた。

刹那《せつな》、時が止まったかのように沈黙が流れ、外の雨音が聞こえた。

あなたは口を開いた。

「こ、困ります！」

「困ると申されても、困りますよ」

「でも」

あなたが抗議しようとすると、突如、ばしん！　という雷鳴のような音が響いた。

永田の隣で、ずっと黙っていた遠藤が掌でテーブルを叩いたのだ。

遠藤は厳つい顔を更に厳つくして、あなたと母に怒声を浴びせた。

「ふざけんじゃねえぞ！　借りたもんは返すんだよ！　ガキでも知ってることだろうが！」

「きゃあ！」と母が悲鳴を上げて、座ったまま避けるように身体をのけぞらせる。

あなたも、反射的に身をすくませていた。

一瞬のうちに、恐怖に心を掴まれた。

怖い、嫌だ、逃げたい。

しかしここは自宅で逃げ場はない。遠藤は、やや腰を浮かせて、あなたの方へ身を乗り出してきた。ブルドッグの凶相が近づいてくる。

「寝ぼけたこと吐《ぬ》かしてんじゃねえぞ！　文句があんなら今すぐ、三二〇〇万、耳揃えて返しやがれ！」

「す、すみません」

あなたは逃げるように身を反らし、震える声で謝っていた。

隣の母も顔を真っ青にしている。

遠藤は「ちっ」とわざとらしいくらい大きな舌打ちをしたあと、あなたと母の顔を見比べて下卑《げび》た笑みを浮かべた。

「それとも、あんたらが、働いて返すか？　まあ、母親は歳の割に器量がよさそうだし、娘の方も、並だが悪くねえ。親子丼を喜ぶ金持ちは少なくねえからな。なんとかなるんじゃねえか」

血の気《け》が引いた。遠藤の言う「働く」の意味は容易に分かった。そんなの絶対に嫌だった。

この恐ろしい男を真面目と評した弁護士が、笑いを含ませた声で制する。

「遠藤さん、そのくらいにしときなさいよ」

「ええ」と、遠藤は身を引いて、椅子にふんぞり返った。

その姿が目の前から少し遠ざかっただけで、かすかに気持ちが軽くなった気がした。隣で母もほっと息をついていた。

「いやいや、すみませんね。遠藤社長は普段は優しい人なんだけど、ちょっと気が短くてね。ほら、この人だって、借金踏み倒されちゃかなわないわけですから、やっぱ頭に血が上《のぼ》っちゃうんですよ」

永田はアタッシュケースから、更に数枚の書類を出してテーブルに広げた。

「この登記簿を見ていただくと抵当権がどうなっているか分かるんですがね。先々月、鈴木さんは、借金の清算のために住宅ローンを一括返済されてましてね、銀行が設定した第一抵当権はもう外れているんですね。それで、第二抵当権を持っていたこちらの遠藤社長が、繰り上がって――」

借金の返済が追いつかなくなった父は、マイホームと土地を供することで清算すると遠藤と約束していたのだという。

父は抵当権を整理するため、住宅ローンを一括返済していた。まとまったお金を必要としていたというのは、おそらくこれだ。だから、早期退職制度を利用したのか。

「――で、立ち退きなんですが、別に、今すぐ出ていってくれという話じゃないんですね。競売が始まるのは年明けの四月ですから、三月いっぱいまでに空けていただければ、それで問題ありません。新しい住まいを探す時間的な余裕も十分ありますよ」

永田は、最後に言葉を一度切り、あなたと母を見回して確認した。

「よろしいですね？」

その隣では、遠藤が据わった目で睨《にら》みを利かせている。

首を横に振ることなどできなかったし、そもそも法的にも向こうに分のある話のようだ。嫌だと言ったところで、強制的に立ち退かされるのだろう。

「はい」と先に母が返事をし、あなたも頷いた。

「いやあ、よかったです」

永田は満面の笑みを浮かべ、遠藤も表情を緩めたようだった。

「あ、あの……、お二人は父がどこにいるのかはご存じなんですか？」

あなたが尋ねると、二人の男は目配せをしてそれぞれに苦笑を浮かべた。

「さあ」と、永田は首をひねる。

「見つかんねえよ」遠藤がそっけなく言った。「大人の男が本気で逃げてんだ。指名手配でもかけねえ限り、そうそう見つかるもんじゃねえさ」

その声は妙に説得力のある響きがした。

父は逃げた。状況からそれは明らかだった。

でも、父は清算の筋道を付けてからいなくなったのだから、正確に言えば借金から逃げたわけじゃない。借金を清算して家を手放したあとやってくるはずの、家族三人の暮らしから逃げたのだ。

永田が提示したタイムリミットは二〇〇一年、三月末。

とりあえずは、住むところを確保しなければならない。しかし、今のところ母は無職だ。あなたの手取り一二万の給料だけで家賃を支払って生活するのはかなり厳しい。

あなたは今更ながら、自分のもらっている給料が「実家暮らしの娘さん」を前提にしているものだということに気づかされた。

貯金のあるうちに、母にも仕事に就いてもらい、自分ももっと給料のいい会社に転職しなければならないかもしれない。

でも、そんな都合よくいくだろうか。あなたが知る限り、地元で働いている同級生の女子で、手取り二〇万円以上の給料をもらっている子はいない。仮に、当面、生活が成り立ったとしても、母の老後の面倒まで見れるだろうか。

この先、母と暮らしていくことを考えると、不安しか湧いてこなかった。

そう。このときのあなたは、どうであれ、ずっと母と一緒に暮らしていくことになるのだと思っていた。

別に、積極的に親孝行をしたいわけじゃない。正直、育ててくれたことに対する感謝の気持ちなども湧かない。それどころか、母を好きか嫌いかのどちらかで判断するなら、嫌いの方に針が振れる。

幼いころから弟のことばかり見ていた母、いつも嫌なことばかり言う母、疎ましい母。

けれど、なんの食い扶持《ぶち》もないのに放り出すわけにはいかないとも思う。

縁、絆《きずな》、情、血——どんな言葉で表現すればいいのかよく分からないけれど、切っても切れない繋がりを母には感じていた。住む場所が変わるのだとしても、これまで三〇年近くそうだったように、これからもこの母と生きていくのだと思っていた。

しかし母の方には、まったくそんなつもりがなかったと気づかされたのは、家を空ける期限まで二ヶ月を切ったころだった。

あなたは夕食のとき、さすがにそろそろ住むところを決めなければならないからと、母に週末、一緒に不動産屋を見に行こうと提案した。

するとと、母はすました顔で言った。

「ああ、私はいいわよ。あてがあるから。あんた一人で住むとこ探しなさい」

「え？」

あなたは面食らった。

「兄さんがね、私一人なら面倒見てくれるっていうから」

兄さん――長野に住む、あなたからしたら伯父にあたる人物だ。法事の席で一度は会ったことがある。確か、奥さんと娘が一人いた気がする。

「お母さん、伯父さんのとこに住むの？」

「そうよ」母はこともなげに頷いた。

「私とは別々に暮らすってこと？」

「そうよ」やはりこともなげに。

あなたが切っても切れないように思っていた繋がりは、母にとっては簡単に断ち切れる程度のものだったようだ。

「あんただって、独りのほうが気楽でしょう?」

それはそのとおりだ。母から「まだ結婚しないの」なんて嫌みなことを訊かれるとき、いつも、いっそ独り暮らしをしたいと思っていた。

母と離れて暮らすのだと思うと、清々《せいせい》する。

だからあなたは「うん」と頷いた。

母はきょとんとした顔であなたに尋ねた。

「あんた、なんで涙ぐんでいるのよ?」

そんなことは、こっちが聞きたかった。


母が長野に発《た》ったのは、三月の中ごろ。朝から霧のような雨が降り、傘を差さずに歩いていても雨粒を感じることはないのに、気がつくと濡れている、そんな日のことだった。

日曜日で会社は休みだったので、あなたは最寄りの三美駅まで、母を送ってゆくことにした。

「まったくじめっとした町よねえ」

鈍色《にびいろ》のカーテンを降ろした住宅街を歩きながら、母はそんなことを言って、例の不機嫌な笑みを浮かべていた。

かさばる物は先に宅配便で送っているので、母の荷物はトランク一つだけで、まるでちょっとした旅行に行くような風情だった。

駅へ向かう道は、途中まであなたや純が通っていた中学校の通学路と同じだ。

家を出て最初の十字路を通り過ぎたとき、あなたの脳裏に久しく忘れていた初恋の思い出が蘇った。

山崎先輩とここで別れたんだっけ。いまごろ、何してるんだろう？　漫画家になりたいって言ってたけど、あの夢は叶ったのかな。

しばらく歩くと、やや大きめの二車線道路に出る。右に行けば中学校、左に行けば駅だ。

あなたたちは左に向かう。

母が小さく息をついたのが聞こえた。

あなたは、母はきっと純のことを考えたのだろうと思った。この道を中学校のある方へずっと歩いて行った先で、純はトラックに撥ねられた。

「ねえ、お母さん。純が生きていたら、いまごろ、どうしてたと思う？」

あなたは、なぜこんなことを母に尋ねているのか、自分でもよく分からなかった。

「え、そうねえ」

母は、とても嬉しそうに、きっと頭の中に常にあったのだろうｉｆを披露してくれた。

「きっと、純ちゃん、東京のすごくいい会社に勤めていて、結婚もして、孫も生まれていたでしょうね。私は純ちゃんのとこで一緒に暮らしているかもしれないわね」

母のｉｆには、母自身を除いて実在する人間は一人も出てこなかった。もちろん、あなたも。

ああ、そうか、この人はこういう人だった。

そのことを確認するために、訊いたのかもしれない。

やがて駅が見えてきた。ホームまではついていかずに、あなたは改札で見送った。

「あんたも、早くいい人見つけて、結婚なさいよ」

別れ際に、思い出したように母は言った。

「お母さんには、関係ないでしょ」

あなたは本心からの言葉を返した。

母は「そうね」と少し笑って「じゃ」と一度手を振ると、改札の中へ消えていった。本当に、ちょっとした旅行にでも行くように。

もうあなたの涙腺は緩まなかった。


母を見送ったあと、あなたは駅前のスーパーで、お昼に食べるサンドイッチと、夜に食べる冷凍のピラフを買って家に戻った。

玄関の鍵を開け、中に上がる。

「ただいま」と口に出してみたが、当然のことながら、それを聞く者はなく、声はやや間抜けな余韻を残して宙に消えた。

かつて四人家族が暮らしていた家に、あなただけが残った。

そのあなたにしても、もうすぐ出ていくのだけれど。

すでに次に住む場所は決めていた。どうせ独りなら、通勤に便利な方がいいと、会社へ歩いていける場所にアパートを借りることにした。家賃を節約するために、三月末日ぎりぎりまでは、この自宅に住む予定だ。

弁護士の永田からは、三月中に人がいなくなっていればそれでいいと言われている。特に掃除をしておく必要も、家を空にする必要もなく、要《い》らないものは置いていってもいいとのことだ。

あなたはリビングでサンドイッチを食べたあと、ぼんやりとテレビを観て過ごした。情報バラエティ番組、クイズ番組、キャスティングで犯人が分かる二時間サスペンスの再放送、夕方のワイドショー、どれも大して面白いと思えなかったけれど、他に何もすることがない。

気がつけば窓の外が暗くなっていた。ガラスにへばりついた雫《しずく》が、部屋の灯りを反射している。はっきりと目で見ることはできないけれど、霧のような雨はまだ降り続けているようだ。

思えば、これまで母が家を空けることは一度もなかったから、夜、独りで過ごすのはこの日が初めてだった。

空腹を覚えた。ただテレビを観ていただけなのに、お腹は減る。

冷凍ピラフをレンジで温めて食べて、またぼんやりテレビを観た。

バラエティ番組の三時間スペシャル、超人気アイドルグループが出演するスペシャルドラマ、ちょうど番組改編期で、特番が多い。昼の番組よりは夜の番組の方がいくらか面白いだろうか。

ドラマを最後まで観て、お風呂に入ったあと、なんとなく、あなたはお酒が飲みたくなった。

これまで家でお酒を飲みたいと思ったことは一度もないのに。

外に買いに出ようかとも考えたが、ふと思い出して、キッチンのキャビネットを開いた。

一番上の棚に、一羽、鳥がいる。

酒瓶のラベルだ。

母は飲まないから、きっと父のだろう。

あなたは、瓶を手に取る。ラベルの裏面に「バーボン・ウィスキー」と記載があった。バーボンという単語はよく耳にするが、それがどういう種類のウィスキーなのか、あなたは知らない。

グラスを出して、少しだけ酒を注いでみた。

瓶の口から、とぽとぽと音を立てて、茶色と黄色の中間のような色の液体が流れる。これがよく言う琥珀《こはく》色なのだろうか。

鼻をグラスに近づけると、ビールとはまた違う、香ばしいような苦いような香りがした。

あなたは、いつもビールとサワーばかりで、泡の立たないお酒は飲んだことがない。

グラスを傾け、一口だけ舐《な》めてみた。

まず感じたのは、濃い、ということだ。味もさることながら、アルコールが濃い。舐めただけで口の中が熱くなる。これが大人の男の飲み物か。

あ、でも、水割りにしたりするんだっけ。

どのみちこのままじゃ飲めそうもないので、あなたは、グラスに水を注いでお酒を薄める。目分量で、四倍くらいに。琥珀色は黄色く薄まってゆく。

再び一口。

うん、これなら悪くない。

もしかしたら、薄めすぎなのかもしれないけれど、とりあえず、あなたにはこのくらいがちょうどいい。

あなたはグラスを持ったまま、ソファに腰掛けて、リビングを見回す。

見慣れた我が家。ずっとここで暮らしてきた。なのに、結局、最後までこの家を自分の居場所とは思えなかったような気がする。

うとうとしてしまってもいいように、携帯電話のアラームを午前六時に合わせてテーブルに置いた。

ちびちびと、薄い酒を舐めながら、家族のことをぼんやりと考える。

死んでしまった弟、いなくなった父親、遠くへ行ってしまった母親。家族ではなく、家族だった人たちと言うべきかもしれない。

純はなぜ死んだのだろうか？　父はどこにいるのだろうか？　母は幸せだったのだろうか？

分からなかった。

家族なのに。

確かに血の繋がった家族だったはずなのに。

記憶のピースをかき集めても、誰のこともよく分からなかった。

――分からなくて当然だよ。

グラスの中から、懐かしい声がした。

純――、死んだ弟の声だった。

いつの間にか薄めたバーボンの中で、小さな朱色の影がぬるぬると泳いでいた。

金魚の姿をした、純の幽霊だ。

およそ十年ぶりに、二度目の邂逅《かいこう》だった。

あなたは、あのときと同じように、驚くこともなく、その存在を受け入れ、苦笑した。

「純、あんたは長野に行ったんじゃないの？」

純の位牌は、母が向こうに持って行っていた。

――あんな板きれの中に僕はいないよ。僕は姉さんの頭の中にいるのさ。

「そうね」

言われてみれば当たり前だ。幽霊とはそういうものだ。

――なあ、姉さん、前にも言ったろ。人は自分のことさえ分からないんだ。まして他人のことなんて、分かりっこない。いや、分かろうとすること自体が馬鹿げている。人間はただの自然現象だ。降ってくるだけなんだ。

ああ、そういえば前にそんな話をしたっけか。

「家族も？　私たちは、ただ降ってきて家族になっただけ？」

――そうだよ。だって、姉さんはあの父さんと母さんの間に生まれたいと思って生まれてきたわけじゃないだろ。僕だってそうさ。きっと父さんや母さんにしてもね。この世に選んで降る雨がないように、選んで生まれてくる人もいない。たまたま、同じ家に降ってきた人を家族と呼ぶだけの話だよ。

「でも、それは……」

あなたは心に浮かんだ言葉を口にした。

「なんだか寂しいよ」

そうか、私は寂しいのか。

あなたは、改めてその感情に出会った気がした。

――そうかい。だったら、自分の都合のいいように解釈すりゃいいじゃないか。どうせ分からないんだから。僕のことも、父さんのことも、母さんのことも、自分のことも。

「解釈？」

――ああ、母さんが僕にやったみたいにね。

母のように。

あなたは少し考えて、頭の中で家族のことを、都合よく、理想的に書き換えてみた。

勉強がよくできて将来を嘱望《しょくぼう》されていた弟、真面目で働き者の父、賢く美しくなんでもできた完璧な母、そして……、平凡だけど、幸せな私――むかしむかし、この家にはそんな四人家族が暮らしていましたとさ。

「馬鹿馬鹿しい」

あなたはため息をついた。

ぷちぷちと、泡のはじけるような音がした。

幽霊が笑っていた。

——姉さん、まあ、そのうちいいものも降ってくるさ。

幽霊は笑いながら、グラスの中に溶け込むように消えてしまった。

携帯電話の電子音で、あなたは我に返った。朝の六時だ。

いつの間にか、ソファで眠ってしまったようだった。


幽霊は正しかった。

確かに、ときにいいものも降ってくる。

二〇〇一年四月から、成り行き上あなたは生まれて初めての独り暮らしを始めることになった。

勤め先から歩いて五分。三美市の市街地の外れ、国道沿いの小さなアパートが、あなたが選んだ新居だった。ワンルームタイプで、いままで住んでいた実家に比べたら、かなり手狭だったけれど、一人で暮らすには十分に思えた。

自分でイチから手続きをしてこの部屋に電気や水道を開通させた。それなりに貯金はあったが、今後のことを考え、家電や家具はなるべく自宅で使っていたものを持ってきた。衣装ケースと洗濯機とテレビはどうにか部屋に収まったが、さすがに冷蔵庫はファミリーサイズでは大きすぎるので、家電量販店で単身者用のものを新しく買った。石鹸や洗剤、ごみ袋などの、こまごまとした生活雑貨は、すべて一〇〇円ショップで買い揃えた。

そんなふうにして、新しい生活を始めてゆくことに、あなたはいままで味わったことのない、奇妙な高揚感を覚えた。

そうこうするうちに、あっという間にひと月が経ち、そろそろ独り暮らしにも慣れてきたかというころのことだ。

仕事を終えたあなたは、いつものようにアパートへ向かう帰り道を歩いていた。

もともとそんなに治安の悪い土地柄でもないのだが、女の独り歩きということもあり、あなたは少し遠回りをして、街灯があり、お店の並ぶ大きな国道を通って帰ることにしていた。

コンビニの前を通り過ぎたとき、背後から声をかけられた。

「あのっ、すみません！」

振り向くと、そのコンビニから出てきたのだろう、制服をきた店員がこちらへ小走りで向かってくる。

なんだろう？

帰り道の途中にあるコンビニだから、このひと月でも二、三度利用したことはある。こちらへやってくる店員にも見覚えがあった。男性だが、小柄で色が白く、ゆるくパーマをかけた長めの茶髪と相まって、フェミニンな印象がする人だ。確か、前に立ち寄ったときレジを打っていた。

もしかして、あのときおつりの受け取り忘れでもしたんだろうか。

そんなことを思っていると、あなたの目の前まで近づいてきた店員が、「鈴木さんだよね？」

とあなたの名を呼んだので、意表を突かれた。

「えっ？」

「あれ、鈴木陽子さん……じゃない？」

店員は少し自信のなさを覗かせながら、今度はフルネームで呼んだ。

「そうですけど……、あの、誰？」

店員は「やっぱり！」と、安堵の表情を浮かべて名乗った。

「山崎だよ。中学の美術部でいっこ上だった」

とっさには、言葉が出なかった。

「あれ、鈴木さん、僕のこと、憶えてない？」

「い、いえ、憶えてます。山崎先輩……あの、途中で転校しちゃった？」

語尾が疑問形のように上がった。

「そうだよ、あの山崎だよ」

無論、美術部の山崎のことは、初恋の思い出とともに憶えている。でも、目の前の男性は、記憶の中のその人と、だいぶ違う。

そう言われれば、小柄で痩せているところとか、色が白いところとか、面影があるような気もするが、あなたの知っている山崎は、黒縁メガネをかけていて、もっと垢抜《あかぬ》けなくて冴えない感じだった。

「その……、結構、変わってたから」

山崎は苦笑いする。

「ああ、中学ん時はメガネしてたしね」

変わったのは、それだけじゃないような気もするけれど。

「山崎先輩、いまはこっちに？」

確か、金沢に引っ越したはずだった。

「あ、うん。大学がこっちで、それからずっと……」

山崎はちらりと背後のコンビニを気にするそぶりを見せた。

「……あ『ちょっと一瞬』って、抜けてきてるから。あの、こっちから呼び止めといて、ごめん。よかったら、携帯、教えてくんない？」

「え、ああ、はい」

あなたは、ジャケットのポケットから携帯を取り出す。山崎も自分の携帯を出して、赤外線で番号を交換した。

「ありがとう。あとで電話するから」

山崎ははにかむように笑うと、踵《きびす》を返し、小走りで店に戻っていった。

あなたは、自分の胸がうるさいくらい高鳴っているのを自覚していた。

「実は、あのとき『きみが好きだ』って告白するつもりだったんだ――」

山崎が照れくさそうにそう告げたのは、彼のマンションのベッドの中で、初めて結ばれたあとのことだった。

あなたは思わず「やっぱり！」と口にした。

「私も、山崎先輩のこと、好きだったし。あのとき……、言われるのかなって、ちょっと思ったんです」

「はは、そうだったんだ。勇気がなくてごめんね」

「いえ、いいですよ。言えなかったのは、私もだし」

あなたは、山崎の腕に抱かれながら、中学二年生のときの自分に「よかったね」と言ってあげたい気分になった。

想いは通じていたんだよ。錯覚じゃなかったんだよ。あんたのその初恋は、一〇年以上先になるけど、実るんだよ、と。

番号を交換した翌日、山崎の方から電話をかけてきた。なんとなく思い出話や近況を報告する中で、互いに独身で、いま付き合っている恋人もいないことが分かると、山崎は次の休みに映画でも観に行かないかとあなたを誘った。その映画自体、レンタルになったら借りようと思っていた作品だったし、そもそも、あなただって、そんなふうに誘われることを期待していたので、二つ返事でOKした。

もちろん、いい大人が男女二人で映画を観に行ってそれだけで帰るわけがない。映画が終わったあと、チェーンの居酒屋で食事をしながらお酒を飲んで、多少駆け引きめいた面倒な会話を交わし、あなたは、山崎のマンションへ行くことになった。

山崎のマンションは、あなたがこの四月から暮らし始めたアパートから一キロも離れていない場所にあった。あなたたちは、図らずもご近所さんになっていたのだ。

高校まで金沢の親元で過ごした山崎は、Q市にあるそこそこ名の知れた美大に進学し、こちらで独り暮らしを始めたという。大学卒業後、一旦はQ県内の企業に就職したが、いまから二年前、二七歳のときに、漫画で新人賞を取り、それを機に会社を辞めたのだという。

「すごい！　じゃあ、本当に漫画家になったんですね」

中学生のとき、漫画家という具体的な夢を持っている山崎のことをすごいと思ったが、大人になってそれを叶えたというのは、もっとすごい。

あなたが興奮気味に言うと、山崎は少し困ったような顔で肩をすくめてみせた。

「いやあ、賞を取るのは予定よりだいぶ遅れたし、まだ漫画だけで食えてるわけじゃないから」

新人賞を取ったあと、何度か雑誌に読み切りの作品が載ってはいるものの、その原稿料だけでは生活できないので、あのコンビニでバイトしているのだという。

漫画家というのは、雑誌に連載を持って、それをまとめた単行本を定期的に出せるようになって初めて一人前なのだそうだ。

考えてみれば当たり前かもしれないが、好きなことをやって食べていくのは、なかなか大変なことのようだ。

「僕はまだ、その連載を目指している段階なんだけどさ。もうすぐ三〇だろ、先々のことを考

える と、不安になるよ……」

そんなことを言っていた山崎だったが、あなたとつきあい始めて三ヶ月が過ぎた八月、「大事な話があるんだ」と自分のマンションにあなたを呼び出して、この秋から、どこのコンビニでも必ず売っているようなメジャーな漫画雑誌で連載をすることが決まったと報告した。

このとき山崎はそれこそ漫画のような台詞《せりふ》を口にした。

「連載を取れたのはきみのおかげだ、きみは僕の女神《ミューズ》だ！」

あなたは漫画のことなど何も分からないし、山崎の漫画を手伝ったわけでもない。だから、連載獲得は一〇〇パーセント山崎の努力の結果と思う。けれど山崎によれば、あなたと付き合うようになってから、いいアイデアが次々と出てくるようになったのだという。

あなたには、それだって別に自分の手柄とは思えなかったけれど、山崎がそう思ってくれることは嬉しかった。

山崎の「大事な話」は、連載を取れたということではなく、それをきっかけに、変化せざるを得ない生活のことだった。

「僕と一緒に、東京に行って欲しいんだ」

雑誌で連載を持つとなると、在京の出版社との打ち合わせやアシスタントを雇う関係で、東京かその近郊に住まいを構える必要があるのだという。

東京、と聞いて昔のことを思い出した。

高校生のとき、ドラマの影響ですごく憧れた街。地元には居場所がなくて、東京に行けば見つかるんじゃないかと思っていた。高校を卒業してすぐ一度だけ勢いで行ってみた。あのときは、都庁の展望室に昇ったんだっけ。

「そして、僕と結婚して欲しい」

中学生のとき告白を躊躇った男は、今度ははっきりと口にした。

「僕は、きみと再会したのは運命だと思ってる」

運命。

そういう感覚は、あなたにもあった。

初恋の人と再会して、結ばれたなんて、偶然だとしても、運命と読み替えるべき偶然だ。

「厳しい世界だから、連載できたからってそれで必ず上手くいくとは限らない。そんなことがないように全力で頑張るつもりだけど、もしかしたら、きみに苦労をかけてしまうかもしれない」

山崎は漫画家という仕事になんの保証もないことを強調した。

「それでも、きみとならやっていけると思うんだ。僕にはきみが必要だ。どうかついて来て欲しい」

きみが必要――、という言葉が耳から入ってきたとき、心が決まった。

それは、自分でも自覚できていなかったけれど、ずっとずっと望んでいたことだった。

自分が平凡な女だと分かっているけれど。容姿も能力も十人並みだと分かっているけれど。

それでも「きみが必要」と、強く、求められること。あの母が与えてくれなかったもの。

あなたは頷いた。

「うん。きっと私にも、あなたが必要だから」

あなたは居場所を見つけたと思った。

それは、地元の町でも、家族と暮らしたあの家でも、これから向かう東京でもなく。

山崎《このひと》の隣だ。

ここがきっと、世界でたった一つの私の居場所。

このときは、そう思った。

二〇〇一年、夏。

ニューヨークの双子のビルに飛行機が突っ込むほんの少し前のことだった。

第2部

◇ 8

「——では、確認させていただきます。あなたが、陽子さんと結婚していたのは、二〇〇一年の八月から、二〇〇四年の六月まで。結婚と同時に、上京して東京都練馬《ねりま》区大泉町《おおいずみまち》のアパートで、離婚するまで暮らしていた。間違いありませんね？」

「はい、そうです」

山崎克久《かつひさ》は頷いた。

鈴木陽子の最初の夫だ。

奥貫綾乃は山崎から直接話を訊くために、彼の住む石川県まで出向き、金沢駅前にあるホテルのラウンジで待ち合わせた。

職務としての出張ではあるが、予算の都合で費用は自腹だ。町田は東京に残し、綾乃が一人で来た。

『ウィルパレス国分寺』での死体発見からおよそ二週間。

死後、猫に食われた女、鈴木陽子の身の上は、調べるほどに複雑で奇妙な事実が浮かび上がってきていた。

綾乃は、背の低いテーブルを挟んで向かいに座る山崎に、事前に調べてある事柄を確認してゆく。

「――そして、陽子さんと別れた翌月、二〇〇四年の七月にいまの奥様と結婚されたのですね？」

山崎は男性にしては小柄で、身長は綾乃と同じ一六〇センチくらいだろうか。ヒールのある靴を履いている分、並んで立てば目線の位置は綾乃の方が高い。色白でメガネをかけており、顔立ちはすっきりしていて、中性的な感じを受ける。

「はい」

山崎は頷いた。

鈴木陽子の最初の結婚生活は二年一〇ヶ月で終止符を打ち、夫だった山崎はその翌月、別の女性と再婚していた。こう言ってはなんだが、明らかな「乗り換え」だ。中性的な雰囲気であっても、山崎は男性であり、離婚後すぐに再婚することができる。

「あの、陽子はどうして？　何か事件に巻き込まれたりしたんですか？」

山崎から逆に尋ねられた。

電話でアポイントメントを取ったときには、鈴木陽子が死んだことしか伝えていない。それで刑事がわざわざ東京から話を訊きに来たら、事件があったのだと考えるのは自然かもしれない。

「陽子さんは、ご自宅のマンションで亡くなられていました。死後しばらく経ってから発見されたため、死因については分かっておりません。これが事件であるかどうかは、いままさに調べているところです」

猫のことや、戸籍上複数回の婚姻歴があることはとりあえず伏せた。

「そうなんですか」

「あの、お願いしていた写真は」

綾乃が促すと「ああ、はい」と、山崎はかご形の荷物置きから鞄を手に取り、中から数枚の写真が入ったクリアファイルを出した。

鈴木陽子の自宅にはアルバムの類はなく、まだ国分寺署では彼女の写真を入手できていなかった。そこで山崎には、もし鈴木陽子の写真があったら持ってきて欲しいと頼んでおいたのだ。

ファイルの中にはL判サイズの写真が四枚挟んであった。

どれも同じ女性が写っている。歳は三〇歳くらいだろうか。

「結婚されているときに撮ったものですか？」

「ええ、そうです。あ、いや、これだけは、結婚前で付き合ってるときのやつかな」

服装や髪型は微妙に違うが、雰囲気はどれも同じだ。長めの黒髪に、薄めのメイク、白か淡い色の服。地味な顔立ちで、目を惹くような美人ではないが、不美人というわけでもない。目鼻立ちは整っている方だと思う。

いまから一〇年は前のものになるはずだが、これまで、大家や隣人から断片的に聞いていた鈴木陽子の印象と概ね一致する。

山崎が結婚前に撮ったという一枚は、にっこりと笑い、とても可愛らしく撮れていた。恋愛中の一番いい時期に、恋人に向けた笑顔なのだと想像できる。

私も、こんなふうに笑えたときがあったのだろうか。

不意に湧き上がる余計な思いを、綾乃は慌てて頭から追い出す。

「これ、どこかでコピー取らせてもらっていいですか？」

「あ、パソコンでプリントアウトしたものですから差し上げます」

「そうですか、では」

ありがたく、いただくことにした。

写真をファイルに収め、テーブルの自分の前のところにおいて、再び山崎に顔を向ける。

「それでですね、できれば、山崎さんのご存じの範囲で、陽子さんのことを教えていただければと思います――」

山崎と鈴木陽子は、中学校の美術部の先輩と後輩だったという。

社会人になってから、偶然、再会して、交際が始まった。当時の山崎は漫画家のタマゴで、鈴木陽子と付き合い始めてすぐに大手出版社の雑誌で連載が決まった。これをきっかけに山崎は上京することになる。すると鈴木陽子は、遠距離恋愛は嫌だから結婚してついて行きたいと言ったという。

「では、陽子さんにプロポーズされた形ですか？」

「ええ、まあ。若干、押しかけ女房みたいな感じで」

なんとなく、山崎の言葉には、向こうが望むので仕方なしに結婚したというニュアンスがあった。

「なるほど。山崎さんは、陽子さんの両親に会ったことはありますか？」

「いえ、中学のときには家に行ったことはありませんでしたし、僕と再会する直前にお父さんは家出したみたいで、お母さんは……、えっとどこだったっけな？　長野だか山梨だかの、実家に戻ったとかで。僕はどちらとも会ったことはありません」

これは、鈴木陽子の戸籍と住民票を辿る中で綾乃も確認していたことだ。

鈴木陽子の出生地はQ県三美市。

父、母、弟との四人家族だったが、一九八九年、年号が昭和から平成に変わった年に、弟が事故死している。

それからおよそ一〇年後の二〇〇〇年の一〇月には、今度は父親が自宅を担保にした借金を残したまま蒸発している。捜索願が出されており、全国の警察で共有する家出人データベースにも名前があった。現時点でもまだ行方は分かっていないようだ。

日本の民法では、七年以上所在が分からなくなった者については、利害関係者が「失踪宣告」を行うことで死亡したと見做《みな》すことができる。しかし、鈴木陽子の父親の場合、誰もその手続きを取っていないので、戸籍上はまだ除籍にもならず、普通に生きていることになっている。

これはあまり珍しいことではない。我が国で年間に発生する行方不明者の数は、およそ八万人から一〇万人。捜索願などが出されて、認知されている数がこれだけなので、暗数を含めればこの倍はいると思われる。見つからぬまま、失踪宣告もされない者も少なくない。戸籍上は確かにこの国に生きているのに、実際はどこにいるのか誰も知らない。そんな宙に浮いた人々が、おそらく一〇〇万人規模で存在しているはずだ。

閑話休題。この父の失踪をきっかけに、陽子の母は故郷の長野在住の兄のところに身を寄せ、陽子は三美市内に残り、独り暮らしを始める。一家は離散してしまったわけだ。

山崎と陽子が再会したのはその直後ということだった。

綾乃は山崎に質問を重ね、山崎は時折、どこか遠い過去を見るようなそぶりをしつつ、それに答えた。

おぼろげながらに、鈴木陽子の人物像が見えてくる。

特別、才気煥発ではないが、酷い悪癖があるわけでもなく、堅物というわけではないが、世間一般の常識から大きく外れるようなことはしない。テレビドラマとJ-POPが好きで、家事全般は特に嫌がることもなくこなしていた。そんな善良な平凡さを備えた女性――。ただ、母親に対しては、かなりのわだかまりを抱いていたようで、時折「お母さんにはもう二度と会いたくない」と口にしていたという。

また、猫については、少なくとも山崎といた間は、飼ったことも、飼おうと提案してきたこともなかったとのことだった。

「立ち入ったことをお訊きしますが……、離婚された理由はどういったものだったんですか？」

「それは……」

山崎は少し俯き加減になって、言葉を選ぶようにゆっくりと答えた。

「こういう言い方でいいのか、分かりませんが……、駄目になってしまったんです」

「駄目に？」

「ええ、一緒にいても互いに傷つけるだけというか。どうしても、そういうふうになってしまうので」

どきりとした。

綾乃がもし誰かに離婚事由を訊かれたら、同じように答えるかもしれない。駄目になってしまった。互いに傷つけるだけ。どうしてもそうなってしまう。

綾乃は少し意地悪な気持ちで、尋ねた。

「陽子さんと別れてすぐに、いまの奥様と再婚されていますね。結婚している間から、奥様と交際されていたんですか？」

山崎は「えっ」と声をあげたあと、微妙に目を泳がせながら否定した。

「いえ、妻とは、その前から漫画の仕事を通じて知り合ってはいましたが、付き合い始めたのは、陽子と離婚したあとです」

たぶん、嘘だ。

綾乃は事前に山崎の方の戸籍も調べている。それによれば、現在、山崎には三人の子どもがいるが、第一子は再婚後、半年足らずで生まれていた。計算が合わない。山崎の実子でない可能性や、早産の可能性もないではないが、一番高いのは鈴木陽子と結婚していたときから、いまの妻と浮気をしていたという可能性だろう。というより、浮気相手に子どもができたことで、離婚、再婚に踏み切ったのではないか。

もっとも、ことさらここを追及しても得られるものは何もないだろうし、協力的に話してくれているのに、変に気を悪くされても困る。綾乃は特に何も言わずに流した。

ただ、この男が鈴木陽子に対して語っていることについて、裏の取れないものに関しては、多少、割り引いておいた方がよさそうだ、と心に留めておく。

「別れるときに、揉めたりというのは？」

「そんなには……。そりゃ、それなりに深刻な感じの話し合いはしましたが、裁判とかにもならず、最後はお互い、納得した上で離婚しました」

「離婚後、会ったり、連絡を取ったりしたことは？」

「それは一度もないです」

きっぱりと否定した。

山崎は再婚後、妻の第一子出産のタイミングで、親元の金沢に引っ越してきている。漫画の仕事には見切りをつけ、こちらの看板広告の会社に就職したという。以来、ずっと金沢で生活しているようだ。鈴木陽子と会っていないというのは本当かもしれない。

「では、陽子さんも再婚されていたことはご存じありませんでしたか？」

「え？　あ、そうなんですか」

山崎は目を見張った。演技をして、知っているのに驚いているようには見えない。

「あの、相手はどんな人なんですか？」

綾乃はじっとその顔を見る。やはり、とぼけている様子はない。

「すみませんが、私からお教えすることはできません。実は陽子さんは、その再婚相手とも離婚されてしまっているんです。相手の方のプライバシーもありますので」

「え、ああ。離婚、ですか」

山崎はなおも驚いた様子で、呆然とした顔をした。

ねえ、山崎さん、陽子さんが再婚したのは一度だけじゃないんです。しかも彼女と結婚して、生きているのはあなただけなんですよ——、もしこの男に、この事実を告げたらどんな顔をするだろう。

◇

被告人　八木徳夫（無職　四七歳）の証言　1

……いまは、ほっとしています。

逃げ出してからは、毎日、本当に恐ろしくて。なんてことをしてしまったんだろうって。ときどき、頭の中に、頭が潰《つぶ》れた沼尻さんや、血まみれのオヤジさん——神代さんの姿が浮かんでくるんです。あ、いえ、幻覚ではなくて、その、記憶が蘇るというか……。

いえ、知りませんでした。本当です。あの日、陽子さんとは別々に逃げることになって、金の入ったバッグを渡されて。それが、し、死んでるなんて……。

はい。私もあの鹿骨の、神代さんの家で、みんなと一緒に暮らしていました。

事件のあと、ニュースや週刊誌で「同居の女が行方不明」と騒がれてて、ああ、陽子さんのことだな、と。私も姿を消していたんですが、そのことはどこも報じていなかったので、梶原たちが隠してるんだろうとは思ってました。

逃げるとき陽子さんが言っていたんです。もし、私や陽子さんが警察に捕まって、例の件を洗いざらい喋れば、梶原たちも逮捕されることになるし、全部で三人も殺してるから、彼らは下手《へた》したら……死刑、なんですよね？　だから、梶原たちは、極力私たちのことを隠すだろうって。

ええ、はい、はい。

最初から、ですね、はい。分かりました話します。

えっと……、
そ、そうです。ホームレスをしていました。

きっかけは、借金です。もとは小さな工場を経営してたんですが、運転資金がショートしてしまって、その穴埋めをしてるうちに信じられない額になってて。あ、いえ、借金は自己破産して清算したんですが、そのあと、急に、無気力っていうか、何もする気がなくなってしまって……。

家族はいませんし、その、会社を駄目にしたとき、いろいろと不義理をして、友達からも愛想を尽かされて、頼れる人なんていませんでした。

家賃が払えずアパートを追い出されて……、あ、はい、夏です、地震のあった年の。そうです、二〇一一年です。

最初は、ネットカフェや二四時間営業のファミレスを転々としていたんですけど、すぐに金がなくなって、ガード下や公園に段ボールを敷いて寝起きするようになって。暖かい季節だったこともあって、それでも、とりあえずは。

コンビニやスーパーのゴミ置き場を漁《あさ》ると、廃棄する弁当が見つかるんで、食事はそれですませて。水は図書館や公園で飲めるし。やっぱ日本は豊かなんですかね。ホームレスでも案外、生活はできるんです。

でも……、何日も着替えないで、風呂も入らないでいると、やっぱ、汚くなりますから、子どもが来るような公園にいると、お巡りさんや役所の人から、どっか別の場所に行くように言われるようになって。こっちも、子どもを連れてるお母さんとかが、すごく嫌そうな目で見てるの分かるし。

いたたまれなくて、だんだん、川原とか、あまり人目のないところにいるようになって。そういうところには、ホームレスが集まってるんですけど……。俺も正真正銘のホームレスになっちゃったんだなって。そこに混ざっていることが、すごく惨めに思えて。

ときどき、拾った雑誌や新聞を読んだりするんですけど、当時は、震災のすぐあとで、被災地の人たちがくじけずに復興に向けて努力してるとか、たくさんの人がボランティアに行ってるとか、みんな頑張ってる、頑張れ、頑張ろうとか、そんなことばっかり書いてあって。

いや、本当は違うこともいろいろ書いてあったのかもしれませんけど、そんなことばかりが目について。

何をやってんだろう、って。

みんな頑張ってるのに、震災で家族を失っても頑張ってる人がいるのに、私は会社潰《こか》しただけで頑張れなくなって、ホームレスになってしまって。そんな自分が本当に情けなくて。だんだん寒くなってきて、早朝とかくしゃみで目が覚めるようになると、もう生きててもしょうがないような気がしてきて、気づくと毎日死ぬことばかり考えるようになっていました。でも、自殺するのは怖いから、このまま冬になれば、凍えて死ねるかなとか、思うようになって……。

そんなある日、声をかけられたんです。「屋根のあるところに住ませてやるよ」って。

◆ 9

——陽子、

もしもあなたの人生が、恋愛映画や少女漫画だったら、山崎にプロポーズされたところでハッピーエンドを迎えていたのかもしれない。

けれど悲しいかな、白馬の王子様が現れたあとも、人生は続く。

続いてしまう。

上京してから五年後の三三歳の誕生日を、あなたは独りで迎えることになった。

二〇〇六年一〇月二一日のことだ。

祝ってくれる人のいなくなった誕生日は、ただ一つ歳を取るというだけの、一年の三六五分の一日に過ぎない。

だからその日もあなたは、いつものように西新宿にあるオフィスビルの一室で、電話を受けていた。

〈どうなってるんだよ！　ちゃんと線を繋いでるのに、インターネットが繋がんないんだよ！〉

　マイクとイヤホンが一体になったヘッドセットから、嗄《しわが》れたわめき声が聞こえる。かなり苛《いら》ついている様子だ。

　ディスプレイに表示された顧客情報によれば、六七歳の男性だという。

　あなたは、努めて優しい声を出して、マニュアルどおりの応対をする。

「お客様、確認していただきたいのですが、パソコンとＡＤＳＬモデムはＬＡＮケーブルで接続されていますでしょうか？」

〈えっ？　らん？　なんだよそれ！　分かんねえよ！〉

　怒声は酸素を消費する。発する方より、むしろ聞かされる方の周りにある酸素を。

　息苦しい。

　この人は、どうしてこんなに怒っているのだろう？

　ともかく通じていないようなので、言い方を変える。

「ケーブルを挿している口に、電話のマークがついていませんでしょうか？」

〈電話ぁ？　ああ、これか？〉

　やっぱりね、とあなたは思う。「ケーブルを繋いでるのにインターネットができない」という場合、モジュラーケーブルとＬＡＮケーブルを間違って挿していることがほとんどだ。

　インターネットプロバイダーのコールセンターにかかってくる問い合わせの大半は、このような、ごくごく初歩的な接続や操作のミスによるものだ。

　その対処法は細かくマニュアル化されており、これに従って応対すれば、あなたのように、パソコンやインターネットに特別詳しくもない派遣社員でも、九割以上は解決できる。あなたは、〈分からねえよ！〉を連発する相手を宥《なだ》めながら、マニュアルの手順に従い、専門用語を極力使わず、正しい接続方法を教えてゆく。

途中で、時計の針は午後六時を回り、終業を知らせるブザーが鳴った。

あなたは「もう時間ですので、あとは自分でやってください！」とガチャ切りしたい欲求を抑え、根気よく説明を続けた。

六時を一〇分ほど過ぎ、どうにかインターネットに繋ぐことができたらしい相手は、礼の言葉もなく〈ったく、紛らわしいんだよ！　もっと分かりやすくしとけよ〉と文句を言って電話を切った。

どっと疲れを覚える。

怒声から解放され、深呼吸をしても息苦しさは消えない。きっと部屋自体、空気が薄いのだ。このコールセンターで働くようになって、かれこれ二年以上になる。そんなに難しい仕事ではない。普通に人と会話ができれば、たぶん誰でもできる。ただ、コールセンターの性質を考えれば仕方ないが、ここに電話をかけてくる人の半分以上が不機嫌で、その更に半分くらいが怒っている。お世辞にも楽しい仕事とは言えない。

こちらの応対のパターンはほとんど決められているので、なるべく割り切って、壊れたラジオでも相手にしていると思ってやるよりない。

ヘッドセットを外すと、周りのざわめきが耳に飛び込んできた。椅子を引く音や、端末を叩く音。まだ電話を続けている者もいるようだ。

ビルのワンフロアを丸ごとぶち抜いたオフィスに、五〇基ほどのブースが設置され、常時四〇人前後のオペレーターが稼働している。一人だけいるチーフを除いて全員が派遣かアルバイトの女性だ。

あなたは、端末で日報をつけると、ブースに設置されているロッカーからバッグを取り出して席を立つ。周りで帰り支度をしているオペレーターたちに、「お疲れさまでした」と声をかけて、オフィスの出入り口にあるタイムカードを押して、外に出た。

オフィスビルのエントランスを出ると、通りを挟んだはす向かいに赤いオブジェが見える。待ち合わせの場所としても定番の、人と人を繫ぐ『ＬＯＶＥ《愛》』の文字を象《かたど》ったオブジェだ。最初は物珍しく、お洒落で不思議な感じのしたそれも、もう見慣れた景色に変わっていた。

強いビル風に横っ面《つら》を張られた。

髪の毛を押さえて、首をすくめて風をやり過ごす。

まだ息苦しい。外も結局、空気が薄い。

あなたは足早に通りを歩き、巨大な人食い植物のように口を開けている地下通路の入り口を降りる。

蛍光灯のほとんど白に見える淡い緑に照らされた長いトンネルを、都庁方面から流れてくる人の波に加わって新宿駅に向かって歩いてゆく。

不意に、ぷちぷちという聞き覚えのある音がしたと思ったら、前をゆくスーツ姿の女の長い髪の中から、朱色の金魚がぬっと現れた。

純の幽霊だ。

——姉さん、誕生日おめでとう。

幽霊はぷちぷち笑いながら言った。

あなたは大して驚きもせず、また出たのね、と思う。

山崎と別れたころからか、幽霊は頻繁にあなたの前に姿を見せるようになった。

純なりに、独りになったあなたを慰めているつもりなのか。それとも、ただの気まぐれなのか。

——姉さん、昔、日帰りで東京に来たときにも、この道を歩いたよね。

そういえば、そうだった。あれは高校を卒業してすぐだから一八のときだ。今日で三三ということは、もう一五年も経つのか。

心の中で「そうね」と相づちを打ちつつ、あなたは何も答えずに歩き続ける。

幽霊の姿は、たぶん他の誰にも見えていない。声を出して話をしていたら、危ない人だと思われてしまう。いや、こんなものが見えている時点で、十分危ないのかもしれないけれど。

——あのときの夢が叶ったね。

夢？

そんなもの叶えた覚えはない。

——だって姉さん、あの日、将来は西新宿の会社で働いてみたいって思ってたじゃないか。

ああ、確かにそんなこと思っていた。

ずっと東京に憧れてて、実際に訪れてみて、やっぱりいつか東京に行きたいと思ったんだった。近未来的な西新宿の街を歩いて、こういうところにある会社で働きたいって。

叶ったと言えば、叶ったのか。

でも、コールセンターのブースで顔を見たこともない相手に怒られる日々は、思い描いた未来とはかなり違う。

——姉さん、みんなどこへ行ったのかな？

みんな？

——ここにいたみんなだよ。新宿西口の地下に段ボールでできた街を作っていたみんなだよ。

ホームレスのことか。

あなたが新宿で働くようになったときにはすでに、かつてあなたを心底驚かせた西新宿の地下の「もう一つの新宿」はなくなっていた。もう何年も前に、一斉撤去が行われたのだという。その爪痕とでもいうべきか、地下通路の壁のところどころに、斜めに切った円柱型の奇妙なオブジェが設置されていた。これは、ホームレスが段ボールを敷けないようにするためのものだという。地上の『LOVE』とは違う、人を排除するためのオブジェだ。

住む場所を追われた彼らはどこへ行ったのだろうか。無論、あなたにはよく分からなかった。

何かに急《せ》かされるように足早に歩く人たちと歩調を合わせ、あなたはどこにも驚きのない地下街を抜けて京王線新宿駅の改札を通る。

気がつくと、幽霊は消えていた。

新宿から京王線でおよそ二〇分。快速や急行は停まるけれど、特急と準特急は停まらないつつじヶ丘という駅の北口にあるワンルームマンションが、あなたの住まいだ。住所でいえば調布市にあたる。別に縁やゆかりがある街ではない。私鉄沿線で二三区外なら家賃は割安と聞いて、ここに住むことにした。

あなたは、いつものように駅前にあるチェーンの弁当屋で、値引きシールが貼られた弁当を夕ご飯用に買って帰る。東京で女の独り暮らしだと、自炊をするより、こっちの方が結局は安く上がるし、味も保証されている。弁当屋のすぐ先にあるコンビニにも寄って、ケーキとお酒も買っていくことにした。

ケーキは、独り分にカットされた小さなチーズケーキ。お酒は、ビールのようでビールでない、かといって発泡酒でもない「第三のビール」と呼ばれているお酒だ。税金の関係で発泡酒の値段が上がってから、よく見るようになった。ついでに、雑誌コーナーで女性週刊誌を一冊。

誰も待つ者のいない狭い部屋に帰り、買ってきた雑誌をぱらぱらめくりながら、弁当を食べる。

〈総力特集　イマドキのおひとりさま〉という特集記事が目に留まった。

一年くらい前からか、この「おひとりさま」という言葉をよく耳にするようになった。パートナーのいない三〇歳以上の独身女性が独りでも自立して生きていく、というライフスタイルのことだという。

私も、おひとりさまね。

あなたは思う。

別になりたくてなったわけじゃないけれど。


五年前、上京してきたときあなたは、鈴木陽子ではなく、山崎陽子だった。

あなたたちの結婚は、籍だけ入れて式は挙げずに、友人知人を招いたお披露目パーティですませるという、いわゆるジミ婚だった。

金沢にいる山崎の両親にだけ挨拶に行き、あなたの母親には特に知らせなかった。母が長野に行った時点で、あなたは縁を切ったつもりでいたからだ。

幸い山崎の両親も形式にこだわる方ではないようで、両家の挨拶や式がないことも、「本人らの好きにしたらええよ」と許してくれた。話をした感じだと、どうも、勤めていた会社を辞めて漫画家などという先の分からぬ仕事をする息子が嫁をもらっただけで、万々歳と思っているようだった。

そんな義理の両親だったが、ただ一つだけ、あなたたちに注文をつけた。「早く孫の顔を見せてね」と。

晴れて夫婦となり上京した山崎とあなたは、練馬区の大泉で新生活をスタートさせた。

昔からあの辺りには漫画家やそのタマゴが多く住んでいるのだという。山崎の仕事場も兼ねるため、少し広めの部屋を借りた。閑静な住宅街に建つ木造モルタル３ＤＫのアパートは、年季は入っていたが日当たりと風通しがよく、住み心地は悪くなかった。

あなたは漫画のことは何も分からなかったけれど、少しでも山崎の力になれればと、家事をこなし、消しゴムがけなどの簡単な作業を手伝ったりもした。

思えば、このときの、山崎と一緒に暮らし始めた最初の数ヶ月は、あなたの人生の中で一番楽しかった時期かもしれない。

幸せだった。

あのころ、あなたと山崎は互いに愛し合っていた。

それは確かだ。

そしてあなたは、この幸福と愛情が永遠に続くのだと信じた。

もし未来が信じたとおりになるなら、もし人の気持ちが永遠なら、どんなに世界は穏やかだろうか。

あなたたちの間に、すきま風が吹き始めたのは、二年ほど続いた山崎の漫画連載が、終了したころだ。それは予定どおりの終了ではなく、人気低迷により雑誌側の判断で無理矢理終わらせられる「打ち切り」だった。

この経験は山崎を大いに落ち込ませ、思い悩ませた。あなたは、そんな夫を励まそうとしたが、上手くいかなかった。

漫画家としての山崎の悩みには、漫画を描かないあなたにはどうしても分からない領域が存在した。根本的な苦しみを共有せず、ただ優しいだけのあなたの言葉は、山崎を励ますどころか、傷つけてしまうようだった。

「お前、なんも分かんないくせに、勝手なこと言うなよ！」

よかれと思って声をかけ、そんなふうになじられるあなたも、また傷ついた。

また、連載が終わることで、先々の生活不安も立ち上がってきた。

漫画家の中には一生遊んで暮らせるほど稼いでいる人もいるが、そんなのはごく一握りだ。普通の漫画家は、連載が終わってしまうと収入がなくなり、途端に生活が不安定になる。

当面、貯金を切り崩せばなんとかなるが、一年後、二年後はどうなるんだろう。

あなたがパートに出ても、家賃を稼ぐのがやっとだ。できるだけ早く山崎に次の連載を始めてもらわなければならない。けれど、それが簡単なことではないのは、あなたにも分かった。もしも「生活のために、早く連載をとって」などと口にすれば、よけいに山崎を傷つけてしまうだろう。

どうすればいいのか分からない。

袋小路にはまり込んでしまったように思えてきた、ある日。

「大事な話があるんだ」

山崎はあなたにそう切り出した。意識していたかどうか知らないが、「大事な話」というのは以前、彼がプロポーズしたときにも使ったフレーズだった。

しかしその口からは、あのときとは正反対の言葉が出てきた。

「離婚して欲しい」

あなたにしてみれば、まさに青天の霹靂《へきれき》だった。

山崎は、まるで苦渋の決断をする経営者のように、悲しげな顔で言った。

「最近はずっとぎくしゃくしてるし、きみも、もう無理だって分かっているだろ？　そろそろけじめをつけよう」

無理？　けじめ？

わけが分からなかった。

確かに、最近はぎくしゃくしている。でもそれはいつか乗り越えていけるものだと、あなたは思っていた。

自分たちは基本的には気が合っているし、互いに必要とし合っているのだから。

けれど、山崎はあなたとまったく違う世界を見ていたようだ。

「なんで？」「嫌よ！」「どうして別れなきゃいけないの？」

あなたが責めるように問うと、山崎はばつが悪そうに言った。

「実は、好きな子がいるんだ。ちょっと前から、付き合ってる」

付き合ってる？

山崎とあなたはれっきとした夫婦だ。だったらそれは、「付き合ってる」と言うのではなく、「浮気してる」と言うのではないのか？

更に山崎は、ぞっとするような事実を告げた。

「その子に、子どもができたんだ。だから、責任取らなきゃならないから」

山崎が妊娠させた「好きな子」は、あなたとも面識のある女だった。

彼が連載しているときに、出版社の紹介でアシスタントとして手伝いに来てくれていた子だ。あなたより五つ年下で、くりっとした大きな目をした可愛らしい子だ。そしてたぶん、あなたが共有できない漫画についての悩みや苦しみを共有できる子だ。

あの子に子どもができた？

あなたの脳裏には、山崎の両親に言われた言葉がよぎった。

——早く孫の顔を見せてね。

あなたたちはその期待に添うべく、結婚して以来、セックスするときに避妊具を使わなくなった。たぶん、一〇〇回以上はしているはずだ。けれど、子どもができることはなかった。もしかしたら、自分か山崎かのどちらかが不妊体質なんじゃないかと、密かな不安を抱いたりしていた。

それなのに……。あの子には、さくっとできた。

少なくとも、山崎の方には問題がないことが証明されたわけだ。

ああ、私は負けたんだ。

あなたの胸は黒く粘つく敗北感で満たされた。

だめ押しは、事情を知った山崎の両親が上京してきて、二人揃ってあなたに土下座したことだった。

「お願いします。何も言わずに別れてやってください！」

孫が欲しい、というごく自然で一般的な欲求に突き動かされた人たちの、残酷な平伏。それは床にこすりつけるほど頭を下げつつも、実に雄弁に「お前が邪魔なんだ！」と語っていた。

負けた、負けた、負けた。圧倒的に。完膚《かんぷ》なきまでに。

かつて「きみが必要」と言ったはずの男は、別の女が必要になった。

見つけたと思った居場所を、若くて妊娠できる女に奪われた。

運命じゃなかった。

だって、運命だったら、こっちが妊娠していたはずなのだから。

あなたは抵抗する気力を一切奪われた。

離婚届に判を押すとき、どこかで母が笑っているような気がした。

――あんたが悪いのよ。心変わりをさせたあんたが悪いの。彼の苦しみを分かってあげられないあんたが悪いの。妊娠できないあんたが悪いのよ。

そんなことを言いながら、あの不機嫌な笑みを浮かべる母の姿を思い浮かべた。

あなたがアパートを出てゆくときに、山崎は手切れ金のつもりだったのだろうか「これ、引っ越しに使って」と、厚みのある封筒をあなたに渡した。中には、いくらかの現金が入っていた。

こうしてあなたは、鈴木陽子に戻った。

あとから思うのは、あのとき駄々をこねてもっとちゃんとした慰謝料をぶんどってやればよかったということだ。

〈独りは寂しいなんて、誰が決めたの？　女を磨いて自由な時間を楽しもう〉

あなたは、週刊誌のおひとりさま特集を目で追う。

特定のパートナーがいなかったり、独り暮らしだからといって「寂しい」と決めつけるのは馬鹿らしいという意味のことが書いてあった。

エステに通って自分を磨いて、女性の独り客を歓迎しているお洒落なバーで出会った複数の男たちと自由な恋愛を楽しんでいるという、四一歳大手商社勤務のおひとりさまが紹介されていた。

確かにあなたにも、独りになってみて山崎と結婚していたときより気楽になれたと感じることはある。でも、だからといって寂しくないといえば、やっぱり嘘になる。

あれ以来、恋愛にはとんと縁がない。エステはおろか、毎日すっぴんで出勤しているし、雑誌で紹介されているバーみたいな、出会いが期待できるような場所にも出かけない。職場の飲み会だって、二回に一回は断っている。

別に、望んでそうしているわけじゃない。

単純に、お金がないのだ。

あなたが、コールセンターの仕事でもらえる給料は手取りで一五万円くらい。

毎日、朝から晩まで電話を受けて、感謝されることはほとんどなく、ときどき、自分のせいでもないことですごい剣幕で怒られる仕事の対価だ。時給制なので、ちょっと風邪をひいて休んだりしたら、その分が減ってしまう。派遣の立場なので、将来的な昇進や昇給は望めない。そもそもいつまで働けるかも分からない。

それでも、かつて勤めていた地元の会社よりいくらか給料はいい。けれど、東京で独り暮らしするにはぎりぎりだ。というか、少し足りない。

ときどき第三のビールで晩酌して、コンビニスイーツを食べて、洋服はファストファッションのお店で買って、美容室に行くのは二ヶ月に一度にして、女性週刊誌とレンタルＤＶＤと携帯サイトで時間を潰して――、そんな特別贅沢とも思えない生活をするだけでも、赤字になってしまう。冷暖房を使いすぎたり、断らず飲み会に参加したりした月は、大赤字になる。とてもじゃないけれど、エステやバーに行くような余裕はない。

山崎と結婚していたときは、曲がりなりにも彼が必要十分なだけのお金を稼いでくれていた。思えば、父が失踪する前、親元で暮らしていたときもそうだった。生活の基盤を支えているのは他の誰かで、自立なんてしていなかった。だから、その誰かがいなくなった途端、生活は不安定になる。

そう考えると、山崎と結婚したとき、彼の隣を自分の居場所と思ったのも、間違いだったのかもしれない。

たぶんこの先、再婚できる可能性はあまり高くないだろう。頼る実家もないのだから、ずっと独りで生きてゆくことになるのかもしれない。

ならば、男《他人》に頼るのではなく、自分の力で自分の居場所をつくらなければ。

でも、どうすればいいの？

山崎と別れたときに、手切れ金と合わせて二〇〇万円もあった貯金は、もう五〇万円を切ってしまった。来月は家賃の更新があるから、もっと大きく減るだろう。

いまのところは、とりあえず衣食住はなんとかまかなえている。冷蔵庫の中に、明日の朝食べるパンは入っている。

けれど、貯金は着実に減っている。残高は一日一日、ゼロに近づいている。

まるでどこか重要な血管が切れていて、そこから血が漏れ続けているような気分にさせられる。

記事では、おひとりさまのサバイバル術として株式投資を勧めていた。

〈ついに「いざなぎ」超え！　このチャンスに賢く投資！〉

あなたに実感できることは一ミリもなかったが、上京した翌年の二〇〇二年から四年以上にわたって、景気拡大が続き、来月でついに昭和四〇年代の「いざなぎ景気」を超えて、戦後最長となるのだという。だから株を買えということらしい。

最近は誰でも簡単にネットを使って株の売買ができるようになっているという。それで億単位のお金を稼いだという三〇歳会社経営のおひとりさまが紹介されていた。

しかし、あなたは父のことがあったので、株なんて買う気になれなかったし、そもそも、貯金を切り崩しているような状況で投資に回せる資金もなかった。

あなたには、地道に普通に働いて、お金がないなら一生懸命倹約するくらいしか、サバイバルの方法はない。でも、仮にそうして、どうにか生活していったとして、この先、大きな病気をしたりして働けなくなってしまったら、どうなるのだろう。

更にその先、確実にやってくる老後は？

独りで暮らすということは、もしものときに助けてくれる人がいないということだ。

記事では、おひとりさまの老後の備えとして、マンション購入を勧めていた。

〈マンションは転ばぬ先の杖。おひとりさまならマスト・バイ〉

かつて大ヒットしたすごろく『人生ゲーム』では、すべてのプレイヤーが必ず「結婚」のマスに止まるようになっていた。しかし、現代のおひとりさま人生ゲームには「結婚」のマスはゲーム盤の外にあり、全員が必ず止まるマスは「マンション購入」になっているのだという。

かつての女たちが結婚して家族をつくることで手に入れていた老後の安心を、おひとりさまは資産形成という形で手に入れる。そのもっとも確実な選択肢がマンションというわけだ。将来の地価の値上がりまで考えて、有明の再開発地区にマンションを買ったという五八歳公認会計士のおひとりさまが紹介されていた。

しかし、あなたは自分がそのマスに止まれるとは思えなかった。マンションを買うような資金のあてはどこを探してもないのだから。

三〇代以上、パートナーなし、独り暮らし――、定義からいえば、あなたは立派なおひとりさまだ。しかしその記事には、あなたが自分と関係があると思えることは何一つ書いていなかった。

実例として紹介されているおひとりさまたちは、みな、昔憧れたトレンディドラマの主人公みたいな人ばかりだった。いい会社に勤めていたり、会社を経営していたり、すごい資格を持っていたり。あなたみたいな「平凡」ではない「特別」な人ばかりだった。

そして記事の最後は、こんな文章で締められていた。

〈おひとりさまというのは、つまり幸せの形なのだ。「結婚して子どもを産むのが女の幸せ」なんて決めつけられていた時代は、もう終わりを告げようとしている。現代の女たちは自分に一番フィットした幸せを選ぶことができるようになったのだ。〉

幸せ。

母の口癖だった言葉。母が言い聞かせるように言っていた言葉。

――真面目で働き者のお父さんと結婚できて、子宝にも恵まれて、いいお家《うち》で暮らせて、私は幸せ者だわ。

何度となく聞かされた。

母の幸せは、たぶん決めつけられた幸せだ。結婚、出産、マイホーム、専業主婦。どれも母が本当に望んだ幸せではなかったのだと思う。他に選択肢がなかったから、その幸せを選ばざるを得なかったのだ。

じゃあ、私は？

現代の女たちは自分に一番フィットした幸せを選ぶことができる？

冗談じゃない。そんなもの、どこにもない。

一度手にしたと思った幸せは、他の誰かに奪われた。

あなたは、今更ながら、愕然とする。たとえ、望んだとおりの幸せを手にできなかったのだとしても、母の方がずっとましだったという事実に。

私は、決めつけられた幸せさえ、選べない。

幸せ云々《うんぬん》以前に、このままだと、ただ生きていくことすら難しい。

——恵まれない国の子に比べたら、

——昔の子に比べたら、

——幸せなのよ。

母がよく言っていた、手の届かない場所の不幸せと比べて拵える、言葉だけの「幸せ」。

子どものころに実感できなかったそれは、大人になっても、やはり実感できない。

要は、お金だ。

最低限、不安なく生活できるだけのお金がなければ、おひとりさまもへったくれもない。

そもそも、いまやっているような派遣の仕事で、長く独り暮らしを続けるのは無理なんだろう。コールセンターの同僚だって、学生や主婦といった他に生活の基盤を持っている人が大半だ。

このままじゃ駄目だ。

もっと稼げて安定した仕事に就かなければ。

誰にも頼らずに生きていけるだけのお金を稼げるようにならなければ。

自分の居場所は、自分でつくらなければ。

しっかり、自立しなければ。

でないと早晩、干上がってしまう。


「あの、すみません。もしかして、お仕事、探しに来られたんですか?」

あなたが声をかけられたのは、誕生日の翌週、シフトの都合で休みになった月曜日。府中にあるハローワークの前だった。

真剣に転職を考えなければと思い、あなたは普段出勤するときとは逆向きの電車に乗って、ここまでやってきた。

京王線の府中駅から徒歩で五分ほど。駅前を横切るように東西に走る甲州街道沿いにある、無味乾燥な四角い三階建てのビルの入り口には『府中公共職業安定所』という銀色のプレートが掲げられている。

その前まできたはいいが、中に入りそびれ、なんとなく入り口の脇にある掲示板に貼ってあるポスターを眺めていたところだった。

振り向くと、ほっそりした女が、にこにこと朗らかな笑みを浮かべて立っていた。

歳はあなたより少し上、四〇前といったところだろうか。趣味のいいベージュのスーツを着て、肩からショルダーバッグを提げ、胸元にA4サイズのクリアファイルを抱いていた。

あなたは少し訝《いぶか》しがりながら、頷いた。

なんだろう？　身なりや様子に怪しい感じはないけれど、ハローワークの職員だろうか？

「あの、私、こういう者で、一緒に働ける人を募集しているんです」

女は、クリアファイルからカラーのチラシを出した。隅にクリップで名刺が留めてある。

『新和《しんわ》生命　栗原芳子《くりはらよしこ》』

テレビＣＭでもお馴染《なじ》みの有名な生命保険会社だ。

チラシは、ワードのテンプレートを利用して作ったもののようで、「補助事務員募集」「誰にでもできる簡単なお仕事です」「経験・年齢・学歴問いません」「自分の好きな時間で働けます」「月給二〇万円以上」「頑張れば年収一〇〇〇万円以上も可能です」などの文字が躍っていた。

普通なら怪しいと思うところだが、有名企業のブランド力だろうか、このときのあなたは、単純に「こんないい条件の仕事あるんだ」と驚いていた。

「どうです。もしよかったらお話だけでも聞いてくれませんか？」

「あ、はい」

あなたは一も二もなく、頷いた。どんな仕事だとしても、話を聞いて損をすることなど何もない。

「じゃあ、どこか屋根のあるところに入りましょうか」

栗原に促され、あなたは結局、ハローワークには入らず、来た道を戻っていった。

「本当に、不景気で困っちゃいますよね」

ハローワークと府中駅のちょうど中間辺りにあった小さな喫茶店に入ると、栗原は開口一番、そう言った。

「ええ」

あなたは相づちを打つ。

いざなぎ超えだかなんだか知らないが、あなたの実感としては、いまは不景気だし、実際、困っている。

栗原は自分とあなたの分で、ブレンドコーヒーを二杯オーダーしたあと、改めてという感じで、名前を名乗った。

「新和生命の栗原芳子です。よろしくお願いしますね」

あなたも「あ、鈴木陽子です。よろしくお願いします」と、頭を下げた。

「鈴木さんは、いまはお仕事は？」

「一応、派遣で」

「事務職？」

「あの、テレオペって言って」

「ああ、コールセンターとかの？」

「はい、そうです」

「クレームとかも受けるのかしら？　大変じゃないですか？」

「ええ、まあ……」

「私もね、テレオペは経験ないけど、テレアポの仕事なら昔したことあるんですよ」

「あ、そうなんですか」

栗原は、癒し系というのだろうか、優しくほんわかとした雰囲気で、親しみやすさを感じさせる女性だった。

彼女は独身で、ずっと都内で独り暮らしをしているのだと話した。高校を卒業してすぐに、地方から上京してきて、小さな食品加工会社に勤めていたが、バブル崩壊後に倒産してしまい、それ以降、しばらくはバイトと派遣で食いつないでいたという。

あなたも、自分がバツイチの独り暮らしで、いまは派遣で働いていることを栗原に話していた。

栗原はしみじみと実感のこもった声で言った。

「でも、パートとか派遣のお給料って、それだけで生活できるようになってないんですよね」

まさに、あなたが思っていたことだ。

「はい、そうなんです。それで、転職したくて」

「私ね、あなたみたいな人にこそ、この仕事、是非やって欲しいと思います」栗原はテーブルに置かれたチラシを指さして、笑みを湛《たた》えたまま力強く言った。「保険の仕事は、女性が自立して生きて行くための仕事なんですよ」

自立、という言葉が熱を帯びて耳に残った。

誰にも頼らず、独りでも生きていけるだけの術《すべ》を身につけること。自分で自分の居場所をつくること。それこそ、あなたが自分に必要だと思っているものだった。

栗原によれば、募集しているのは「保険商品をお客様に説明して、手続きの事務をする仕事」とのことだった。

また、チラシに書いてあることは、誇張でもなんでもなく、まったくの未経験でも問題なく始められて、出勤時間も自分の都合で決められるという。それでいて給与水準は高く、高卒の未経験で四〇代から始めて、年収一〇〇〇万円以上稼いでいる人もいるのだという。

「私も、おかげさまで、いまは毎月かなり余裕のある生活させてもらっているし、ローンでマンションを買えたんですよ」

それは、「おひとりさま」が必ず止まるというマスだ。

でも、目の前にいる細身の女は、親しみやすく朗らかだけれど、雑誌の特集記事に登場するような特別な女には見えなかった。むしろ平凡に見えた。高卒だと言っていたから、学歴ならあなたの方が、ほんの少しだけ上だ。

もしかしたら、私にも……。

そんな気持ちが湧いてくる。

「どうかしら？　ちょっとでも、この仕事に興味、あります？」

「はい。あの、ちょっとっていうか、すごく興味あります」

ハローワークに行ったとしても、このチラシに書かれているような条件の仕事が見つかるとは思えない。

「本当？　嬉しいです！」栗原は破顔した。「じゃあ、これから、面接受けてもらっていいですか？」

「え、これからですか？」

栗原はにこにこと満面の笑みを浮かべて頷いた。

「そう。善は急げですから。どうです？　時間あります？」

「はい。大丈夫ですけど」

あなたとしても、仕事が早く決まるのは歓迎すべきことだった。

「じゃ、行きましょう」

栗原は、伝票を手に取ると、すっと席を立った。

新和生命の府中支部は、府中駅前の並木通りに建つ小さなビルだった。テレビＣＭなどでよく見かけるロゴマークの看板が、耳のように建物の壁にくっついていた。

栗原の案内で、『応接室』とプレートの出た部屋へ通され、そこで支部長の面接を受けることになった。

支部長はあなたと同い年くらいの男性で、芳賀《はが》と名乗った。

背が高く、肩幅の広いがっちりとした身体と、目鼻立ちのはっきりした精悍な顔つきをしていた。ハンサム、最近の言い方ならイケメンと言っていいと思う。細身のビジネスーツがよく似合っていた。所作も喋り方も、きびきびとしていて、いかにも「できる男」という感じだ。別に何か期待したわけでもないけれど、左手の薬指に銀色のリングが嵌《は》まっているのを見てあなたは「そりゃそうよね」と思った。

芳賀は、あなたの出身地や職歴、現在の暮らしぶりなどを確認したあと、じっと目を見て念を押すように「やる気、ありますね？」と訊いてきた。

「あ、はい」

あなたが半ば反射的に点頭すると、芳賀は笑顔で言った。

「じゃあ、こっちとしては、明日からでも研修を受けて欲しいんですが、どうです？　いまの仕事はすぐに辞められますか？」

「え、あの……、私、合格、なんですか？」

思わずあなたが尋ねると、芳賀は苦笑した。

「ええ、もちろん。少し話せば、ちゃんと勤まる人かどうかは、分かりますから」

さすがに翌日からというのは無理だったが、次の週の頭から、あなたは、立川《たちかわ》にあるという西東京支社で二週間の研修を受けることになった。もちろん研修中もちゃんと給料が支払われるという。

びっくりするほどあっけなく、仕事が決まった。こんなことなら、もっと早く転職活動をしていればよかったとすら思った。

このとき、栗原にしろ芳賀にしろ、あなたに対して嘘はついていなかったが、すべてを正確に話していたわけでもなかった。

世の中にそうそう美味《うま》い話はないし、キャッチセールスがそうであるように、路上で人に声をかけるような商売には、大抵、裏がある。

西東京支社の研修は、二三区外の各支部で同じ時期に勧誘された人が、まとまって受けるようになっていて、あなたの同期は全部で五〇人近くもいた。

大きめの会議室を使い、保険についての基礎的な知識を中心に、新和生命で販売している商品の特長や、ビジネスマナー、果ては、働く女性向けの好感度が上がるメイクの仕方などを、みっちりと教わった。

講師を務める「育成リーダー」という肩書きの年配の女性は、教え方がとても上手で、あなたはこの研修を楽しく感じたし、日に日に研修後に始まる仕事に対するモチベーションが上がっていった。

ただ、同時に、自分がいくつか誤解をしていたことにも気づかされた。

あなたは、栗原からもらった勧誘のチラシにあった「補助事務員募集」という文言と、彼女の説明から、内勤の事務員で、ときどき顧客対応をするような仕事だと思っていた。しかし、研修の内容は明らかに営業職のそれであり、講師はあなたたち研修生に「これから新和レディとして活躍する皆さん」と呼びかけた。

新和レディ、つまり、新和生命の保険外務員、会社や家を回って保険のセールスをするいわゆる「保険のおばちゃん」だ。

これって、あれだったの？

あなたは、研修を受け始めたあとで、やっとそのことに気づいた。

確かにそれまでに確認したわけじゃなかったけれど、「補助事務員募集」から、保険外務員を募集しているとは想像しづらい。もし最初に営業職だと分かっていれば、躊躇《ちゅうちょ》したかもしれない。

ただこのときは、あなたは騙されたと思うことなく、「まあ、それならそれで、頑張ろう」と腹をくくった。もう派遣の仕事は辞めてしまっていたし、研修がよかったおかげでやる気が出ていた。

もう一つ誤解していたのは、雇用形態だ。当然、新和生命に雇われるのだと思っていたが、保険外務員は個人事業主で、保険会社から仕事を請負うという形を取るのだという。

これについても、あなたは「それならそれで」と受け入れた。チラシにあった、月給二〇万円以上や、頑張れば年収一〇〇〇万円以上というのは本当のようだ。だったら、社員だろうが個人事業主だろうが、そこはあまり関係ない。

それに、育成リーダーが言っていた「新和レディは、会社に雇われるＯＬではありません。一人ひとりが独立したビジネスパーソンなんです！」という言葉は、とても気持ちよく耳に響いた。

独立したビジネスパーソン――それこそが、自分が求める自立した女性像に思えた。

西東京支社での研修の最終日に、あなたは「一般課程試験」なる試験を受けさせられた。これが生命保険を売るための資格試験であり、一〇〇点満点中七〇点以上取って合格しないと、そもそも保険外務員になれないのだという。つまり、落ちたらいきなり失職だ。

さすがに不安になったが、育成リーダーは、試験の前に笑って言った。

「普通に研修を受けていれば、落ちる人はまずいません。むしろ満点を取れるように頑張ってください」

蓋を開けてみれば、彼女の言うとおりだった。○×問題と、ごく簡単な計算問題だけの試験で、研修で繰り返し教わったことがそのまま出ていた。確かにこれだと、落ちる方に問題があると思える。

あなたは、満点こそ逃したが、九八点の好成績でこの試験に合格し、晴れて新和生命の保険外務員、新和レディとなった。

あなたはこれを機に、スーツを一着新調した。量販店で売っていた安物だが、スーツを買ったのは最初に就職したハタチのとき以来だ。まだ何を成し遂げたわけでもないけれど、なんとなく晴れがましい気分になれた。

新しいことを始めるときに特有の、あの奇妙な高揚感が、あなたの胸を満たしていた。

◇ 10

奥貫綾乃が山崎からひととおり話を訊き終えホテルを出たときは、もうすっかり日が落ちていた。

冷たい刃物のような夜風が吹き付けてくる。到着したときはよく晴れていて、東京よりも暖かいくらいだと思ったが、それが嘘のように冷え込んでいた。

金沢駅の東口にある巨大なガラスドームと、赤い木の門が、やや緑がかったライトに照らされていた。組木でつくられたこの門の意匠は、加賀の伝統芸能である宝生《ほうしょう》流の能楽で使う鼓《つづみ》をモチーフにしているという。夜の闇に浮かぶそれは、どこか異世界への入り口のような幻想的な雰囲気をかもしていた。

綾乃はその門をくぐり、金沢駅から特急電車に乗った。

このまま東京に帰るわけではない。今回の出張は一泊二日、金沢の他にもう一ヶ所目的地があり、宿はそちらに取ってある。

向かう先はQ県。鈴木陽子の生まれ故郷だ。

夜の特急は、自由席でも二人がけに一人で座れる程度に空いていた。

綾乃は窓側の席に腰掛ける。前の座席の背中についているポケットに、誰かが忘れていったのだろう女性週刊誌がささっていた。

綾乃はそれをなんとなく手に取り、開いてみた。

〈婚活のススメ〉という見出しが目に飛び込んでくる。

数年前まで、「おひとりさま」なんて言って、女性が独りでも自立して生きてゆくライフスタイルがずいぶんもてはやされていたが、最近はやっぱり結婚ということなのか、この「婚活」という二文字をやたらと目にする。

写真やイラストを使い、お見合いパーティへの参加法や、経験談、真偽不明の「いい男に出会うコツ」などが、面白おかしく紹介されていた。

あいにく、勧められたところで、こっちはもう結婚する気はない。ぱらぱらと読み飛ばす。

次の記事は〈総力特集　生活保護の闇〉。

その冒頭で、去年江戸川区で発生した、NPO法人の代表理事が殺された事件のことが紹介されていた。

管轄が違うので綾乃はまったく関わっていなかったが、そういう事件があったことは知っていた。確か、未だに犯人は逮捕されず、重要参考人の女が行方知れずになったままだったはずだ。

記事で詳しく触れられているのは、事件そのものではなく、殺害された男性が代表を務めるNPO法人『カインド・ネット』が行っていた、生活保護を利用した詐欺まがいの貧困ビジネスについてだった。

ああ、そういえば、こういう話では、よく言い合いになったっけ。

別れた夫のことが頭をよぎる。

綾乃は、生活保護のような福祉には、できるだけ頼るべきではないと思っている。怠け者を甘やかしてはいけない。審査は最大限厳しくし、本当に必要な人だけしか利用できないようにすべきと思う。

対して夫は、むしろ誰でも気軽に福祉に頼れるようにすべきなのだと言っていた。審査を厳しくしすぎると、本当は福祉で助けられる人を見殺しにすることになりかねない。勤勉でも怠け者でも、人は等しく尊重されるべきだ、と。まさに綾乃とは正反対の意見だ。

夫は暇があればいつも本を読んでいて、色々なことをよく知っていた。弁も立つし、いつだって弱い人の立場でものを言った。とてもとても綺麗なことを言った。

でも彼自身は、生活に困ったことなんて、きっと一度もないのだ。裕福な家庭で育った帰国子女で高学歴。子どものころの夏休みの思い出は、海でも山でもなく、ニースの城《シャトー》だという。たぶん、綺麗なものしか見てきていない。この世に、向上心などと無縁で生きている者がいることを知らない。権利を利権にひっくり返し、最後の一滴まですすろうとするクズがいることを知らないのだ。

やはり、住む世界が違いすぎた――

――と、こうして別れた夫のことを思い出すとき、絶望的な気分になるのは、彼と価値観が違ったことだけが、駄目になった原因ではないということだ。

出会ったのは、二六歳のとき。結婚式の二次会だった。たまたまテーブルが一緒になり、話が弾んだ。

当時、綾乃は長く付き合っていた男と別れたばかりだった。相手は同業者、一〇も年上の先輩の刑事。とても仕事のできる男だった。最初はただの尊敬だったが、向こうからアプローチされて、それは恋心に変わった。学生時代はずっと柔道漬けで恋愛経験のない綾乃にとっては、初めてできた恋人でもあった。ただ、その男には妻子があった。

ハタチのときから五年以上もだらだらと続けた不倫関係を断ち切った矢先、目の前に誠実を絵に描いたような男が現れ、綾乃は強く惹かれた。向こうもこちらを憎からず想っているようで、ごく自然な流れで交際が始まった。

別に勢いで結婚したわけじゃない。二年付き合い、育ちも考え方も全然違うし、時に意見が衝突することは分かっていた。分かっていて、それでも、この人となら、そういう違いを乗り越えて家族になれると思い、結婚した。

事実、乗り越えられていたと思う。分かり合えない部分はあったけれど、それでも一緒にいることに、ささやかな幸福を感じた。いまでは、衝突したときのことばかりを思い出してしまうけれど、実際は互いの違いを楽しむようなやりとりの方がずっと多かった。

でも絶望は、その先にあった。

相性の問題ではなく。価値観の問題でもなく。おそらく、相手が誰でも同じようになってしまっただろう。ひと言でいえば「向いていなかった」ということだ。

綾乃は、致命的なほど、家族を持つことに向いていなかった。少なくとも自分ではそう思っている。

それは子どもが生まれ、母になったときに、最悪の形で噴出した。

綾乃が離婚を決めたとき、実家の父からは「恥ずかしい娘じゃ！」と罵《ののし》られた。父にしてみれば、離婚なんてするのは恥ずかしいことなのだろう。けれど、綾乃だって傷ついていると ころに、そんなことを言われるのは腹立たしく、盛大な親子げんかをして、以来、実家には帰っていない。

父がどう思おうと、離婚という選択はベストだったと思う。自分にとっても、夫にとっても、そして、娘にとっても。

あのまま、家族を続けていたら、きっと三人ともが不幸になっていたに違いない。

週刊誌のページをめくる。

こんなことを考えていたからか、つい見たくもない記事に目を留めてしまう。

〈コスモちゃん事件　我が子を殴り殺した鬼母の異常な生活〉

最近大きく話題になっているシングルマザーが息子を虐待死させてしまったという事件だ。犠牲になった子が、宇宙と書いて「コスモ」と読ませるいかにもなキラキラネームだったため、一部のメディアでは『コスモちゃん事件』と称されている。

逮捕されたこのシングルマザーは、「本当はコスモのことを愛していたのに、言うことを聞いてくれないと、どうしても我慢ができなくなってしまった」などと供述しているという。

活字を目で追いながら、綾乃は思う。

母親を続けていたら、私も、この人みたいになっていたかもしれない。

記事ではシングルマザーの言い分を「身勝手な言い訳」と断じていた。確かにそう聞こえるだろう。けれど、綾乃には彼女の気持ちが分かってしまう。

綾乃が子どもを産んだのは、結婚した翌々年、三〇歳のときだった。できるだけ自然なお産をしようということで、病院でなく助産師による自宅分娩をする予定だった。でも、酷い難産で結局病院に搬送され、帝王切開でお腹から子どもを取りだした。女の子だった。

思いどおりのお産ができなかったことが、まずわだかまった。どんな産み方をしても、どんな生まれ方をしても、子どもは子どもだと夫は言った。その通りだと思った。頭では分かっていたけれど、心に染みが残った。いつまでも、自然に産みたかった、自然に産んであげたかったという想いが沈殿していた。

その裏返しで、ちゃんと育てなきゃと思った。ちゃんと愛さなきゃと思った。

自然に産んであげられなかった分、ちゃんと。

なのに。

ちゃんと愛さなきゃと思っているのに、娘が言うことを聞いてくれないとき、どうしようもない怒りを感じた。ちゃんと育てなければいけないと思うほどに、沸点は下がり、気づけば、一日中怒っているようになっていた。

それこそ凶悪犯に立ち向かうとき以上の怒声で罵倒した。ときどき手が出ることもあった。

痣が残るほど叩いてしまったこともあった。

怒りだ。

いま振り返ってみれば、あれは、しつけでも教育でもない、純粋な怒りだったと思う。思いどおりにできないことへの、ちゃんとできないことへの、怒り。

自分よりはるかに小さく弱い存在に、そんなものをぶつけていた。

母親失格。

そう言われれば、返す言葉もない。

綾乃なりに一生懸命愛そうとしたつもりだった。けれど上手く愛することができなかった。

優しい夫はそんな綾乃を責めずに許そうとした。

「きみは、少し頑張りすぎなんだ。僕も手伝うから、もう少し気楽にやりなよ」

「駄目よ、ちゃんと私が頑張んなきゃ」

「いや、いいんだよ。ちゃんとしていることや頑張れることは、立派なことだけど、ときにちゃんとできなくてもいいし、頑張れなくなってもいいんだ」

「駄目！　絶対に駄目！　私はちゃんとしたいの！」

「そんなに自分を追い詰めないでくれ。自然なお産ができなくてもいい、母乳が十分出なくてもいい、家事を失敗してしまってもいい。子どもがぐずるのはきみのせいじゃない。子どもが言うことを聞かないのはきみのせいじゃない。もちろん子どものせいでもない。何から何までちゃんとできなくてもいいんだ」

「よくない！　そんなこと、あなたが決めないで！　私はちゃんとしたいの！」

「いいんだよ。きみはただそこにいるだけで、いいんだよ」

やめて！

お願いだから、もうやめて！

優しい言葉で私を許さないで！　正しい言葉で私を諭さないで！　綺麗な言葉で私を包まないで！

私はそれに耐えられない。

だから、お願い、もう、やめて――、
がたん、という電車の揺れで目が覚めた。

一生懸命言葉を紡ぐ夫の姿はそこにはなかった。

……夢？

見慣れない、特急電車の車内。窓際の席。窓の向こうの夜に、海が見える。

そうだ、金沢からこの電車に乗ったんだった。

足もとに女性週刊誌が転がっていた。あれを読んでいるうちに、別れた夫と娘のことを思い出して……、いつの間にか、うとうととしてしまったのか。

綾乃は女性週刊誌を拾い、最初に入っていた前のポケットに突っ込んだ。

軽く伸びをしてシートにもたれると、ぼんやりと窓の外を眺める。

あの海は日本海だろう。

ほどなくして波間の輪郭を縁取るような白が、月の光だと気づいた。

視線を上げると空の高い位置に、真っ白い円が浮かんでいた。

満月だろうか。分からないけれど、限りなくそれに近いと思われる、月だ。

何者も寄せ付けないような冷たさを湛え、ただ一つそこにあった。

綾乃は自分の両目から涙がこぼれていることを自覚したが、果たしていつから泣いているのかよく分からなかった。

いま、月を見た瞬間からか。目が覚めたときからか。夢を見ていたときからか。あるいは、もっとずっと前からか。

よく、分からなかった。

◇

被告人　八木徳夫（無職　四七歳）の証言　2

はい、そうです。ホームレスだった私に声をかけてきたのが『カインド・ネット』でした。二人組で、片方は、のちに鹿骨の家で一緒に暮らすことになる渡辺でした。もう一人は、名前は忘れてしまいましたが、はい、平《ヒラ》というか末端の職員だったと思います。

正直、最初は、ヤクザだと思いました。その、渡辺の見た目が……、パンチパーマで、いかにもという感じだったので。怖かったんですけど、強引に事務所に連れてかれて。

神代さんの自宅ではなく事務所の方です。そうです、台東《たいとう》区入谷《いりや》の言問《こととい》通りにある、雑居ビルの事務所です。

そこで、初めて神代さんに会いました。事務所の中にいる人たちも、ええ、梶原や山井もいたんですが、みんなチンピラふうで、ああやっぱりヤクザだと思っていたら、神代さんがそれを見透かしたみたいに、「儂《わし》ら、スジもんとちゃうで」って。はい、私みたいに困ってる人を助ける活動をしているんだと言ってました。

名刺を渡されてそこに、『NPO法人　カインド・ネット』とあって、NPOなんて、とてもそんなふうには見えなかったんで、ずいぶん驚きました。

それで……、神代さんが、ホームレスになった事情を訊いてきて、正直に話したら、申請を手伝うから、生活保護を受けるべきだと言われました。そうしたら、住むところも紹介できるからと。

最初は、断ろうと思ったんです。会社潰して、色んな人に迷惑かけて、その上、生活保護なんて受けるのは申し訳なかったので。私はホームレスになったのも、自業自得と思ってましたし。

そしたら神代さんが、「そんなことない」って言ってくれて。

神代さんは、私が会社を潰してしまったことの責任は、もう自己破産で果たしている、全財産を失って、その上、命まで投げ出す必要はないんだと。励ますように。それから、「あんたは、見えざる棄民《きみん》や」とも。

はい。棄てられた民――と書いて、棄民です。

神代さんは、この社会の光の当たらない場所には、何かの事情で「普通の生活」ができなくなってしまった人が大量に棄てられているんだ、と言ってました。

昔は、家族や地域がそういう人の受け皿になっていたけれど、いまはその機能が弱まってしまって、ぽろぽろ、ぽろぽろ、こぼれ落ちるようになったんだと。

でも、そうだとしても、生きている限り国や社会の一員ではあるはずだと神代さんは言いました。この国は憲法で「健康で文化的な最低限度の生活」を保障しているのだから、本当なら、そうやってこぼれ落ちた人々は国や社会が責任もって救い上げるべきなんだと。なのに、それどころか排除して、とりあえず自分たちの目に見えないところへ追いやろうとする。私が公園を追い出されたりしたのは、その典型だと。

私は棄てられたんだと、それに甘んじて、何もせずに死んでしまったら、それこそ、私を棄てた連中の思うつぼだと、言われたんです。

はい、自分が棄てられたなんて、そんなふうに考えたことは、一度もなかったんで、新鮮だったというか、少し楽になれたというか……。

それから神代さん、最後にこう言ったんです。一言一句憶えてます。

「まあ難しい理屈は抜きにしても、儂、あんたに死んで欲しくないいで。こうして、会ってすぐさよならじゃ、悲しすぎるわ。生きて、生活立て直そうや」って。

私、感激してしまって。

自分でもよく分からないんですが、その、たぶん「死んで欲しくない」とか「悲しい」って言ってくれたことが、嬉しかったんだと思います。

何もかもなくして、あとは誰にも顧みられずに死んでいくだけと思っていたから。初対面なのに、私が死ぬことを惜しんでくれる人がいて。

ええ、それで、やっぱり、『カインド・ネット』に世話になることにしたんです。

あ、いえ、まだです。

私が陽子さんに会うのは……、もう少し先のことです。

◆ 11

――陽子、

新しい職場への出勤初日、あなたは新品のモスグリーンのスーツに袖を通し、自宅マンションを出た。

二〇〇六年一一月。新和レディとなったあなたは、勧誘を受けた府中支部にそのまま配属されることになった。

やや早めの八時半に出社すると、二週間前に五分ほどの面接であなたを採用した支部長の芳賀が、笑顔であなたを迎えてくれた。

「鈴木さん、今日からですね。待ってましたよ。頑張ってください」

イケメン上司に、「待ってた」などと言われ、悪い気分はしなかった。

あなたは「はい！」と、研修で教えられたように、腹から声を出して返事をした。

朝礼開始時刻の九時に近づくにつれ、次々と保険外務員たちが出勤してきた。下はまだ高校生みたいに見える子から、上は六〇を超えていると思われる人まで、女性ばかり全部で四〇人くらい。いちばん多いのはあなたと同じくらいの三〇代だろうか。

その中に、栗原の姿もあった。今月いっぱいは、彼女について実務を覚えるように芳賀から言われた。与えられたデスクも、栗原の隣だった。

「研修お疲れさま。一緒に働けるようになって嬉しいわ。今日からよろしくお願いしますね」

栗原は、相変わらずの朗らかさで、この人と一緒なら、やり易そうだとあなたは思った。

始業前の支部のオフィスは、授業前の学校と少し似ていた。自分の席で黙々と準備をしている人もいれば、何人かのグループで固まって昨日のテレビの話をしている人もいる。芳賀の席の周りに集まって、黄色い声をあげて談笑している人たちもいた。モテる男性教師と取り巻きの女生徒との、あの感じとそっくりだ。あなたがそれをなんとなく目で追っていると、栗原が悪戯《いたずら》っぽい笑みを浮かべて言った。

「芳賀支部長、気になります？」

あなたは面食らった。

「え、あ、別に」

栗原は、苦笑する。

「いいのよ。格好いいですもんね」

「ええ」それは確かにそうだ。「でも、奥さんいるんですよね？」

あなたは、初めて付き合った男が既婚者だったことを思い出していた。決していい思い出ではない。

「ふふ、職場の潤いや、憧れの対象としては、そこはあまり関係ないんじゃありません？　いま、支部長の周りに集まってる人だって、ほとんどが旦那さんいますよ」

潤い、憧れ、か。

なるほど、そういえば学生時代、男の先生の人気は、独身かどうかとはあまり関係なかったような気がする。

「それに彼、仕事に対してすごく真剣だから。あんなふうに、ただ色目を使ってくる人なんか、相手にしないんですよ」

栗原の「彼」という代名詞の使い方と口調には、なぜか奇妙な余裕のようなものがあった。

〈キーン、コーン〉とチャイムが鳴った。

オフィスの壁掛け時計の針が左向きのLになっている。九時だ。みんな一斉に自分の机に戻って整列した。それまでのざわめきが消えて、しんとなる。この感じも学校と似ている。

支部の朝礼は、まず全員でのラジオ体操から始まった。ラジオ体操なんて、それこそ二〇年くらいやっていなくて、なんとなく気恥ずかしかったが、栗原を始め周りのみんなは、照れる様子もなくきびきびと身体を動かしていた。

それが終わると、芳賀が訓示を垂れた。

「おかげさまで、一一月に入ってから、前月よりも契約が伸びています。しかし、『保険月』ということを考えれば、少しもの足りません」

一一月は保険業界全体で「保険月」と定めていて、販売に力を入れるのだという。

芳賀は「もっといっぱい保険を売れ」という意味のことを大きな身振り手振りで熱っぽく語り、最後に「皆さんなら、絶対にできます！」と力強く結んだ。

周りを見回すと、芳賀が話すのを、うっとりとした表情で聞いている人が何人もいた。

訓示を終えると芳賀は、リモコンを操作して、オフィスに設置された大型のテレビをつけて、DVDを再生した。

あなたも研修で何度か観たことのある『ありがとう新和レディ』というものだ。

一〇分くらいの短いドラマ仕立てで新和生命の商品を説明する教育ビデオで、商品やシチュエーションごとに色々なバージョンがある。

この日流れたのは「働き盛りの父親が事故で長期間働けなくなってしまうが、新和生命の『トータルライフ21』という保険に入っていたおかげで、事なきを得た」というものだった。

この『トータルライフ21』は、積み立てによる貯蓄と、掛け捨てによる保障を複雑に組み合わせた「アカウント型保険」と呼ばれる種類の生命保険で、現在の新和生命の主力商品である。

なかなかよくできていて、観ていると、やっぱり保険って大事だなという気にさせられる。

DVDが終わると、芳賀が声を張った。

「私たちが販売しているのは、人生を守るための、非常に優れた商品です。手厚い保険に入っていただくことは、何よりお客様のためになります。みなさん、頑張ってお勧めしてくださ い！」

一同が「はい！」と声を揃える。

「では、実績と目標をお願いします！」

芳賀が号令をかけると、端から順番に、一人ずつ、前日の成果とその日の予定を発表し始めた。

　このとき、芳賀はそれぞれに、短く叱咤《しった》激励してゆく。

めぼしい成果を挙げられなかった人には「もっとしっかりしてください！　今日こそ、お願いしますよ！」と厳しい声で。

　契約まではいかないまでも、話を聞いてくれそうな「見込み客」を獲得できた人には、「その調子で頑張ってください。見込み客も契約できなければ意味がありません、最後まで気を抜かないように！」と、引き締めるように。

　そして、あなたの隣で栗原が「『トータルライフ21』成約、一件」と報告したときは、「よく頑張りました！　栗原さん、今月早くも四本目の成約です！　はい、拍手！」と白い歯を見せて手を叩いた。それに倣うように、全員が拍手して「よく頑張りました！」と大きな声で誉め称《たた》える。賞賛を浴びながら、栗原はいつもと同じにこにこ顔に、かすかな優越をにじませていた。

　一番最後にあなたの順番が来て、とりあえず自己紹介をするように促された。

　部屋中の視線があなたに向く。こんなふうに大勢の人の前で話をするのなんて、学生のとき以来だ。まるで、転校生になった気分で緊張しながら、あなたは口を開いた。

「あの、鈴木陽子です」

「声が小さいですよ！」遮るように、芳賀の逞《たくま》しい声が飛んできた。「もっと、お腹から声を出して、自分をアピールしてください！」

あなたは、息を吸って、言い直した。

「鈴木陽子です！　今日からみなさんと一緒に、新和レディとして働くことになりました！　よろしくお願いします！」

「はい、よろしくお願いします。この府中支部は非常に優れた先輩ばかりですので、周りを見本に、頑張ってください！　拍手！」

一同が拍手をする。あなたは、面映《おもは》ゆさと、気持ちの昂《たか》ぶりを一緒に感じた。

そして朝礼の最後に、全員で壁に貼ってある『新和レディの心得』というスローガンを唱和した。

「私たち新和レディは、お客様第一主義で保険をお勧めします！」

「私たち新和レディは、新和の保険商品にプライドを持ち、お客様に最も適した保険をお勧めします！」

「私たち新和レディは、お客様により手厚い安心を提供するために、より手厚い保険をお勧めします！」

「私たち新和レディは、お客様の幸せのために、契約をいただきます！」

「今日も一日頑張ります！」

芳賀を筆頭に、全員が大きな声を張り上げる。あなたはオフィス全体をつつむ異様な雰囲気に圧倒されつつも、みんなに倣って、思い切り声を出した。

すると、不思議とやる気が湧いてきた。

朝礼が終わると、保険外務員は各々《おのおの》、自分の業務を始める。すぐさま外回りに出る者もいれば、デスクワークをする者もいる。

この日、栗原は保険の見積もりを作る必要があったので、その作業をあなたに見せながら、勘所《かんどころ》を教えてくれた。

見積もりはできれば最初から三つ以上作っておいた方がいいという。人間には、大中小の選択肢があると、真ん中を選びたがる心理が働くので、一番売りたい見積もりを中心に、高めの見積もりと、安めの見積もりを用意するのがコツなのだという。

研修ではここまでは教えてくれなかったので、なるほどなと思う。

見積もりができたら、二人で外回りに出ることになった。

栗原は、出発前に備品ボックスから飴玉やティッシュといった顧客に配るノベルティをバッグに詰め込んだ。あなたも、見よう見まねで、同じようにした。

こういうものは、すべて会社から支給されるのかと思っていたが、そうではないという。使った分だけ、給料から天引きされるのだ。個人事業主なので、こういった「経費」をどう使うかも、各々の裁量なのだという。

「飴やティッシュなんてどれだけ使ってもいくらにもなりませんから。これで契約が取れるなら安いもんなんですよ」と栗原は苦笑していた。

午前中からお昼休みにかけては駅の周辺にある会社を回った。どこも栗原がすでに開拓しているところで、社内に立ち入る許可は得ているようだった。「ああ、また保険のおばちゃんがきた」という、拒否ではないけれど歓迎でもない、低めのテンションで迎えられる。

栗原は馴れた感じでオフィスにいる社員に声をかけてゆき、初対面の社員がいれば、挨拶して、ノベルティを渡し、アンケートの記入を頼んでいた。このアンケートが保険販売のはじめの一歩で、これに名前と生年月日を書いてくれた人は「見込み客」となり、のちに見積もりを作って本格的な営業をかけることになる。

午後二時くらいまで会社回りをして、ハンバーガーショップでお昼を食べながら、回収できたアンケートの整理をした。事務仕事は支部に帰ってからまとめてやる人もいるが、こうやって休憩や空き時間に、ちょくちょくやった方が楽なのだと栗原が教えてくれた。

そのあと、駅前を離れて住宅街へ向かい、一軒、一軒、個人宅を訪問することになった。府中のようにオフィス街と住宅街が隣接しているような地域では、まず会社、それから個人宅の順番で回るのがセオリーなのだという。

個人宅への訪問は、会社へのそれに比べて、何倍も大変だった。会社は一ヶ所で何人にも声をかけられるが、個人宅は基本的に一人ずつになってしまう。留守にしている家もあるし、効率の面では断然会社の方がいい。

「でも、個人のお宅だと、ときどき信じられないような大口の契約をもらえることもあるんですよ」

栗原はこう言ったが、この日は陽が傾くまで個人宅を回っても、大した収穫を得ることはできなかった。

大人になってからこんなに歩き回ったことはなかったので、あなたの足はまさに棒のようになってしまっていた。靴擦れでもしているのだろう、踵《かかと》の辺りがひりひりと痛んだ。

「そろそろ戻りましょう」と、栗原が言ったので、やっと終わるのかと思ったが、それは「駅の方へ戻りましょう」という意味だった。

駅前にある喫茶店に入って少し休憩したあと、昼間訪れた会社を再度訪問することになった。栗原によれば、会社回りは、できれば、昼と夕の二回行った方がいいのだという。

「会社勤めの人が一番話を聞いてくれるのは、仕事が終わったあとですからね。昼にアンケートを渡して、夕方に回収するなんてこともできますし。この時間に回れるのは、私たちみたいに専業でやっている人間の特権なんです」

保険外務員には主婦やシングルマザーといった家庭を持っている者が多く、彼女たちは大抵、夕方くらいに仕事を上がっている。それではあまり多くの契約は取れないし、結局、長続きもしないのだという。

この日、外回りを終えて支部に戻ったのは、夜の七時ごろだった。

支部ではもう芳賀も退社しており、朝礼の時は見かけなかった年配の男性事務員の姿があった。

あなたたちがオフィスに入ると、事務員は「お疲れさまぁ」と陽気な声で迎えた。見ると彼は夕刊紙を広げていて、座るデスクには、カップ酒とするめいかが置いてあった。

「中根《なかね》さん、お疲れさまです」

栗原は挨拶を返す。あの事務員は中根というらしい。

あなたは、職場で堂々と酒を飲む人がいることに驚きつつ、栗原に倣って挨拶した。

「お、そっちは見ない顔だねえ」

「こちら、今日が初めての鈴木さんです。あちらは、事務の中根さん」

栗原が互いに紹介してくれた。

とりあえず「鈴木です、よろしくお願いします」とあなたは頭を下げる。

中根は「はいはい。頑張ってねえ」と、やはり陽気な声で言って、すぐに視線を手元の夕刊紙に戻した。

特に面倒な事務仕事は残っていないとのことで、支部に戻ってから一〇分もかからず帰り支度ができた。これで初日の業務は終了だ。

九時の始業から数えて一〇時間以上、働いたことになる。さすがにもうへとへとだった。

栗原と二人、中根に「お先に失礼します」と挨拶をして、戻って来たばかりのオフィスを出てゆく。

「あいつ、会社の寄生虫なんですよ」

後ろ手でオフィスのドアを閉めるなり、栗原がぼそっと言った。

あなたは栗原がそんな言葉で他人を評するとは思っていなかったので、一瞬、理解が遅れた。

「中根さん」と、栗原が付け足し、やっとあなたは「ああ、あの人、ですか」と相づちを打った。

中根は毎日午後四時くらいに出社してきて、外回りをしている保険外務員が全員戻ってくるのを待ち、オフィスの鍵を閉めるのが仕事なのだという。

いわば留守番だが、出退勤の管理などをしているわけではなく、ただオフィスにいればいいだけの仕事で、支部長の芳賀が帰ったあとは、ああして酒を飲むことも黙認されているという。

「いわゆる『窓際族』なんですよ。仕事がないんですけど、正社員だから会社も簡単にはクビを切れなくて、ああして飼い殺しているんですって。こっちが必死に外回りしてるのに、お酒飲んでるだけの人がいると思うと、釈然としませんよね」

なるほど、だから寄生虫なのか。

「そうですね」と、あなたも頷いた。

一緒に仕事をしてみて、栗原が契約を取るために一生懸命なのはよく分かった。それだけに、腹も立つのだろう。

支部のエントランスを出たところで、栗原から「よかったら、ご飯一緒にしませんか。今日は初日だし、私が奢《おご》りますよ」と誘われた。

疲れていたので、早めに帰りたい気持ちもあったが、それ以上にお腹が空いていたし、「奢り」のひと言に押された。

てっきりファミレスかファーストフードかと思っていたが、栗原が向かったのは、デパートに入っている高めの中華料理店だった。

あなたは「こんなところで奢ってもらうの悪いです」と遠慮したが、栗原は「いいんですよ。こちらこそ、この辺はお店がなくて、こんなところでごめんなさい」と、あなたとはまったく逆の意味で「こんなところ」という言葉を使って笑っていた。

栗原は、あなたの手を引くようにして店に入り、一人三〇〇〇円もするディナーコースをビール付きで二人前、注文した。

あまり遠慮しすぎるのも逆に失礼になると思い、あなたは、ありがたくいただくことにした。

お通しのピータンと一緒に運ばれてきた中ジョッキで乾杯する。

本物のビールを飲むのは本当に久しぶりだ。疲れた身体に染み渡る。

「ああ、美味しい！」

思わずあなたは声をあげた。栗原も喉を鳴らして目を細める。

「仕事のあとの一杯は、やっぱり格別ですよね」

次から次へと料理が運ばれてくる。棒々鶏《バンバンジー》の冷製サラダ、蟹肉の淡雪炒め、フカヒレのスープ、海鮮炒飯、タピオカ入り杏仁豆腐。空腹という調味料もよく利いていたため、どれも本当に美味しかった。

「栗原さん、本当にありがとうございます」

「いいのよ。実はね、勧誘した人が配属までいくと、一人につき二万円もらえるんです。だから、このくらいはお裾分けしなきゃと思って」

「あ、そうだったんですか」

「黙ってて、ごめんなさいね」

「いえ」

別に騙されたわけではないし、悪い気はしなかった。わざわざこうしてごちそうしてくれるのだから、栗原はいい人だとすら思う。

ただ、なるほどとは思った。保険外務員の栗原がスカウトのようなことをしていたのは、そういうからくりだったのか。

「今日は一日やってみてどうでした？　たくさん歩いて疲れたんじゃありません？」

栗原に訊かれ、あなたはこくりと頷いた。

「ええ、正直、へとへとです」

「最初はみんな、そうなんですよ。でも、鈴木さんは、とても上手だと思いました。初日から、アンケートもちゃんと取れてましたし」

昼と夕方に回った会社で、あなたも四枚のアンケートを取れていた。つまり「見込み客」を四人獲得したわけだ。

「でも、あれは栗原さんが連れて行ってくれたからで……」

本来、栗原が一人で行くはずのところについて行っただけなので、事実上、この四人の見込み客は栗原に譲ってもらったようなものだ。

来月、一二月からは、あなたがイチから独りで開拓しなければならなくなる。しかもノルマも課されるのだ。上手くやれるか、正直不安だ。

「気楽に考えることですよ、月のノルマはたった二本なんですから」

栗原は指を二本立て、それをうさぎの耳のようにひょこひょこ動かした。

新和生命では、月ごとに二本以上の契約を保険外務員のノルマとしていた。チラシにあった、二〇万円以上という給料は、このノルマを達成してもらえる額だ。

ノルマが未達でも、最低基本給として一五万ほどが支払われるのだが、あまり未達が続くと会社との請負契約を解除されてしまう。すなわちクビだ。社員でなく、個人事業主なので、会社側はいつでも自由に外務員を切れるようになっているのだ。

あなたはシビアな仕組みと思うが、栗原は笑顔で「心配ない」と言った。

「毎日、契約取る必要なんてまったくないんです。ノルマ達成するだけなら、二週に一本でいいんですから。専業で真面目にやっていれば、このくらいは、絶対なんとかなります」

栗原に手伝ってもらったとはいえ、今日一日で四人の見込み客ができた。そう考えると、二週間あれば一本くらいは契約も取れるような気はする。

「それに、鈴木さんは、いま何も保険、入ってないんでしょう？　なら、とりあえず自分で一本入っちゃえば、最初の月は実質ノルマ一本ですし」

「あの、やっぱり、みんな自分で入ってるんですか？」

これは研修でも聞いた話だった。

新和レディだからといって新和の保険に入らなければならないわけではない。が、入ればそれは自分の営業実績になる。

「そりゃそうですよ」栗原は頷いた。「私たち個人事業主は、自分の身は自分で守らなきゃいけませんから。まあ、独身なら死亡保険はそんなにいらないかもしれないけれど、医療保険や積み立て型の保険には、絶対入っておいた方がいいですからね」

あなたも、研修を受けて保険の勉強をするにつれ、いつの間にか、そう考えるようになっていた。

ついこの間まで、どうせ独り身だし公的な健康保険があれば十分だと思っていた。けれど、それは間違いだった。いまの世の中はリスクで満ちあふれている。事故、災害、大怪我、入院、がん、婦人病、脳卒中、心筋梗塞、先進医療、介護、老後。不安の種はあまりにも多く、民間の保険にも入っておかないと、とてもじゃないが安心なんてできない。

栗原は続ける。

「それに、実際、新和の商品はかなりいいと思うんです。自分でも入るくらい、いいものだから、お客さんにも強くお勧めできるっていう面はありますよ」

「そうですね」

あなたは同意した。

確かに新和の保険は、主力商品の『トータルライフ21』をはじめ、どれも魅力的に思える。それでノルマ一本消化できるのだから、入らない手はないだろう。

思えば、このときのあなたは、そう思うように誘導されていたのだ。おそらくは、栗原も。

当たり前だが、保険会社は営利企業である以上、自分たちが儲かるように商品を開発する。

それが掛け捨てにしろ、積み立てにしろ、保険に入るということは、保険会社を胴元とするギャンブルに参加するのと同じことだ。保険の加入者は、ほとんどの場合、賭け金以上の保険金を受け取れない。つまり、損をしてしまう。

それでも、万が一、個人ではどうにもならないような事態が発生したときのために、損を承知で加入するのが保険というものだ。働き盛りの人が家族を受取人として加入する掛け捨ての生命保険はその最たるものだろう。

ゆえによく「安心を売る」「安心を買う」という言い回しがされる。

この原則からすれば、基礎的な社会インフラが十分に整備され、治安もよく、その上、公的な年金や国民皆保険制度があるような国においては、民間の保険会社の手厚い保険に加入する必然性は、実は薄い。

しかし、その一方で、保険に「安心を売る」という側面がある以上、必然性は薄くても世に不安があるかぎり、それに対応した保険商品を作ることができる。

「何が起こるか分からない」というのは紛れもない真実であり、あらゆるリスクはゼロにできない。一〇〇人に一人にしか降りかからない不幸は一パーセントの不幸なのではない。九九人にとってはゼロだが、運悪く一〇〇分の一を引き当てた一人にとっては、一〇〇パーセントの不幸なのだ。それを心配する限り「安心」は商品になり得る。

だから、保険会社は徹底的にそこを強調する。保険を買う顧客に対してだけでなく、あなたたちのように末端で売る者、一人ひとりにも。

保険は必要なのだと。

たとえ、ただ掛金を支払うだけで終わっても、安心を買えるのなら安いものなのだと。必要最低限ではなく、可能な限り手厚く保険をかけるべきなのだと。手厚い保険に入れば、その分手厚い安心が得られるのだと。人が幸せであるために安心は必要不可欠なのだと。つまり、保険に入ることは幸せへ繋がるのだと。保険を売ることは人を幸せにすることなのだと。そして、自社の商品は、他社のものより優れており、よりよい安心と幸せを提供できるのだと。

研修で繰り返し説かれ、朝礼でＤＶＤを観せられ、叩き込まれる。

あなたは、すんなり、それを信じた。

なぜなら、あなたも不安だったからだ。

栗原は、今度は両手の指を二本ずつ立てて、先ほどと同じようにひょこひょこさせた。

「ちょっと頑張って、コンスタントに月四本。週に一本ずつ契約取れれば、歩合を合わせて、月給は四〇万円くらいになるんですよ」

四〇万円。さらりと言ったが、あなたにしてみれば信じられないような金額だ。

毎月そのくらい稼げたら、生活の心配はなくなるだろう。十分自立していると言えるだろう。誕生日に、コンビニのチーズケーキと第三のビールで晩酌なんかしないで、気の利いたレストランに行くこともできる。美容室だって毎月行けるだろうし、洋服だって好きなものを買えるだろう。なんなら、雑誌に出ていたおひとりさまみたいにエステに通って、お洒落なバーで出会いを求めることもできるかもしれない。

そういえば、朝礼のとき栗原はもう四本取っていると言われてなかったか。まだ月半ばだ。ということは、この人はそれ以上、稼いでいるのだ。

「鈴木さんだって、きっとそのうち、余裕で取れるようになると思いますよ」

本当だろうか？

「私にも、できますかね」

「もちろんですよ」

栗原は悪戯っぽく笑って言った。

「頑張って、契約、取ることです。そうすれば、きっと世界が変わりますよ」

一二月に入って、あなたは栗原のサポートなしで仕事をすることになり、同時に月二本のノルマを与えられた。

あなたが初めて一人で外回りに出ようとするとき、支部長の芳賀に声をかけられた。

「鈴木さん、いよいよ、本格的にデビューですね。栗原さんから、非常に筋がいいと聞かされているので、とても期待していますよ」

栗原が、あなたのことをそんなふうに言ってくれていたことと、芳賀に「期待している」と言われたことが、嬉しかった。

「この世界は、頑張れば頑張っただけ、大きな見返りがあります。がんがん、契約を取ってください！」

「はい！」と大きな声で返事をしてオフィスを飛び出した時点で、実はあなたには多少の自信があった。

その前日までおよそ二週間、栗原について回り、コツを摑んだとは言わないまでも、概ね仕事のやり方は学んだつもりだ。

栗原はいつも、あなたに「大丈夫」「できますよ」とポジティブな言葉をかけてくれた。それを聞くうちに、不安は薄れ、頑張れば自分にもできると思えるようになった。

頑張れば、きっと売れる。

いや、やれるかやれないかじゃない、やるんだ。この手で契約をつかみ取るんだ。独りで生きていくために。

あなたは、栗原から教わったとおりに外回りをこなした。午前中から昼までは会社を回り、午後に個人宅を回り、夕方から再び会社を回った。

しかしこれは、馴れた先輩についていくのと、新人が一人でやるのとでは、まったくの別ものだった。

新人のあなたには、知っている会社も家も一軒もないので、基本的にすべて飛び込み営業になる。また、支部の近くは、ほとんど先輩の保険外務員が開拓してしまっているので、あなたは、管轄地域の端の方まで足を延ばさなければならなかった。その場合にかかる交通費も、ノベルティと同じで全部自腹になる。

どうにかして、まだ誰も訪れていない会社や家を見つけて訪問しても、歓迎してくれるところなど皆無だ。というより、ほとんど門前払いされる。やっと話を聞いてくれたと思えば、けんもほろろに断られてしまう。

こちらが勝手に押しかけているのだから、当たり前といえば当たり前だ。自分だって、セールスの訪問なんて受けたいとは思わない。それは頭で分かっていても、徒労が続けば気力を削がれる。

「間に合ってます」「いりません」「結構です」そんな拒絶の言葉を聞くたびに、あなたは水の中に沈んだような、息苦しさを覚えた。

それは子どものころ、何をしても母が誉めてくれず、冷たく笑われたときに感じていたあの感覚とよく似ていた。

でも、頑張ってやるしかない。

お金を稼がなければ、息苦しいを通り越して、本当に息ができなくなってしまう。

あなたは心を殺し、ひたすらに会社と家を訪ね歩いた。

けれどいくら頑張っても、ぜんぜん話を聞いてもらえず、アンケートすら取れなかった。朝礼で「成果ありませんでした」と報告しなければならない日が続いた。

最初のうち「頑張ってください！」だった芳賀の叱咤は、「それじゃ困りますよ！」「いつまで新人気分ですか！」「もっと本気で頑張ってください！」と厳しいものに変わっていった。

二週間あれば一本くらいと思っていたが、一二月の半ばまできてもまだその一本が取れていなかった。

あなたは焦った。一本は自分で入るとして、なんとしてももう一本、契約を取らなければ、いきなりノルマ未達になってしまう。

栗原も気にしているようで、オフィスで顔を合わせたときなどに、励ましの言葉をくれた。

「大丈夫よ。鈴木さんなら、きっとすぐに契約取れるようになるわ。頑張って！」

頑張って。

上司と先輩は同じ言葉を言った。

そうだ、もっと頑張んなくっちゃ。このままだとクビになっちゃうかもしれない。支部長が期待してると言ってくれているのに、栗原さんがノウハウを教えてくれたのに。

あなたは、結果を出せない自分をふがいなく思った。

これまであなたがやってきた仕事は、基本的に「ただ言われたとおりにやる」だけのものだった。地元の会社でやっていた雑用はその最たるものだし、テレオペの仕事も対人ではあるけれど、マニュアルどおりに電話を受けていればよかった。そういった仕事で「頑張る」というのは、与えられた時間、ひたすらやるべきことをやるという単純なものだ。

一方で、保険外務員の場合、ただ言われたことをやるだけでは駄目だ。この仕事で「頑張る」とは、結果を出すことだ。一日中、外回りに精を出しても、契約が取れないのであれば、それは頑張ったことにならない。

街はイルミネーションに彩られ、すっかりクリスマス気分だったが、あなたは少しも浮かれた気持ちにはなれなかった。もともと強い根拠のない自信は、すっかり消え失せてしまっていた。

私には無理なのかもしれない。頑張れないのかもしれない。

栗原さんはああ見えて、雑誌で紹介される「おひとりさま」たちと同じような、特別な女なのかもしれない。

私みたいな平凡な女は、独りで生きていくことなんて、できないのかもしれない。

そんな思いにかられ始めた、ある日のことだ。

その日も夜の八時くらいまで外回りを続けたが、めぼしい成果がないまま、あなたは消沈してオフィスに戻ってきた。

すると、珍しく芳賀の姿があった。

芳賀はデスクでかたかたとパソコンのキーを叩いていた。残業をしているようだ。留守番の中根はいつものように夕刊紙を読んでいたが、芳賀がいるからだろう、酒は飲んでいなかった。

「お疲れさまです」とあなたは、小さな声で挨拶して、大急ぎで帰り支度を始めた。

契約がまったく取れていないので、芳賀とは顔を合わせづらい。

しかし、その芳賀は、あなたに気づくと手を止め、声をかけてきた。

「鈴木さん、ちょっと話があります。いいですか?」

芳賀は席を立ち、親指を立ててオフィスの奥にある応接室のドアを指した。採用の面接をした部屋だ。

芳賀は口調も表情も穏やかだったが、あなたは身震いした。

府中支部に配属されてから、およそひと月。毎朝、朝礼で保険外務員らを叱咤する芳賀の印象は「イケメン」という外見からくる甘いものから、「仕事に厳しい人」というビターなものに変化していた。

「あ、はい」

あなたが小さく頷いたとき、芳賀はもう応接室のドアを開けて中に入ろうとしていた。

話ってなんだろう？　もしかして、いきなりクビ？

あなたは、恐る恐る芳賀のあとを追う。

途中、中根のデスクの前を通り過ぎたとき、ぼそっとした声で「ご愁傷様」と呟いたのが聞こえた。

ああ、やっぱりクビになっちゃうんだ。契約が取れないんじゃ仕方ないよね……。でも、これからどうしよう？

あなたは、ほとんど絶望的な気持ちで応接室の中に入った。

「どうぞ」と促されて、芳賀と正対する形でソファに座った。

芳賀はあなたの怯《おび》えを読み取ったのか、口角を上げて見せた。

「そんなに緊張しなくていいですよ。別に契約解除とか、そういう話じゃないですから」

「あ、違うんですか」と、思わず口にしていた。

芳賀は苦笑する。

「当たり前ですよ。あなたを雇って研修を受けてもらうのだってコストがかかっているんです。

まだ少しも利益を出していないのに切ったら、会社は大損じゃないですか」

言われてみれば、確かにそうだ。先月はほとんど研修しただけだけれど、最低基本給が支払われている。

「まあ、それでも、いまの状況が続くようでしたら、雇い続ける方が損ということになってしまいますがね」

芳賀の表情から、すっと笑みが消えた。背筋を伸ばし、冷たい視線であなたを睨み付ける。

「自分が結果を出せていないことは自覚していますね？」

逞しい身体と精悍な顔つきが、迫力をかもしている。

あなたは、本能的に恐怖を感じた。

「はい……すみません」

「鈴木さんが、毎日、自分なりに一生懸命に業務に取り組んでいるのは傍《はた》から見ていてもよく分かります。それなのに、結果が出ないのはなぜだと思いますか？」

「えっ」

「鈴木さんは、なぜ、契約が取れないと思っていますか？」

芳賀は問いを重ねた。

「それは……」

正直、自分でもよく分からないのだが、あなたは、どうにか答えを絞り出そうとする。

「こういう仕事をするのは初めてで……」

「それは言い訳ですね」芳賀は、遮るようにぴしゃりと言った。「誰だって、最初は初めてです。それでもちゃんと結果を出している人もいますよ」

そう言われれば、返す言葉がない。

あなたが二の句を継げずにいると、芳賀は語調を強めた。

「敢えて厳しいことを言わせてもらいますが、いまのあなたは完全に給料泥棒です。それを分かっているんですか？」

きゅっ、とお腹が締め付けられるような感じがした。

しかし契約が取れていない以上、芳賀の言うとおりだ。

「はい」

「あなたはまず、言い訳をせず、いまの自分が駄目なことを認めるべきです」

「はい……」

幼いころ、母からよく言われた「駄目」というけなし言葉。

他人から面と向かって言われれば、やはりつらい。無論、それを自分で認めるのも。

だから、あなたはいつも自分のことを「平凡」と思うことにしていた。「特別」ではないけれど「駄目」ではない「平凡」なんだと。

「なら、口に出してしっかり自覚してください。『私は、駄目です』と」

「えっ」

あなたは戸惑うが、芳賀は冷たく促す。

「自覚がなければ、進歩もありません。さあ」

「あの……」

なおも戸惑うあなたに、芳賀は怒声をあげた。

「さあ！　言いなさい！『私は駄目です』！」

「ひっ、は、はい。……わ、私は、駄目です」

逃げるような心持ちで言葉を口に出した瞬間、あなたは、胸が潰れるような気分を味わった。

「そうです、あなたは駄目だ。もっと、大きな声で！」

「私は駄目です」

「全然、小さい！　だから、あなたは駄目なんだ！　もっと、大きな声で認めてください！」

「私は駄目です！」

あなたは思いきり声を張った。鼻の奥がつんとした。涙があふれて視界が歪《ゆが》む。

「ああっ……」

あなたは堪《こら》えきれずに嗚咽してしまった。

すると、芳賀はふわりと表情を緩め、笑顔を浮かべると、あなたにすっとハンカチを差し出した。

「よく認めてくれました。これが第一歩です。涙を拭いてください」

あなたは、言われるままにハンカチを受け取り涙を拭《ぬぐ》った。柔軟剤だろうか、柔らかな薔薇《ばら》の香りがした。

「大きな声を出してしまい、申し訳ありません。鈴木さんのためにも、どうしても、いまの自分を認めて欲しかったので。決して、あなたのことが憎くて厳しいことを言ってるわけじゃないんです。あなたのためなんです、理解してください」

芳賀の声は、さっきの怒声とは打って変わって、とても優しかった。炎天下で灼《や》かれたあとの冷たい水のように、言葉はすっとあなたに入ってきた。

「いいですか、鈴木さんが契約を取れないのは、初めてだからとか、そういうことじゃないんです。あなたはまだ、本当の本気になっていないんです。あなたは一生懸命やっているつもりかもしれない。でもまだ、無意識のうちにブレーキをかけているんです」

本当の本気と言われてもよく分からなかったが、芳賀が言うなら、そのとおりなのだろうと、あなたは思った。

「ただ、だからといって僕は『とにかく本当の本気になれ』なんて精神論を振りかざしはしません。そんなことをしても上手くはいきませんから。人が本気になるためには、成功体験が必要なんです」

成功体験。

芳賀が口にした四文字は、甘やかな響きがした。

「本当のあなたは、駄目なんかじゃない。成功体験さえあれば、きっとそれが分かるはずなんです」

本当は駄目じゃない――、いましがた「駄目」というレッテルを貼った男が、それを剝《は》がしただけなのに、あなたは救われたような気がした。

「成功することで人は本当の本気になることができ、そうすれば、ますます成功するという、サイクルが発生するんです。そのきっかけにするためにも、最初の一本を取ることが重要です。一本取れれば、そのあとはどんどんいけます」

一本取れれば……。でも、その一本が取れないのだ。

契約を取るためには本当の本気にならなくてはならず、そのためには契約を取らなければならない、まるで鶏とタマゴだ。どちらもなければ、芳賀の言うサイクルは発生しないように思える。

芳賀はあなたの内心に答えるように続けた。

「しかし、まだ成功体験がなく、本当の本気になれていない鈴木さんは、普通の外回りでは最初の一本がなかなか取れないかもしれません。ですから、まずは知り合いに声をかけてみたらどうでしょうか？　前の職場の同僚とか、学生時代の友達とか。安い商品でもいいからお願いして、入ってもらうのです」

「でも、私、前の職場は新宿ですし、地元は地方なんで」

どちらも府中支部どころか、その上の西東京支社の管轄区域ですらない。

「それは別に気にしなくていいんですよ。新和は全国どこでも同じ保険を売っているんですから。よその支部が開拓した会社に営業をかけたりするのは反則ですが、個人の人脈を使って売る分にはなんの問題もないんです」

そうなのか。

確かに、顔見知りなら、飛び込みの外回りより声をかけやすいのは間違いない。話を聞いてくれる可能性も高いだろう。でもその反面、顔見知りだからこそ、やりにくいという感じもする。

短大の同級生に一人、選挙のときになると、突然電話をかけてきて、特定の候補と政党への投票を呼びかけてくる子がいる。一応、話は聞くけれど、正直、うっとうしくて、迷惑だと思っている。もしかしたら、あんな感じになってしまうんじゃないだろうか。

あなたの迷いを見透かしたように、芳賀は言った。

「顔見知りに声をかけるのを、躊躇う気持ちがありますか？」

「あ、……はい」

あなたは、正直に点頭した。

すると芳賀は「はあ」と、ため息をつくと、突然、また怒声をあげた。

「そういうところが、駄目なんですよ！」

再び貼り付けられる「駄目」のレッテル。

あなたは、びくっと身をすくませる。生理的な恐怖がまたせり上がってくる。

「鈴木さんは、新和の商品をどう思っているんですか？　私たちが売ろうとしているのは、入る価値のない保険だと思うんですか？」

「い、いえ、そんなことは……」

そんなことはなかった。このときのあなたは、素直に信じていた。保険は必要だし、中でも新和の商品はとてもいいのだと。

「新和の保険商品の優位性は理解してるんですね？」

「はい」

「だったら、どうして、知り合いにお勧めすることを躊躇うんですか？　むしろ面識があったりして、近しい相手ほど先に勧めるべきだと思わないんですか？」

「それは……」

言葉につまった。

「鈴木さん、あなたは自分を信じ切れていないんですよ！　だから迷いや躊躇いが生まれてしまうんです。あなたが本当の本気になれない原因は、そういうところにもあるんです！」

芳賀の言葉に押されるように、あなたは俯いた。

「顔を上げてください！　そうやって、下を向くのも、自分を信じられていない証拠ですよ！」

「は、はい」

あなたは慌てて、言われたとおりに頭を持ち上げる。

芳賀は息をつくと表情を和らげ、しかし真剣な眼差《まなざ》しであなたを見つめ、ゆっくりと言った。

「もっと強く、自分を信じてください！　これは他の誰でもない、あなたのためなんです！」

芳賀の言葉には、切実な熱が籠もっていた。

あなたは、この上司が本当に自分のことを思って、厳しくしてくれているのだと感じた。同時に、身体の芯がぽっと火照るような気がした。

芳賀は、熱っぽく、力強く、言葉を重ねる。

「自分が新和の保険をいいと思うなら、その保険のことも信じてください！　あなたには、できます！　あなたは、もっともっと頑張れる人のはずです！　このまま結果を出せずに終わってしまうのは、あなたにとっても、僕にとっても不幸なことです！　自分を信じて、やれることは全部やってください！　僕は、あなたを失いたくありません！」

最後の言葉には顔が赤くなった。

「あ、あの、私、やります！」

あなたの口からは、芳賀が聞きたいのであろう言葉が飛び出した。

「私、知り合いに片っ端から電話して、最初の一本、取ります。自分を信じて、頑張ります！」

すると、芳賀はにっこりと微笑んでくれた。

「分かってくれましたか」

「はい」

「では、自分を信じるために、声に出しましょう『私には、できる』と」

「はい！」

あなたは、息を吸って口を開いた。

「私には、できる！」

「そうです、あなたにはできる！　もう一度」

「私には、できる！」

「そう、絶対できます！　さあ、もう一度！」

「私には、できる！」

思い切り声を出すと、一緒に、体の中に溜まっていた悪いものが吐き出されるようだった。えもいえぬ高揚を覚え、本当に自分がなんでもできるような気分になれた。

そうだ、私にはできる、私は駄目じゃない。

あなたは「精神論を振りかざさない」はずの男が言っていることが、精神論以外の何ものでもないことには、まったく気づかず、声を張り上げていた。


あなたは翌日から、早速、コールセンター時代の同僚で、携帯のメモリーに電話番号が入っている人に片っ端から電話をかけた。

みんな特別親しかったわけではなく、お昼を一緒に食べたりした程度の仲だ。電話番号を交換してはいたが、退職してから一度も連絡を取ったことはなかった。知り合いであることは間違いないが、友達とは言い難い。

けれど、決して何か怪しいものを売りつけるわけじゃない。保険は誰にでも必要なものだし、入るのは本人のためにもなる。

自分を信じる。自分がいいと思う新和の保険を信じる。私には、できる。私には、できる。私には、できる。

あなたは芳賀に言われたことを何度も反芻《はんすう》し、気持ちを奮い立たせて、ボタンを押した。

あなたが用件を切り出すと、露骨に迷惑がる人や、「え、急にそんな電話かけてこないでよ」と電話を切ってしまう人もいた。が、多くはやや困惑しながらも話を聞いてくれた。あなたは、ここで必ず最初の一本を取るのだと、必死で商品を説明した。

すると一人、「そこまで言うなら」と、女性向けのがん保険に加入してくれることになった。新宿の喫茶店で待ち合わせ、契約書に判を押してもらった瞬間、まず感じたのは、安堵だった。

よかった！　取れた、最初の一本を取れた！　「私は、できる」と言い聞かせて必死でやったら、本当にできた！

なんだか生まれ変わったような気がした。

これで自分で入る分を足せば、ノルマも達成できる。すべて芳賀のおかげだと思え、感謝の念すら抱いた。

成約の翌日、朝礼で契約が取れたことを発表すると、その芳賀が力一杯、激励してくれた。「よく頑張りました！　鈴木さんならきっとやってくれると信じていました！　この調子でどんどんお願いします！」

嬉しかった。と、同時に、あなたは、身体の芯がかっと熱くなるのを感じた。

「はい拍手！」

芳賀が声をかけると「よく頑張りました！」という賞賛の声と拍手が、スコールのようにあなたに降り注いだ。隣で栗原も「やりましたね！」と感激したように、あなたに向かって手を叩いていた。

毎日、朝礼であなたは声を出して拍手する側だったが、この日初めてそれを浴びる側になった。

ああ、気持ちいい、なんて気持ちいいんだろう！

身体が持ち上がるような浮遊感と、頭が痺《しび》れるような快感を覚えた。

あなたは、これまでの人生で、これほどまでに強く他人から誉め称えられたことは一度もなかった。そのためか、このとき手にした達成感もまた、これまでの人生にないほど強いものだった。

報われた！

毎日何キロも歩いて外回りをしたこと、派遣を辞めて保険の仕事を始めたこと、山崎と別れたこと、東京へ出てきたこと、父が失踪したこと、弟が死んだこと、母から誉めてもらえなかったこと、生まれてきたこと——、すべてが報われたような思いがした。

あなたはこのあとすぐに、もう一本、今度は知り合いではなく、外回りで契約を取ることができた。

自分で開拓した小さな工務店に、結婚を控えた若い従業員がいて、あなたの勧めるままに主力商品の『トータルライフ21』を契約してくれた。会社が最も力を入れて販売している商品だ。それを発表した朝礼で、また「よく頑張りました！」と賞賛を受けた。

頑張った、私は頑張った。頑張って、結果を出した！

あなたはますます気持ちよくなり、ますます強い達成感を得ることができた。

これが成功体験なんだ！

芳賀の言っていたことは本当なんだと思った。

成功が本気を呼び、本気が成功を呼ぶ。このサイクルは確かに存在する。

自分でも『トータルライフ21』に入り、結局一二月、あなたは三本の契約を取った。

もっと頑張ろう。もっともっと頑張ろう。

芳賀は、人は成功体験によって「本当の本気」になれて、そしてますます成功すると言っていた。それを信じて、もっと頑張ろうと、あなたは誓《ちか》った。

あなたは胸の奥に、何か大きな火のようなものが灯《とも》るのを感じていた。

この年、二〇〇六年の年末から、翌、二〇〇七年の年始にかけて、あなたはQ県で過ごすことにした。上京して以来、一度も帰ってなかったので、実に五年ぶりだ。

特急から降りたとき、あなたがまず感じたのは土地の匂いだ。

潮の香りを何倍も希釈して、かすかな甘さでくるんだような、不思議な、けれど懐かしい匂い。

ああ、そうか、こっちはこんな匂いがしたのか。

上京するまで、まったく気づくことのなかった、故郷の匂いだった。

Q市にあるターミナル駅の改札をくぐり、一番大きな南中央口から外に出ると、駅前の景色は、記憶と微妙に変わっていた。

立ち食い蕎麦屋《そばや》がなくなり、ドーナツショップになっていた。駅ビルは改装され、テナントに大型家電量販店が入っていた。

駅前のロータリーと、そこから延びる大通りの感じもどこか変わっている気がする。どこだろうと眺めているうちに、舗装が新しくなっていることに気づいた。

地元の三美市には小さな駅と商店街しかないから、上京する以前のあなたにとって「街」と言えば、このQ市の市街地のことだった。当時はまだネット通販なんてなかったから、洋服もCDも化粧品も、みんなこの街で買った。

あのころ、このターミナル駅の周辺は、いつ来ても賑やかだと思えたのに、今日はなんだか閑散とした感じがする。街が寂れつつあるのか、東京の雑踏に馴れたからそう思えてしまうのか、よく分からない。

実家はもうないから、ターミナル駅の近くにあるビジネスホテルに予約を入れていた。まだ真新しい、あなたが上京したあとに建ったホテルだ。さほど広くないが、垂直方向に長い一三階建てで、駅周辺では一番高い建物だった。

そんなところに泊まるからか、あまり帰省という感じはしない。旅行にでも来たような気分だ。

チェックインして荷物を置いたあと、競売にかかったあの家がどうなったのか見てみたいような気がして、あなたは在来線に乗って三美市へ向かった。

あそこには、きっといまは別の家族が暮らしているんだろう。

どんな家族だろう？

あなたはどういうわけか、それを確かめるのが楽しみに思えた。

庭付きの二階建てで広さを考えると、夫婦二人ということはないだろう。もしかしたら、昔の鈴木家と同じ、四人家族かもしれない。

家《うち》みたいな、形だけそれらしく見える家族じゃなくて、本当に幸せな家族が住んでいたらいいな。たとえば不動産会社のＣＭに出てくるような。大きな犬でも飼っていたら完璧なんだけど。

そんなことをぼんやり考えながら、あなたは、かつて自宅があった場所へ向かった。

けれど、あては外れてしまった。そこには、そんな家族は暮らしていなかった。それどころか、家そのものがなくなっていた。

見慣れた街並みの一角。父が建て、母と弟と、四人で暮らしたあの庭付き一戸建ては景色から消え去り、四階建ての白いマンションになっていた。壁に『ワンルーム　女性・高齢者歓迎』という垂れ幕が下がっている。一階部分は貸店舗になっていたが、シャッターが閉まっており、看板も出ていない。

あなたは拍子抜けしたような気分で、その前に立ち尽くした。

もちろん、競売で落札した人が家を壊してマンションを建てたからといって、文句を言う筋合いはない。

まあ、いいけどね。

あなたは気を取り直して、わざわざ交通費も宿泊費も高い年末年始に、故郷にやってきた理由を思い出した。

別に家がどうなってるか確かめるためじゃないし、まして懐かしがったり、感傷に浸るためでもない。

保険を売るために、来たのだ。

あなたは、およそ一週間、一月五日までホテルに滞在し、高校と短大のときの同級生一〇人以上にコンタクトした。

もうあなたには、少しの躊躇いもなかった。新和の保険に入ってもらうことは、自分のためだけでなく、相手のためにもなることなのだから。

あなたは、「本当の本気」でそう思っていた。

ただ、いきなりセールスの電話をしたら、その時点で拒否反応を示す人もいるかもしれない。

そこであなたは、まず最初に電話をかけるときは保険の話は一切せずに「久しぶりに地元に帰ってるの。短い時間でいいから、どっかで会えない？」と誘うことにした。お正月休みということもあり、多くの友達が懐かしがって、時間を作ってくれた。

実際に顔を合わせてからも、いきなり本題には入らずに、まずは旧交を温める体《てい》で、近況を報告しあった。相手の生活状況を把握することは、保険を勧める上でも重要だし、父の借金のせいで実家がなくなってしまったことや、山崎と離婚することになるまでの顚末を話せば、大抵はあなたに同情してくれ、そのあとの話がしやすくなった。

もちろんそれでも、あなたが保険の話を始めれば訝しむ相手もいたが、その場で席を立たれるようなことはなく、基本的にはみんな、話を聞いてくれた。

結婚していようが、独身だろうが、あなたと同世代で将来に不安のない女なんてほとんどいない。少しでもとっかかりがあれば、あとはひたすら押せばよかった。

「だからね、人生には絶対に備えが必要なのよ」「私も入ってるの」「すっごくいい保険なのよ」「入ってもらった人、みんな満足してるの」「積み立て型なら、損することは絶対ないから」

すべてあなたにとっての真実だった。

相手がすでに他社の保険に入っている場合などは、大げさにその保険のデメリットを強調し、新和への切り替えを促した。

「いま、すごく損してるよ。絶対見直した方がいいよ」「ああ、その保険、実は業界では評判悪いのよね」「新和なら、同じ保障でも掛金はずっと安くなるの」

あなたがいくら熱弁しても、首を縦に振ってくれない相手には、思い切り胸襟《きょうきん》を開いて「お願いします。私を助けると思って入って！」と懇願したりもした。

このときのあなたは、新和の保険を売るために、同業他社を悪く言うことや、商品の説明を度外視して情に訴えることは、まったく正しいことだと思っていた。

あなたは、地元に滞在している間に四本もの保険を販売し、更に契約までいっていないが「前向きに考える」という約束を数人から取り付けることに成功した。

一月末、あなたの口座には新和生命から三〇万円を超える給料が振り込まれた。一二月に三本の保険を売り、ノルマ達成の二〇万円に、歩合が乗った額だった。

あなたは通帳に印字された六桁の数字を何度も何度も確かめた。

これまで、こんなに大きな額の給料をもらったことはない。

たとえば有名な大学を出ていたり、難しい資格を持っていたり、何かの才能に恵まれていたり、そういう特別な女《ひと》たちは、このくらい普通に稼いでいるのかもしれない。でも、平凡なあなたにとって、これは快挙と言ってよかった。自分が特別な女たちの仲間入りをしたような気分にさえなった。

ノルマを達成し続けるとベースが上がるので、もっともっと稼げるようになるという。

これだけ稼げれば、独りでも十分生きていける。自立できる。自分の居場所を自分でつくれる。

私にはできる。

私は駄目じゃない。

保険の仕事に出会えて本当によかったと、心から思えた。
——頑張って、契約、取ることです。そうすれば、きっと世界が変わりますよ。
いつか栗原が言っていた言葉の意味が分かった気がした。
確かに、世界は変わった。

◇ 12

一泊出張の二日目、奥貫綾乃は午前七時にセットしたアラームが鳴るほんの少し前に目を覚ました。

ベッドから這い出し、寝間着代わりのスリップを脱ぎ捨てて、バスルームへ向かう。熱めのシャワーをざっと浴びて肉体を覚醒させる。

洗面所の鏡に裸体が映る。職場復帰を決めてから、節制とトレーニングは心がけているが、年相応に弛《たる》む部分もある。柔道に打ち込んでいたころとは比ぶべくもない。

この身体には、経年によるものではない変化も刻まれている。

臍《へそ》の下から延びる数センチのケロイド状の赤い筋。娘を産んだときについた傷。緊急帝王切開手術だったため、傷跡の目立つ縦切開になってしまった。

昔は綺麗なピンク色で密かなチャームポイントと思っていた小ぶりな乳首も、いまでは茶色く大きな石のよう。母になった身体が起こす生物学的で不可逆の変化。法的に母をやめたからといって、こればかりは元に戻すことはできない。

綾乃はなるべく鏡を目に入れないように身体を拭き、髪を簡単に乾かし、下着とシャツを身につけ、パンツを穿く。

部屋に戻り、カーテンを全開にする。

曇り空から降り注ぐぼんやりとした白い光が、部屋に侵入してきた。

鈴木陽子の生まれ故郷Q県。その県庁所在地でもあるQ市のターミナル駅からほど近い一三階建てのビジネスホテル。

この辺りで一番高いその建物の窓からは、市街地の様子が見渡せた。

正面にターミナル駅の南中央口が見え、大通りがロータリーからこのホテルの方へ延びてきている。地理的には駅の向こう側には山があるはずだが、曇天のせいか、視界が悪く影も見えない。

駅前をひと目で通勤通学と分かるスーツや学生服に身を包んだ人々が行き交っている。傘を差している人がいないところを見ると、雨は降っていないようだ。

綾乃は窓際に設置されたテーブルの上にノートを広げ、それを眺めながら、昨夜、コンビニで買っておいたサンドイッチをつまんだ。

この二週間、いくつもの自治体と郵送のやりとりをして、鈴木陽子が生まれたときのものから、最新のものまで、ひととおりの戸籍を辿るところまではできた。

最終的に九通もの戸籍全部事項証明書が綾乃の手元に揃った。つまり、鈴木陽子は都合八度も戸籍を移動させていたということだ。

死体発見の翌日、狭山市役所で戸籍を確認した時点では鈴木陽子が、少なくとも二回結婚しているいることが明らかになり、従前戸籍の記述などから、もしかしたら三回しているかもしれないと推測した。が、実際に順番に戸籍を辿っていくと、鈴木陽子には延べ四回の婚姻歴があった。しかし子どもはない。

無論、たくさん結婚することが何か法に触れるというわけではない。

問題なのは、鈴木陽子と結婚した男たちのうち、最初の夫である山崎以外の三人は、いずれも結婚後一年以内に死んでいるということだ。

綾乃は戸籍を元にノートにまとめた、鈴木陽子の来歴を改めて眺める。

一九七三年　一〇月二一日　Q県三美市で出生
【本籍地・Q県三美市　戸籍上の氏名・鈴木陽子】
←
二〇〇一年　八月二二日　山崎克久と結婚
【本籍地・東京都練馬区　戸籍上の氏名・山崎陽子】
←
二〇〇四年　六月二七日　山崎克久と離婚・復氏
【本籍地・東京都調布市　戸籍上の氏名・鈴木陽子】
←
二〇〇九年　一月　東京都中野区に住民票を移動
←
二〇〇九年　一一月一日　河瀬幹男と結婚

【本籍地・東京都三鷹市　戸籍上の氏名・河瀬陽子】
←
二〇一〇年　七月二四日　河瀬幹男と死別
二〇一〇年　九月一日　鈴木姓に復氏
【本籍地・東京都三鷹市　戸籍上の氏名・鈴木陽子】
←
二〇一一年　二月一〇日　新垣清彦と結婚
【本籍地・埼玉県狭山市　戸籍上の氏名・新垣陽子】
←
二〇一一年　一二月一〇日　新垣清彦と死別
二〇一二年　二月一日　鈴木姓に復氏
【本籍地・埼玉県狭山市　戸籍上の氏名・鈴木陽子】
←
二〇一二年　三月一二日　『ウィルパレス国分寺』に入居
←
二〇一二年　七月一日　沼尻太一と結婚
【本籍地・茨城県取手市　戸籍上の氏名・沼尻陽子】
←

二〇一三年　四月七日　沼尻太一と死別
二〇一三年　五月二六日　鈴木姓に復氏
【本籍地・茨城県取手市　戸籍上の氏名・鈴木陽子】
　　↓
二〇一三年　秋ごろ　『ウィルパレス国分寺』にて死亡
　　↓
二〇一四年　三月四日　死体で発見

こうして時系列順に並べてみると、最初の夫である山崎との結婚と、そののちの三人の男たちとの結婚で明らかに傾向が違う。

昨日、金沢で本人と会い、話を聞いたかぎり、山崎と鈴木陽子の間には一般的な結婚生活があったようだ。山崎が離婚に至った経緯について、正直に話していない可能性は感じたが、少なくとも犯罪の臭いはしなかった。

対して、山崎以外の三人の夫たちとの結婚はまともな結婚とは思えない。

まずなんといっても、三人連続で、結婚後一年以内に死んでいるということ。

山崎と離婚した二〇〇四年から、二番目の夫である河瀬という男と結婚する二〇〇九年までは五年ほどの期間が空いているが、この河瀬と再婚してからは、矢継ぎ早に死別と再婚を繰り返すようになる。

奇妙なのはそれだけではない。

この三人の夫たちと鈴木陽子が、どこで暮らしていたかよく分からないのだ。

綾乃はノートのページをめくる。

鈴木陽子が再婚した二〇〇九年一一月以降の住民票の動きがメモしてある。彼女は死体で発見された『ウィルパレス国分寺』には住民票を置いていなかった。

二〇〇九年　一一月　河瀬幹男と結婚

東京都三鷹市牟礼×××『三鷹エステル』に転居

↓

二〇一一年　二月　新垣清彦と結婚

埼玉県狭山市下奥富×××『コーポ田中』に転居

↓

二〇一二年　七月　沼尻太一と結婚

茨城県取手市和田×××『ヒカリハイム』に転居

鈴木陽子は結婚のたびに、本籍地を変え、それと同じ住所に夫とともに住民票を移していた。

このうち狭山市の『コーポ田中』は、死体発見の翌日、戸籍を取りに行くついでに訪れ、当時から隣に住んでいた女性に話を訊いた。鈴木（当時は新垣）陽子は近所づきあいをほとんどせず、何度か見かけたことはあるが、あまり家にいない様子だったという。そして夫の姿は一度も見たことがなく、結婚しているとは思わなかったと言っていた。

その後、三鷹市の『三鷹エステル』と、取手市の『ヒカリハイム』の周辺でも簡単な聞き込みを行ったところ、これらでも、鈴木陽子らしき女性を見たという者はいたのだが、夫を見たという者はいなかった。

各物件の大家や仲介した不動産屋も当たってみたが、契約は鈴木陽子らしき女が一人でやっており、やはり夫を見た者はいなかった。

このことから考えられるのは、これらの住所がなんらかの工作に使われたダミーだということだ。少なくとも、三人の夫たちはこの住所には住んでいなかった。

鈴木陽子は、当初綾乃が疑ったような単なる偽装結婚ではなく、もっと手が込んでいて、かつ不穏な犯罪に関わっていた可能性が高い。

そして、だとするなら彼女は孤独死したのではなく、殺されたのではないか。

そう考えると、あの死体を食った猫たちは、まったく別の意味を持つことになる。

鈴木陽子は猫を飼ってなどいなかったのではないか。彼女はアニマルホーダーではなく、あの大量の猫たちは、彼女を殺した犯人によって持ち込まれたものだったのではないか。犯人は猫が死体を食い散らかし、死因不明になることを見越して密室に猫と死体を閉じ込めたのではないか。

鈴木陽子に近所づきあいがなく、死体発見まである程度時間が経過するからこそ成立する手法だが、事件を隠滅するには悪くないかもしれない。

日本では毎年、一〇万体を超える変死体が発見されているが、無論、そのすべてを警察が綿密に捜査するわけではない。限られた人手とコストを考えれば、一〇万という巨大な分母の中から事件性がはっきりしているものに絞って、捜査することにならざるを得ない。逆に言えば、警察は事件性がはっきりしないものに関しては、事件とみなさず処理してしまう。

典型的なのは、山や樹海などの自然の中で発見される変死体だ。これらは大抵、酷く腐敗するか白骨化した状態で見つかり、半数以上が事件性どころか身元の確認すらできない。こういった死体の中には、なんらかの事情で殺され遺棄されたものも少なくないと思われるが、はっきりと事件性を示す証拠が出てこない限りは、そこは追及されず死因不明のまま、自殺や事故による死体として処理される。

これは場所が部屋の中でも同じことが言える。

いや、孤独死が爆発的に増加する現代においては、独り暮らしの家は、むしろ山や樹海よりも多くの「事件性のはっきりしない変死体」が発見される場所かもしれない。

綾乃も当初は、鈴木陽子の死は事件性のない孤独死と思った。

しかし、その来歴を調べるほどに「事件」の存在が濃厚に匂ってきている。

鈴木陽子は、そして三人の夫たちは、みな殺されたのではないか?

もしそうだとしたら、一所轄の刑事だけで最後まで追うのは不可能だし、越権になりかねない。ある程度、確定的な事実が出てきたら上司《うえ》に報告をあげて、判断を仰ぐことになるのだろう。

ともかく、いまは更に鈴木陽子の身の上を洗うことだ。

綾乃が今回、自腹を切ってまで出張した目的は二つある。

まず金沢で山崎に会い、話を訊き、鈴木陽子の写真を入手すること。これは昨日すませた。

そしてもう一つが、鈴木陽子の唯一の血縁者とも言える、母親の所在を確認することだ。

◇

被告人　八木徳夫（無職　四七歳）の証言　3

『カインド・ネット』で私の世話役というか、担当者になったのは、梶原でした。はい、のちに鹿骨の家で一緒に暮らすことになる梶原です。『カインド・ネット』では神代さんの右腕のような感じで振る舞っていました。

まずは住むところを紹介してくれるってことになって、梶原に、『カインド第二』に連れて行かれました。そうです。足立区にある『カインド・ネット』のアパートです。

二階建てのプレハブで、アパートというより、ドアのいっぱい付いた倉庫みたいな感じでした。部屋は三畳ちょっとくらいしかなくて、フローリングっていうか、ゴムだかビニールだかの床で、小さなベッドと、テーブル、それからテレビが備え付けてありました。一階に、共同の洗面所と、トイレとシャワーがありました。全部で一〇部屋くらいあって、どの部屋にも、『カインド・ネット』に世話になっている元ホームレスが住んでいました。

正直、もう少しちゃんとした住まいを想像していたんで、私が「ここですか」って訊いたら、梶原に「文句あんのか！」と怒られました。雨露しのげて、シャワーがあって、テレビまで付いてるんだから、いままでよりずっとましだろうと。

事務所で親身になってくれた神代さんに比べると、梶原の態度は悪いというか、乱暴な感じでした。

詳しくは分かりませんが、『カインド・ネット』は、ああいうアパートをいくつも持っていたようです。たぶんあの『カインド第二』に住む全員を、梶原が一人で担当していたんだと思います。

それから、梶原に付き添われて医者に行くことになりました。精神科です。神代さんの知り合いの医者で、ちょっと話をしただけで、心の病気ってことで診断書を書いてくれるんです。それを使って、病気で働けないってことにして、生活保護の申請をしました。

あ、いや、私はずっと横で見ていただけで、福祉事務所の人との話し合いや手続きは、ほとんど、梶原がやってくれました。「病人っぽく、ずっと俯いて独り言でもいってろ」と言われて、一応、その通りにしました。

いまはどの自治体も財政難で、心の病気があるからといっても、簡単には生活保護は受けられないそうなんです。まずは家族を頼るように言われたり、下手すると門前払いされたりで。

でも、『カインド・ネット』は、申請を通すためのマニュアルを持ってて、そのとおりやれば、まず間違いなく通るんだって、梶原が言ってました。

実際、彼の言うとおり、すぐに生活保護を受給できることになりました。

月に一三万円とちょっと、もらっていたと思います。そのうち、私の手に入るのは三万円でした。毎月、福祉事務所で保護費をもらうと、それをそのまま、梶原に渡すんです。すると、梶原は、そこから三万円だけ、私にくれました。

家賃と、水道光熱費、それにベッドやテレビのレンタル代に、あと食費と、管理費？　だったかな。色々な名目で一〇万円以上、毎月『カインド・ネット』に支払っていたんです。

はい、一応、食事はついてました。月に一度、梶原がお米を一〇キロと、レトルト食品や缶詰をたくさん持ってくるんです。まあ、たくさんと言っても、一日三食たべると、月末には足りなくなってしまうんですけど。

いえ『カインド第二』の生活が、毎月払っている一〇万円に見合ってるかなんて、一度も考えたことはありませんでした。

いや、どうしてって言われても……。

そうですね、私が少しでも不満のようなことを口にすると、梶原は怒りました。それが怖かったというのは、あると思います。でも、何もしてないのに、住む場所とご飯がもらえて、三万円とはいえ、現金ももらえるんですから、文句を言っちゃいけないと、自分でも思ってました。

神代さんは私のことを「棄てられた」と言ってましたけど、だとしても棄てられる私にもやっぱり、問題というか、悪い部分はあると思っていました。だから、そこから救い上げてくれた神代さんや『カインド・ネット』には、むしろ感謝しなくちゃと。

はい、騙されてるとか、搾取されてるとは、思っていませんでした。

でも……。

この『カインド第二』で暮らし始めてしばらくすると、私はまた、死ぬことばかり考えるようになってしまいました。

生活保護を受けて、住む場所ができても、毎日、何もすることがないのは、ホームレスをしていたときと一緒です。ほとんど一日中、部屋の中でテレビを観て過ごして、保護費が出て、三万円もらったときだけ、お酒を飲んだり、パチンコ行ったり……。

自分がなんの役にも立ってないのは、自分でも分かってました。生活保護を受けてるのに、こんなんじゃ申し訳ないって思うんですけど、仕事を探したりするような気力はどうしても湧いてこなくて。そんな自分が惨めで、惨めで……。

一日、何度も、もうこのまま生きてても仕方ないし、私なんかのために使われている生活保護費ももったいないから、死んじゃおうと思うんですけど、やっぱり怖くて自殺なんてできませんでした。

そんなふうに悶々としながら、丸一年くらい過ぎたころ、突然、梶原に「オヤジさんが、一緒に飯を食いたがってる」って言われたんです。

えっと、去年の年明け、そうです、二〇一三年の一月ごろでした。はい、このときは、神代さんと梶原と、三人でした。

言われるまま、梶原についていったら、有楽町の焼肉屋で。好きなだけ飲み食いしていいって言われて、腹一杯、焼肉とお酒をごちそうになりました。

なんで呼ばれたのか、全然、分からなかったんですが、本当に美味しくて。私何度も神代さんに「ありがとうございます」「ありがとうございます」って繰り返して、そしたら神代さん「頼みがあるんや、あんたにとっても、悪い話やない」って。

ちゃんとした焼肉なんて、もう何年も食べてなかったから、本当に美味しくて。私何度も神代さんに「ありがとうございます」「ありがとうございます」って繰り返して、そしたら神代さん「頼みがあるんや、あんたにとっても、悪い話やない」って。

いいえ、違います。このときはまだ、人殺しの「ひ」の字も出てきませんでした。

免許を持っていることと、過去に大きな事故を起こしてないことを確認されて、車を運転するバイトをして欲しいと言われたんです。簡単なバイトだけど、それをやれば、生活保護に頼らないでも、もっといいアパートに住んで、毎日好きなものが食べられるくらいの給料がもらえるって。

このとき私は、ずっとまともに働いてなかったし、車の運転なんて一〇年以上してなかったんで、とてもじゃないけど無理だと思いました。でも、神代さんは「大丈夫や」って励ましてくれて。ほとんど人と会うこともない簡単な仕事だから、ちょうどいい、これをきっかけに、生活保護から抜けて人生やり直そうって。

それで、私、やってみようって気持ちになれて。

自分でもはっきりと分からないんですけど、たぶん、本当はちゃんと働きたかったんだと思います。ただ、自己破産して以来、失敗するのが怖くなってしまって、自分から何かをする気力が削げてしまっていたというか……。そう、やっぱり私は、ただ棄てられていただけでなく、自分でも棄てていたんだと思います。

それを、神代さんは救い上げてくれた、このときはそう思っていました。

それがまさか、あんなことになるなんて……。

◆13

――陽子、

あなたは、熱に浮かされたかのように、夢中になって仕事をした。

成功のサイクルは、麻薬にも似た誘引力で一度その味を知ったあなたを駆り立てた。

二〇〇七年の一月は最終的に六本、二月と三月は四本、四月には五本の保険を売ることができた。朝礼で「よく頑張りました!」と賞賛されるのが当たり前になり、あなたは支部内でも上位の成績を収めるようになった。

上京して以来、減る一方だった預金残高も増加に転じ、久々に通帳に七桁の数字が記載されるようになった。

それに伴い、あなたの生活も変化していった。

値引きの弁当と第三のビールというような侘《わび》しい食卓には別れを告げ、財布を気にせずに外食することができるようになった。

仕事をする上で見た目の印象も大事なので、美容室は二週に一度くらいは行くようになり、化粧品はワンランク上のものを使うようになり、月に一度のエステ通いも始めた。

あなたが意識的に美容というものにお金を使うのは、ほとんど生まれて初めてのことだったが、これに案外効果があることを知った。

かつて中学生のころ、鏡の前で髪型を整えているときに母から「あんた元がぱっとしないんだから、どうやったって、大して変わらないわよ」なんて言われた。確かに、あのときはそうだったのかもしれない。けれど三〇を過ぎたいま、むしろ元がぱっとしないからこそ、何もしないか、ささやかな抵抗を試みるかで、かなり違う。不美人が美人になることはできなくても、お金があればある程度の美貌を買うことはできるのだと実感した。

そしてあなたは、洋服や持ち物にもこだわるようになった。休みの日に新宿やときに青山あたりまで足を延ばして、ブランドのブティックで服を選んだ。

名前だけ子どものころから知っていた有名ブランドのジャケットやバッグは、あなたにファストファッションでは決して得られない特別な気分を味わわせてくれた。

あなたは上京してきて六年も経てやっと、東京にいることの意味に気づいた。

それは「選べる」ということ。

何を食べるか、どんな服を着るか、髪型はどうするか、どこへ行くか、何で行くか、そこで何をするのか。

この街は、膨大な量の選択肢であふれている。ありとあらゆるものについて、地方のような上か下かの大雑把なくくりでなく、多種多様で細やかなニーズに合わせた選択肢がある。

これを豊饒と言わずしてなんと言おうか。

東京にいれば、その中から自分に一番フィットした、自分だけの「特別」を選ぶことができるのだ。

それは自分を選べることに等しい。

あなたはこれまで、まず自分という存在があって、その自分がお金を使って生活をしたり色々な経験をしているのだと思い込んでいた。けれど、それは本当の意味でお金を使ったことのない人間の、ごく一面的な理解に過ぎなかった。

人間という存在とお金の関係は、そんなふうに一方的で静かなものではない。もっとダイナミックに流動している。

お金を使うことで選んだ生活や経験が、お金を使った自分を変えてゆく。お金は、自分を選ぶための道具だ。お金さえあれば、どんな人間に生まれてくるかすら選べない不自由なこの世界に抗《あらが》い、より好ましい自分を選んで生きてゆくことができる。

お金さえ、あれば。

東京という豊饒な選択肢の街で、必要十分以上のお金を手にして、初めてあなたはそのことを理解できた。

そのうち、部屋もワンルームからもう少し広いところに越すつもりだったが、どうせだったら賃貸でなく、マンションを買おうと思った。

仮にこのままずっと独りだったとしても、老後の資産になるようなマンションを。

あなたは、仕事が上手くゆき稼げるようになってから、独りでいることの寂しさをあまり感じなくなった。もう再婚するのは難しいから仕方なく独りで生きているのではなく、独りで自由に生きてゆく道を、敢えて選んでいるような気分になれた。

いつか読んだ雑誌の言葉を借りるなら「独りは寂しいなんて、誰が決めたの?」だ。

予感がした。

頑張って稼いだお金でマンションを買えば、きっとそこが私の本当の居場所になる——、そんな予感が。

ネットと雑誌で簡単に調べてみたところ、住宅ローンは年収の五倍までが目安だという。このまま保険を売り続けることができれば、最低でも年に五〇〇万は稼げるだろう。ということは、二五〇〇万か。このくらいの予算だと、都心は無理でも都下なら立地もよく、独りで暮らすには十分と思える物件が結構あるようだ。ただ、保険外務員は会社員ではないのでローンの審査が通りにくいという情報もあった。

本当のところはどうなのだろう?

そういえば、身近に経験者がいるじゃない。

あなたは、栗原が前にマンションを買ったと話していたのを思い出した。

今度、話を訊いてみよう。

ちょうど、そう思った矢先、その栗原の姿を職場で見かけなくなった。

どうしたのかと思い、支部長の芳賀に訊いてみたところ、彼女は退職したのだと教えられた。

「本人は一身上の都合としか言っていませんでした。最近、少し調子を落としていましたが、本来、非常に優秀な人ですからね、僕もだいぶ引き留めたんですが……」

残念そうに語る芳賀も詳しい事情は知らないようだった。

もともとパート感覚でやっている人が多く、出入りの激しい職場ではある。毎月のように誰かしらいなくなり、新しい人が入ってくる。気がつけばオフィスで見る顔が替わっているというのが常だ。

けれど、専業である栗原が急に辞めてしまうとは思わなかった。

また、辞めるにしても、あなたにひと言もなかったのは、少なからずショックだった。

親友というわけではなかったし、プライベートで遊んだこともなかったけれど、あなたは彼女に勧誘されこの仕事を始めたのだし、最初のころはいろいろと面倒をみてくれていた。ときどき、帰りの時間が合ったときなどは、駅前で一緒にご飯を食べた。もちろん、もう彼女の奢りでなく、割り勘でだ。

単なる仕事仲間以上の、絆というか繋がりを感じていたのに。

あなたは、栗原の携帯を鳴らしてみたが、すでに解約しているようで繋がらなかった。住所は知らないので、これ以上は、どうしようもなかった。

どうして、辞めてしまったのだろう。

釈然としなかった。

あなたは自分のことで精一杯だったので、あまり気にしてはいなかったが、確かに芳賀の言うとおり、栗原は今年に入ってから奮わず、契約件数が落ちていたようではある。そういえば、三月の初めに、一緒に食事をしたときは、少し元気がなかった。何か事情があったのだろうか。

あれこれ考えたところで、本人がいないのでは真相を確かめようもなく、やがて関心も薄れてゆき、五月のゴールデンウィークが明けるころには、あなたは栗原のことを思い出すことなど、ほとんどなくなっていた。

そんな、ある日のことだ。

夕方から小雨が降り始めた夜。七時を過ぎるまで外回りをしていたあなたと、長めの残業をしていた芳賀の退勤時刻が、ちょうど重なった。

こういうこと自体は別に珍しくもないので、なんとなく、一緒にオフィスを出てビルの廊下を歩いた。

「鈴木さん、今月も好調ですね。もうすっかりうちのエースですね」

芳賀は、優しい声であなたに言った。

連休中にあなたはまた三美市に向かい、正月には会えなかった知り合いを回り、二本の契約を取っていた。

「いえ、そんな、まだまだです」

謙遜してみせたが、内心は舞い上がるような気分だった。

あなたが結果を出すようになってから、芳賀はこんなふうに声をかけてくれることが多くなった。

昨年末の一件以来、あなたは芳賀を単なる上司以上の存在と思うようになっていた。

厳しくも親身に、私を導いてくれる人。この人がいなければ、いまの私はない。

そこには尊敬と恋愛感情が入り交じった想いがあった。

無論、芳賀とどうこうなるとは思っていない。相手は既婚者だし、あなた自身、かつてのように男の隣に自分の居場所をつくろうなんて思わない。ただ、だからって、恋すること自体をやめる必要もない。

片想いでも、憧れの人が身近にいることは、生活に張りと潤いを与えてくれる。それはたぶん、思春期の娘も、三〇過ぎの女も、おそらく年老いた老婆だって同じだろう。

「——それに、最近、鈴木さん、すごく綺麗になりましたよね」

芳賀は、さらりと言った。

つい、どぎまぎしてしまう。

「い、いえ、そんなこと」

「いや、綺麗になりましたって。印象が大事な仕事ですから、そこは自信持っていいと思いますよ。何か、特別なことをしているんですか？」

「あ、はい。その、なるべくマメに美容室行ったり、エステに行ったりは、するようになりました」

「磨いて光るのは、素材がいいからですね」

芳賀の様子は、いたってニュートラルだ。軽口を言ってあなたをからかっているふうでもなく、かといって、あなたに秋波を送っているふうでもない。

それでも十分だ。こんなちょっとしたやりとりに、あなたは、ほのかな幸福を感じた。

廊下がもっと長ければいいのに――、と思ったが、当然のことながらいつもと同じ距離を歩いたところに、エントランスが見えてきた。電車通勤のあなたは外へ出て駅へ向かう。マイカー通勤の芳賀は地下の駐車場へ向かうので、ここでお別れだ。

ガラス窓の向こうに、傘を差して歩く人たちの姿が見える。天気予報を信じてバッグに折りたたみ傘を入れてきてよかった。

「今日は送りますよ」

あなたが「お疲れさまでした」と頭を下げようとしたとき、芳賀に言われた。

「どうせ、ついでですから」

芳賀の自宅は杉並なので、あなたの住むつつじヶ丘は、途中で通るのだという。

断る理由は何もなかった。

あなたは、まさかこの数時間後に、自分が芳賀に抱かれることになるとは、思いもしなかった。

左側にハンドルのついたブルーの車で芳賀に家まで送ってもらうことになり、途中で「よかったら飯でも食いましょうよ。普段から頑張ってくれている鈴木さんに、ごちそうさせてください」と、誘われた。やはり断る理由はなかった。

甲州街道沿いの、芳賀がよく行くという七輪焼きの店に連れていかれた。

小さな個室で客が七輪を囲み、地鶏やら季節の野菜やらを、セルフであぶって食べるという店だ。

「ここは日本酒の品揃えもいいんですよ。鈴木さん、いける口ですよね。僕は運転があるんで、飲めませんが、気にせず好きなものを飲んでください」

強く勧められ、あなたとしても、お酒は嫌いではなかったので、ありがたくいただいた。

このときの芳賀は、支部にいるときとは打って変わったざっくばらんな感じで、仕事のことからプライベートまで、色々な話をしてくれた。

保険会社の裏話や、学生時代の思い出話など、芳賀のする話はどれもとても面白かった。また、芳賀はただ自分が話すだけでなく、あなたの話をよく聞いてくれた。芳賀は自分が少し話をしたら、必ずあなたにも話題を振り、そしてあなたが何を口にしても「へえ、そうなんですね」「なるほどなあ」「僕もそう思いますよ」と、いちいち興味深そうに相づちを打った。

よく「話上手は聞き上手」というが、芳賀はまさにそれで、煙をあげる七輪を挟んで言葉を交わす時間は、心地よく流れていった。

ああ、やっぱりこの人、素敵だなあ。

こういうのを、包容力というのだろうか。芳賀は言葉遣いこそ目下に立つが、いつも余裕を湛えていて、どんなことでも受け止めてくれるような感じがする。

あなたは、芳賀に勧められるままに酒を飲み、訊かれるままに話をした。口は、気持ちよく回り、弟が死んでいることや、父が蒸発していること、山崎と離婚したときの詳しいいきさつなど、人生のかなりディープな部分までを開陳していた。

「信じられないな、陽子さんみたいな人がいるのに、他の子とそんな関係になるなんて」

いつの間にか、芳賀はあなたのことを名前で呼んでいた。

「ああ、妻より先に陽子さんと出会っていたらよかったのに」

そんな、既婚者が火遊びをするときの決まり文句のようなことも芳賀は言った。

すっかり酔いが回っていたあなたは、たぶん芳賀が期待していたとおりの「私も、もっと早くに芳賀さんと会いたかったです」という答えを返していた。

楽しい雰囲気につい食べ過ぎ飲み過ぎてしまい、店を出るときは、足もとがふらついた。

「ちょっと、休んでいこうよ」

やはり決まり文句のような誘いに応じて、あなたは芳賀に手を引かれ、すぐ側にあるラブホテルに入っていった。

このときのあなたは、アルコールの効果も手伝いふわふわと夢見心地で、好きな人と結ばれることを喜んでいた。相手が既婚者であることや、仕事の上司であることなどは、頭の隅でぼやけてしまっていた。無論、芳賀が最初からこういうつもりで、ホテルが近くにある店に誘っていたなどと疑いもしなかった。

会話とセックスは、どちらもコミュニケーションという点で一致している。

だから、会話の上手い男はセックスも上手いのだろうか。それとも、たまたま、芳賀がその両方が上手かったというだけなのだろうか。

ともかく芳賀は、優しく、ゆっくりと、丁寧に、念入りに、執拗《しつよう》に、あなたを快楽へ導いてくれた。

このときのあなたは気づいていなかったけれど――、
芳賀があなたに与えてくれたものは、全部、母があなたに与えてくれなかったものだった。

芳賀はあなたのことを叱り、励まし、成長を促し、力一杯誉め、そして愛情を注いでくれた。

この日から、あなたと芳賀は、逢瀬を重ねるようになった。

あなたは過去にも既婚者と交際したことがある。地元の合コンみたいな飲み会で知り合った、初めて付き合った男だ。あのときは、騙し討ちのようなもので、あなたは相手に家庭があることを知らなかった。

けれど、今回は最初からそのことは分かっていた。分かった上で関係を持ったし、分かった上で関係を続けた。一般的には「恋人」ではなく、「愛人」と呼ばれるような関係を。

芳賀はそれを言葉にはしなかった。「好きだ」とか「綺麗だ」とか「魅力的だ」とか、甘い言葉は山ほど言ってくれるが、二人の関係がどういうもので、自分に妻がいることをどう思っているのか、そしていつまで続くのか、などについては何も言わなかった。

また、芳賀は職場では徹底的にあなたとの関係を秘めた。仕事中、何か特別なサインを出すようなこともせず、何事もなかったかのように、あなたと、他の保険外務員を平等に扱った。あなたの目には、そんな芳賀の態度は、むしろ公私をくっきりと分けているようで、好ましいものに映った。

あなたは別に芳賀の妻になりたいわけじゃなかった。愛があれば、それで十分だった。

情を交わすうちに、あなたと二人きりのとき、芳賀は普段、オフィスでは見せない顔を、あなたにだけ見せてくれるようになった。時には弱音に近いような本音をあなたに漏らした。

「僕は支部ではいつも孤独を感じています。仕事に対して、厳しく、真剣に向き合うことが、みんなのためになると信じているんですが……。どこまで伝わっているのか」

こんな話は、きっと他の誰にも、それこそ奥さんにだってしないのだろう。

そう思うとあなたは、自分だけが芳賀の一番深い部分を理解できている気がして、とても嬉しかった。

「大丈夫ですよ。きっと、みんなにも芳賀さんの真剣さは伝わってます。他の誰が分からなくても、私には分かりますから」

芳賀を励ます自分に、優越感を覚えた。自分だけが芳賀の本当の理解者なのだと思えた。

あるとき芳賀は、あなたと肌を合わせたあと少年のような目で言った。

「僕には夢があるんです。新和という会社を根本から改革したいんです」

芳賀はそれを自分の使命と感じているのだという。

「これは陽子さんにだから言えることですが、いまの新和は、あまりに図体が大きくなってしまって、真ん中から腐っているんです」

芳賀は、オフィスでは決してしないような、会社への批判を口にした。あなたは秘密を共有するような気分でそれを聞いた。

「たとえば、うちの支部で夜の留守番やってる中根さんっていますよね。あの人、あんな仕事で年収一〇〇〇万以上もらってるんですよ」

「え、そうなんですか」

「ええ、いま、新和には、年功序列と終身雇用の弊害で、六〇歳前後の給料の高い人材が大量にだぶついているんです」

芳賀の弁によれば、それは保険の売り上げが大きく伸びた昭和の安定成長期に採用された者たちだという。バブルが崩壊し、一九九〇年代後半から始まった「金融ビッグバン」と呼ばれる改革により、保険業界の構造も一変したいま、働き盛りを過ぎた彼らが過去の経験を活かして活躍できるような場はほとんどなく、会社としては持てあましているのが実情だという。

「彼らは寄生虫みたいなもんなんですよ。僕らがどれだけ頑張って利益を出しても、彼らに食われてしまうんですから。こんなの不公平もいいとこだ」

あなたは、ふと別の人から同じような話を聞いたことがあるような気がしたが、すぐには思い出せなかった。

芳賀は力強い口調で続ける。

「寄生虫は一刻も早く追い出すべきなんです。なのに会社は批判や一時的なコストの増加を恐れてリストラを断行しません。これじゃあ駄目だ。いずれ取り返しのつかないことになってしまうかもしれません。業界が改革により大きく変わったのだから、会社も改革しなければならないんですよ」

芳賀は、年功序列も終身雇用も段階的に廃止していって、最終的には取締役を除くすべての社員が保険外務員のような個人事業主として、会社と契約する形にすべきだと主張していた。

「改革を進めていくことは、陽子さんみたいに、現場で保険を売ってくれている外務員のためにもなるし、また、保険に加入してくれる人のためにもなる。新和生命という一企業を超えて、社会全体の利益になるんです」

ああ、すごいな、この人は。

あなたは、素直に感心していた。あなたの耳には、芳賀の言うことは一〇〇パーセント正しく聞こえた。

そうよ、ただ留守番してるだけの人が一〇〇〇万円ももらえるなんて、絶対におかしい。頑張った人が、頑張っただけ報われるようにならなきゃ。

「僕は自分の手でそんな改革を成し遂げたいんです。そのためには、偉くならなくちゃなりません。だから、僕は結果にこだわるんです。ねえ、陽子さん、陽子さんは分かってくれますか？」

「分かります！」

あなたは、芳賀の厚い胸板に顔を埋めて、即答した。

自分のためだけでなく、この人のためにも頑張ろう。

芳賀の存在は、あなたの仕事に対するモチベーションを更に上げた。

あなたは、芳賀の邪魔になるようなことはしたくないと思ったし、芳賀を困らせるようなこともしたくないと思った。だから、職場でむやみに芳賀に話しかけたり、あなたの方から「会いたい」なんてメールを送ったりはしなかった。芳賀が言わないのであれば、自分たちの関係を言葉にしようとも思わなかったし、ましてや「奥さんと別れて、私と結婚して」なんて、愚かなことを口走ることもなかった。むしろ、あなたは内心で専業主婦だという芳賀の妻を、会ったこともないのに馬鹿にしていた。

芳賀さんの奥さんだって、中根さんと同じ寄生虫みたいなものね。自立するだけの力もなく、夫の心が他の女に奪われているのも知らない馬鹿女。

仕事が順調で、定期的に芳賀と逢えていれば、十分満たされた。

自分の力で結果を出しているつもりでいたし、自立した独りの女として形に囚われない自由な恋愛をしているつもりでいた。

あなたは、自分は上手くやれているのだと思っていた。

「よく頑張りました！　今月早くも七本目ですね。素晴らしいです！　はい、拍手！」

芳賀が声をかけて、みなが「よく頑張りました！」と拍手をする。見なれた朝礼の景色だ。

しかし、賞賛を浴びて、照れくささと気持ちよさの中間のような表情を浮かべているのはあなたではなく、佐田百合恵《さだゆりえ》という二四歳の女だった。

彼女は昨日も一本、『トータルライフ21』を売ったのだという。

続けて、あなたが前日の成果と今日の予定を発表する番になった。

「昨日は、見込み客、二名獲得しました。本日は、外回りとアポイントメント一件です」

嘘だった。昨日は見込み客なんて取れていない。けれど、「実績なし」と報告するのはあまりに情けないので、ばれない範囲で小さな嘘をつく。みんな、多かれ少なかれ、やっていることだ。

もっとも、いくら口で見込み客を獲得したと言っていても、契約を取れなければ、実績にはならない。

芳賀の口からは、厳しい言葉が飛んできた。

「鈴木さん！　どうしたんですか！　そろそろ、契約を取ってください！」

「はい！」

あなたはどうにかして、声を張る。

梅雨《つゆ》が明け、二〇〇七年の下半期に突入したころから、それまで絶好調だったあなたの成績に、突然、陰りが見え始めた。

八月、九月と二ヶ月連続で、ノルマぎりぎりの二本しか契約が取れなかった。いや、九月に関しては本当は一本しか取れていない。末日に自分で安めの医療保険に入ってどうにかノルマを達成したのだ。

これは俗に「自爆」と呼ばれる一種の不正である。新和生命は保険外務員が自社の保険に加入することを奨励してはいるが、成績を水増しするために不必要な保険にまで加入することは禁止している。

しかし実際のところ、その線引きは曖昧《あいまい》だ。そもそも保険は「不安」という実体のないものをタネに「安心」という実体のないものを売る商品だ。客観的に「必要」を判断することは難しい。本当は自爆でも「私には必要なんです。将来が不安だから、念のため手厚い保険をかけたんです」と言い張ることができる。

そんな事情もあり、現場では自爆が黙認されることも少なくない。特に府中支部では支部長の芳賀が結果にこだわるせいか、ノルマが達成できない者は自爆するのが当然といった空気すら流れていた。あなた自身、ノルマ未達になるくらいなら、自爆した方がましだと思っていた。

この一〇月は、もう半ばを過ぎたというのに、あなたは未だに一本も契約を取ることができていなかった。このままでは、ノルマ二本とも自爆することになってしまう。

本当の本気でやっているのに、結果が出ない。

おかしい、こんなはずじゃないのに！

あなたは焦っていた。

けれど、もしこのときのあなたが、冷静に自分の置かれた状況を見つめる目を持っていたなら、本当はおかしくもなんともないことに気づけただろう。

あなたが保険を売れなくなった理由はただ一つ。単純に、知り合いに売れる分を全部売り切ってしまったからだ。

これまでも、あなたが純粋に外回りだけで取れていた契約は月に一～二本程度だった。それに知り合いに売っている分が乗っていたので、ノルマを大きく上回っていたに過ぎない。芳賀の言う「本当の本気」も「成功体験」も関係なく、あなたの保険を売る能力は、実は最初からずっと一定だった。知り合いという貯金が減れば、その分、実績も減る。ただそれだけのことだったのだ。

更にもっと冷静に、よくよく考える頭があれば、保険会社は誰でも多少は持っているだろう「知り合い」という資産を当て込んで、保険外務員を募集していることに気づけたかもしれない。だからこそ、新人をリクルートしてくると二万円も報奨金が出るのだ。

しかし、あなたは冷静になどならず、気持ちにすがった。

私には、できる！

かつて芳賀が導き出してくれたその気持ちに。

私には、できる！　できる！　できる！　できる――、

――はずなのに。

できると信じているのに、できない。

自分が自分を裏切っているようなこの事実は、あなたを寄る辺《べ》ない気分にさせた。

仕事が上手くいくことで培ってきた、自立できているのだという確信は、当然のことながら、仕事が上手くいかなくなることで、ぐらぐらに揺らいでいった。

「――今日も一日頑張ります！」

『新和レディの心得』が終わり、保険外務員たちは各々自分の業務に入る。

あなたの斜め前のデスクで、佐田が鼻歌を口ずさみながら、見積もりを作り始めた。佐田が歌っているのは、最近やたらと人気の出てきた男性アイドルグループの曲だった。

うっとうしい！

あなたと同じことを思ったのか、佐田の隣のデスクの人が「ちょっと、静かにしてもらえる?」と注意した。

佐田は「はーい」と、鼻歌と同じようにフシを付けて返事をして口を閉じた。

いちいち、癇《かん》に障る。

あの女にだけは、負けたくない！

佐田は二月に新しく入ってきたばかりの新人だが、毎月一〇本前後の契約をコンスタントに取っていた。先々月には、中規模の工務店の社長以下、二〇人分もの契約をまとめて取ってきた。府中支部はおろか、西東京支社全体でもぶっちぎりの営業成績を収めているという。

それでも、負けたくなかった。

また若い女に負けるのかと思うと悔しくて仕方なかったし、それ以前に、佐田は汚い手を使っているからだ。

「エッチしたら、契約してくれる人、たくさんいますよ」

つい先日、外務員同士で雑談していたとき、佐田はあっけらかんと言い放っていた。

みんなぎょっとして「冗談でも、そんなこと言うもんじゃないよ」とたしなめ、その場では誰もそれ以上突っ込まなかったが、冗談ではないのは誰にでも分かった。あの女は「枕」をやっている。

定期的に週刊誌に「生保レディが枕営業の実態を告発！」といった感じの暴露記事が載った

りするから、世間一般でも生保業界には「ある」と思われているのだろう。

内部で働く身としては、いくらなんでも週刊誌の記事は大げさだと思う。ああいうのを鵜呑《うの》みにしているのか、「契約するから、一発やらしてよ」なんて言ってくる客もいるから、いい迷惑だ。

が、一方で、皆無というわけでもないのだろうと思う。

ほとんどの人は枕なんてやらないけど、中にはやる人もいる――、くらいの空気は確かにある。

それを反映してか、支部内でも成績がいい人には必ずそういう噂が立つ。辞めてしまった栗原にも「やっている」という噂があった。

もちろん噂は噂に過ぎないし、栗原に限って言えば、そういうことをするとはとても思えない。

どちらにせよ、普通はやっていてもいなくても「やっていない」と言うに決まっているので、この手の噂は真偽が確かめられない。

けれど佐田は、あっけらかんと告白した。懺悔《ざんげ》するわけでもないのに。

あんな女には、負けたくない！

そう思って、外回りに出たこの日も、あなたは一本も契約を取ることができなかった。

夜、消沈して支部に戻ると、芳賀が残業していた。

公私をきっちり分け、職場ではあなたへの個人的な感情を示さない芳賀だが、最近はプライベートでも冷たい。最後に芳賀に抱かれたのは、もうひと月以上前になる。

あなたと芳賀の関係は、常に芳賀があなたに連絡をし、あなたはひたすらそれを待つというものだった。このひと月はまったく連絡がなかった。あなたは堪えきれずに一度だけ〈逢いたいです〉と自分から携帯メールを打ってしまった。芳賀からの返信は〈僕はあなたに失望しかけています。そんなことをしている余裕があるのですか？〉だった。

あなたの目には「失望」の二文字は、死刑宣告にも等しく映った。

芳賀が何に失望しているのかは、考えるまでもない。

結果が出ていないことだ。

結果を出さなければ、芳賀は逢ってくれない。結果を出さなければ、芳賀に愛してもらえない。なんとしても、結果を出さなければ。

このときのあなたは、それが芳賀にとって極めて都合のいい思考回路であるということには気づきもしなかった。

帰り支度をしていると、芳賀から「ちょっと」と声をかけられた。

久々に逢い引きの誘い——、ではないようだ。

芳賀は、支部の中であなたとのプライベートな話は絶対にしない。逢い引きするときは、いつもあなたが支部を出たあと、携帯が鳴るのだ。

芳賀は憮然《ぶぜん》とした顔で「こっちへ」と応接室を指さし、中へ入ってゆく。

既視感のある光景だ。去年の一二月、最初の一本がなかなか取れないときにこんなことがあった。

芳賀は、あのときと同じように、応接室であなたに詰め寄った。

「最近、本当にどうしたんですか？」

「すみません、頑張ってはいるんですが……」

「結果が出ないんじゃ、全然頑張ったことになりませんよ！　本当の本気になってください
よ！」

あのときと違うのは、もうすでにあなたには成功体験があるし、本当の本気になっているは
ずだということだ。

これ以上、どうすればいいのか、あなたには分からなかった。

「佐田さんは、今日も一本取って、今月八本ですよ？　あとからきた年下の人があんなに頑張
ってるのに、恥ずかしくないんですか？」

芳賀の口から佐田の名が出て、あなたはかっと頭に血が上るのを感じた。

「でも、あの人、ずるいんです！」

枕のことを佐田が話したとき、芳賀はいなかったからきっと知らないのだ。

告げ口するみたいで少し嫌だったけれど、本人が公言しているんだ、構わないだろう。

「佐田さん、身体を使って契約もらってるんです！」

あなたは、その事実を芳賀に訴えた。

本当ですか？　あの佐田さんが、そんなことしていたなんて。やっぱり実力じゃなかったん

ですね。おかしいと思ったんですよ、あんな人がたくさん契約を取れるだなんて。それにしても、これは大問題ですね。佐田さんは処分しなければ——、あなたが期待したのは、こんな言葉だろうか。

芳賀なら。公私をきっちりと分け「頑張った人が頑張っただけ報われるよう改革をしたい」と言っていた芳賀なら、枕営業なんて許すはずがない。そう思っていた。

しかし芳賀は、それがどうしたというふうに、息をついた。

「自分が結果を出せないことを棚にあげて何を言ってるんですか？」

「で、でも、佐田さんは本当に……」

「本当だったとして、何が問題なんですか？　契約を取るためになんでもやるっていう、佐田さんの姿勢は立派じゃないですか。それが、本当の本気っていうものですよ！」

あなたは絶句した。

本当の本気？

枕が？

混乱するあなたのことを、芳賀はじっと見つめる。芳賀の表情が、かすかに仕事のときのものから、二人で逢うときのものに変化した。

「これは、僕の個人的な意見ですが、あなたは魅力的な女性だ」

不意打ちのような言葉に、心臓がどきりと音を立てて跳ねた。

「もっと強く、自分を信じてください！　これは他の誰でもない、あなたのためなんです！」

聞き覚えのある台詞。前にも言われた言葉だ。

強く、自分を信じる。

でも、信じても、結果が出ないんです。

「よく、女の武器なんて言いますけど、あなたの魅力は武器になる。本当の本気というのは、やれることは全部やるってことです。あなただって、あなたの武器を使うべきだと思いますよ」

芳賀は「枕営業をやってでも、契約を取ってこい」以外に解釈のしようがないことを言い放った。

その日は、自宅マンションに帰ったあとも、芳賀に言われた言葉が頭の中をぐるぐる回っていた。

本当の本気。女の武器。やれることは全部やる。

確かに、枕をすれば契約してくれそうな雰囲気の見込み客はいる。

だったら、やって取るべきなんだろうか。

ついさっきまで、汚いと思っていた枕が、芳賀にああ言われたあとでは、手段に思えてきた。

営業職というのは、単に商品を説明するだけの仕事ではない。商品を説明するのは当然として、プラスアルファ、全人格を駆使して相手にいい印象を持ってもらい、契約を取る仕事だ。

そのために、飴やノベルティを配るのだし、お世辞を言って相手を持ち上げるし、服装やメイクにも工夫をする。みんな、商品に自分の手持ちの武器をプラスアルファして戦っている。

そうした方が売れるのだから、当然だ。同じような商品なら、プラスアルファされるサービスや、印象がいい相手から買うに決まっている。

では、そのプラスアルファに飴や見た目を使うことと、身体を使うことに、本質的な違いがあるのだろうか。

たぶん、ない。

行為として、ただ見られるのと、身体を触られるのは、違う。飴をあげるのと、セックスをさせるのは、違う。しかし、商品そのものではない個人が提供するプラスアルファという意味では同じだ。

単にどこで線を引くかというだけのこと。

ちょっとお尻を触られるくらいのセクハラは、この仕事をしていればしょっちゅうされる。それにいちいち目くじらを立てたりしない。我慢してスルーする。正直、お尻を触らせて契約がもらえるなら安いものくらいには思う。だったら、その先だって。

もちろん、枕をやりたいか、やりたくないかで言えば、やりたくない。

でも、やりたくないことを我慢してやるのが仕事ってもんじゃないの?

枕だって、手段。いまは手段を選んでいる場合じゃないのかもしれない。

それに、結果が出なくて離れていくのは芳賀だけではない。当然、給料も減る。

好調だった上半期は、毎月五〇万円前後の給料が振り込まれたが、九月にはこれががくんと二〇万円台まで落ちた。

通帳に記載されたその数字を見たときは、さっと血の気が引いた。

これじゃ、足りない！

かつて、地元の会社に勤めていたときや、派遣で働いていたときは、手取りで二〇万円ももらえたら十分と思っただろう。

でも、いまはもう足りない。

もうあなたは、以前のあなたと違い「お金を使うこと」の意味を知っている。

毎月五〇万円稼ぐ生活は、五〇万円分の選択肢の中から、自分を選ぶ生活だ。

いまお金を失うということは、この自分を失うことに等しい。マンションだって買えなくなる。

かつての、値引き弁当や、第三のビールや、ファストファッションしか選べない生活に戻るのは嫌だった。

もしノルマ未達になれば、もっと給与は下がるし、下手をしたら解雇される。そうなれば、生活できなくなる。自立できなくなる。

そんなのは、絶対に嫌だ！

だったら、やれることは、全部やるべきだ。絶対に嫌なことを避けるために、やれることがあるなら、全部やるべきだ。

そう心を決めたあなたが、最初に身体を使って契約を取った相手は、印刷会社に勤める三八歳の社員だった。

ヘチマのように面長で、歳の割に生え際がずいぶん後退した男だ。あなたが会社回りに行くたびに、「一発やらしてよ」と軽口をたたいてきた。アンケートまでは書いてもらえている見込み客なので、既婚者で子どもが二人いることは分かっていた。

いつものように会社回りに行って、飴を配るときに、その男にだけこっそり「プライベートでお話ししたいことがあります」というメッセージと、携帯の番号を書いたメモを渡した。あなたの目論見どおり、男はその日の終業後と思われる時間に電話をかけてきた。あなたが用件を述べずにお酒に誘うと、男は下心の張り付いた声で「おう、行こう行こう」と応じてくれた。

この時点で、あなたは強い手応えを感じ、同時に覚悟を決めた。

チェーンの居酒屋に入り、あなたは男に「付き合っていた人と別れてしまって――」というような作り話を披露した。男はそれを信じたようで「寂しいのはつらいよね」「俺の経験からするとね」などと、恋愛論をぶち始めた。あなたは、それを右の耳から左の耳へと聞き流しながら、ある程度お酒が回ってきたところで、切り出した。

「そのぉ……、いつも、私と『したい』みたいなこと言ってくれますけど……、私って、そんな魅力ないですよね？」

「そんなことないよお、俺、いまだって鈴木ちゃんとちょーやりたいもん」

「本当ですかぁ？」

「マジ、マジ、大マジ」

「じゃあ、試してみます？」

したいと思っている男に、させるのは実に簡単で、特別な駆け引きは何も要らなかった。

府中駅の裏手、商店街の細い路地の奥にあるラブホテルで、あなたは生まれて初めて、好きでもない相手とセックスをした。

このときあなたは、二つのことを実感した。

一つは、互いに裸になって肌を重ねるこの行為において、愛情はかなり大事な要素だということ。

好きじゃない男に、触られたり舐められたりするのは、気持ちが悪い。

そんな当たり前のこと、最初から分かっていたけれど、頭で理解する嫌悪感と、実際に身体で体験する嫌悪感は、全然違った。

指をからめるところから、男を受け入れ射精に導くまで、すべての手順が嫌だったけれど、一番気持ち悪いのは、挿入ではなくキスだった。

唇と唇が触れ合うと、そこから身体が腐ってしまうような気分になった。あなたの下半身は男を受け入れたが、口は決して自分から舌をからめたりはしなかった。否、できなかった。

また、既婚者という意味では、芳賀も一緒のはずなのに、相手を好きでないというだけで、芳賀のときにはまったく感じない罪悪感が胸の中で暴れた。

だから、ことがすんだあと「結婚している人と、こんなことになっちゃうなんて……」と泣いてみせたのは、半分くらいは演技ではなかった。

あなたが泣くと、ヘチマのような男は酷く狼狽し「あの、ちゃんと保険、入るからさ」と約束し、その翌日には契約してくれた。

あなたが実感したもう一つは、好きでもない相手とのセックスは、すごく気持ちが悪いけれど、我慢すればできるし、その時間が過ぎてしまえばどうってことない、ということだった。

それはこうも言える――、あなたは味を占めた。

◇ 14

ホテルをチェックアウトした奥貫綾乃は、少し時間に余裕があるので、まずは三美市の、かつて鈴木陽子が家族とともに暮らしていた家があった住所に向かった。

特にあてや、期するものがあるわけではないが、できればこの目で見ておきたいと思っていたのだ。

Q市のターミナル駅から、在来線で二駅のその町は、何の変哲もないと言ってしまえばそれまでの、郊外の住宅街だった。

四角く区画された街並みに、一軒家を中心にアパートやマンションといった住宅が建ち並んでいる。

おそらくはQ市のベッドタウンなのだろう。鈴木陽子の父親も、Q市に本社のある大手建築資材卸会社に勤めていたことが分かっている。

その一角。

鈴木陽子が家族と暮らした家があったはずの場所には、白いマンションが建っていた。

壁に『ワンルーム　女性・高齢者歓迎』という垂れ幕が下がっている。

一階部分は店舗になっていて、『Ｃａｆｅ　Ｍｉｓｓ・Ｖｉｏｌｅｔ』という文字を象ったレリーフが掲げられていた。

喫茶店だ。マンションの本体に比べて、店構えはだいぶ真新しい。比較的最近、オープンしたような感じだ。

壁面の曇りガラスの窓に、紫色の花の模様があしらってあるのは、きっと店名にちなんでいるのだろう。

ちょっと入ってみようか。

綾乃が入り口の扉を開くと、「いらっしゃいませ」の声に迎えられた。

次いで、爽やかな香りがかすかに漂ってくるのを鼻腔に感じた。

一〇坪ないほどのこぢんまりとした店内は、奥にカウンター、手前にテーブル席というシンプルな作りで、内装と調度品はアンティーク調で統一されている。

カウンターの内側に、エプロンを着け、メガネをかけた女性店員の姿があった。

テーブル席の一つに、三人組の女性客がいて、お喋りに花を咲かせていた。雰囲気からして幼稚園へ子どもを送ったあとのママ友グループのようだ。

「お好きな席へどうぞ」

促され、綾乃はカウンターの一番端に座った。

「どうぞ」

メガネの女性店員は、カウンター越しに水を出してくれた。

綾乃と同世代くらいだろうか。ベリーショートの髪に、赤いメタルフレームがよく似合っている。

布製のブック型メニューを手に取って開く。コーヒー、紅茶、オレンジジュースといった定番メニューに加え、『ミス・バイオレットの特製ハーブティー』として一五種類ものハーブティーがあった。見ると、カウンターの奥の棚には、ハーブの詰まった瓶がずらりと並べてある。そうか、このいい匂いはハーブの香りか。

ハーブティーなんて飲み付けないけれど、綾乃は「おすすめ」のマークがついているのを注文してみることにした。

「この『パラダイス・ミックス』っていうのください」

「はい、少々お待ちくださいね」

店員はカウンターの中で準備を始める。店の規模からすると、この女性が独りでやっているのかもしれない。

この人が、ミス・バイオレットってことなのかな。

エプロンの胸元に、ガラス窓にあしらわれているのと同じ紫の花を象ったブローチをつけていた。

「お待たせしました」

そのミス・バイオレットが、透明なガラス製のティーポットとカップを載せたプレートを持ってカウンターから出てきて、綾乃の前に差し出した。

ティーポットの中の液体は、濃くはっきりとした深紅の色彩と、向こうが透けて見える透明度を帯びていた。まるで混じりけのない宝石のようだ。

カップに注ぐと、それはかすかに薄まり、オレンジがかった赤に変化した。

ふっと息を吹きかけて、口をつけてみる。

ほどよい酸っぱさが鼻に抜けたあと、ほのかな甘みが口に残る。飲みやすい味だった。

「へえ、美味しい」

「ありがとうございます」

カウンターの向こうに戻ったミス・バイオレットが微笑んでいた。

別に感想を述べたわけでなく、自然に声が漏れたのだけど。

「いえ」

綾乃は少し照れ笑いを浮かべたあと、なんとなく訊いてみた。

「このお店、お一人でやられているんですか？」

「はい。まだ始めたばかりですけど」

「あ、そうなんですね」

「ええ。独りになったのをきっかけに、第二の人生っていうか、何か新しいことを始めてみようと思って」

ミス・バイオレットは、はにかむような表情を浮かべた。

口ぶりから、この人も離婚したのかと窺えた。

第二の人生、新しいこと……。

私にもそういうの、あったのだろうか。

綾乃は自分の選択を振り返る。

離婚して、独りになったあと、何か新しいことを始めるなんて考えもせず、古巣の警察に戻ってしまった。決して好きな職場とは言い切れないのに。寿退職したときは、清々したとすら思ったのに。

綾乃は店内を見回して言った。

「落ち着いていて、とてもいい雰囲気のお店ですね。お茶も美味しいし」

お世辞ではなかった。もし家の近所にあったら、通いたいくらいだ。

「ありがとうございます。そう言っていただけると、嬉しいです。誰にとっても居場所になるような、そんなお店にしたいと思っているので」

「居場所、ですか」

「はい。人間って、『ここなら大丈夫』って思える、自分の居場所が絶対に必要だと思うんです。普通それは『家』や『家族』なんでしょうけど、でも家族を失ってしまった人や、家が居場所にならない人もいますよね。まあ、私自身がそうだったりするんですけど……、そういう人たちが束の間、自分の居場所と思えるようなお店になればいいなって」

ミス・バイオレットの言葉が胸に浸みた。

綾乃もまた、居場所のない一人だ。

結婚して娘も生まれて、一時期は家族に恵まれた。けれど、そこは綾乃にとっての居場所にはならなかった。

なぜ？　その根本的な理由はよく分からない。

夫は浮気や暴力とは無縁の正しく優しい人だった。娘は可愛らしく健やかに育っていた。彼のために、彼女のために、よき妻であり、よき母でありたいと思った。ちゃんとしたかった。けれど、できなかった。

ちゃんとできない自分に我慢がならなかった。ちゃんとできない自分を許そうとする夫に我慢がならなかった。ちゃんとできない自分を映す鏡のような娘に我慢がならなかった。自分を責め、夫を責め、娘を責めた。

よき妻であり、よき母であろうと思っているのに、いつも泣いたり怒ったりしてばかりの、酷い妻であり酷い母になってしまっていた。

決定的だったのは娘の反応だ。幼稚園の年長組になり、だいぶ流暢に言葉を話せるようになったころから、娘は綾乃の前でだけ吃音を見せるようになった。夫や友達や、幼稚園の先生相手にはすらすら出てくる言葉が、綾乃の前でだけ出てこないのだ。

なぜそうなるのかは、考えるまでもない。綾乃の存在が娘にとっての強烈なストレスになっているのだ。

母親なのに。

ただそこにいるだけで、娘を傷つけているのだ。

悲しかった。あまりにも悲しく「どうして、お母さんにだけ、ちゃんとお話しできないの！」と怒鳴りつけ、叩き、ますます娘を傷つけてしまった。

駄目だと思った。自分が致命的なほど家庭を持つことに向いていないことを自覚した。

夫はそんな綾乃をなおも許そうとした。

「ちゃんとできなくてもいいんだよ」「子育てや家事は僕もやるから」「たまには気晴らしをしなよ」「ありのままの自分と家族を受け入れよう」

しかし綾乃は耐えられなかった。

「お願いだから離婚して。応じてくれないなら、死ぬわ。本気よ。誰が止めようとしても、絶対に死ぬ」そんなふうに脅して、優しい夫に無理矢理離婚を認めさせた。

離婚が成立したとき最初に感じたのは、寂しさでも、悲しみでも、まして惜別でもなく、安堵だった。

もう傷つけないですむ、もう傷つかないですむ——、と胸をなで下ろした。

夫や娘といて「ここなら大丈夫」と思えたことは一度もなかった。居場所ではなかった。かといって、いま毎日出勤している国分寺署の刑事部屋も、ほぼ寝に帰るだけのマンションも、自分の居場所とは思えない。

鈴木陽子はどうだったのだろう？　あの『ウィルパレス国分寺』の部屋は、彼女の居場所だったのだろうか。

「あの、つかぬ事を訊くようですけど」

何か手がかりが摑めると思ったわけではないが、綾乃は尋ねてみた。

「前に、ここに建っていた家ってご存じですか？」

「え？　ここに、ですか？」ミス・バイオレットは、怪訝な顔をして訊き返してきた。

「そうです。このマンションが建つ前にあった家です。鈴木さんっていう方が住んでいたはずなんですけど」

ミス・バイオレットは、かぶりを振った。

「私がこっちに来たときには、もうこのマンションはあったので……」

「そうですか」

「すみません」

「いえ、全然いいんです」

「でも、うちに来るお客さん、地元の人が多いから、訊いてみたら分かるかも……、あっ」

ミス・バイオレットの視線が、綾乃の頭を越えて背後に送られた。

振り向くと、テーブル席にいた三人客の一人がこちらを窺っていた。

「三田《みた》さん、知ってるの？」

ミス・バイオレットが尋ねると、三田というらしいその女性はおずおずと頷いた。

「ごめんなさい、あの、聞こえてしまって」三田は綾乃に視線を移して言った。「ここに建っていたお家の鈴木さんですよね？」

「そうです、ご存じなんですか？」

綾乃は三田の方へ乗り出すようにして尋ねた。

「はい、そこの娘さんと、同級生でした」

「娘さんって、陽子さん？」

「はい」

地元の店だから、そういう客がいても不思議はないが、ちょっとした当たり籤《くじ》を引いたような気分だ。

「あの……」

三田は探るような目を向けてくる。

綾乃は、カウンターから三田たちのいるテーブルの前まで移動し、「実は私、こういう者なんですが」と警察手帳を見せ、名刺を差し出した。

「え」

三田もその連れの二人も驚いていた。

ミス・バイオレットもカウンターから出てきて、テーブルの上の名刺を覗き込む。

「警察の方だったんですね」

「はい。その鈴木陽子さんが、東京で亡くなられまして、血縁者の方を探しているところなんです――」

「え、陽子ちゃん、死んじゃったんですか？」

三田が目を丸くして声をあげた。

綾乃は、不穏な部分には一切触れず、第三者に訊かれてもいい範囲で事情を説明した。

三田は、鈴木陽子とは中学と高校が一緒で、特に高校時代は親しくしていたという。念のため、山崎からもらった写真で確認したところ、間違いなくこの鈴木陽子だと三田は言った。

鈴木陽子の父親が蒸発したことや、偶然再会した中学時代の先輩と結婚して上京したこと、しかし数年足らずで離婚したことは知っていたが、その後、何度も再婚していることは知らない様子だった。また、鈴木陽子の母親に関しては、顔は見たことがあるが話をしたことはない、という程度で、無論、いまどこにいるのかも知らないとのことだった。

興味深かったのは、数年前の正月に、突然「お正月休み中、Q県《こっち》にいるから会いたい」と電話があったという話だ。

「すごい久しぶりで、私も会いたかったから、一緒にお茶して、ああ、そうだ、そのとき、彼女が離婚していたことも知ったんです。ただ、彼女の方は、別の目的があったみたいで……」

このとき、三田は鈴木陽子から保険のセールスを受けたのだという。

「陽子ちゃん、離婚したあと、新和生命の外務員になったみたいで、同級生に保険を売るために、帰省してきたらしいんです。私としては、純粋に旧交を温めるつもりでしたから、正直、なんだかなあって感じだったんですけど、陽子ちゃん、すごい必死で。『私を助けると思って入って！』って、それこそ土下座でもする勢いで頼むものだから。ちょっと可哀相っていうか、断るのも悪い気がして。ちょうど下の子が生まれたばかりってこともあったから、夫の名義で一つ入ったんです」

「それは何年のお正月だったか、正確に分かりますか？」

「あ、はい、下の子が平成一八年生まれなんで、一九年ですね」

ということは、二〇〇七年だ。

保険外務員の仕事は上手くこなせれば女性でもかなり大きく稼げるが、ノルマがきつく、親戚や知り合いに声をかけまくることになる、という話はよく聞く。

しかし、そうか、鈴木陽子は生命保険会社の外務員をしていたのか。

これは思わぬ収穫だ。

何度も結婚していて次々と夫が死んでいる——、そんな女がいたら、警察官ならまず思い浮かべるのは、連続保険金殺人だ。

鈴木陽子は、そのために必要な知識を持っていたことになる。

◇

被告人　八木徳夫（無職　四七歳）の証言　4

神代さんに紹介された「仕事」をするために、私は『カインド第二』を出て、茨城県の取手市に引っ越すことになりました。

はい、引っ越し資金や、当座の生活費は神代さんが用立ててくれて、このとき生活保護からも抜けました。

新しく住むアパートは、『カインド・ネット』とは関係なかったと思います。梶原に付き添われて、地元の不動産屋で適当なアパートを見繕い、私の名義で借りることになりました。安アパートでしたが、日当たりがよく、綺麗な風呂とトイレもあって、『カインド第二』に比べれば、ずっと上等な住まいでした。

住む場所を決めたあと、仕事で必要だからと、中古のトラックを買うように言われて、はい、私にはお金はありませんから、これも神代さんが出してくれました。

それで、その仕事というのは……、あ、いえ、それはまだ先です。最初は、道路の走行調査だと言われました。

毎日、朝の九時から夕方の五時まで、なるべく違う道を走って、もし工事以外の、落石やひび割れで通れなくなっているところがあれば、地図に印をつけていくんです。そんなところ滅多にないので、事実上、ただ車で道を走るだけの仕事でした。無事故無違反で続けることが一番大事なので、交通法規を厳守して、絶対に無理せず、一時間ごとの休憩と、週休二日は徹底するように、言われていました。

特に事務所もタイムカードもなく、週に一度、東京に行って、神代さんに直接、地図にチェックした道があったかを報告するんです。毎週「チェック無し」でしたが、神代さんは「ようやってくれて、助かる」と私のことを誉めてくれて、給料をくれました。

はい、そうです。このとき、給料の受け渡しもするんです。現金で、週に五万円でした。正直、仕事は楽でしたから、こんなにもらっていいのかなと思っていました。

その上、神代さんは、報告が終わるといつも、せっかく東京に来たからと、都心の高そうなお店で、ごちそうしてくれるんです。

神代さんと二人《さし》のこともあれば、梶原、渡辺、山井の誰かが同席することもありました。お酒も料理もすごく美味しかったですし、それ以上に、みんなとわいわいと飲み食いするのが本当に楽しくて……。ホームレスになったときは、自分の人生には、もう楽しいことなんて何もないだろうと思ったくらいでしたから、まるで夢のようでした。

ああ、そうでした。私が神代さんを「オヤジさん」と呼ぶようになったのは、このころです。仕事を始めて一ヶ月くらい経ったある日、「八木ちゃんも、もうファミリーやな、儂のことオヤジって呼んでな」と言われて。

なんというか……、その、自分がただ助けてもらっているんじゃなくて、神代さんの仲間になれたような気がして、すごく嬉しく思いました。

はい、あとから考えればずいぶんとおかしなところのある話です。でも私は、すっかり神代さんのことを信頼し、疑いませんでした。

ただ車を走らせるだけの仕事も、何かの役に立っているんだと思っていたし、神代さんは純粋な好意で私によくしてくれるのだと思っていました。

けれど……、本当はあの仕事は、隣近所の人たちに、私が何か車を使った仕事をしていることを印象づけるだけのものでした。そして、そんな意味のない仕事に給料を払って、美味しいものをたくさん奢ってくれたのは、私に返しきれない恩を売るためのものだったんです。

◆ 15

――陽子、

あなたは、知った。自分が特別好きでもない男とのセックスを、我慢できる女だということを。そして、この世には、特別好きでもない女とセックスをしたがる男がいて、そういう男は、セックスを餌にすれば保険を買ってくれることを知った。

二〇〇七年一〇月、三四歳になった直後のことだ。

あなたが二度目の枕営業をかけた相手は、携帯電話ショップの二〇代店長で、やはり既婚者だった。奥さんは妊娠中とのことで、枕をする上でも、保険を売る上でも、タイミングがよかった。

もちろん気持ち悪かったし、悔やむ気持ちはあったし、罪悪感も覚えた。けれど我慢できた。どんなネガティブな感情よりも、これで今月二本目、自爆せずにノルマ達成、という安堵の方が大きかった。

でも、これじゃまだ足りない！

ノルマを達成できても、それだけじゃ、あなたが満足できるような給料は得られない。まだ芳賀も誘ってくれない。

もっと売らなきゃ、もっと、もっと売らなきゃ。

どんな手段を使ってもいいから、もっと！

そう思って臨んだ一一月。第一週目からあなたは早くも、二本の契約を立て続けに取った。どちらも枕で。

いきなりのノルマ達成だ。こんなことは久しぶりだった。

二本目の契約が取れた翌日、芳賀からの電話があった。

〈また本当の本気になれたみたいですね。信じてました。年末で忙しくてなかなか逢えないのが残念ですが、いつかゆっくりしたいですね〉

あなたは、携帯電話を痛いほど、耳に押しつけ、ぼろぼろと涙をこぼしながら「はい、頑張ります！」と頷いた。

一度失った何かを取り戻せるような気がした。

この時点で、一一月に入ってからはあの佐田百合恵もまだ二本で、あなたと並んでいた。

一一月は業界が定めた「保険月」だ。販売を強化する気運が高まり、色々なキャンペーンが行われる。また、この保険月の成績は、他の月よりも評価される傾向がある。

もう、いまからどれだけ頑張っても、今年の年間成績では佐田に敵《かな》わない。けれど、この保険月だけは勝てるかもしれない。

そう思うと、ファイトが湧いた。

せめて今月は、あの子に勝ちたい！

あなたは、懸命に売った。

とにかく、今月の成績を上げるんだ！

もう普通の外回りで人間関係を作って、丁寧に商品を説明するなどというまどろっこしいことはやってられない。枕だ。なりふり構わず枕を誘って、契約を取るんだ。

あなたは、外回りで、保険を必要としていそうな人でなく、女性の誘いに弱そうな男や、下心がありそうな男を探すようになった。

好感度を高める基本のメイクをベースに、唇だけは厚ぼったく見えるようにアレンジしたり、さり気なく胸元が開くような洋服を選んで着るようになった。

そして、脈がありそうな男には片っ端から携帯の番号を書いたメモを渡した。

手段と目的が混ざり、本と末は転倒した。

あなたはまったく気づいていなかったし、気づこうともしていなかったことだけれど、あなたが勝手にライバル視していた佐田百合恵という女は、決して枕営業だけで売っている女ではなかった。奥の手としてそういうこともするが、それ以前に、相手のニーズを探ることや、相手をその気にさせる話術にも長《た》けていたのだ。佐田は、あなたのように手当たり次第に見込み客と寝て契約を取るようなことはしていなかった。佐田が枕をするのは、たとえば地域の有力者や企業の社長のように、そこに食い込むことで芋づる式に何本もの契約を見込める相手だけだった。

一一月二週目、あなたは一本契約を取り、計三本になった。一方、佐田は二本取って、計四本。一本差をつけられてしまった。

まずい、このままじゃ、負けちゃう。今月だけは絶対に、あの子に勝たなきゃならないのに。

これまでずっと勝負にならなかったのに、ほんの少し勝てるかもしれないという可能性が見えただけで、あなたは勝たなければならないという、強迫観念にかられるようになった。

が、枕をやるようになったからといって、そうそう思いどおりに契約が取れるというものでもない。

三週目、あなたはゼロで、佐田は一本。三本対五本、差は二本に開いた。

負けたくない!

四週目の頭、あなたは、枕より更に手っ取り早く実績を増やせる手段を使った。

三本、自爆。

保険というのは普通の商品のように一度の支払いで買うものではなく、延々と掛金を支払い続けるものだ。自爆を重ねれば、あとあと支払いが膨らみ、自分で自分の首を絞めることになる。それは分かっていたけれど、とにかくこの月だけでも佐田に勝つことが、すべてに優先されると思っていた。

これでトータル六本。一本リードだ。

勝つんだ! 絶対に、勝つんだ!

もうあなたは覚悟を決めていた。

また差がついたら、その分は、自爆して追いついてやる!

そんなあなたの心をへし折るのに十分な衝撃は、その直後にやってきた。

四八本。

佐田はこれまでにあなたが取った契約の累計よりも多い数の契約を一日で取ってきた。

ITベンチャーの経営者を籠絡《ろうらく》し、その人脈から一気に獲得したのだという。

しかも、佐田はその経営者と結婚することになり、一一月一杯で外務員の仕事を辞めるというのだ。

朝礼のときにそれを報告し「保険月ですし、最後に、餞別です」と佐田は涼しげに笑っていた。

何、それ？

いくらなんでも、四八本も自爆はできない。もう佐田に勝つのは絶対に無理だ。

それがはっきりしたのに、不思議と悔しさはなく、あなたは、ただただ全身から力が抜ける思いを味わった。

呆然としていたのは、あなただけではなかったようで、その朝礼で佐田に贈られた「よく頑張りました！」と拍手は、どこか気が抜けたように、すかすかとしていた。

みんな、一斉に自覚したのかもしれない。

佐田百合恵は、根本的に何かが違う「別格」なのだと。

たまたま席を並べることになったけれど、下々の者たちが「頑張りました！」なんて言葉で誉めるような存在ではないのだ、と。

あなたも、この女を相手に勝ちだの負けだの考えていたことが心底、馬鹿馬鹿しくなってしまった。

この一一月、あなたは六本の保険を売った。結果的には佐田の足もとにも及ばなかったが、平均以上ではあるし、そこそこの成績と言っていいだろう。ただし、その内訳は、枕が三で、自爆が三だ。もうあなたは、普通に商品を説明し保険を売る方法をすっかり忘れてしまっていた。


佐田百合恵という巨大な存在が消失したことの余波は、あなたがまったく予想もしなかった形でも訪れた。

彼女が職場を去った直後、一二月に入ってすぐ、芳賀が府中支部からいなくなったのだ。ある月曜日、出社すると支部長席には見知らぬ女性が座っていた。

あなたをはじめ、保険外務員は誰も知らされていなかったようで、出勤してくるとみな驚いていた。見知らぬ女性は、朝礼のときに淡々と自己紹介をした。

「みなさん、急なことで驚かれているかもしれませんが、前任の芳賀さんは異動になりました。私は代わりに今日からこの支部をまとめることになった――」

まさに寝耳に水だった。

本人は、それを匂わすようなことは、ひと言もいっていなかったし、そもそも人事異動があるような時期じゃない。

新しい支部長は、芳賀がなぜ異動になったのかや、どこへ異動になったのかは、一切教えてくれなかった。

あなたは、芳賀の携帯を何度か鳴らしてみたけれど、一度も繋がらなかった。

自分だけが一番深い部分を理解しているのだと思い込んでいた男との繋がりは、あっけなく切れてしまった。

その日、あなたは外回りと称し、ただぼんやりと、街を彷徨《さまよ》った。

頭の中で、芳賀からかけられた甘い言葉と、芳賀が語っていた理想が、何度もリフレインした。

歩いて、ファミレスで食事をして、また歩いて、喫茶店で休んで、また歩いて。あなたがたどり着いた結論は「芳賀さんはきっと、出世して本社に転勤したんだ」というものだった。

今年は佐田が契約を取りまくったので、府中支部はかなりの好成績を上げていたはずだ。それが評価されて、芳賀は出世したのだ、きっと。芳賀は、彼が自分の使命だと語っていた改革を、ついに実現できる立場になったのだ、きっと。この年末に異動になったのも、年始から何か重大な役割を任されるからなのだ、きっと。事前に何も言ってくれなかったのは、本人にとっても突然の異動だったからなのだ、きっと。電話に出られないのは、準備で忙しいからなのだ、きっと。いずれ近いうちに、彼の方から連絡してくるに違いない、きっと。

きっと、きっと、きっと。

あなたが一日かけて頭の中でこねくり回したストーリーは、しかし、その夜、支部に戻ったときに打ち砕かれた。

「まあ、ある意味、あんたは助かったよな」

帰り支度をしているとき、唐突に中根から声をかけられた。

すでに新支部長は帰宅しており、他の外務員とも戻りがかぶらなかったので、オフィスには
あなたと留守番の中根の二人だけだった。

「は？」

あなたは、やや尖った口調で訊き返した。

ただ留守番するだけで、一〇〇〇万円以上の年収をもらっている寄生虫――、芳賀にそう教
わっていたから、あなたはこの男のことが好きではない。

「芳賀のことだよ。あんたさあ、やられちゃってたろ？」

「はあ⁉」

思わず大きな声が出た。

「どういう意味ですか？」

「どうって、言葉どおりの意味だよ。あんた、芳賀にやられちゃってたろってての」

中根はにやにや下卑た笑みを浮かべながら、親指を立てて応接室の方を指した。

「入ってすぐんとき、あんた、あそこで説教されてたろ。そいで、追い込まれてるうちに、な
んだか分かんねえけど無理矢理やる気引き出されて、あいつに惚れちゃったんだろ？」

あなたは息を呑んだ。

中根は楽しそうに続ける。

「で、そのあと適当なタイミングで飯に誘われて、酔っぱらわされて、ラブホ連れ込まれたんじゃねえの？」

なんで、この男がそんなこと知ってんの？

中根はあなたの驚きに答えるように、意地悪な笑みを浮かべた。

「あれな、あいつのいつものパターンなんだよ。その様子じゃ、気づいてないだろうけど、やられてんの、あんただけじゃないから。あいつ、目えつけた女、追い込んでやる気を引き出したあと、優しくしてやっちゃうんだよ。そうすっと、心を支配できるんだってよ。あいつが言うにはな、この世には一定数、支配されたがってる女がいるんだとよ。あいつには一発で分かるらしいぜ。頼りがいのある男に奉仕したいって匂いが、ぷんぷん、ぷんぷん、する女が。そういうのが入ってきたら、あいつはいつも、やっちまうんだよ。保険のおばちゃん口説くの気持ち悪いけど、心を支配した女は自分のために、すげーよく働いてくれるから、仕事と思って我慢してるって言ってたぜ。まあ、実際、あいつにやられちゃったやつは、みんな、潰れるまで枕と自爆やってたからよ。ある日突然、いなくなっちゃったやつは、大抵、あいつのせいで潰れてんだぜ。そこいくと、あんたは、その前にあいつの方がいなくなったから、助かったんじゃねえか？」

ある日突然、いなくなっちゃったやつ——、確かにそんな人がいたような気がする。

あなたは、目眩を覚えた。まっすぐ立っているはずなのに、身体がぐらんぐらん揺れているような気がする。両足を乗せているオフィスの床が、まるで、ぐにゃぐにゃに溶けてしまったようだ。

ふと、あなたの脳裏に「ご愁傷様」という言葉が蘇る。言っていたのは、中根、目の前のこの男だ。ちょうど去年のいまごろ、芳賀に応接室に呼ばれたとき、そう呟いていた。

「う、嘘ですよ……！」

あなたは、震える口から否定の言葉を絞り出した。

そう、嘘だ。

確かに芳賀のことが好きだったし、肉体関係はあった。芳賀のために頑張ろうという思いもあった。

でも、支配された覚えも、奉仕した覚えもない。

自立した独りの女として、形に囚われない自由な恋愛をしていただけだ。

「こんな嘘言ってどうすんだよ。あんただって、心当たりあるだろ？　あいつさ、改革者気取って、俺のこと会社の寄生虫なんて陰口たたいてたろ？　まあ、否定はしないけどな。確かに俺は会社に寄生してるようなもんだからさあ。でもさ、あいつだって、女に寄生してるようなもんだよなあ。てめえは偉そうな能書き垂れるだけで、女に保険売らせてよお、ヒモとどこが違うってんだよ。なあ？」

否定したかったけれど、あなたの口からは上手く言葉が出て来なかった。

中根はそんなあなたのリアクションを楽しむように、サディスティックな顔つきで続ける。

「まあでも、あいつにもバチが当たったからな。さんざん、女を食い物にしてたあいつが、まさかマジ惚れするとはなあ――」

中根はそれまで話していた芳賀の所行以上に、信じがたい事実を口にした。

芳賀は、あなたにしたような支配を目的としたのとは違う純粋な恋愛感情――マジ惚れ――で、佐田百合恵にアプローチしていたという。しかし佐田は籠絡されることなく、芳賀を完全に手玉に取っていた。もともとかなりモテるタイプで、狙った女に袖にされたことなどなかっただろう芳賀は、日に日に懸想《けそう》を肥大化させ、ついには佐田に対して付きまとい行為《ストーキング》をするようになった。それでも、佐田は芳賀をいなし続けていた。が、佐田が件《くだん》のIT企業の経営者と結婚し職場を去る段になり、芳賀はいよいよ暴走した。佐田が退職した翌日、自宅まで押しかけ、窓ガラスを割って無理矢理侵入しようとしたという。これが警察沙汰となり、芳賀の命運は尽きた。

事態を把握した会社が間に入り、刑事事件になることは食い止めたが、芳賀は閑職に追いやられ、年明けにも退職する予定だという。

中根の話の後半部分は、ほとんど耳に入らなかった。

高校生のときの、まるで興味を持てなかった世界史の授業のように。ハインリッヒ四世とカノッサの屈辱とか、フランシスコ・ピサロとインカ帝国の滅亡とか、そんな自分とは関係のない歴史上の人物や事実みたいに、芳賀と佐田のあいだに起きた、ごたごたを聞いていた。

不意に、ぷちぷちという泡のはじけるような音を聞いた。

視線を中根から微妙にずらした先、夜を映すオフィスの窓に、久々に見る朱色の金魚の姿をした純の幽霊が漂っていた。

中根の言ったことは、事実ではあったのかもしれないが、それがすべてではなかった。あなたが一方的に芳賀に支配されていて、芳賀のために保険を売っていたのだったら、芳賀がいなくなったあと、あなたには枕や自爆のようなことをしてまで保険を売る理由はなくなるはずだ。

しかし、そうはならなかった。

あなたは、それまでと変わらず枕や自爆を繰り返し、契約を稼いだ。

なぜか。

お金が必要だったからだ。

生きるために、自分を選ぶために。

芳賀がいなくなってから、あなたは得体の知れない不安に苛《さいな》まれるようになった。

いつも、寄る辺なく、心細く、なぜかそわそわと落ち着かない。胸の奥にタールのようなべたついた気分が貼り付いている。自立しているという感覚は、完全に消失してしまった。

その不安を慰めてくれるのは、お金を使ったときに一瞬だけ訪れる、特別な自分を選べたという満足感だけだった。

あなたはいつの間にか、平凡であることに耐えられなくなっていた。子どものころから三〇年以上も、この平凡な自分と付き合ってきたはずなのに。

新しい靴が欲しい、新しい服が欲しい、新しいアクセサリーが欲しい、新しい髪型にしたい、新しい自分になりたい。もっともっと自分にフィットした特別なもので自分の周りを満たして、もっともっと特別な自分を選びたい。

もっと欲しい、もっと欲しい、もっと欲しい。

あなたは休みのたびに都心に出かけ、お金を使った。

真っ赤なエナメルのブーツを買った、ラビットファーのコートを買った、ゴールドフープのイヤリングを買った、パールのブレスレットを買った、オリコンランキング一位から一〇位までのアルバムをまとめて買った、気になる韓流ドラマのDVDボックスを買った、イルカと海をモチーフにした分かりやすく綺麗な絵のポスターを買った、携帯を最新機種に変更した、恵比寿に新しくオープンしたイタリアンレストランでワインを飲んだ、銀座の岩盤浴エステに通った。

支払いは、もっぱらクレジットカードでするようになった。

最初は一回払いだけで、大きな現金を持ち歩かなくてもお金が使える利便性だけを理由に使っていた。けれど、やがてカードにはリボ払いという便利な機能があることに気づいた。

リボ払いは、月々の支払額を先に決めることができる支払い方法だ。通常の一回払いや分割払いなら、買い物をすればするほど、それに応じて、支払額が増えていく。しかしリボ払いの場合、たとえば月々一万円と設定すれば、限度枠内であればいくら買い物をしても、月の支払いは一万円で変わらず、支払期間で調整する。これなら、当面の支払いは気にせず気軽にお金を使うことができる。

あなたは、リボ払いで使えるだけのお金を使った。

金魚が水中に溶けた酸素を取り込み続けないと窒息して死んでしまうのと同じように、あなたは、お金を使い続けないと息ができなくなってしまうような気がしていた。

しかし当然のことながら、自分の能力で稼げる以上のお金を使い続ける生活は、徐々に軋《きし》んでいった。

成績を水増しするために自爆を繰り返してきたツケは、次第に大きくなっていた。最初、月に数千円だった自腹の保険料は、数万円にまで膨れあがった。また、クレジットカードの支払い残高は、あっという間に手持ちの貯金より大きくなってしまった。

けれど、あなたは、この状況に少しも危機感を抱いていなかった。

とりあえず、まだ生活は成り立っていたから。

水増しであっても、実績が作られている限り、給料は振り込まれた。そのお金と、クレジットカードで買い物ができた。毎月定額返済のリボ払いが、便利な反面、消費者金融並みの高い金利になっていることなど気にもしなかった。

臨界点ぎりぎりの軋みの中で、しかしあなたはそれに気づかなかった。

その電話がかかってきたのは、二〇〇八年六月。朝から空は鈍色に染まり、緩慢な雨が降り続いていた、絵に描いたような梅雨の日だった。

生理の二日目と、おそらくは雨の影響で、朝から全身が気怠《けだる》くて仕方なかった。アポイントメントもないので、休みを取ることにして、あなたは朝食もとらずに、ずっとベッドに寝そべってテレビを眺めていた。

朝のワイドショーでは、どこのチャンネルでも、前の日曜日に秋葉原《あきはばら》で発生した通り魔事件のことを報じていた。

二五歳の男が、トラックで交差点に突っ込み、五人をはね飛ばしたあと、大型の刃物を持って運転席から降りてきて、人々を無差別に襲い、最終的には七人が殺され、一〇人が怪我をしたという。

日曜日、あなたは六本木《ろっぽんぎ》で買い物をしていた。

秋葉原に行かなくてラッキーだったな、まあ、そもそも秋葉原に用なんてないけれど。

あなたが重たい頭でそんなことをぼんやり思っていると、テーブルに置いてある固定電話が鳴った。

なんだろう?

最近では、こちらに電話がかかってくることは稀だ。

あなたはベッドに寝転んだまま、手を伸ばして受話器を取った。

「はい」

〈もしもし、えっと、そちら鈴木陽子さんのお宅でしょうか?〉

低い男の声だった。標準語と微妙に違うイントネーション、故郷の言葉だ。

相手がQ県人だということはすぐに分かったが、声色には聞き覚えがなかった。

「あの、どちらさまですか？」

〈ああ、こっちはね、三美保健福祉センターの柴田《しばた》という者《もん》なんですけどね。あなた、鈴木陽子さんご本人？〉

柴田と名乗ったその男の口調は、どこか横柄な感じがした。

三美保健福祉センター？

頭に「三美」とつくから、三美市にある施設なのだろうが、やはり心当たりがない。

「はあ、そうですけど」

あなたは、訝しみながら答えた。

〈あのですね、あなたのお母さん――鈴木妙子《たえこ》さんのことで話がしたくてね〉

「母、ですか？」

〈そうそう。あなた、いまお母さんがこちらで独り暮らしをしてるのご存じでしたか？〉

「え？」

ここで言う「こちら」というのは、Q県三美市ということだろう。

しかし、母は長野の伯父の家で暮らしているんじゃなかったのか。

あなたが驚いた声を出したので、知らなかったことは伝わったのだろう。柴田は確かめるように尋ねた。

〈ご存じなかった？〉

「はい。あの、いま、母は三美に？」

〈そうですよ。もともと、こっちに住んでおられたとかで。もう前の住まいはないようですが〉

「ええ、まあ」

あなたの脳裏に、一昨年の暮れに見たマンションの様子がよぎった。

〈その様子だと、連絡は取ってないいんですな〉

「はい」

〈そりゃいけませんなあ。たった一人のお母さんでしょう？〉

柴田は非難がましく言う。

大きなお世話だ。

こっちは縁を切ったつもりでいるのだから。結婚したことも、離婚したことも伝えていない。どうして、いきなり電話をかけてきた相手にこんなこと言われなきゃならないのか。

釈然としないまま、あなたは「はあ」と相づちを打った。

すると柴田は更に、あなたが思いもよらぬことを言い出した。

〈で、ですね、いまお母さんが、とても生活に困ってましてね、あなたにね、是非助けてあげて欲しいんですよ、家族として〉

「は？　助ける？」

〈ええ。あなたのお母さんが先日、うちの方に生活保護の申請に来ましてね〉

生活保護？

そういう制度があることは知っていた。働けない人が、自治体から必要最低限の生活費の支給を受けるというやつだ。

本当は働けるのにずるして受給している人がずいぶんたくさんいるという話を、ワイドショーや週刊誌で目にしたことがある。あなたは正直、怠け者が使う制度だと思っていた。

「あの、母はどうして生活保護なんか？」

〈いやね、それはこちらが聞きたいくらいでね。どうも、心の病気で働けないってことのようなんですがね〉

心の病気？

この短い電話のやりとりの中で、もう何度驚いたか分からない。

〈まあ、お医者にも行ってるようなんで、こっちも無理に働けとは言いにくいんですがね。ただ、生活保護というのは、ほいほい利用してもらっちゃ困るんですよ。ちゃんと働いている家族がいるなら、まずはそちらで支えるのが筋でしてね。陽子さん、あなたの方でお母さんを引き取るか、仕送りでもしていただきたいと、まあ、こういうわけなんです〉

さもそれが当然だという口ぶりだった。

目眩がしたのは、体調不良のせいではないだろう。

その翌週、あなたは連休を取ってQ県に向かい、母の元を訪れた。

母の住まいは、三美市ではあったが、かつて暮らしていた駅の近くの町ではなく、もっと北側の山沿いの小さな町にあった。町名自体は知っていたが、あなたは一度も訪れたことのない町だ。

山から流れる小さな川沿いにあるそのアパートは、外壁の漆喰がところどころ剝がれたまま放置されており、一見しただけでは、ちゃんと人が住んでいるのか、廃墟なのかよく分からない。敷地を取り囲むコンクリートの塀も経年劣化のためか、ボロボロになっており、そこに辛うじて『常春荘』と読める古い木札がぶら下げてあった。日当たりは悪く、これで「常春」とは明らかな名前負けだ。

お母さん、こんなところに住んでいるの?

電話をくれた柴田の案内でそのアパートを訪れたとき、あなたは啞然《あぜん》とした。

聞けば、住人は全員が生活に困窮した五〇歳以上の中高年で、母はまだ若い方だという。大家は別に高齢者向けに募集をしているわけではないのだが、地方の交通の便の悪い場所に建つ安いアパートは自然とそうなるのだそうだ。

六畳間に小さなシャワーと台所がついて、家賃は二万円。なるほど、いくらボロアパートとはいえ、東京ではまずお目にかかれない額ではある。

その一階の一番隅の部屋に母はいた。

家財道具の少ない簡素な部屋に、万年床らしき布団が敷かれ、ちゃぶ台や簞笥《たんす》などの家具と、小さな仏壇が置いてあった。母が持っていった純の位牌が収められているのだろう。

母は、布団の上にちょこんと座っていた。

最後に見送ったのが二〇〇一年三月だから、実に七年三ヶ月ぶりの再会だった。

その歳月は、ずいぶんと母を変えてしまっていた。

母は、すっかり老け、そしてすごく痩せていた。ただでさえ小柄なその身体が、更に縮んだようだった。

まるで別人だ。おそらく、どこかですれ違っても気づかなかっただろう。

手、足、首筋、そして顔、あらゆる場所の肌がたるみ、染みと皺にまみれている。くぼんだ目元にはくまが浮き、歯が何本か抜けているのだろう、口元が巾着のようにすぼまっており、それがかなり強く老いの印象を作り上げていた。

七年前、最後に見たときはまだ美人と言って差し支えない容姿を備えていたのに。それはもう見る影もなかった。

あなたはそんな母の姿に、胸を衝かれるような悲しさと、溜飲《りゅういん》が下がるような昏《くら》い悦びの、両方を同時に感じた。

「いまごろ、来たのかい」

母はあなたを一瞥すると、倦《う》んだように言った。その声は昔より小さく、ぼそぼそとくぐもっていた。

口角がかすかに上がっていたから、もしかしたら、お得意の不機嫌な笑みを浮かべていたのかもしれない。けれど、ただ顔を歪めるだけの貧相な老婆の顔にしか見えなかった。

「私がすごく困ってるっていうのに、ほったらかしで。しょうがない子だよ。親不孝なんだから……」

ああ、でもこの言い草は確かにお母さんだ。

あなたは奇妙な懐かしさを覚えた。

こういうことを言う人だ。そっちだって、連絡しなかったくせに。

見た目はずいぶん変わってしまったけれど、紛れもなく、この老婆は、あなたの母だった。

「ねえ、どうして三美に戻って来たの？　長野の伯父さんの家は？」

あなたが尋ねると、母はますます顔を歪めた。

「酷いのよ。兄さんが死んだとたん、みんなでよってたかって――」

母が不満げに語ったところによれば、伯父が亡くなったことで長野の家にはいられなくなり、三美市に戻って来たという。それが一昨年の春だというから、去年、あなたがQ県を訪れたときはもうここにいたことになる。

「紀世子《きよこ》さんと、真里《まり》さん、私に意地悪ばかりするの。そもそも、あの家は、私の実家なのよ？　なのに、働かないんだったら、出てけだなんて、酷くない？　こっちだって、働きたくなくて働かないわけじゃないのに。だいたい私が具合悪くなったのだって、あの人たちのせいなんだから」

紀世子さんと真里さんというのは、伯父の奥さんとその娘――つまりあなたの伯母と従姉妹《いとこ》

——だ。母曰く「あの二人に意地悪された」とのことで、それが原因で、動悸や目眩、頭痛、不眠など不定愁訴が現れるようになったという。心療内科を受診したところ、パニック障害と診断されたそうだ。そんな状況の中、辛うじて鎹《かすがい》の役割を担ってくれていた伯父が他界し、長野の家を「追い出された」のだと母は話した。

本人が言っているだけなので、本当に母が一方的に意地悪されたのかは怪しいと思う。紀世子さんや真里さんは母に手切れ金として二〇〇万円ほどの現金を渡したというから、着の身着のままで放り出したわけでもない。きっと二人は、この母《ひと》と一緒に暮らすのが嫌だったのだろう。それはあなたにもよく分かる。

「札束で人の顔をひっぱたくってのは、あのことよねえ」と母は言うが、無論そのお金は懐に収めたようだ。しかしそれも、もうほとんど使い果たしてしまったという。

この話を聞いて、あなたの胸には、なぜか母を「ずるい」と思う気持ちが湧いた。

二〇〇万円といえば、離婚したときに山崎が寄越したお金よりずっと多い。しかも、お母さんは、何もしないでそんなにもらってずるい。私は毎日、一生懸命働いているのに、お母さんは生活保護なんて受けようとしていてずるい。

母に向かって、柴田が非難がましく言った。

「そのお金があるうちに、仕事を見つけておいて欲しかったんですけどねえ。心の病気といってもね、人と会わない仕事ならできそうなんで、生活保護には頼らず、なんとかして欲しいんですよ」

母はふて腐れたように俯き、ぼそっと「無理ですよ」と呟いた。

いま母は完全な無職ではなく、保健福祉センターから斡旋された袋詰めの内職をしているという。ただ、報酬は一つ数銭という水準で、このアパートの家賃分をどうにか稼ぐのがやっとのようだ。

「まあ、でも、こんな立派な娘さんがいるなら、もう大丈夫でしょう」

柴田は、あなたを見て、にこにこと笑顔を浮かべた。先日の電話での態度はかなり不遜《ふそん》なものがあったが、ブランドで全身を包んだあなたを見たときから、この男の態度は明らかに変わった。

「立派なもんですか」

母は不機嫌そうに、否定の言葉を吐く。娘が立派であることが気に入らないのだろうか。どうしてこんなことを言うのか、本当に分からない。

——悔しいんだよ。

幽霊の声がした。

見ると、天井と壁の境目の暗がりに、朱色の金魚が浮いていた。

芳賀がいなくなってから、あなたはまた日常的に純の幽霊を見るようになっていた。死んだ弟の魂は、この部屋の仏壇や位牌ではなく、あなたの頭の中にいる。

——きっと母さんは、悔しいんだ。僕が死んで、姉さんが立派な大人になったことが。まして、その姉さんに助けてもらうのなんて嫌なんだよ。そうなるくらいなら、生活保護を受ける方がずっとましなのさ。

たぶん、幽霊の言うとおりなんだろう。さっき「親不孝」となじったくせに、親孝行されるのは嫌なのだ。

電話で柴田から、〈お母さんを引き取るか、仕送りでもしていただきたい〉と言われたときは、冗談じゃないと思った。

子どものころから一顧だにしてくれなかった母。家を失うことになったら、さっさと自分一人で伯父のところに行ってしまった母。どうして今更、そんな母の面倒をみなければならないのか。

一応、様子だけは見に来たが、断るつもりでいた。

しかし、こうして会って話をするうちに、奇妙な居心地の悪さとともに、助けなければならないという思いが湧いた。

その感情を言葉にすれば一番近いのは「恥」だろうか。

母親がこんなふうになっているのに、何もしないのは、恥ずかしい。生活保護なんてずるをさせるのは、恥ずかしい。

たぶんそれは、愛情と呼べるほどいいものではない。けれど、おそらく母以外の他の誰に対しても湧かないであろう奇妙な情が湧いた。

「この子に、そんな甲斐性ないですよ。生活保護、受けさせてくださいよ」

柴田に訴える母の言葉をあなたは遮った。

「仕送りしてあげるわよ」

母はあからさまに顔をしかめたが、柴田の顔には喜色が浮かんだ。

「おお、してくれますか」

「ええ、たった一人の母ですから」

引き取って一緒に暮らすのは絶対に嫌だけど、お金だったら、援助できる。このときのあなたは、そう思っていた。

自分が、クレジットカードの枠はすべて使い切り、枕と自爆で綱渡りをするようにお金を稼いでいることなど、頭の中からすっかり消えていた。

ただ、もっと母を悔しがらせたかった。

「いやあ、いい娘さんをお持ちですねえ」

柴田はもみ手でもしそうな勢いだ。

母の顔が屈辱に歪んでいた。

——はは、姉さん見てごらんよ、母さんの、あの悔しそうな顔。

あなたはえもいえぬ優越を覚えていた。

ざまあみろ!

ねえお母さん、ぱっとしない娘に助けられるのはどんな気分?

「純ちゃんが来てくれたらよかったのに」

母は小さな声で、ぼそっと呟いた。

これは別にあなたに言ったわけでなく、本心が口から漏れただけなのだろう。
ああ、この人は、未だに純のことばかりなのか。
――来ているよ、母さん。僕はここにいるよ。まあ、母さんには見えないだろうけど。
幽霊が、ぷちぷちと楽しそうに笑っていた。

◇ 16

ミス・バイオレットの喫茶店をあとにした奥貫綾乃は、タクシーを拾い、三美市の北の外れにある山沿いの小さな町に向かった。

建物が少ないので目的のアパートはすぐに分かった。小さな川のすぐ側に建つ古びたアパート、『常春荘』。建物も、それを取り囲むコンクリートの塀もまるで廃墟のようにボロボロに傷んでいて、正直、名前負けの感は否めない。

住民票によれば鈴木陽子の母親、鈴木妙子は、ここに住んでいるはずなのだが……。

敷地の入り口のところに、小太りの中年男性と、メガネをかけた痩せた老人が立っていた。

綾乃が挨拶をすると、中年男性の方は、三美保健福祉センターの職員で柴田、老人の方は、ここ『常春荘』の大家で宮下《みやした》と名乗った。ともに電話では何度かやりとりをしていたが、実際に会うのは初めてだった。

「では早速、鈴木さんの部屋を見せていただけますか？」

綾乃が促すと、「はい」と宮下は一階の一番隅の部屋へ案内してくれた。

色が抜け薄くなった茶色いドアに、表札代わりの紙が貼ってあり、マジックで「鈴木」と書かれている。

宮下が、そのドアを引いて開いた。

「私が訪ねたときも、鍵はかかってませんでした」

入ってすぐのところが二畳ほどの台所になっていて、その奥に六畳ほどの居室がある。台所の脇には、小さな浴室があるが、風呂桶はなくシャワーだけのようだ。

居室の中にはちゃぶ台、座椅子、テレビ、ラジオ、電話、食器棚、箪笥、仏壇、それに敷きっぱなしの布団。ぱっと目につくものはこれだけで、みなサイズは小さい。

「部屋の様子もこのままですか？」

綾乃が尋ねると、宮下は「ええ。どこも片づけたりはしとりません」と頷いた。

台所の流しに、水を張った桶があり、食器が浸かっていた。水が腐っているのか、少し嫌な臭いがする。

「あの、これまでに大家さんの方から様子を見に来たりということは？」

宮下は、ばつが悪そうに顔をしかめた。

「いやあ、こっちはただ貸すだけでね。いなくなってるのも、連絡もらって、見に行って初めて気づいたくらいなんだよ。岡田《おかだ》さんって人が見てくれてると思ったんで」

「岡田さん？」

綾乃が知らない名前を訊くと、横から柴田が答えた。

「この辺りを受け持っていただいていた民生委員さんです。このアパートに住んでいるのは独居の高齢者ばかりですから、月イチくらいで見回りをお願いしとったんです。まあこの岡田さんというのも、もう七〇なんで、立派な高齢者なんですが。去年の夏、熱中症で倒れてから具合を悪くしてしまって、いま、寝たきり状態になっとるようなんですね。急なことで引き継ぎもなかったようで、行政の方でも把握ができていなかった次第なんです」

鈴木妙子は、二〇〇六年の五月に、身を寄せていた長野県の兄の家から、このアパートに越して来ていることが分かった。綾乃は娘の死亡を知らせるために連絡を取ろうと、東京から何度か電話をかけてみたが、いつも出なかった。そこで三美市役所を通じて確認を取ったところ、どうも行方知れずになっているらしいと判明したのだ。

部屋の中は、生活の途中で時間が止まったようだった。鍵がかかっていなかったことなどと合わせて考えると、ちょっと外へ出かけたまま、いなくなってしまったようにも思える。

「では、去年の夏の時点では、鈴木さんがいたことは確認できているんですか？」

「実はそれもちょっと……、いま岡田さん、ご家族ともお話しができないような感じでして。ただ、何かあったり、姿が見えなかったりしたら、どこかしらへ連絡していたと思うんで、たぶん、いたんじゃないかと」

柴田が困ったような顔で答えた。

民生委員が役割を果たせなくなり、引き継げないまま空白ができてしまうというのは、都会でもしばしば起きることではある。これでは、いついなくなったのか判然としない。

「他の部屋の方《かた》には確認していますか？」

「はい、一応私が聞いたかぎりでは、『そういや最近みない』とか『分からん』とかで。ただ、二階に住む市谷《いちがや》さんは、鈴木さん、惚《ぼ》け、いや、認知症が始まっていたんじゃないかと話していまして――」

その市谷というのは、比較的かくしゃくとした老人で、以前、鈴木妙子がアパートの目の前でぼんやりと突っ立っているのを見かけたことがあったという。声をかけると、「私のお家、どこだっけ?」と尋ねられた。本気かふざけてるのか分からないが、とりあえず「ここがあんたの家だよ」と部屋の前まで連れて行くと「ああ、そうだったっけ」と、首をひねりながら、中に入っていったという。

これだけではなんとも言えないが、確かにそれっぽくはある。自宅の場所が分からなくなるというのは、比較的オーソドックスな認知症の症状だ。

鈴木妙子は現在六四歳。まだ若いが、早期型なら十分発症する歳だ。徘徊《はいかい》してそのまま行方不明になっているのだろうか。認知症で家の場所が分からなくなっても、電車などには乗れてしまうことが多いので、ずっと離れた土地で保護されていることも少なくない。

なんにせよ、綾乃の方でも、このあと改めて一通り聞き込みをする必要があるだろう。

「毎月の家賃は支払われていたんですか?」

宮下に尋ねると、苦笑しながらかぶりを振った。

「いやあ、それでね、確認してみたら、どうも去年の一〇月から入ってないんだよね」

「去年からですか?」

「そうそう。正直ね、ここの人たちは滞納なんてしょっちゅうだし、こっちもここは慈善事業のつもりで貸してるから、あんま気にしてないんだよ」

聞けば、この辺りには収入の少ない独居老人が多いため、そういう人が住めるようにと、建て替えず最低限の修繕だけをして、格安の賃料で貸しているのだという。だとしても半年近くも家賃の確認を怠るというのは、ずいぶん大らかだ。

仮に、いなくなったときから家賃が支払われなくなったのだとしたら、去年の一〇月というのは、鈴木陽子が死亡したと思われる時期と重なる。これは偶然だろうか。

綾乃は柴田の方を向き、確認するように尋ねた。

「それで、娘さん――鈴木陽子さんも、一度、ここに来ているんですね？」

「ええ、そうなんです」

鈴木陽子は二〇〇八年の六月に、この『常春荘』を訪れているのだという。

そのきっかけは、母親が生活保護を申請したことだった。

柴田によれば、鈴木妙子は心の病にかかっていて、普通に働くのが難しく、生活苦に陥り、保健福祉センターに生活保護を申請しに来たという。

「こっちとしてはね、簡単に生活保護に頼ってもらっちゃ困りますからね。特に最近は不正受給に対する市民の目も厳しいですし、役所の方でも、なるべく申請させないようにしているんです。鈴木さんの場合もね、東京に娘さんがいるということだったんで、まずはそっちを頼れないかと、私が連絡をしたんです」

「それで、陽子さんはお母さんの様子を見に来たのですね？」

「そうです。娘さんは、お母さんが困窮していることはおろか、三美に戻ってきていることも知らないようでして、驚いておられましたよ。ただね、離れて暮らしていても、やっぱり親子なんでしょうね。ずいぶんお母さんを心配されて、一緒に暮らすのは難しいとのことでしたが、毎月仕送りをしてくれることになりました」

最初の夫である山崎から聞いたところでは、鈴木陽子は「お母さんにはもう二度と会いたくない」と言っていたはずだ。そんな相手に仕送りなどするものだろうか。

やや引っかかったが、自分に引きつけてよく考えてみると、そういうこともあるように思えた。

離婚したあと父と喧嘩したとき綾乃は、「もう二度と会いたくない」と思ったし、いまもまだ実家とは疎遠になったままだ。けれど、仮にあの父が病気になり生活できなくなっていると聞いたら、やはり仕送りくらいするような気がする。

綾乃は昨日山崎からもらった写真の一枚を出して、柴田に確認する。

「その娘さん、鈴木陽子さんは、この方ですよね？」

柴田は写真をじっと見つめて点頭した。

「ええ、この人です。こちらに来たときは、もっとぱりっとした格好をして、こう羽振りがいい感じでしたけど」

「羽振りがいい？」

「ええ、私なんかが見ても高級品と分かる服を着て、指輪やらネックレスやらも上等なのをつけてました。それを見てね、私、こんな娘さんがいるなら大丈夫だと思ったんです」

二〇〇八年というと、先ほど、ミス・バイオレットの店で会った三田が保険のセールスを受けた翌年だ。羽振りがよかったということは、仕事が上手くいっていたのだろうか。

綾乃は、男二人に一度玄関まで出てもらい、部屋の中の見分を始めた。

質素な生活が窺える部屋だ。争ったような形跡はどこにもない。箪笥の中や、ごみ箱の中を探ってみても、行き先が分かるようなものは何もなかった。

さて、どうしたものか。

母親、鈴木妙子が行方不明となると、少々困ったことになる。

原形を留めていない変死体の身元確定をするときは、必ずDNA型鑑定を行うことになっている。いまのところ、綾乃たちは『ウィルパレス国分寺』で発見された女の死体が、鈴木陽子の死体という前提で動いているが、厳密にはまだ「身元不詳の死体」なのだ。

鑑定を行うには、本人か親かきょうだいのDNAサンプルが必要だ。

母親の行方が分かればベストだが、せめて、DNAが採取できるものはないだろうか。

細胞や体液の付着が考えられるものとしては、歯ブラシやコップ、枕カバーか。綾乃は持参した証拠品袋にこれらを回収していく。ただ、いなくなったのが去年だとすると、望み薄かもしれない。

続けて、部屋の隅の小ぶりな仏壇の前に立ち、中を覗きこんでみた。位牌が一つ鎮座している。中学生のときに交通事故で亡くなったという鈴木陽子の弟のもののようだ。

仏壇の引き出しを開けると、マッチやロウソク、線香などに混じって、何かを包むように折りたたまれた和紙が一つあった。

ちょうど掌に収まるくらいの大きさだろうか、拾い上げると表面に毛筆で「陽子」と名前が書かれていた。

これ、もしかして……。

綾乃は慎重に和紙を開いてみる。

するとその中には、干からびた蛇の抜け殻のような、黒茶色の細長いものが、とぐろを巻くようにして収められていた。

やっぱりそうだ、臍の緒だ。

鈴木妙子くらいの世代なら、こうして娘の臍の緒を保存していたり、お守りに入れたりしている人は結構いる。

伸ばしたら一〇センチ近くありそうだ。これならＤＮＡを取れるかもしれない。

綾乃は、破損してしまわないように慎重に、これも証拠品袋にしまった。

そのとき臍の緒を包んでいた和紙の裏面に書かれた一文が目に留まった。

陽子
昭和四八年　一〇月二一日生
あなたが生まれてきてくれたことに感謝します。
あなたの人生に幸多からんことを祈って。

鈴木妙子が書いたのだろう。

生まれた娘への祝福の言葉だ。

この母娘の関係が、どのようなものだったのかは分からない。元夫の山崎によれば鈴木陽子は母に対してかなり強いわだかまりがあったようだ。それでも、最終的には生活を助けるために仕送りをしている。

ただ一つ確かなのは、母親が娘を産んだとき、ごく自然な気持ちとして、自分の血を分けた命を祝福したのに違いないということだ。

綾乃の胸がちくりと痛んだ。

私もそうだった。

娘を産んだときは、祝福した。この子のために、どんな困難も乗り越えてゆこうと思った。

けれど、上手くいかなかった。

鈴木妙子は、鈴木陽子の母親は、どうだったのだろう？

『常春荘』の見分と、周辺への聞き込みを終え帰京した綾乃が、国分寺署に着いたのは、夜の一〇時を回ろうかというころだった。

結局、聞き込みでは鈴木妙子の行方について有力な手がかりは得られなかった。ただ、去年の夏ごろまでは見かけたという証言はあったので、やはり娘の鈴木陽子が死んだのと同じころにいなくなっている可能性が高いようだ。

綾乃は管轄の三美署に事情を説明し、徘徊の可能性のある特異家出人として対応してもらうことにした。これで、地域の交番や保護施設などに手配がかかり、普通の行方不明者よりも積極的な捜索が行われることになる。どこかで保護されているのであれば、見つかるかもしれない。

刑事部屋に顔を覗かせると、当直番の刑事たちに混じり、デスクで書類仕事をしている町田の姿があった。

町田は綾乃に気づき、顔を上げた。

「あ、お疲れさまです」

「ただいま」

周りにいた刑事たちも「お疲れです」と声を合わせる。

「直帰しなかったんですか？」

「うん。証拠物《ブツ》があるからね」

綾乃は、今回の出張の戦利品ともいえる、山崎から受け取った写真や、『常春荘』で回収した品々を、デスクの上に並べた。これらは一旦、鑑識係に回すことになる。

町田が立ち上がって覗き込んでくる。

「あ、写真、入手できたんですね。へえ、こういう顔してたんすね……」

「そっちはどう？　なんか新しいこと分かった？」

綾乃が出張している間、町田には自分の裁量で、調べを進めておくように言ってあった。

町田はやや神妙な顔つきになった。

「あ、はい、昨日と今日で税務記録を当たったんですが、ちょっと気になることが分かって……」

綾乃はぴんときて、言葉を遮った。

「もしかして、鈴木陽子が生命保険の仕事してたんじゃない？」

町田は目を丸くした。

「どうして知ってるんすか？」

「たまたま彼女の同級生と会えてね、そういう話を聞いたんだよ」

綾乃は、ミス・バイオレットの喫茶店で仕入れてきた話を町田にした。

「なるほど。二〇〇七年の正月ですと、自分が確認した内容とも一致しますね」

町田が調べたところによれば、鈴木陽子は、離婚後の二〇〇四年に派遣社員として新宿のコールセンターで働き始め、二〇〇六年の一〇月にその派遣の仕事を辞め、新和生命の保険外務員となり、二〇〇八年の九月まで在籍していたという。

だとすると鈴木陽子が母親の様子を見に『常春荘』を訪れた二〇〇八年六月の時点でも、保険外務員をしていたことになる。

「これが、保険の仕事をしていたときの申告内容です」

町田が自分のデスクの上に積まれている書類の中から取りだしたのは、確定申告書の写しだった。

綾乃は受け取り、ざっと中身に目を通す。

「へえ保険のセールスって、個人事業なの？」

「そうみたいっす」

短大卒で特別な職歴や資格のない三〇代女性にしては、かなり稼いでいるようだった。公安職として一般の公務員よりも多めに設定されている刑事の給料よりも少し高いくらいだ。

ただ、いわゆる高額納税者と呼べるほどではない。このくらいの収入で一目で高級品と分かるような服やアクセサリーを身につけていたとしたら、「羽振りがいい」というより、むしろ「金遣いが荒い」というイメージだ。

「近場だったので、今日の夕方、鈴木陽子が勤めていた、新和生命の府中支部も当たってみたんです。そこで、ちょっと気になる話を聞いて……。どうも鈴木陽子は、当時の支部長だった芳賀という男と、不倫関係にあったようなんです」

「不倫？」

綾乃は眉をひそめた。自分も経験したことのある、不道徳な行い。

保険外務員をしていたころの鈴木陽子はバツイチの独身だったはずだ。ということは、相手が妻帯者だったということか。

「中根さんという定年間近のベテラン社員から聞いたんですが、その芳賀ってのはスケコマシというか、女の気持ちにつけ込むのがえらく上手かったようで、まずは仕事の上司として厳しめに接して、相手が自分に尊敬の念を抱くようなら、そこから籠絡していくという手口で、何人もの保険外務員と関係を持っていたそうです――」

更に芳賀は、関係を持った保険外務員に対しては、その恋愛感情を利用して、相手がより一生懸命仕事をするように仕向けていたようだ。保険の業界には、身体を使って契約を取る「枕」や、自分で契約してしまう「自爆」といった「禁じ手」があるそうだが、芳賀に籠絡された女たちは、みなこれら禁じ手を用いて実績をあげようとし、最後には潰れてしまうのだという。

どこか、かつての自分と共通するものを感じ、綾乃の口からは、思わず舌打ちが漏れた。

「最低ね。そいつ去勢してやりたいわ」

尊敬している相手に迫られ、心が動いてしまうのは綾乃にもよく分かる。それだけに、腹立たしい。

「すみません」

町田が謝る。綾乃の事情など知るはずもないから、単純に綾乃が不機嫌になっていることに対して恐縮しているのだ。

「別にあんたが謝ることじゃないでしょ」

「はい、すみません」もう一度謝って、町田は話を続けた。「この芳賀という男は、二〇〇七年の年末ごろ、不祥事を起こして、職場を去っています。鈴木陽子ではない別の女性に対して付きまとい行為を行い、自宅に押し入ろうとして警察を呼ばれたとかで」

「何それ？」

スケコマシにしては、間抜けな話だ。いや、女につけ込んでどうこうしようなんて男の本性は、案外そんなものなのかもしれない。

町田が一応、裏を取ったところ、示談が成立して送検は見送られたようだが、担当した警察署には記録が残っていたという。

「鈴木陽子が保険の仕事を辞めたのは、その芳賀って男が原因なの？」

「はい。中根さんは、芳賀がいなくなったんで、鈴木陽子は潰れずにすんだと思ったそうですが、結局、枕と自爆がやめられなかったみたいで、芳賀の後釜についた支部長に不正を指摘され、契約解除されたとのことでした」

つまりクビになったわけだ。そしてそのあと、鈴木陽子は再婚と死別を繰り返すようになる。

「ともあれ、鈴木陽子が生命保険のセールスをやっていたのは間違いないわけね」

「ええ、そのようです。……やっぱり、保険金殺人ですかね？」

綾乃は頷いた。

そう考えるのが、一番しっくりくる。

それを確認するには、やはり三人の夫の死について、詳しく調べる必要があるだろう。

◇

被告人　八木徳夫（無職　四七歳）の証言　5

その計画のことを知らされたのは、四月六日です。そうです。直前、というか、当日だったんです。

あの日、珍しく昼ごろに、入谷の『カインド・ネット』の事務所に呼ばれました。私が行くと、いたのは神代さんと梶原の二人だけでした。はい、たぶん、人払いをしていたんだと思います。

神代さんは「実はな八木ちゃんにやって欲しいことは別にあるんや」と、いままでやっていた「仕事」が一種の工作だったことを打ち明けて……、その……。

は、はい、そうです、その話を始めたんです。今夜ある男を、事故に見せかけて殺すから手伝ってくれと。

いや、手伝うどころか、私が車で轢き殺すという話でした。逮捕はされるけど、計画通りにやれば刑務所に入ることはないから、どうか引き受けて欲しいと言われました。

このときは、陽子さんの話も、生命保険の話も一切せず、ただ、上手くいったらこの先、一生、生活の面倒をみてくれる、という話でした。

さすがに驚いたというか、最初は冗談かと思いました。でも、神代さんも、隣にいる梶原も、ニコリともしませんでした。

「そんな恐ろしいことできません」と私が言うと、梶原がすごく怒って、いままで受けた恩を仇《あだ》で返すのか、だったら、もらった金と奢ってもらった分、全部返せと、怒鳴りました。

当然、返すあてなど、ありません。神代さんに恩があるのも事実です。それに、神代さんの言うとおりにすれば、殺人罪にはならずに、刑務所に入らないでもすむということでした。だったら、やった方がいいのかなとも思えてきました。

ええ、たぶん、この時点で、もう考え方がおかしかったんだと思います。でも、恐ろしくもあって「やります」とは言えないまま、私はその場で固まってしまいました。

そんな私に、神代さんは静かな声で「これは、復讐なんや」と言いました。

その男は昔、神代さんの娘を強姦した、というのです。あ、はい、神代さんに家族がいたこと自体、初耳でした。犯されたショックで娘は自殺し、奥さんはストレスから病気になって、あとを追うように息をひきとってしまった、と。なのに、神代さんにとってかけがえのない二人の女を死に追いやったその男は、法的には強姦罪でしか裁かれず、数年の刑期で娑婆《しゃば》に出てきてしまったのだというのです。

追真というか、ぼろぼろと涙を流しながら、娘と妻の無念を語る姿は、とても嘘を言っているようには思えませんでした。

復讐ならどうして自分の手でやらないのかとか、どうして事前に事情を言わず、当日になって騙し討ちのような形で計画に引き込むのかとか、冷静に考えればおかしなところはいくらでもあるのに、私はこれも完全に信じてしまいました。

その男を許せないと思いました。そんな奴だったら、殺してもいいんじゃないか、と。

ええ、このときはまだ鹿骨の神代さんの家を訪れたことはありませんでした。

そうです。まさか、神代さんが、殺したいほど憎んでいるはずの男を、自分の家に住まわせているなんて、思いもしませんでした。

はい、私が陽子さんに初めて会うのも、あの家で暮らすようになるのも、沼尻さんを殺したあとのことです。

第3部

◆ 17

――陽子、

あなたは三六歳になった瞬間を、狭いエレベーターの中で迎えた。

二〇〇九年一〇月二一日。真夜中の、新宿歌舞伎町。

あなたはエレベーターを降りて、薄暗い廊下を進む。一歩あるくごとに、腿《もも》の付け根がかすかに張る。一昨日、あいつに蹴られたところだ。

部屋は廊下の片側にだけあり、エレベーターのすぐ近くが三〇九で奥に行くほど番号が若くなる作りになっていた。

あなたはメモを見て部屋番号を確認する。

三〇三号室。

あなたは七つ目の部屋の前に立つと、小さく息を吸ってから、ドアの横に付いているチャイムのボタンを押す。

数秒後、「どうぞ」という声と共にゆっくりドアが開く。

いつも一番緊張する瞬間だ。

あなたは、このドアの向こうにどんな人がいるのか知らない。事務所で渡されたメモには、ホテルの名前と部屋番号、コース、それに金額しか書いていない。

数秒ごとに色が変わるムードライトを点《つ》けた狭い部屋で、ラブホテル特有の煙草の匂いと一緒に待っていたのは、でっぷりと太った男だった。着ているワイシャツには皺が寄っていて、どことなくだらしない。歳はたぶん四〇代だろうか。色黒で彫りの深い顔立ちだが、瞼《まぶた》は腫れぼったく目が細い。肌は荒れていて、顔中に細かいブツブツができている。おまけに脂でぎとぎとだ。その容貌はガマガエルを連想させる。

胸の中に、生理的な嫌悪と恐怖が湧いてくる。

けれど、そんな内心はおくびにも出さず、あなたは笑顔を作る。

「初めまして、麻里愛《マリア》です。よろしくお願いします」

陽子ではなく、麻里愛。それが仕事をするときのあなたの源氏名《なまえ》だ。

「どうも、よろしく」

男の言葉と共に、出来損ないのブルーチーズのような酷い口臭が鼻をついた。

いまからこの男と裸になって、抱き合って、体中舐め合わなければならないことを思うと、胸に湧いた嫌悪感は、熱したスポンジ生地のように膨らんでゆく。

最低――、

――でも、これが仕事。

そう、仕事。対価に応じたサービスを売っている。

あなたは、嫌悪感のスポンジ生地に、お金というクリームを塗りたくった酷い味のケーキを飲み込む。

心を、殺す。

あなたが身体を売るようになったのは、ちょうど一年前。母親に再会した少しあとからだ。

折しも、アメリカの住宅バブル崩壊に端を発する世界的金融危機が発生した時期だった。

そんな世情に歩調を合わせるように、あなた個人もまた深刻な経済的危機を迎えた。

従来の買い物やクレジットの支払いに、母への仕送りが加わったことで、あなたが毎月支払わなければならないお金は、限界を超えて膨れあがった。

仕送りを始めた翌月には、あなたはもう後悔していた。

確かに後悔していたのに、頭の中には、すっかりみすぼらしくなって、あのボロアパートで暮らしている母の姿がこびりつき、この仕送りだけは何があっても続けなくてはならないとも思っていた。

この気持ちの正体は、よく分からない。

再会したときに覚えた、母に生活保護を受けさせることは恥ずかしいと思ったあの感情か。

あるいは、母に対する優越を感じ続けたいのか。

とにかく、嫌でも無理でも、仕送りを続けるのだという決意があなたにはあった。

一方で、その原資となる保険外務員としての収入の方は、穴の空いた浮き輪みたいに、急速にしぼんで消えてしまった。

それまで、自爆と枕で膨らませていたツケがきたのだ。限界まで自爆し、枕をする相手もなくなった。かつて、友人知人へ売れる分を売り切ってしまったとき、成績が急落したのと同じだった。

違ったのは、芳賀の後釜の女性支部長は、あっさりとあなたを切り捨てたことだ。

枕が不発で、自爆でカバーすることもできず、初めてノルマ未達になった月の末日。支部長はあなたを呼び出し、ＡＴＭや自動販売機の音声案内のような抑揚のない声で告げた。

「来月からは来ていただかなくて結構ですので」

「そんな、困ります！」

あなたは言わずもがなのことを口走っていた。誰だってクビになるのは困る。

ノルマを達成できない者が契約解除されるのは、日常茶飯事ではある。けれど、たった一度の未達で切られるのは稀だ。いきなりクビを言い渡されるのは、不当にも思えた。

「今月は、ちょっと調子が悪かっただけです！　ノルマなら、来月はちゃんと達成しますから」

そう訴えるあなたに、支部長は冷たい目を向けて、かぶりを振った。

「問題は、成績だけではありません。鈴木さん、あなたは、お客様と不適切な関係を結んで、その見返りとして契約を取っていますね？　また、自分で必要のない保険に入って成績を水増ししていますね？　どちらも内規違反であることは分かっていますね？」

不意打ちのような指摘に、あなたは狼狽《うろた》えた。枕はばれていないと思っていたし、自爆は黙認されていると思っていた。

「ご、誤解です。そんなこと、してません」

とりあえず否定してみたが、支部長の目つきはますます冷たくなった。

「複数のお客様から、あなたと関係を持ったという証言を得ています。また、支社から、あなたの自己契約保険があまりにも多すぎると指摘が入っています」

すでに先回りされて、裏を取られているようだ。

支部長は抑揚のないまま、声を強めて告げた。

「このようなことをする人は、私の支部には要りません」

そんな物言いに、反発心が湧いた。

こっちがどんな思いで、枕や自爆してると思ってるのよ！

「私は、保険を売るために、自分にできることを精一杯やっているだけです！」

しかし支部長は、かすかな冷笑を浮かべて、ばっさりと切り捨てた。

「それは無能の言い分ですよ。卑怯な手を使わなければ、契約を取れないと認めているようなものです。ひょっとして前任者に、そう仕込まれたのですか？」

前任者――、芳賀のことだ。

支部長の目は冷たいまま、哀れみの色が浮かんでいた。

あなたは胸が苦しくなる。

卑怯なんて言われたくない、仕込まれたなんて言われたくない。

支部長は追い打ちをかけるように、言った。

「あなたのような女《ひと》がいるから、いつまで経っても女性が正しく仕事で評価されないんです。はっきり言って不愉快です。私の前から消えてください」

やはり声に抑揚はなかったが、言葉だけで自分に向けられた憎悪は十分感じ取ることができた。


新和生命から契約解除され、収入源を断たれたあなたには、借金だけが残った。

もう預金だってほとんど残っていない。背に腹は替えられないからと、これまでに買い集めたブランド物の服やバッグ、アクセサリーをリサイクルショップに売りに行った。

かつて選んだ特別な自分のかけらは、どれもこれも一〇分の一くらいの値段で買い叩かれた。総額で二〇〇万円近くの物を売って、手にできたお金は二〇万円に満たなかった。

私はいままで何をやっていたんだろう？

あなたは、自分自身の価値まで一〇分の一に、いや、それよりもっと小さく、見えないほどに小さく縮んでしまったような気分になった。

恐ろしいのは、それでも生きていく以上、お金がかかるということだ。

価値があろうがなかろうが。何一つ自分を選ばなくても。ただ生きるだけでお金がかかる。

毎月、家賃を払わなければならない。光熱費を払わなければならない。食費を払わなければならない。クレジットの返済をしなければならない。母に仕送りをしなければならない。

お金がないと生きていけない。とにかく、次の仕事を見つけなければならない。

あなたは、就職情報誌や、アルバイト情報誌を片っ端からめくったが、必要なだけのお金を稼げそうな仕事は見つからなかった。

足りない、足りない。お金が、足りない。全然、足りない。

あなたは当座必要なお金をなんとかしようと、電柱に貼ってあった広告を頼りに、新宿三丁目の雑居ビルに入っている小さな金融業者を訪ねた。銀行でも信販会社でもない街の金融業、いわゆる街金だ。

父のことがあったから、こういうところでお金を借りるのが、どういうことかは分かっているつもりだった。けれど、他にどうにかする手段がなかった。父のように何千万も借りるわけじゃない。とにかく、仕事が見つかるまでの間、しのげるだけのお金があればいいのだ。

実家に取り立てにやってきた遠藤という恐ろしげな男のことを思い出すと、いまでも背筋が凍る。けれど、もう多少怖い思いをするのはしかたないと、勇気を振り絞り、あなたはその扉を叩いた。

そこであなたが直面した現実は、想像したのとだいぶ違った。ある意味、期待外れだったと言えるかもしれない。

そのオフィスには整然と事務机が並んでおり、六人ほどの従業員が、電話をかけたり、パソコンで何か作業したりと淡々と業務に当たっていた。みんな、ちゃんとビジネススーツを着ており、茶髪はいるが、角刈りやパンチパーマはいない。あの遠藤のように、露骨に暴力の匂いを漂わせるような者もいない。テレビドラマで見るような神棚もなければ、葉巻をくゆらせながらゴルフクラブを磨いている社長もいなかった。

あなたを担当した中村《なかむら》という三〇歳くらいのメガネをかけた男の口からは、耳を疑うような言葉が出てきた。

「いまの状況だったら、最初の融資は三万までです。まず、これをちゃんと返せたら、次はもっと大きな額を融資させていただくということで」

たったの三万円？　それしか貸してくれないの？

もう、街金といえど、いきなり個人にまとまった金を貸すような時代ではなくなっていた。あの手この手で大きな額の借金を背負わせ、猛烈な追い込みをかけて搾り取る——たとえばそんな借金の物語自体、景気がよかった過去のものなのだ。

バブル崩壊後、長く不景気が続き、無理が利かなくなった現代では、金貸しの世界でも合理化が進んでいる。強引に貸して強引に取り立てるような手法は廃《すた》れ、顧客を管理し、長く小さく稼いでゆくのがトレンドになった。

しかしあなたとしては三万円ぽっち借りたところで、どうにもならない。

「そんな……」

あなたがあからさまに、がっかりした顔をすると、中村は苦笑した。

「失礼ですけど、お客さん、いま無職なんですよね？　正直、三万でさえリスキーに思えますよ？」

彼の言うことも、もっともではある。冷静に考えれば、いまのあなたには借りた金を返すあてはまったくない。

中村は、俯きかけたあなたの顔をじっと覗き込んで言った。

「まあでも、ちゃんと返済のメドがたつような仕事をしてくれるなら、もう少し貸してもいいですよ？　デリヘルでよかったら紹介しますけど」

中村はファーストフードの店員がポテトを勧めてくるような、自然なオペレーションで風俗店で働くことを勧めてきた。

中村の話では、標準的な店であれば、八時間以上の出勤で最低でも三万五〇〇〇円の日当を保証しているという。

あなたは話を聞いて反射的に暗算していた。月に一〇日働いただけでも三五万円。当面、必要な額を十分稼げる計算だ。もし、二〇日働いたとしたら、七〇万円。保険外務員時代、どんなに調子がいい月でも、そんなにもらったことはない。

あなたは、その場では「少し考えさせてください」と言って、三万円だけを借りていったが、翌日には電話をかけて、中村に店を紹介してくれるよう頼んでいた。

風俗店で働くこと――すなわち身体を売ること――には抵抗があったけれど、お金は必要だったし、よくよく考えてみれば、枕営業をして保険を売ることと、そんなに大きな差があるようにも思えなかった。日当を考えれば、むしろ風俗店で働いた方がいいくらいだ。

あなたの頭は、風俗店で働くべき合理的な理由を次々と作り上げた。そして最終的に、自分の意志で身体を売ることを選んだ。

あなたは、風俗店で働くことを勧められはしたけれど、強要されたわけではなかった。選んだのだ。自らの選択として。憲法でも保障されている職業選択の自由に基づいて選んだ——、つもりだった。

紹介されたのは、新宿を拠点にして営業している『人妻逢瀬』というデリバリーヘルス《デリヘル》だった。

店名を聞いたときあなたは、「人妻じゃないんだけど……」と思ったが、風俗店における「人妻」というのは二〇代後半以上を意味する一種の業界用語ということだった。

実際、嬢《キャスト》の大半はあなたのような三〇代の独身女性だったし、家庭のある人はほとんどがシングルマザーだった。

店の事務所は、歌舞伎町のホテル街から目と鼻の先、新宿七丁目の裏路地にあるマンションの一室で、普通の2ＬＤＫを改装もせずにそのまま利用していた。無店舗型風俗店であるデリヘルには、ソープランドやピンクサロンのような実店舗はなく、この事務所だけで営業をしているという。

二つある部屋の片方が事務室で、もう片方が仮眠室。ＬＤＫ部分はキャストの待機所になっていた。出勤情報は主にウェブサイトで提供し、客から電話が入ると、車で指定された場所に向かうという仕組みだ。

事務室には数人の男性スタッフが常駐しており、キャストの出退勤や売り上げの管理、それに車の手配を行っている。その中の責任者に当たるのが「マネージャー」の肩書きを持つ風間《かざま》という男で、彼があなたの採用面接もした。

風間は人相も話し方も柔らかく、ポロシャツにスラックスというスタイルで、なんというか「休日の父さん」といった風情の男だった。

面接は、採用の可否を判断するというよりも、仕事をするのを前提とした事前説明のような感じだった。

風間は、お店のシステムから、お金のやりとりの仕方、トラブル時の対処法、禁止事項などをひととおり説明したあと、あなたに言った。

「どうですか、今日これから『体験入店』という形でやってみませんか？」

「え？　あの、私、こういう仕事、初めてで、何も分からないんですけど……」

あなたはてっきり、この手のお店では、講習みたいなことがあるのかと思っていたのだが、風間は笑ってかぶりを振った。

「大丈夫、大丈夫。お金のやりとりだけ、しっかりしてもらえば。プレイの方は、自分のやりたいようにやってもらっていいですから。逆に素人っぽい方が、喜ばれたりもするんですよ」

あなたとしても、早く稼げるに越したことはない。不安はあるけれど、誰だって最初は初めてだ。

あなたが点頭すると、風間は事務室のパソコンを操作し始めた。

「早速、ウェブサイトに情報を出すんで、源氏名を決めましょう。何か、希望はありますか？」

「え、いや、特には……」

「じゃあ……麻里愛でいいですね？」

風間はパソコンの画面に「麻里愛」の三文字を表示させ、あなたに見せた。

内心、すごい名前だなと思っていたが、とりあえず「はい」と頷いた。

続けて風間は、あなたの全身を見回すと、勝手にプロフィールを入力し始めた。

「一応、こういうことにしてますんで」

画面には〈ＮＥＷＦＡＣＥ　麻里愛　29歳／Ｂ83（Ｃカップ）／Ｗ58／Ｈ82〉と表示されていた。

さすがに「えっ⁉」と声が出た。

でたらめもいいところだ。あなたはもう四捨五入すれば四〇になる歳だし、いつも買っているブラジャーのサイズは七五のＡだし、服のサイズは一一号、つまりウエストは六七だ。

しかし風間は笑いながら言った。

「いいんですよ。こうやって夢を売るのが商売ですから」

風俗店のプロフィールでは、年齢はサバを読み、バストカップは一～二サイズ大きくし、ウエストに至ってはどれだけ太かろうが五〇センチ台ということにするのが常識なのだそうだ。

曰く、「普通の男はね、女の人のスリーサイズなんて、アイドルのグラビアでしか見ないでしょ？　だからＡカップの胸は『貧乳』、六〇センチ以上のウエストは『デブ』って思うもんなんですよ」とのことだった。

それが事実だとしたら、その「普通の男」とやらの基準では、日本人女性の大半は貧乳でデブということになってしまう。ずいぶんな話だと思ったが、郷に入ったのだから郷に従うよりない。

こうしてあなたは、実在の鈴木陽子よりも、若くて、胸が大きくて、ウエストが細い、風俗嬢の麻里愛になり、一年が経過した——。


「時間は九〇分でよろしかったですか?」

あなたは部屋で待っていたガマガエルのような男に、まずコースの確認をする。

男はあなたの顔をじっと見て、「ああ」と頷いた。

「では、二万円、お願いします」

あなたは、笑顔のまま対価を要求する。

九〇分のコース料一万九〇〇〇円と、指名料一〇〇〇円を合わせた金額だ。今回は歌舞伎町のホテルを利用しているので、交通費はサービスになる。このうち一万二〇〇〇円が、あなたの取り分《バック》だ。マネージャーの風間によれば、都内で営業する店としては、平均的な設定だという。

男は手を広げ、五本の指をあなたに見せて言った。

「本番、五〇〇〇で、どう?」

正規の料金にプラス五〇〇〇円を払うから、本番（挿入を伴うちゃんとしたセックス）をさせてくれということだ。

管理売春が禁止されている日本では、風俗店では本番はないことになっている。手や口で性的なサービスをするのは売春ではないというわけだ。

ところが、実際には多くの風俗店で本番は行われている。一番露骨なのはソープランドで「サービス中に発生した自由恋愛の結果」というにわかには信じられないような理屈で客とキャストがセックスをする。店もそれは織り込みずみで、当然、料金にも本番料が上乗せされているという。

対して、デリヘルは店によってさまざまだ。本番を一切禁止している店もあれば、ソープランドと同じ自由恋愛という名目で事実上の売春を行い、その分を料金に最初から上乗せしている店もある。一番多いのは、表向き店としては禁止していながら、客とキャストが個人交渉する分には黙認するというパターンだ。『人妻逢瀬』もそうだった。

違法なのはあくまで管理売春であり、個人交渉による売春は、一八歳未満でない限りは取り締まりの対象外なのだという。

あなたには、売春の定義も、取り締まりの基準も、なんでそうなるのかよく分からなかったが、働くうちに他にもよく分からないことの多い業界だと気づき、自然に飲み込んでいた。

男の提示したプラス五〇〇〇円という条件は、本番交渉としては平均的なものだ。プレイの流れの中で「ちょっとだけ」とか「先っぽだけ」とか言って挿入しようとする客も結構いるので、こうして最初に金額を提示して交渉してくれるのはありがたいくらいだ。

「ゴム、つけてくれますか?」

上目づかいに男を見つめて尋ねる。

あなたは、コンドームさえ着けてくれるなら、本番には応じることにしていた。

直接交渉の本番料は店に入れる必要がなく、全額自分のものになる。もともと「ほとんどセックスみたいなこと」をするのだから、「セックスそのもの」をしていくらか余計にお金がもらえるなら、そっちの方がいい。

男は眉根を寄せ、下唇を突き出すようにして口を開いた。

「一万出すから、ナマでやらせてよ」

ナマ——、つまりコンドームなしのセックスだ。

あなたは、少し迷う。

今更、妊娠はしないだろうけれど、性病をもらう可能性はある。

あなたは今年の春ごろ、一度クラミジアをやっていた。

仕事のときには、衛生対策として、お店から殺菌効果のあるボディソープとうがい薬が入ったポーチを持たされる。プレイの前には必ず、客と一緒にシャワーを浴びて身体をよく洗い、うがいもすることになっている。こういうルールがあるから、そうそう病気にはならないだろうと思ったが、甘かった。

よく考えてみれば当たり前だが、病原菌は身体の中にいるのだ。表面的な殺菌をしたところで、感染を防げるわけがない。

いつの間にか、気づいたら下《お》り物が大量に出るようになり、健診を受けたらクラミジアと診断され、抗生物質を処方された。どの客に感染《うつ》されたかは分からない。たぶん自分も何人かの客に感染《うつ》してしまっていると思うけれど、それも分からない。目に見えない病原菌は、人から人へ静かに広がってゆく。

不特定多数と交われば、どれだけ気をつけても性病は避けられないのだと身を以《もっ》て知った。当然ながら、ナマを許せばそのリスクは更に跳ね上がる。

でも、プラス一万円は小さくない。正規のバックと合わせれば、この九〇分で二万二〇〇〇円稼げることになる。時給として考えれば、およそ一万五〇〇〇円。こんなに割のいい仕事はない。

それに、こういう要求を突っぱねるのは、怖い。自分よりずっと身体の大きな男と、密室で二人っきり。力ずくでこられたら、為す術がない。こっちにはお店がついているけれど、何かあったときにすぐ駆けつけてくれるわけじゃない。

一万円もらえるなら、受けた方がいいかもしれない。ナマでしたからって、必ず性病になるわけじゃない。確かにナマの方がリスクは高いが、ゴムを着けてたって、感染るときは感染るのが性病というものだ。なったらなったで、治療すればいい。

あなたは、言い訳じみた損得勘定の末に頷いた。

「分かりました。その……、せっかくだから、楽しみましょうね」

好きでもないガマガエルみたいな男とのセックスが楽しいわけないのだけれど。

「ああ、気持ちよくしてやるからな」

男は臭い息を吐き出しながら言うと、財布から一万円札を三枚出してあなたに渡した。

こうして客から金を受け取るとき、あなたの心に、一瞬だけ不思議な悦びが舞い降りる。それは単にお金がもらえて嬉しいということではなく、相手が誰であれ、やることがなんであれ、自分が求められているということを意識したときに、ほぼ無条件で湧きあがってくる悦びだ。

私は必要とされている、と。


男は裸になるとますますガマガエルのようだった。ぶよぶよと幾重にも段ができただらしない肉を、浅黒い肌が覆っている。その表面はぬらぬらと粘つく光を放っていた。

これまであなたが見た中でも、一、二を争う醜い裸だ。

まあ、でも――、
あなたは、ベッドサイドの鏡張りになった壁面に映る女の姿を見て思う。

――こっちだって、他人の見た目をどうこう言えるほど、見目麗しいわけじゃないけれど。

その女のプロポーションはウェブサイトに載っている「麻里愛」のプロフィールと全然違う。全体的に弛《たる》みを感じさせる身体。申し訳程度にしか膨らみのない胸。それとは対照的に下半身には肉が集まってしまい、お尻と太腿は必要以上に膨れている。三六歳のリアルで耐えがたい平凡さがそこにある。

救いがあるとすれば、肌が白くて皺があまりないということくらいか。でも、その肌にも、ところどころ、あいつにつけられた痣が浮いている。一番新しい腿の付け根の痣が、やはり一番目立つ。

この身体は、いつまで「商品」になるのだろう。

そんな気が滅入りそうなことを頭の隅で考えながら、あなたはガマガエルと肌を合わせた。本当に気持ちが悪い。最悪だ。

けれど、感覚は馴れてゆく。心底嫌なのは、せいぜい最初の五分。そのうち嫌悪感は薄まってゆく。すると脂肪だらけで柔らかい男の身体は、硬くごつごつしているよりは、いくらかましに思えてきた。

男は、ふやけた指と、やけに堅いざらざらの舌を、あなたの身体中に這わせながら、何度も「どうだ?」「気持ちいいか?」と、尋ねてきた。自信があるから訊くのか、ないから訊くのか、分からない。

どちらにせよ、愚問だ。金で売るセックスがいいなんてことはあり得ない。

でも、あなたは嘘をつく。相手にも、自分にも。

愛も快もない、性器や性感帯をいじられたときの反射的な身体感覚に合わせて、「い、いい、です」などと、あえぎ声をあげる。

気持ちいい振りをして、気持ち悪い男を受け入れる。

あなたが唯一、小さな抵抗を試みているのは、プレイ中なるべくキスを少なくするということとだ。

昔、枕営業で保険を売っていたときもそう思ったけれど、好きじゃない男と、舌をからめるようなキスをするのは挿入されるよりも気持ち悪い。おまけに、この男は口臭持ちだ。

あなたは、なるべく顔と顔が向き合わないように体位を工夫して、腰をすりつけて「くださ い、ください」と卑猥に懇願した。すると男は、口を吸うことなど忘れて腰を振った。

男が果てたのは、ピストン運動を始めてから数分後だろうか。実時間よりずっと長く感じた。

膣の中は鈍感にできていて、ナマでしていても精液を注ぎ込まれること自体を感じることはない。ただ、大抵の場合、その瞬間はペニスが膨らむので、圧迫感の変化でそれと分かる。

あなたは、タイミングを見計らって、「ああっ！　イッちゃう！　イッちゃう！　ちょうだい！　いっぱい出してぇ！　イッくううっ！」と、下品な言葉を大声で吐いて、痙攣《けいれん》しているかのようにぴくぴくと全身をゆする。

男は重たい身体を小刻みに揺らし「ううっ」と、悦楽のうめき声をあげる。

ああ、たぶん、いま出されているんだ。

精液と、もしかしたら病原菌が、体内に吐き出されている。

男は「ふう」と一度息をつくと、あなたとつながったまま、上気した顔で尋ねた。

「どうだった？」

やはり、愚問だ。最低に決まっている。

けれどあなたは、本心とは正反対のことを言う。

「すごかったです……。私、イキすぎて、壊れちゃうかと思いました。こんなの、初めて」

「そうか」男は満足げな笑みを浮かべた。

あなたの胸の中に、相反する二つの感情が湧き上がる。

一つは、男に求められ、それに応じ、そして満足させたことに対する達成感。

もう一つは、べっとりと張り付くような、惨めさ。

私は、初めて会った、好きでもない、ガマガエルのような、口の臭い、男に、身体の中心を、穢《けが》されて、しかも、それを、喜んでいるかのような、嘘を、ついて、いる。

お金のために。

枕営業で保険を売っていたときには、こんな惨めさを覚えたことなどなかったのに。

直接身体を売るのではなく、曲がりなりにも「保険を売る」というワンクッションがあることで、守っていたものがあるのだろうか。よく分からない。

不意に視界の隅を朱色の影がよぎった。

聴き慣れた、ぷちぷちという笑い声。

金魚の姿をした純の幽霊がホテルの天井すれすれを滑るように漂っていた。

最近、仕事中にこうして見ていることがよくある。

姉のセックスを覗くなんて悪趣味極まりないけれど、考えてみれば純が死んだのは、中学生のときだ。きっと、こういうことに一番興味がある時期に死んでしまったのだ。精通はしていたかもしれないが、性体験はないままこの世を去ったのに違いない。

そう思うとなんだか可哀相で、好きなだけ見ればいいさと思う。

「なあ」ガマガエルに似た男は後戯のつもりか、べたべた身体を触りながら尋ねてきた。「これ、どうしたの？」

男の掌は、腿の付け根の痣を撫でていた。

痣の残った状態で仕事に出ると、ときどき訊かれる。あなたの答えはいつも決まっていた。

「ちょっと転んじゃって」

「へえ」男は自分で訊いたくせに興味なさそうな相づちを打つ。

どうやら、頭に浮かんだ言葉を無遠慮に投げてくるタイプのようだ。

こういう男の話にはパターンがある。

次はたぶん、歳か出身地を訊かれる――、と思っていたら案の定、男は尋ねてきた。

「あんたさ、本当は三〇過ぎてるでしょ？」

「えーっ」

あなたは思わず吹き出しそうになるのを我慢しながら、困ったような顔をしてみせた。

「別に隠さなくていいよ。文句があるわけじゃないし、ネットに書いたりもしないし」

「分かっちゃいます？」

「やっぱな、本当は三二くらい？」

「すごい、正解です」

あなたは話を合わせて嘘をつく。

「そうじゃないかと思ったよ」

男は勝ち誇ったように笑う。

「やっぱ、人妻店でも、二〇代ってことにしといた方が客がつくの？」

「そうなんですよ。だからお店が勝手に」

「まあ、そういう業界だよな」

三二というのも嘘だと気づかぬ様子で、男は分かったふうに言う。

そして優越と侮蔑を混ぜた目であなたを見て続けた。

「そろそろさ、こんなところで働くのはやめた方がいいな。もっとちゃんとした仕事を見つけた方がいい――」

男は自分がその「こんなところ」を利用して、しかもナマ本番までしていることを忘れたかのように説教を始めた。

「――いい歳した娘が、こんな仕事してるなんて知ったら、親御さんも悲しむだろう」

よくこんなことが言えるなと思う。

あんたの親だって、息子が金で女を買った上に、やることをやったあとで偉そうに説教していると知ったら、悲しむんじゃないの？

最低のピロートークだ。

けれど、別に珍しくもない、ありふれた最低さだ。経験上、三、四人に一人くらいの割合で、こんな目つきでこんな説教をする男に当たる。

あなたは、耳から入ってくる男の言葉を、脳に留めないように通過させ、ぼんやりと天井を見ながら、携帯のタイマーが鳴るのをひたすら待った。

ムードライトが赤紫から青紫、そして藍色へとグラデーションしながら、ゆっくりと部屋の色を変える。

ダークブルーに染まった狭い部屋は、まるで水の中のようだ。遠くでガマガエルが得意げに何か言っているが、聞こえない。

代わりに、幽霊の声がよく響いた。

――でも本当に、母さんが知ったらどう思うだろうね。母さんは父さんが風俗遊びをすることで酷く傷ついていたろ。

ああ、そうだった。

あなたの頭に、もうずいぶん古くなってしまった記憶がよぎる。傷つき、怒っていたけれど、暴力で屈服させられ、蹂躙されていた、よわいひと。

父に頼って生きてきて、その父がいなくなったら伯父を頼り、いまはあなたの仕送りに頼って生きている、母。

いっそ、教えてやるのも面白いかもね。

お母さん、いまのあんたは、娘が身体を売ったお金で生活してるのよ、って。

午前四時過ぎ。事務所の待機所は、帰り支度をするキャストで賑わっていた。

「やっばい、すっごい可愛いっすね！」

「本当、うわあ、破壊力あるわあ」

「私も赤ちゃん欲しい」

『人妻逢瀬』は自由出勤制といって、キャストの都合に合わせて好きな時間に出勤していいことになっている。昼よりも夜の方が稼げるので、夜から出てこのくらいの時間に上がるキャストがいちばん多い。あなたもそうだった。

少し前に入ってきた新人キャストの携帯をみんなで回し見ていた。その画面には、彼女の子どもの写真が表示されている。まだ就学前だろうか、小さな男の子と女の子が、ゲームのキャラクターの着ぐるみを着て映っていた。

確かに、可愛らしい。

あなたのところにも携帯が回ってきたので「本当だ、可愛い」と調子を合わせた。

でも……。

「私、この子たちのためなら、なんだってできるよ」

どこか誇らしげに、そのキャストは言った。彼女は夫と別れて、独りでこの二人の子どもを育てているシングルマザーなのだという。

「私も頑張んなきゃなー」と頷くのは、やはりシングルマザーの別のキャストだ。

あなたの胸の裡に、ぽたりと、濁った感情が落ちる。

子ども。かつて結婚していた短い期間では授かることのなかったもの。

あれから今日まであなたの膣は、数え切れないほどの男の精液を受け止めてきたけれど、妊娠したことは一度もない。

そういう身体なんだと思う。

もし、赤ちゃんができていれば、私の人生はどうなっていたのだろうか。離婚せずに幸せな家庭を築けていただろうか。それとも、やっぱり離婚して、風俗嬢になっていたのだろうか――、そんなくだらないことを、つい考えてしまう。

最近、新しく入ってくるキャストには、シングルマザーが多い。

マネージャーの風間は、世界的な金融危機の影響で、日本の企業でも人件費の圧縮が進められ、稼げる仕事が減ったからだと言っていた。

子どもを育てるために風俗に流れてくる人が増えたのだという。シングルマザーは、やはり守るものがあるからか、無断欠勤《バックレ》などが少なく、よく働くので、店としては歓迎のようだ。風間は、もっと働きやすくなるように、託児所をつくることまで検討していると話していた。キャストたちの間にも、子持ちの人はちょっと特別というか、リスペクトするような空気がある。

あなたも、女手ひとつで子育てをするのが大変だということは理解できるし、彼女たちをすごいと思う。

でも、それと同時に、なんだか、いたたまれないような気分にさせられてしまう。

妊娠できた彼女たちと、妊娠できなかった自分では、身分が違うような気がしてしまう。

子どもを守るために身体を売るのは立派だけど、子どもがいるわけでもないのに、身体を売るのは、惨めで卑しい——、誰かに言われたわけじゃないのに、自分でそう思ってしまうのだ。

あなたは、そそくさと荷物をまとめると、子どもの写真で盛り上がるみんなに、「おつかれ」と声をかけて事務所を出て行こうとする。

「あ、麻里愛さん、ちょっと待ってくださいよ。一緒に帰りましょ」

声をかけてきたのは、樹里《ジュリ》と琉華《ルカ》。

キャスト同士がプライベートで友達になることは滅多になく、互いに本名は知らないし、教えない。ただ、その中でも、待機所でお喋りしたり、一緒にご飯を食べたりして、多少親しくなる者もいる。二人はそんな「仕事仲間」だった。

「あ、うん」

あなたは玄関でブーツを履きながら、二人を待ち、三人一緒に事務所を出た。

廊下の突き当たりの、狭いエレベーターに乗り込み、ドアが閉まったあとで、樹里が吐き捨てるように言った。

「ったくさあ。ああいう子ども自慢、マジでイタイっすよね」

シングルマザーをリスペクトせず、むしろヘイトするキャストも多い。というより、ほとんどの人が、本人の前では「独りで子育てしてすごい」とか「子ども可愛いね」と誉めちぎっておきながら、陰では「調子のってる」とか「あんな母親で子どもが可哀相」とけなしている。

たぶん、この二つの感情は表裏一体なのだ。

「子どもいるから、偉いのかっての。てめえが避妊しねえで、動物みてえに適当にやってできただけだろっての」

樹里の口から出てくる汚い悪口は、あなたをどこかほっとさせてくれた。

あなたは「だよね」と頷いて、悪口に乗っかった。

「『この子たちのためなら、なんだってできる』なんて言ってたけど、だったら、まずこんな仕事を辞めるべきよね」

あなたは、ついさっき、最低だと思ったガマガエルと同じフレーズを自分で使っていた。

「そうそう、マジでそうっすよ。母親がデリヘル嬢ってありえないっすよ。ねえ、あんたもそう思うでしょ？」

急に振られた琉華は、「あ、うん」と曖昧に頷く。

琉華はなんだか、いつもより元気がないようだったが、樹里は気にも留めずに悪口を続けた。

「だいたいさあ、世の中、子どもいるやつにひいきしすぎなんすよ！　あいつら、それだけで金もらってんでしょ」

児童扶養手当のことだ。ひとり親世帯には、子どもの数に応じて自治体からお金が支払われるのだという。待機所でシングルマザーのキャストたちがよく話をしている。

「ちょっとずるいよね」あなたは頷いた。

妊娠できて、可愛い子どもを持てて、その上、お金までもらえるなんて、ずるい。

「そっすよ、子どもつくったのも、離婚したのも、自分の責任なんだから――」

口角泡飛ばす樹里は、歳は二つ下だが、風俗嬢としてのキャリアはあなたよりだいぶ長い。前に待機所でだべっているときに、じっくり話を聞いたことがあるが、樹里は一二歳のときに見知らぬおじさんに五万円で処女を売ってから、ずっと身体を売って生きてきたという。一二歳で身体を売るなんて、どんな家庭環境なんだと思ったが、樹里にはそもそも家庭がなかった。

彼女は常にバッグの中に、大きめの御守りを入れている。中を見せてもらったこともあるが、樹里にとってはこれが自分の親との唯一の絆なのだという。

彼女の両親は、七歳のときにこの御守り一つ残して自殺した。他に親類のない樹里は、施設で育つことになったが、子どもの数に対して職員があまりにも少なすぎるそこは、お世辞にも教育によい環境とは言えなかった。

樹里はほとんど学校にも行かず悪い仲間とつるみ、やがて当時全盛だったテレホンクラブを使って売春をするようになった。いまでいう援助交際の走りだ。ただ、それで怖い目に遭うこともかなりあったようで、一八で施設を出てからは、一度売春から足を洗い、普通のアルバイトなどもしてみた。けれど女子で高校すら出ていないのでは碌《ろく》な仕事がなく、結局、風俗店で働くようになったという。

単純に実入りを考えれば個人で売春した方がいいが、トラブルやお客を集める労力を考えれば、店に入った方がいい。長く続けるなら、特にそうだという。

彼女にしてみれば生き抜くための現実的な選択が、風俗嬢になることだったわけだ。

「——あんたもさ、ぼうっとして、中出し許してっと、欲しくもない子どもできちゃうよ」

ついさっき、中出しを許したあなたはぎくりとしたが、樹里は琉華に言っているようだ。樹里は年功序列を律儀に守るタイプで、店での先輩後輩に拘わらず、年上には敬語（っぽい言葉）で、年下にはタメ口で話す。

「ああ、うん、気をつけます」と頷く琉華は、やはりどこか憂鬱《ゆううつ》な感じをかもしていた。具合でも悪いのだろうか。

琉華はこの三人の中では一番年下の二七歳。『人妻逢瀬』の在籍キャストの中では若い方だ。しかもいわゆるロリ系の顔立ちで、見た目はもっと下に見える。お店のウェブサイトでは「二五歳　少女のような若妻！」なんて紹介されている。

気が強く早口で言いたいことをずばずば言う樹里に対して、琉華はおっとりとしていて、口数はあまり多くない。流されやすく、押しに滅法《めっぽう》弱いようで、ときどき無料《ただ》で客に本番されてしまうこともあるようだ。

それどころか、そもそも、この仕事を始めるようになったきっかけも、付き合っていた男の借金二〇〇万円を肩代わりして支払うことになったからだという。その男は、琉華が証文に署名をしたらいなくなってしまったそうだ。

琉華は、自分の考えをまとめるのが苦手で、判断力も弱く、相手に強く出られると流されてしまうところがある。見ていてちょっと苛つくこともあるが、それでいて、どうも憎めない。根が姐御《あねご》肌の樹里などは、何かと世話を焼いているようだった。

エレベーターを降りて、マンションのエントランスを出ると、湿っているのに埃っぽい空気を鼻腔に感じた。

空はまだ薄暗く、街を深い藍色に染めている。

酸素が薄く、深呼吸をしても息苦しい。ラブホテルの部屋だけでなく、この街すべてが水の中みたいだ。

三人で新宿七丁目の曲がりくねった路地を泳ぐように歩いてゆく。樹里はずっとシングルマザーがひいきされていることへの不満を口にしていた。

路地から明治通りに出たところで、樹里と別れた。

彼女はここを右に折れた先、大久保《おおくぼ》のワンルームマンションに住んでいる。店がキャストのために借り上げている寮だ。特に家賃が安いわけではないが、立地がよく通勤に便利で、面倒な契約や、敷金礼金なしですぐに入れる。

都内の風俗店は大抵こういう寮を持っており、樹里は、引っ越しするのと同じ感覚で、数年ごとに店を変わり、寮を転々としているのだという。

二人になったあなたと琉華は、駅の方を目指し、明治通りの交差点を渡って、歌舞伎町の中を抜けてゆく。

会話の口火を切る役の樹里がいなくなったため、互いに何を話すでもなく、とぼとぼと早朝の歓楽街を歩く。

琉華の住まいは高田馬場《たかだのばば》だというから西武線。あなたは、今年に入ってから、東中野に引っ越したのでJRだ。たくさん稼いだ日はタクシーで帰ることもあるけれど、毎回だともったいないし、こうして誰かと帰りが一緒になったときは、駅まで歩いてそのまま電車を使う。それに家にはあいつがいる。正直、急いで帰りたくはない。

歌舞伎町の中程の十字路を曲がったところで、二人組の若い男に声をかけられた。

エンジのパーカーを着た金髪の男と、真っ黒に日焼けしたデニムジャケットの男。

「ねえねえ、お姉さんたち、仕事帰り系？」

ナンパ、ではない。

二人とも私服を着て、いかにも「徹夜《オール》で遊んだあと」というふうだが、ほぼ間違いなくホストクラブの客引《キャッチ》きだ。

最近では歌舞伎町のホストクラブの多くが、早朝からの「日の出営業」を行い、あなたのような仕事上がりの風俗嬢をピンポイントでターゲットにしている。

前に樹里から聞いたところによれば、昼、サラリーマンが稼いだ金が、夜、風俗嬢の手に渡り、朝、ホストに飲まれる——という生態系は、比較的近年にできあがったものだという。

かつては「東洋一の歓楽街」とか「眠らない街」と呼ばれた歌舞伎町は、二〇〇〇年代の中頃から大きく様変わりした。

絶大な支持率を誇る元作家の都知事の下《もと》で、彼の肝煎《きもい》りで登用されたという警察出身の副知事が旗を振り、繁華街の「浄化」に乗り出したのだ。それまで都内の繁華街では半ば有名無実化していた風営法の規定が厳格に適用され、本来法的には禁止されている深夜営業や強引な客引きは、徹底的に取り締まられることになった。特に都内最大の繁華街である歌舞伎町は狙い撃ちにされ、二〇〇四年の暮れには、「歌舞伎町浄化作戦」と称される大規模一斉摘発が行われ、多くの店が撤退を余儀なくされたのだという。

この「浄化」を境に、性風俗店やキャバクラ、ホストクラブは、軒並み風営法の規定どおりに午前零時までには店を閉めるようになり、怪しげな客引きも激減した。いまの歌舞伎町で堂々と深夜営業をしているのは、ファミレスやコンビニ、せいぜい居酒屋といった、風営法の取り締まり対象外の「いかがわしくない店」ばかりだ。

これによって歌舞伎町の治安は大幅に改善したとされている。

しかし、眠らない街の住人たちが眠るようになったのかと言えば、それは違う。彼らは隠れ、単に見えなくなっただけだ。

あなたが籍を置くデリヘルが、その典型だ。看板どころか受付すらなく、主にラブホテルでサービスを行うデリヘルは、完全な密室産業だ。実態が外からはまったく見えない分、サービスは過激化するし、そこで働くキャストのリスクは高い。反面、取り締まりの目は届きにくくなる。そもそも無店舗営業は風営法上の規制が緩く、深夜営業も可能だ。経営者側からすれば、実店舗を構えるよりもずっと少ない資金で始めることができるという事情もある。

こうして歌舞伎町浄化作戦のあと、東京ではデリヘルの開店ラッシュが起きた。浄化され、ネオンが消えた街で、しかし夜通し働く風俗嬢は以前より増えたのだ。

するとと今度はホストクラブがそこに目をつけた。ホストクラブも風営法で深夜営業を禁止されたのだが、仕事上がりの風俗嬢を狙い撃つ「日の出営業」なら完全に合法だ。かくして、ホストクラブは午前零時に一度店を閉め、午前五時に再び開けるという、一見奇妙な営業形態をとるようになり、息を吹き返したのだという。

あなたと琉華は、声をかけてきた男たちになんのリアクションも返さず、足早に歩いてゆく。キャッチを追い払う最良の方法は無視だ。

男たちは数メートルほど付きまとい声をかけ続けてきたが、ずっと無反応を通していたら、やがてまったく脈がないと悟ったのか「また今度ね」と踵を返した。

あのとき、あいつに声をかけられたときも無視できればよかったのに――、詮無い後悔が、一瞬、あなたの頭をよぎる。

視界の先に西武新宿駅のチョコレート色の壁が見えてきたところで「あの」と、不意に琉華が呼びかけてきた。

「ん?」

「えっと、その、ですね……」

琉華は言いよどむ。

なんだよ、言いたいことあるなら、早く言いなよ、つか、頭ん中でちゃんとまとめてから口開いてよ。

あなたは内心苛つきつつ、言葉を待った。

「実は、私、今日で最後なんです」

「え、あ、辞めんの？」

「はい」

なんとなく様子が変だったのは、だからだろうか。

キャストの入れ替わりはかなり激しいので、取り立てて、驚くことでもない。でも……。

「それ樹里ちゃんにも、言えばよかったのに」

どちらかといえば、あなたより樹里の方が、琉華のことを気にかけていた。「琉華、見てると心配になるんすよ」なんて言っていたこともある。何も言わずに辞めたら、多少は傷つくんじゃないだろうか。

「さっき、言おうと思ってたんですけど……」

再び言いよどむ。

「どうしたの？　樹里ちゃんと何かあったの？」

「いえ、直接は、何もないんですけど……その……、私、赤ちゃんできちゃって」

「えっ？」

さすがに驚いた。が、同時に納得した。さっきの話の流れでは、確かにこれは言いづらい。

「あ、別にシングルになるわけじゃなくて、結婚するんですけど」琉華は、言い訳するように付け足した。

ああ、デキ婚ってわけね。最近じゃ、授かり婚とか言うんだっけ？

「おめでとう」の五文字は口から出てこなかった。

「そうなんだ……、相手はどんな人なの？」

「ずっと指名してくれてるお客さんで……」

げ、客かよ。てか、それ、本当にその人が父親で間違いないの？

あなたは思ったことを口には出さずに「へえ」とだけ相づちを打った。

たどたどしく琉華が話したところによれば、その客は都内に不動産をいくつも持つ資産家の息子で、家賃収入だけで生活をしているという。自身も親からもらったマンションで独り暮らししており、乗っている車はメルセデスなのだそうだ。

なにそれ。働かないで、裕福な暮らしをしているってこと？

琉華は独りでも、子どもを育てるつもりだったが、その男に打ち明けたところ、「一緒になろう」と言ってくれたのだという。

「……さっき、麻里愛さんも言ってたけど、母親になるのに、こんな仕事してちゃ駄目ですよね」

確かに言った。

こんな仕事――、人からそう言われ、自分でもそう思っているけれど、辞めることができない仕事。

それをこの子は辞める。子どもができたから、いや、十分な経済力のある男と結婚するから。

あなたは、すうっと気持ちが冷えていくのを感じた。

ああ、そうですか。それはよかったね。ねえ、樹里、この子のこと心配する必要なんて少しもなかったよ。

ほんの数瞬前まで、「ちょっと苛つくとこもあるけど憎めない」と思っていた目の前の女に、はっきりとした憎しみを覚えていた。

もっとも琉華には悪気などこれっぽっちもないのだろう。嬉しそうに、訊いてもいないことを話し続ける。

「──彼、名前は私が決めていいって言うんです。だから私、個性的な名前を付けてあげようと思うんです。男の子ならたとえば『宇宙』って書いて、『コスモ』とか」

へえ、そうなんだ。好きにしなよ。まあ、そんな名前つけられたら、その子は一生あんたを恨むかもしれないけどね。

琉華は続ける。

「ほら、私って、馬鹿じゃないですか。すぐ騙されるし、なにやっても上手くやれないし──」

知ってるよ。てか、あんた、自覚あったんだね。

「──結局、私みたいな女は、結婚でもしないと生きていけないんですよ」

琉華は自嘲するように、そのハンマーのような言葉を振り下ろした。たぶん、自分が何を言っているのか少しも理解せずに。

あなたは絶句した。

何か、言わなきゃ。この馬鹿に、何か、言ってやらなきゃ。

そう思って言葉を探すうちに、西武新宿駅の階段の前までたどり着いてしまった。

「その、麻里愛さん、本当にお世話になりました。樹里さんにもよろしく言っておいてください」

琉華はぴょこんと頭を下げる。目が赤くはれていた。

泣きたいのはこっちだよ。

「あ、うん、元気でね」

あなたの口からは言いたいこととは全然違う言葉が出た。

「じゃ」と琉華は手を振ると、踵を返して階段を上り始める。

「じゃあ、ね」とあなたも手を振り返し、それを見送る。

違うだろ、言わなきゃいけないのは、別のことだろ！

琉華は一度もこちらを振り返ることなく、階段を上りきり、その姿は見えなくなった。

琉華と別れたあなたは、新宿の東と西を分ける大ガードの下を独りでとぼとぼと歩いた。

ここはいつも饐《す》えた臭いがする。

歩道の壁は新宿区のギャラリーになっていて、このときは障碍者が作ったという切り絵アートが展示されていた。無論、それに目を向けるような気持ちの余裕はあなたにはなかった。

頭の中で、本名も知らない女に言いそびれた言葉が、ぐるぐる回った。

馬鹿野郎！　あんたは、なんもなくなんか、ないじゃないか。金持ち男の赤ちゃんを授かる運があるじゃないか。「こんな仕事」を辞めれたじゃないか。あんたは、あんたは、馬鹿かもしれないけど、私がどう足掻《あが》いても絶対手に入らないもん、手に入れたんだよ！　なんもない女は、結婚でもしないと生きていけない？　じゃあ、私はどうすりゃいいんだよ！

——でも姉さんにだって、あるだろ？　そこから抜け出す方法が。

真横から幽霊の声が聞こえた。

立ち止まってそちらを見ると、ギャラリーに展示されている切り絵の一つに、金魚の群れをモチーフにしたものがあり、その中に混じるようにして、あの朱色の金魚がふわふわ漂っていた。

そう。方法は、ある。いまの生活から抜け出す、方法が。

幽霊は、あなたの耳元で——あるいは頭の中で——、それを囁《ささや》く。

最初は、馬鹿げた話だと思った。そんな恐ろしいこと、できるわけがないと。

けれど幽霊は、

——できるよ。

と繰り返す。

——姉さん、まだ迷ってるの？　こんな生活、嫌なんだろ？　毎日一生懸命、身体を売って、おまけに、あいつに殴られるような生活は。

「無理よ」

あなたは、宙を揺れる朱色の影に言い返す。

「まともじゃないわ」

——まともってなんだい？　姉さん、いまのあなたはまともなのか？　「こんな仕事」って思いながら身体を売るのは、まともなことなのか？　いや、そもそもこの世界はまともなのか？　どう生まれてくるかも、どう育つかも、どう考えるかも、どう生きるかも、何一つ選べずに、全部ただ降ってくるだけの自然現象なのに、幸だの不幸だの、のたうち回る人間の世界に、まとももへったくれもあるのか？

人間は、ただ降ってくるだけの自然現象。

幽霊は、いつもそう言う。そしてそれは正しいとあなたは思う。

「だからって、そんな大それたこと……」

——はは、姉さん、僕からすればね、そんな世界《ところ》で生きてるってだけで、十分大それているよ。

とうの昔に自ら生きることをやめた弟は言った。

——姉さん、もっと都合よく考えてみろよ。僕がああいう死に方をしたことも、姉さんが保険の会社で仕事をしたことも、身体を売るようになったことも、あいつが転がり込んできたことも。全部、姉さんにこれをやらせるために、降ってきたものなんだって。

「嘘よ。全部、自然現象なんでしょ？　だったら、偶然じゃない」

幽霊はぷちぷちと笑った。

——そうさ。だから都合よく考えろって言ってるだろ。偶然でもなんでも、その意味は勝手に決めていいんだ。それが生きている人間の特権だよ、姉さん。

でも……。

この弟の幽霊が言う「方法」は、明らかな犯罪だ。おまけに独りじゃ実行できない、どうしても協力者が必要になる。けれど、そんな心当たりはない。

「やっぱり無理よ。手伝ってくれる人がいないもの」

——違うよ、姉さん。まだ無理ってだけさ。いずれ降ってくるよ。望むと望まざるとに拘わらず、姉さんとはまったく関係ないところから。無理でなくなる瞬間が。条件が揃う瞬間が。姉さんが、やると決める瞬間が。降ってくるよ。

耳を貸しては駄目。いくらなんでも、絶対にできない。

あなたは、幽霊の声を無視して、切り絵の前から立ち去ろうとした、そのときだ。

太腿に何かが伝う感触がした。股の間から、どろりとしたものが漏れている。生理がくるようなタイミングではないのに。

こういうことは初めてではないので、あなたはそれが何かすぐに分かった。数時間前に中に出されたガマガエルの精液だ。

あなたは思わず大声をあげた。

「最低！」

◇

18

東京都千代田区霞《かすみ》が関《せき》二—一—一、特徴的な扇形をしたその建物は、目の前の桜《さくら》田門《だもん》交差点を睥睨《へいげい》している。

警視庁。言わずとしれた首都東京の治安を維持する都警察の本庁である。

その廊下を、奥貫綾乃は町田と並んで進んでゆく。

捜査一課の女性捜査班に所属していた綾乃にとっては古巣のはずなのだが、懐かしさは感じなかった。

館内の、特に刑事部捜査課のフロアに独特の鉄のような尖った匂いも、少し乾いた感じのする空気も、すべて記憶にあるものだが、ただ知っているというだけで、それ以上でもそれ以下でもなく、特別な感情は湧かない。

一方、同行する町田はかなり意気込んでいるようだ。分かりやすく顔が引き締まっている。

刑事の人事は一本釣りが原則だ。町田のような所轄の若手刑事にとっては、警視庁の刑事たちと一緒に仕事をするのは、アピールのチャンスと言える。

特に今回は、綾乃と町田が事件を掘り起こした形なので、最初からポイントを取っている。気合いが入るのもうなずけるところだ。

鈴木陽子は連続保険金殺人に関与していた――、その疑惑は、三人の夫の死因を詳しく調べた時点で、確信に変わった。

日本では、人が死んだときは必ず医師がそれを確認して書類をつくることになっている。病院や自宅で医師に看取られて死んだ場合は「死亡診断書」、それ以外の急死や事故死、あるいは変死の場合は「死体検案書」だ。名前は違うがどちらも書式はほぼ一緒であり、死亡時の状況や、医師の所見、推定される死亡時刻や死因などが記載される。そして死亡届と一緒に役所に提出され、その後、その土地を管轄する法務局で保管されることになる。

綾乃と町田がこれを取り寄せ確認したところ、三人とも、ほとんど同じ死に方をしていることが分かった。

三人の夫たちは、みな、彼らが鈴木陽子とともに本籍地と住民票を置いていた町の路上で死んでいた。

二〇一〇年七月に死亡した河瀬幹男は、東京都三鷹市の路上で。

二〇一一年一二月に死亡した新垣清彦は、埼玉県狭山市の路上で。

二〇一三年四月に死亡した沼尻太一は、茨城県取手市の路上で。

そして、死体検案書の死因の種類の欄には「不慮の外因死・交通事故」、具体的な死因の欄には「脳挫傷」と、まったく同じ文字が並んでいた。更に追加事項の欄には、細かい表現は違えど概ね「深夜、酒を飲んで路上で眠ってしまっていたところ、車に頭を轢かれて即死した」という意味のことが書いてあった。

道に寝そべった酔っ払いが車に轢かれるというのは、ごくたまにだが発生する事故ではある。が、同じ女の夫が三人連続でまったく同じ事故に遭ったとなれば、偶然と思う方がどうかしている。

もしこれが事故でなく事件なのだとすれば、毎回、頭を潰していることから殺意は明確だ。

続けて生命保険協会を通じて確認したところ、案の定と言うべきか、鈴木陽子の死んだ夫たちには、妻を受取人とした生命保険がかけられていた。

日本で営業する生命保険会社は、すべてこの生命保険協会に加入しており、保険の加入状況や、保険金の支払いについての情報は共有されている。同一人物が何度も死亡保険金を受け取っていれば分かるはずなのだが、結婚するたびに、河瀬陽子、新垣陽子、沼尻陽子と、名前を変え、本籍地も移動していた鈴木陽子の情報は、すべて別人として登録されていた。手口としては偽装結婚で個人情報をリセットして借金を重ねるのと同じだ。

振込先の金融機関も当たってみたところ、鈴木陽子は受け取った金をすぐに現金化していたことが分かった。原始的な方法だが、こうされると、その先の金の流れを追うのはほぼ不可能になる。死亡保険金は相続財産とみなされるが、配偶者であればほとんど非課税になるため、不動産込みの超高額相続でも発生していない限りは、税務署もスルーしてしまう。

しかも、この夫たちは普通の生命保険だけではなく、共済にも加入していた。「契約者に万が一のことがあったとき保険金が下りる」という仕組みは一緒でも、営利企業が販売する生命保険と、参加者同士の相互扶助の側面が強い共済は、似て非なるものだ。監督官庁も違い、情報の共有も密ではない。

鈴木陽子の夫たちは、全員、三〇〇〇万円程度の生命保険一つと、二〇〇〇万円程度の共済二つに加入し、一人につき七〇〇〇万円強の死亡保険がかけられていた。合計するとかなりの高額保険になるが、一つ一つは不自然な額ではない。なるべく怪しまれずに、高い保険をかけようという工夫が感じられる。

この時点で心証的にはもう真っ黒だったが、綾乃は更に、それぞれの事故記録の確認もした。人身事故の記録は警察の関連団体である「自動車安全運転センター」が管理しており、特に越権的なことをせずとも所轄から申請して取り寄せることができる。

それによれば、やはり事故の状況はよく似ていた。

いずれのケースでも事故が起きたのは深夜、いずれのケースでも被害者は泥酔して自宅近くの人気《ひとけ》のない路地で寝ており、いずれのケースでも通りがかったトラックが轢いてしまい、いずれのケースでも運悪く頭の上をタイヤが通って被害者は即死、いずれのケースでも目撃者はなく事故状況を証言できるのはドライバーだけで、いずれのケースでもその証言が認められて加害者は不起訴になっていた。

たとえ死亡事故でも、被害者に重い過失がある場合は、加害者は逮捕されたあと不起訴になり刑事罰に問われることはない。被害者が路上で寝ていたなどというケースは、まさにそうだ。

この記録を目の当たりにしたとき、綾乃は鈴木陽子の弟が事故死していることを思い出した。

鈴木陽子は、そのときの経験から、交通事故で人を殺しても、刑務所に入らずにすむことがあると知っていたのではないか。

また、これらの事故のあと、毎回、被害者の妻である鈴木陽子に対して、自賠責保険から三〇〇〇万円の慰謝料が支払われていることも分かった。

日本では自動車に乗る場合、最低でも自賠責保険一つに加入することが義務づけられており、交通事故を起こした際にはそこから慰謝料が支払われる。自賠責保険のみの加入では慰謝料の上限は三〇〇〇万円だが、死亡事故ではほとんどのケースでこの上限額が支払われることになる。

これまで判明していた死亡保険金に、この慰謝料を加えると、鈴木陽子は、夫一人が死ぬごとに一億強、合計三億以上の金を手に入れていたことになる。

単に人を殺して死亡保険金を詐取するだけでなく、実行犯であるドライバーが不起訴になることや、慰謝料が支払われることまで計算していることが窺える。だとすれば、極めて計画性が高い犯行だ。

しかし真に驚くべきことは他にあった。

その不起訴になった実行犯、事故を起こしたドライバーたちの名前だ。

最初に死んだ鈴木陽子の二番目の夫、河瀬幹男の事故記録によれば、彼を轢いたトラックのドライバーの名は、新垣清彦。この事故の七ヶ月後に鈴木陽子と再婚する、三番目の夫だったのだ。記録に添付されている戸籍が一致することから、同姓同名ではなく、正真正銘の同一人物だ。

その新垣清彦も鈴木陽子と結婚したあと、やはり、トラックに轢かれて死ぬ。そのときのドライバーは、沼尻太一、鈴木陽子が次に結婚する四番目の夫だった。

つまり、これらの事故は、轢き殺した加害者が、鈴木陽子と結婚し、やがて次の被害者となるという形で続いているのだ。

そして、最後の夫である、沼尻太一は八木徳夫という男に轢き殺されている。戸籍を見る限りこの男はまだ生きているようだった。

三つの事故記録を並べてみれば、そのおかしさには誰でも気づくだろう。しかしすべて別の土地で起きた事故であり、別の都県警によって、独立した事故として処理された。そのため、これまで、この三つの事故記録を並べた者はいなかったのだ。

どの事故でも加害者は自分で警察を呼び、素直に調べに応じているようだ。逮捕されて不起訴になることを最初から狙っていたのだろう。警察にとって、轢き逃げは捜査するものだが、事故は処理するものだ。そこを上手く突かれている。

鈴木陽子は名前と本籍地を変えているので、婚姻歴も、過去に同じような事故で夫を亡くしていることも簡単には分からない。かといって、加害者が調べに応じている事故の、被害者の家族をわざわざ戸籍を辿って調べるような動機は、警察にはない。そして警察が事故として処理すれば、保険会社もそれを前提に支払いをする。

一つ一つを単独で見れば、事故に見えるのかもしれない。が、これが三つ重なれば「連続保険金殺人」以外の答えはおそらくないだろう。更に、この夫たちの死によって総計三億もの保険金を受け取ったはずの女、鈴木陽子も死んでいるのだ。

ここまで揃えば、「事件」の存在を示す事実としては十分だろうし、綾乃たちだけでこれ以上を調べるのは無理がある。

この時点で、報告書をまとめ、上司に提出した。これは国分寺署の刑事課から、国分寺署長、そして本庁《警視庁》へと順に上げられてゆき、最終的に警視庁の上層部が、隠蔽《いんぺい》された連続保険金殺人があると断定した。

かくして、東京、埼玉、茨城にまたがる広域事件として、警視庁に各県警との合同捜査本部が設置される運びとなったのだ。その発端を掘り起こした綾乃たちも招集を受け、捜査に加わることになった。


――一都二県連続不審死事件合同捜査本部。

廊下の突き当たりの大部屋の前に張り出された紙にはそう書かれていた。捜査本部の名を示した「戒名」と呼ばれるものだ。『首都圏連続不審死事件』はすでに同じ戒名の事件があり、まだ公判中なので、『一都二県連続不審死事件』になったという。

通常、捜査本部は所轄の警察署に設置されることが多いのだが、今回は広域事件の合同本部でもあり、例外的に警視庁に設置された。

大部屋の中には、捜査員が座る席が階段状に並んでおり、それと向き合うようにして正面に幹部たちが座る横長のひな壇が設置されていた。

前の方の席は、すでに警視庁の刑事で埋まっていた。綾乃たちはそのすぐ後ろに着席する。

ほどなくして、定刻になった。

司会役の警視庁捜査一課管理官がひな壇で口を開いた。

「これより、『一都二県連続不審死事件』初回、捜査会議を行う。まず始めに、警視総監からお言葉を頂く、全員、起立！」

がたがたと椅子を引く音とともに、部屋にいるすべての人間が立ち上がる。

ひな壇の前に、色が黒く恰幅のいい男が立つ。警視総監だ。

警視庁管内で大規模な捜査本部が立つ場合、その捜査本部長には警視総監が就くことになっている。無論、総監自らが事件の指揮を執るわけでなく名目上のものだが、初回の捜査会議ではこうして訓示を垂れることが多い。

警察組織における最高位の階級を持つ男がその口を開く。

場の空気が圧縮され、張り詰めてゆくのを、綾乃も肌で感じていた。

たとえ名目上のものであっても、警視総監が捜査本部長を務めることの意味は重い。

総監に恥をかかせるわけにはいかない。必ず、解決しなければならない――、多かれ少なかれ、この場にいる全員がそういった気持ちを抱いている。

下座の捜査員たちはもとより、ひな壇の幹部たちの顔からも志気の高まりが窺える。

これは、警察官をやっていれば誰でも身につく条件反射だ。下の者は、上の者を徹底的に立てる、身を献《ささ》ぐ。階級社会に属するとはそういうことだ。のちに自分が上にあがることを考えるなら、それは将来のためにもなる合理的な行動と言えなくもない。が、実のところは、合理ではなく生理だ。上の者の地位に傷がつくようなことは、あってはならないと、理屈でなく思うのだ。

綾乃自身も、この場に身を置いていると、胸の奥から、自分の意志とは関係なく、意気が上がってくるのを覚える。

やらなくちゃ、と。

鈴木陽子が何をしていたのか。そのすべてを、ちゃんと明らかにしなくちゃ。

ちゃんと。

ちゃんと、しなくちゃ。

ベルが鳴るとよだれを垂らす犬のように、綾乃は思っていた。

◇

山田《やまだ》弘道《ひろみち》（警察官　茨城県警取手署交通課所属　三一歳）の証言

署に連絡が入ったのは、深夜の三時過ぎでした。

加害者の八木徳夫が、自分で一一〇番通報してきたとのことでした。

はい、自分も見分に参加しました。

死体検案書にあるとおりです。被害者の頭の上を、もろにタイヤが通過していて、頭蓋がひしゃげているのは、一目で分かりました。搬送先の病院ですぐに死亡が確認されて、八木はその場で逮捕ということになり、そのまま調べに入りました。

八木はかなり動揺していた様子ですが、態度そのものは非常に協力的で、質問にも素直に答えていました。

現場は見通しの悪い路地のカーブで、そこで被害者が寝転んでいたのに気づかずに、轢いてしまったと、八木は証言しました。

はい、調書に書いたとおりです。

遺体からアルコールが出て、道に飲みかけのカップ酒が転がっていて、一応、証言との辻褄《つじつま》は合っていました。

他に目撃証言はなく、そのときはそれを信じてしまいました。言い訳になるかもしれませんが、被害者と加害者は接点が見当たらない赤の他人で、自分から一一〇番していたので……。

はい、自分の過失を小さくするための、ちょっとした嘘、たとえば、本当は轢く寸前に寝そべっている被害者が見えたのに、見えなかったことにしているとか、そういう嘘をついている可能性は考えましたが、事故そのものが偽装されているという疑いは持ちませんでした。

被害者の奥さん、はいそうです。鈴木陽子、このときは、沼尻陽子でしたが――と、連絡が取れたのは翌朝でした。事故のあった深夜は、ファミレスでアルバイトをしていたとのことで、これはすぐに裏が取れました。最近は景気が悪いせいか、新婚家庭で嫁さんが深夜バイトしているのも珍しくはないですから、特に不自然とは思いませんでした。

はい、調書を取ったときに夫の沼尻太一が生命保険に加入していることや、結婚してから九ヶ月ほどしか経っていなかったことは確認しています。

引っかかると言えば、引っかかるところですが……。保険の額がそんなに高額ってわけでなく、正直に話していたんで。あと、事故のあった時間のアリバイははっきりしてましたし……。何より、病院に呼んで、遺体を確認してもらったとき、本当に驚いて、悲しんでいる様子で。

はい、信じてしまいました。

生保とは別に共済にも加入していたことには、最後まで気づきませんでした。これは疑って調べないと分からない類のことだと思います。それから、慰謝料のことも。保険金はともかく、そんなところまで計算してるなんて……。

そうです。ちょうど桜のピークの週末で、色んなところで花見が開催されるというので、警備で人は割《さ》かれていました。忙しかったです。

……はい。正直に申し上げますが、自分だけでなく、署全体に、なるべく手早く処理しようという空気はあったと思います。

いえ、もちろん、手を抜いたわけではありませんが、普段よりも効率重視で職務に当たってしまったというのは、あると思います。

え、あ、いや……、ええ、そうですね。あくまで私見ですが、そういうタイミングを狙ったのだとすれば、正直、上手くやられてしまったと思います。

◆19

――陽子、

あなたが発した「最低！」という声は、誰にも聞かれず、まだ夜が明け切らない新宿の街に吸い込まれた。

最低の、本当に最低の気分だった。

一刻も早く、全部、洗い流したい。

あなたは、シャワーを借りるために一度事務所に戻ることにした。股からガマガエルの精液をだらだら垂れ流したまま、電車に乗りたくなかった。

琉華と歩いてきた歌舞伎町の道を逆に辿ってゆく。途中、コンビニで下着を買った。青白い顔をした痩せたバイトの青年は、無表情のままレジを打つ。「コヒャク、ニチュウ、エン、デス」と金額を口にして、初めて彼が日本人でないことに気づいた。あなたは、千円札を出し、おつりとグリーンのラインの入ったコンビニ袋を受け取った。

時刻はそろそろ午前五時。ホストクラブの日の出営業が本格的に始まっており、歓楽街は活気づいていた。

あなたはキャッチとおぼしき声がけをやり過ごし、明治通りまで抜ける。

事務所のあるマンションに着くころには、空の端に予感のような薄明かりが漏れ出していた。マンションの廊下で、ちょうど帰るところらしいキャスト二人に会った。特に親しい相手でもなかったので、言葉も交わさず会釈してすれ違う。

事務所に入ると、待機所にはもうキャストの姿はなく、若い男性スタッフが独り、映画のDVDを観ていた。『人妻逢瀬』は二四時間営業をうたってはいるけれど、早朝に電話がくることはほとんどなく、キャストもだいたい帰ってしまう。

「あれ？　麻里愛さん、どうしたんすか。泊まり？」

あなたが顔を覗かせると、スタッフは尋ねた。

連勤するキャストは、事務所の仮眠室が空いていれば泊まることができる。

あなたはかぶりを振った。

「ううん、ちょっとシャワー使わせてもらいたくて」

「ああ、どうぞ」

スタッフは特に訝しむこともなく、点頭した。

脱衣所で下着を脱ぐと、それは黄ばんだ精液で汚れ、生臭い匂いを放っていた。同時に、あのガマガエルの口臭と体臭の記憶までもが蘇ってくる。

あなたは下着を丸めると、コンビニ袋に入れて口をきつく二重にして縛った。

バスルームに入って、シャワーのカランをひねる。古いマンションに特有の鉄臭い水が流れ、やがて鉄臭いお湯になる。

あなたは、常備してある殺菌効果のあるボディソープを身体中に、特に股の間には擦り込むように、塗りたくる。そして湯温の調節ダイアルを、最高の四二度にして熱いお湯で一気に流した。膣に残っていた精液だけでなく、この身体にまとわりつくものすべて、流れていってくれと願いながら。


下着を替えて、再び事務所を出たのは五時半を過ぎたころだった。

マンションや雑居ビルが建ち並ぶ裏路地はいつも静かだが、朝早い時間は特に静まりかえる。あなたの他に人影はなく、明治通りの方から聞こえるかすかな喧騒が、逆に静寂《しじま》を深めていた。

一つ角を曲がると、狭い道の路肩に黒いバンが一台停まっていた。

さっきまではなかった車だ。窓ガラスにはスモークが貼ってある。

この辺りではこの手の「カタギっぽくない」車はよく見かける。だから、あなたは特に気にすることもなくその脇を通り過ぎようとした。

そのとき――、
バンのドアが開き、四本の手が伸びてきて、あなたの身体を摑んだ。反射的に声をあげようとしたが、それより早く掌で口を塞がれた。

どこからか、甲高《かんだか》い声が聞こえた。

「怪我したくなかったら、声を出すな！」

太く筋肉質な腕が軽々とあなたを抱きかかえ、車の中に押し込む。それと同時に、ガシャッと音をたててバンのドアが閉まった。

拉致、された。

どうにかそれだけは分かった。

あなたは、口を塞がれたまま、リアシートの背もたれに痛いほど押しつけられる。反射的に目から涙がこぼれた。全身から汗が噴き出ているのが分かる。鼓動がはっきりと聞こえるほど、心臓も高鳴っている。

頭の中に、普段、あいつから受けている暴力の記憶がフラッシュバックする。冷たく凝縮された恐怖の塊《かたまり》が腹の底に落ちる。

怖い、怖い、怖い。

あなたを車に押し込んだ者たちの姿が見えた。

ジャージを着た男が、二人。

一人は、口元と顎にひげを生やした、三白眼の男。歳は三〇後半くらいだろうか。長めの髪を後ろで束ねている。

もう一人は、子ども、というのが第一印象だった。身体はかなり大きいが、顔立ちは幼く、まだあどけなさが残っている。坊主頭で眉が太く、上下のジャージを着たその姿は、どこかの高校の運動部員のように見えなくもない。

「いいか、騒ぐんじゃねえぞ！」

三白眼の方が金属を鳴らすような甲高い声で言った。

子どもっぽい坊主頭は、その大きな身体を覆い被せるようにして、あなたの口を押さえ、シートに押しつけている。

騒ぐも何も、これじゃ声が出せない。

「悪いけどなあ、姉ちゃん、ちょっと付き合ってもらうで」

前方から、嗄《しわが》れた声がした。

身体を押さえつけられたまま、眼球だけをそちらに向けると、助手席にいるワイシャツを着た男が、こちらを振り向いていた。ダルマのようなずんぐりむっくりで、短く刈り揃えられた髪には白いものが混じっている。リアシートであなたを拘束している二人に比べると、ずいぶん年嵩に見える。

その隣の運転席にはパンチパーマの男。どうやら、あなたを拉致した男たちは四人組のようだ。

坊主頭は、かすかに息を荒らげながら、力を弱めることなくあなたを押さえつけている。

エンジンが掛かり車が走り始めた。

押しつけられた背中に慣性を感じる。

坊主頭は、いつまでもあなたのことを放そうとしない。

痛い、苦しい、怖い。

噴き出した汗が体温を下げてゆく。

寒い。

視界の端に映る窓の向こう、スモーク越しのグレーの景色。ビルが流れている。どこをどう走っているのか、見当もつかない。

私はどうして拉致されたのだろう？　これから、どこへ連れて行かれるのだろう？

がさごそと音がするので、眼球だけを動かしてそちらを見ると、三白眼があなたのバッグの中を改めていた。

三白眼は財布を開いて、入っていた札を抜き取った。あなたが、四人の男を相手にし、そのうち二人と本番をして、更にそのうち一人（というより一匹か）にはナマで膣内射精までさせて、稼いだ金を。

あ、これがあのデリヘル狩りか。

あなたは気づく。

早朝、仕事上がりの風俗嬢が持つ現金を狙うのは、ホストだけではない。もっと直接的で暴力的なやり方で、金を奪いにくる者もいる。それが「デリヘル狩り」だ。

無店舗型風俗店の事務所は、繁華街ではなく、その近場のビル街や住宅街にある。そういう場所は、深夜から早朝にかけては極端に人目が減る。事務所から出てくる風俗嬢を、待ち伏せ襲う側からすれば、好都合だ。

店を襲うわけではないので、本人が泣き寝入りしてしまえば、事件は表に出ない。実際、襲われた風俗嬢が、自分から警察に被害届を出すことはほとんどない。店や、そのバックにいるはずの暴力団も、面倒は避けたいので、あとから犯人捜しをして、落とし前をつけるようなことはしない。

浄化された街のすぐ側《そば》で、表から見えなくなった風俗嬢が、人知れず拉致され、金を奪われ、ついでにレイプもされる——、そういう犯罪があることは噂では聞いていたし、店から気をつけるように言われた憶えもある。けれど、まさか自分の身に降りかかるとは思わなかった。性病に罹《かか》ったときとまったく同じだ。他人事ではなかった。本当は常にリスクがあったし、気をつけて避けられるものでもなかった。

「なんだ、こんなもんかよ」

三白眼は金を数えて、けらけらと笑った。

あなたは、胸を切り裂かれ、その奥にある魂をくしゃくしゃに潰されているような気分になった。

あんなに嫌な思いをしてまで稼いだ金を奪われた上に、どうして笑われなければならないのか。

悔しかった。泣きわめいて、暴れたいほど、悔しかった。

けれど、坊主頭の巨体に押さえつけられ、身動きすることも、声をあげることもできないあなたに、為す術はなかった。

車は、数十分も走ったあとで停車した。

街の喧騒は聞こえなかった。

都内から出てはいないと思うが、たぶん人気《ひとけ》はない場所なのだろう。

エンジンが切れると、助手席のずんぐりむっくりが「行こか」と陽気な声で促した。

三白眼が「はい」と返事をし、ドアを開けた。

どうやら、ずんぐりむっくりが、格上というかボスで、パンチパーマと三白眼と坊主頭は子分のようだ。

坊主頭が、あなたの身体と口を押さえつけていた手を離した。

同時にあなたは、あえぐように息を吸い込んだ。唾液が気管に入ってしまい、何度か咳き込む。

「こっち来い」

坊主頭に手を引かれ、あなたは逆らわずに外に出た。

「あんたも運が悪かったな、まあ、身体なんて売ってるから、こうなるんだ」

運転席のパンチパーマが笑いを含ませた声で言った。煙草をくわえているところを見ると、彼は降りずに車に残るようだ。

工場のような大きな建物の裏手だった。

敷地の内側で通りからは見えない。そこら中に枯れかけた雑草が生えていた。どこからか水が流れる音が聞こえる。もしかしたら近くに川があるのだろうか。

バンを停めた場所のすぐ側に小さなプレハブ小屋があり、ずんぐりむっくりが鍵を開けて中に入ってゆく。

三白眼と坊主頭があなたを連れてあとに続いた。

小屋の中は、奥にミニキッチンがある一〇畳ほどの部屋になっていた。床はグレーのカーペット。窓はカーテンで塞がっている。壁際に小さな棚が二つある他は、目立った家具は何もなく、真ん中に大きなマットレスが敷かれていた。

「おらよ!」

坊主頭に突き飛ばされ、あなたはたたらを踏んで、マットレスに転げた。

「きゃっ!」

「へへ、もっと大きな声出してもええで。どうせ表までは聞こえんしな」

ずんぐりむっくりが、ワイシャツのボタンを外しながら近づいてくる。

やっぱり、お金を盗《と》られるだけじゃすまないんだ……。

自分がこれから、どういう目に遭うのかは、大体予想がついた。

坊主頭と三白眼は服を脱ごうとせず、門番のように入り口の前に陣取っている。

どうやら、ボスのずんぐりむっくりだけが犯《や》るようだ。

もう、どうにでも好きにしてよ。

あなたは、酷く投げやりな気分になった。

「よっしゃ、始めよか」

ずんぐりむっくりが、全裸になった。異様に毛深く、野生動物のように毛むくじゃらだ。胸から腹、そして股間へと真っ黒い体毛が続き、その先に長細い蛇のようなペニスがだらりと下がっている。

「ほれ、姉ちゃん、嫌やったら、逃げえや、暴れえや」

ずんぐりむっくりは脂下《やにさ》がった顔で言う。

しかしあなたには、逃げる気も、暴れる気も、なかった。

どうせ無理矢理、犯《や》られるに決まっている。だったら、抵抗なんてしないで従った方がましだ。

あなたはマットレスの上で女座りになって、自分でブラウスのボタンを外した。まるで、いつかの母のように。

そして懇願した。

「言うことを聞きますから、乱暴にしないでください」

こうなってしまっては、犯されるのは仕方ない。あなたはもう、仕事の延長と思うことにした。お金をもらうどころか、盗られてしまったけれど。ともかく、なるべく早く、苦痛も少なめで、終わらせたい。

すると、ずんぐりむっくりは、眉間に大きな皺を寄せ、叫んだ。

「あかんやろ！」

あなたは、びくっと身をすくませる。

え、な、何？

「そんなんゆうたら、あかんやろ！　あんた、見知らぬ男に拉致られて、犯されようとしとるんやで？　そんなん、嫌やろ？　犯られたくなんか、ないやろ？」

この男は、何を言ってるの？

あなたの混乱をよそに、ずんぐりむっくりは、口角泡飛ばす。

「それに、あんた、風俗の仕事しとるんやろ？　プロの売春婦やろ？　それが、こんな簡単に、タダマンさせたらあかんやろ！　もっと矜持《きょうじ》を持たんと！　もっと真剣に、一生懸命、抵抗せんとあかんやろ！」

何を言ってるの？

本当にわけが分からなかった。

嫌？　犯られたくなんか、ない？　当たり前だ。でも、無理矢理、拉致したのは、そっちでしょうよ。

矜持？　それを蹂躙しようとしてるのは、そっちでしょうよ。

え、何？　もしかしたら、一生懸命、抵抗したら、見逃してくれるの？

しかし、ずんぐりむっくりは、悲鳴にも似た涙声で言った。

「台無しやぁ！　懸命に抵抗するのを踏みにじるのがええのにっ！　ほんま台無しやで」

なんだそりゃ⁉︎

呆然とするあなたの肩を、ずんぐりむっくりが押さえて、マットレスに押し倒した。

まだ脱ぎかけだったブラウスを剝ぎ取られ、パンツとショーツをいっぺんに脱がされる。

なんだ、結局、犯るんじゃない――と、思った瞬間、ずんぐりむっくりの両手があなたの首にかかった。

「儂が、あんたの真剣さ、引き出したる」

ずんぐりむっくりの手があなたの首を絞めた。

気道が圧迫されて息が詰まる。

苦しい！

あなたは、必死に手足をばたつかせる。両手でずんぐりむっくりの腕を摑んで引きはがそうとする。

「そうや！　その真剣さや！　ええで、もっとや！　あきらめたら、あかんで！　最後まで必死になって、あがくんや！」

あなたがどれだけ力を込めても、ずんぐりむっくりの腕はびくともしない。

「ええで、そうや、その調子やで！　もっと力一杯あがけ！　もがけ！　あんたも精一杯、儂も精一杯や！　これが闘争の本質や！　これが生きるっちゅうことや！　生きるっちゅうことは、戦うっちゅうことなんや！　よおおし、儂もいくでえ、おらっ！」

下半身にずんという衝撃を感じ、ペニスを突き立てられたのだと分かった。

「最高や！　最高や！　最高や！」

ずんぐりむっくりは、あなたの首を絞めたままピストン運動を始めた。

ずんぐりむっくりは、青筋を立ててその丸い顔を揺らしている。汗が飛び散り、あなたの顔に掛かる。

苦しい。

ずんぐりむっくりの腕を摑んでいた手が痺れ始めて、力が抜けてゆく。

死ぬ——、
あなたはそれを予感した。

「ふおおおっ」という、獣のような咆哮が遠くに聞こえる。

目がかすむ。

黒い紗《しゃ》が掛かったように、視界が塗りつぶされ、目の前のずんぐりむっくりの姿すら見えなくなる。

死んでしまう——、
いつか、あいつに殺されるかもしれないとは思っていた。

でもまさか、こんなわけの分からないやつに、殺されるなんて。

どうして、私がこんな目に——、
さっき誰かが言っていた。

運が悪かった？

身体なんて売ってるから？

そうだ、その通りだ。でも、じゃあ、どうすりゃよかったんだよ！

ちくしょう——、
気が遠くなる。

もう駄目——、

薄れてゆく意識の中で、あなたは聞いた。

声を。

――死ぬな！

幽霊だ。死んだ弟が叫んでいる。

――姉さん、死ぬな！　生き延びろ！

自分は死を選んだくせに、幽霊はあなたに生きろと命じている。

もう真っ暗になってしまった視界の隅に、朱色の金魚の影。

――チャンスなんだ！　絶対に生き延びろ！　いままさに降ってきたんだよ。条件が揃ったんだよ！　あいつを殺すための条件が！

あなたが、あいつ――、ホストのレイジと出会ったのは、『人妻逢瀬』で働き始めてすぐのことだ。

その日、あなたは初めて夕方から明け方まで一晩中働く「フル出勤」をした。馴れていなかったということもあり、一晩働いただけで身も心もくたくたに疲れきってしまった。セックスワークはハードな肉体労働だということを、あなたは思い知った。

まだ駅まで一緒に帰るような仕事仲間もおらず、あなたはたった独りで、早朝の歌舞伎町を歩いていた。まるで鉛で固めたように重たくなった身体を引きずりながら。

疲労からどうしても俯き加減になり、自然に視線が下がる。

道の端に転がる空き缶や、煙草の吸い殻、丸めたチラシといった、ゴミばかりが目についた。

「お姉さん、大丈夫？」

不意に声をかけられて、顔を上げると、鴇《とき》色のカットソーの上から黒いジャケットを羽織った背の高い男が、心配そうな顔でこちらを覗き込んでいた。

それが、レイジ。本名、河瀬《かわせ》幹男《みきお》だった。

このときのあなたは、ホストクラブが日の出営業をやっていることも、私服を着たホストがナンパのふりをして風俗嬢を狙い撃ちにしたキャッチをしていることも知らなかった。

だから、本当にあなたを心配して声をかけてくれたのだと思った。

「顔色悪いね。オールで飲み過ぎたとか？」

「あ、いえ……」と答えて、あなたは足を止めた。いや、止めてしまったと言うべきか。

レイジは、切れ長の綺麗な目をしていた。疲れ切っていたところに、こんな目をした男から優しく声をかけられたら、まだ歓楽街のリテラシーを身につける前のあなたは、素通りすることなどできなかった。

「ちょっと待ってろよ」

レイジは、すぐ側の自販機でミネラルウォーターを買うと、あなたに渡し、「もしかして、仕事帰り？」と尋ねた。

あなたは胸の中で、分かるんだ、と驚きつつ「ええ、まあ」と頷いた。

「そっか、お疲れさま。頑張ったんだな」

レイジはあなたの頭を撫でた。

するとあなたは、身体の芯からじんわり温かくなるような、不思議な感覚を味わった。

癒されたのだ。

誰かに誉めて欲しかった。

好きでもない男に身体を許すのは気持ちが悪い。自分で選んだことだけど、選びたくて選んだわけじゃない。本当はやりたくないことを、我慢して、頑張って、一晩中やりきった。だからそれを誰かに認めて欲しかった。

乾いた砂に水がしみこむように、レイジの掌からあなたの頭に何かがしみた。

あなたの両目から、ぼろぼろと涙がこぼれたのは、ほとんど生理的な反応だった。

「つと、大丈夫か?」

レイジは、宥めるようにあなたの肩を抱き、優しく何度も、頭を撫でてくれた。

「うちの店で休んでけよ。これがあれば、三千円で飲み放題だから」

レイジはポケットから小さなチケットを出してあなたに見せた。

『最終進化形ホストクラブ　ブルームーン　サービス券』

あとから思い出して、自分でもあきれてしまうことだが、あなたはこのときもまだ、これがキャッチだと気づいていなかった。

心配して声をかけてくれた人が、たまたまホストで、親切で本当に店で休んでいけと言ってくれているのだと思っていたのだ。

あなたは、レイジに誘われるままに、彼の勤める『ブルームーン』というホストクラブに連れて行かれた。

その薄暗く、夜明けから夜が始まる不思議な空間であなたを待っていたのは、暴力的なまでの癒しだった。

あなたを連れて来たレイジを中心に、次から次へと綺麗な男たちが現れ、あなたに優しい言葉をかけてくれる。ちやほやしてくれる。

彼らは、誰一人として否定的な言葉を口にせず、ひたすらあなたを誉めて肯定してくれた。「へえ」「そうなんだ」「なるほどなあ」「すごいじゃん」そんな相づちを彼らは何度も何度も繰り返した。ときに軽く肩を抱いたり、頭を撫でたりというスキンシップを織り交ぜながら。

大して実のある会話があったわけではない。けれど、それでよかった。このときのあなたに必要だったものは、驚きや発見でなく、癒しだったのだから。

あなたは癒され、癒され、癒され、癒され、癒された。

やがて癒されるという本来受動的であるはずの行動は、能動的に変換され、気がつけばあなたは、サービス券の対象外になっているシャンパンを開けていた。

「よかったらまた来いよ。そんときは俺を指名してな」

昼前までさんざん飲んだあと、店の外まであなたを送ってくれたレイジは、笑顔でそう言った。

ホストクラブは、キャバクラやデリヘルのような男性向けの店と違い、客が一度ホストを指名したら他に乗り換えることはできない「永久指名制」というシステムをとっている。これはつまり、その場の快楽よりも、継続した関係性を、いわば、より高密度の疑似恋愛を売っているともいえる。ほとんどすべてのホストクラブがこの方式で繁盛しているということは、多くの女性がそれを求めていることの裏返しでもある。

ゆえにホストの中には、客と店の外で逢い、肉体関係を結び、プライベートまで踏み込んでしまう「色恋営業」をする者も少なくない。

二度目にあなたが来店したとき、レイジを指名すると、彼は早速あなたをデートに誘った。あなたは大喜びで誘いに乗り、そしてどっぷりとレイジに嵌まっていった。

先立つものはあった。デリヘルで働き始めたことで、再び金回りはよくなっていた。バックは日払いだし、あなたはいちいち家計簿などつけていなかったので、正確な月収は自分でもよく把握していなかったが、使っている金から逆算して大体五〇万円くらいは稼ぐことができていた。それに加えて、安定した収入があると分かると、街金でも、三万と言わず必要に応じてかなり大きな額を借りられるようになった。

母への仕送りや、カードの支払いをしても、十分余裕はあった。かつてのあなたは、そういった「余裕」を買い物に費やしていたが、レイジと出会ってからは、彼のために使うようになった。

深く付き合うようになると、レイジはかなりプライドが高く、押しの強い男だということが分かった。業界では「オラオラ系」などと呼ばれるタイプだ。

レイジの口癖は「俺に恥をかかせるな」だった。あなたがしばらく店に行かないと、いきなり電話をかけてきて、「何やってんだよ、店、来いよ！　俺に恥かかせるなよ！」と責めた。店に行っても、安めの水割りなんか注文すると「安酒飲んで、俺に恥かかせるな！」と責めた。金を払う方が怒られる道理はないはずなのだが、あなたには、怒るレイジのことが、男らしくて格好いいと思えた。

レイジには、あなたがそれまでに深い仲になった男たちにはない、どう猛さがあった。そこに惹かれた。

そして、そんなレイジが時折、「ありがとうな、お前最高だよ」などと、優しさを垣間見せてくれるとき、あなたは無上の癒しを覚えるのだった。

たぶんあなたは、酷く傷つき弱っていたのだ。失意のうちに職場を追われ、身体を売るまでになり、何かを大きく損なっていた。それを埋めてくれるのが、レイジだった。

他人から見れば、あなたがレイジに貢いでいるように見えただろうし、事実そのとおりだった。けれど、それはそれで、あなたは「自分を選んで」いたことなのだ。洋服を買ったり、エステに通ったりするのと同じように。あなたは、お金を払って、「レイジと恋愛する自分」を選んでいた。

なんでもそうだが、金が回って状況が安定している限り、人は自分を取り囲むものの歪《いびつ》さに気づけない。

そして、気づいたときには、もう抜け出せなくなってしまっているものだ。

「助けてくれ……」

　レイジがそれまでに聞いたこともないような、情けない声で電話をしてきたのは、年が明けて間もなく、一月の中頃のことだった。

その日の午後、あなたが店へ出勤するために新宿の街を歩いていると、バッグの中の携帯が鳴った。

「け、怪我……して、動けねえんだ……。すぐ……来てくれ……」

電話の向こうのレイジの声は、震えていた。

あなたは驚いて、店には体調が悪くなったので欠勤すると連絡し、タクシーを拾うと、レイジが指定した場所へ急いだ。

高田馬場駅のほど近く。ちょろちょろと細く流れる神田川のほとりにある、金網に囲われた狭い青空駐車場にレイジはいた。

変わり果てた姿で。

レイジは金網に寄りかかるように半身を預け、糸の切れたあやつり人形のように、砂利を敷いた地べたに手足を投げ出していた。身体も服もぼろぼろで、激しい暴力を受けたことは一目で分かった。首筋まであった長い髪はすっかり刈りとられ、まだらな坊主頭にされていた。顔は原形を留めないほど腫れ上がり、鼻と口からはだらだら血が流れていた。

「いやああ！　レイジくん！」

あなたは、卒倒しそうな気をどうにか保たせて、すぐさま救急車を呼んだ。

レイジは全身打撲と大小六カ所もの骨折をする重傷を負っており、搬送先の病院にそのまま入院することになった。

担当医によれば、命に別状はないものの、複雑骨折している箇所には、後遺症が残るかもしれないとのことだった。

レイジはどうにか喋れるようになると、ベッドの上で吐き捨てるように言った。

「あいつら、汚《きたね》えんだ。どう考えても向こうが悪《わり》いのに、店も向こうの味方しやがって」

先輩ホストとトラブルになってヤキ入れ（要するにリンチのことだ）されたのだという。

トラブルの詳しい内容までは話してくれなかったが、店はクビになり、住んでいた寮も追い出されたのだという。これだけの大怪我をさせておきながら、店の人間は一度も見舞いには来なかった。当然、慰謝料や治療費を払うつもりもないのだろう。

あまりにも理不尽な仕打ちに思えたので、あなたは警察に相談すべきだと言ったが、レイジは「サツなんかに頼れっか！　俺に恥かかせんな！」と頑として首を縦に振らなかった。

レイジは一〇日ほどで退院できることになったが、寮を追われてしまったので、住む場所も行くあてもなかった。神奈川の海老名《えびな》市に父親がいるが、実家には絶対に帰りたくないという。

レイジの父親には酒乱の気《け》があり、彼は幼いころから酔った父に暴力を振るわれ続け、一六のとき、逃げるようにして家を出たのだという。

「親父のやつ、自分じゃ認めなかったけど、どう見たってアル中だった。昼間っから酒飲んで、ちょっとでも気に入らないことがあると気晴らしに俺を殴るんだ。でな、さんざん殴ったあとで、急に泣き出して、『悪かった、許してくれ』なんて謝るんだぜ？　たまんねえよ。俺はあの家にいたら、たぶん親父に殺されるか、そうでなきゃ親父を殺していたと思う」

あなたはこのとき初めてレイジの身の上を知ったのだが、心の底から同情した。

なんて可哀相なんだろう。

この人を助けてあげなきゃ。

最初からそのつもりではいたけれど、なおそれは強化された。

あなたは迷わず言った。

「私と、一緒に暮らそうよ！」

「いいのか？　マジありがとう。陽子。俺にはお前しかいねえよ」

そう言ってレイジは、まだ腫れの引ききらない顔をくしゃくしゃに歪めて泣いた。

あなたは、その涙に奇妙な愉悦を覚えた。

つつじヶ丘のワンルームは、二人で暮らすにはあまりに手狭なので、あなたは、東中野の2DKのマンションに引っ越して、レイジを迎え入れた。

前の居住者が自殺したらしく、相場よりだいぶ安く借りることができたのだが、そのことはレイジには黙っていることにした。

退院からしばらくレイジは足を引きずっていたが、ひと月もすると概ね回復し、普通に立ち居振る舞いができるようになった。

けれど、ただ一ヶ所、右掌にだけ後遺症が残ったようで、指をぎこちなくしか動かせなくなってしまった。実際、箸を上手く使うことができなくなり、食事はもっぱらスプーンとフォークでとるようになった。

レイジには貯金はほとんどなく、怪我の治療費も、当面の生活費も全額あなたがもっていた。最初からそれは覚悟の上だった。

あなたはレイジが退院したとき、その「お祝い」と称して、ノートパソコンをプレゼントした。新宿の家電量販店で「一番いいやつください」と言って買った、三〇万円もする機種だ。

レイジはいままでネットもメールも携帯でしかしたことがなく、パソコンはほとんど触ったことがないというので、セッティングは全部あなたがして、基本的な操作法も教えてやった。

かつてプロバイダーのコールセンターで働いていた経験が、こんなところで活きた。

レイジはえらく感激して、「これ使って、俺でもできる、いい仕事を探すよ」などと宣言したが、あなたは、レイジが喜んでくれれば、それで十分と思った。

だから、優しくこう言った。

「焦って無理に働くことないからね。気分転換や暇つぶしに使ってよ」

レイジはあなたより七つ年下で、このとき二八歳。仕事が見つからないような年齢ではない。ただ、最終学歴は高校中退で、資格の類は何も持っていない。加えて、怪我の後遺症で利き手に障碍があるのでは、「いい仕事」を見つけるのは、難しいようだった。

レイジは毎日、パソコンの前に張り付いていたが、真剣に職探しをしていたのは最初だけで、だんだんとゲームやネットサーフィンをする時間が長くなり、やがて、ずっと匿名掲示板を眺めているようになった。

けれどあなたは、それを気にもせず、レイジのペースで、やりたいことをしてくれればいいと思っていた。

ただ気になったのは、レイジの酒量だ。毎日、二五度もある焼酎を一リットル以上、日によっては一升も飲んだ。

曰く「高い酒は、ホストの仕事を思い出して嫌になる」とのことで、飲むのはもっぱらペットボトル入りの安酒だった。だから経済的にはさほど負担にならなかったが、身体の方が心配だった。

レイジは自分の父親を「どう見たってアル中だった」と、言っていた。しかし本人も、同じようにアル中——アルコール依存症なんじゃないかと思えた。

一度「そんなに飲んで大丈夫？」と尋ねてみたが、むっとした顔で「俺は強いからいいんだよ！」と怒鳴られ、以来、あなたは口出しするのをやめた。

レイジの身体を心配する気持ちは、あんな酷い目にあったのだから、せめてお酒くらい好きに飲ませてあげたい、という思いやりで上書きされた。

レイジは、あなたに衣食住のすべてを頼り、働かず、職探しもせず、毎日、酒を飲みながらインターネットをして過ごすようになった。

紛う事なき、ヒモだ。

あなたは、生理の日以外は、可能な限り店に出て、せっせと身体を売ってこの新しい生活を回した。

最初のうち、レイジはしおらしくしており、毎日のように「ありがとうな」「お前のおかげで生きてられる」と感謝の言葉をくれた。

高級なシャンパンなどなくても、それは何より優しくあなたを癒した。そして、この人がいるなら、きつくて嫌な仕事も頑張れると思えた。

充実していた。

かつて、元夫の山崎の稼ぎに頼り切って生活していたころよりも。保険の仕事を始め、上司の芳賀と形に囚われない恋愛をしているつもりでいたころよりも。

文字通り身を粉にしてレイジを助け、感謝される生活は、あなたに深い満足を与えた。

あまつさえ、あなたは、当面でなく、このままずっとレイジの面倒をみて暮らすことさえ考えた。

いつか結婚して、私が稼いで、レイジくんには、主夫になってもらって――。

そんなことを、本気で考えていたのだ。

けれどほどなく、あなたは目を覚ますことになる。いや、たたき起こされることになる。

激しい暴力によって。無理矢理。

同棲生活を始めてから、三月《みつき》もすると、レイジの口から感謝の言葉は減り、むしろ些細《ささい》なことで怒り、あなたをなじるようになった。

たとえば、レイジのために買ってきたコンビニ弁当に、彼の苦手な椎茸が入っていたとか、そんなことで「てめえ、俺を舐めてんのか！」と腹を立てた。

また同じころから、レイジはやたらと外国人（特に中国人と韓国人）を悪く言い、「日本人なら」とか、「日本人として」という大きな主語を使うようになった。

どうやら、毎日見ているインターネット上の匿名掲示板の影響のようだった。

日本のマスコミは在日外国人を中心とした反日勢力に乗っ取られており、国民は洗脳されているのだという。

レイジはネットの掲示板で「真実」に出会い、国を愛し、守ることの大切さに気づいたのだそうだ。

「日本を守るために、在日なんか片っ端から叩き出すべきなんだ！」などと、恐ろしげなことも平気で口にするようになった。

しかし、もともとレイジはオラオラ系の荒っぽいところのある男だったし、こうして怒れるようになったのも回復した証拠、くらいにあなたは思っていた。

おめでたいとしか言いようがないが、あなたは「毎日異常な量の酒を飲み、憎しみをまき散らす男」と暮らしながら、実際に殴られるまで、自分が殴られるなんて思っていなかったのだ。

きっかけは、住んでいる部屋が事故物件だとレイジが知ったことだ。

その日、あなたが帰るとレイジはいきなり怒鳴り散らしてきた。

「てめえ、聞いたぞ！　この部屋、前のやつが自殺してんだってな！」

どうやら、あなたが働きに出てる最中に、隣の部屋に住む女性から「おたく、やっぱ家賃安いの？」と尋ねられ、逆に事情を教わったようだった。

いつものことだがレイジは酷く酔っぱらっているようで、その口からは怒声とともに、アルコールの匂いが吐き出された。

「ふざけんじゃねえぞ！　そんなとこに俺を住ませていたのか！　恥かかせんじゃねえよ！」

「ごめんなさい。でも、なるべく家賃の安いところじゃないと……」

家賃も生活費も全部あなたが払っているのだから、このくらいの主張はしてもいいはずだ。が、それが逆鱗《げきりん》に触れた。

「俺のせいだってのかよ！　俺に稼ぎがないから、部屋も選べねえってか！」

とどのつまり、そういうわけなのだが、あなたは首を振った。

「そんなこと、ないよ」

次の瞬間、認識できたのはレイジが右手を振り上げたことだけだった。

バシ、という音とともに左側の頬に衝撃を感じ、頭がのけぞった。

一瞬遅れて痺れるような痛みが頬から顔面の左側に広がる。

平手打ちを食らった。そう思ったとき、硬く握られたレイジの握り拳《こぶし》が、あなたの腹にめり込んだ。

これまでに経験したことのないような重たい痛みとともに、息が止まる。

「はがぁっ」

口から、とても自分の声とは思えない、動物のうめき声のような音が漏れた。

よくドラマや漫画で、腹を殴られた人が気を失うシーンが出てくるが、あれは嘘だと、あなたは身を以て知った。そんな簡単に意識は切れてくれない。殴られた箇所から、痛みと、苦しさと、吐き気が身体中を延々巡る。

「やめ……っ」

腹を押さえて、「やめて」の三語を言う前に、今度は蹴りが飛んできた。

反射的に腕でかばおうとするが、その腕ごと蹴り抜かれ、身体がくの字に曲がって吹っ飛んだ。テーブルにしこたま腰をぶつけた。上にのっていたコップが、床に落ちて割れた。その音がやけに耳に響いた。

レイジが更に腕を振り上げるのが見えた。

あなたは、身体をかばうようにして背を丸め床にうずくまる。

背中に衝撃。

身体が真っ二つになったような錯覚さえ覚える。無論、身体は繋がっていて、意識も途切れず、痛みと苦しみが続く。

「やめてぇ！」

あなたはようやく叫んだ。

しかし、レイジは止まらない。

「ふざけんな！」「舐めんじゃねぇ！」「恥かかせやがって！」

そんな言葉と、手と足が、スコールのように降ってくる。

怪我の後遺症で器用に動かすことができない手でも、自分より弱い者を殴ることは、できるようだった。

痛い、怖い、苦しい、やめて、やめて、やめて。

感情は単純化されてゆく。

どれほど続いたのだろう。永遠にも感じられたし、あなたはこのまま殺されるとすら思っていた。けれど、実際は数分だったのだろう。

あなたが命を失うより前に、暴力の雨は止み、別の雨が降りだした。

「ごめん、ごめん、本当に、ごめん」

いつの間にかレイジは、あなたの身体を抱いて、泣きながら詫びていた。首筋に、彼の涙がぽたぽたと落ちてくるのを感じた。

「つい、頭に血が上っちまって。悪かった。許してくれ。お前のおかげで生きてられるってのに。いいよ、この部屋で。文句なんて何もないさ」

通り過ぎた暴力の余韻は未だあなたの全身にとどまり、身体中が熱を帯び、小刻みに震えていた。

「レイジくん、もうぶたない？」

あなたは絞り出すように尋ねた。

「ああ、絶対、もうこんなことしない。約束する」

泣きながらしたその約束は、しかし次の週には破られることになる。

今度はもっと些細なきっかけだった。

その日、レイジは虫の居所が悪いようで、昼、起きたときからむすっとして、ちびちび酒を飲み始めていた。

いつもと比べてもペースが速く、ぶつぶつと「チクショウ」「なんで俺が」「ふざけんな」と独りで悪態をついていた。いかにも不穏な空気を漂わせていたが、先週、あんなことがあったばかりだったし、変に刺激したくはなかった。

あなたは、少し早めに家を出ることにした。

昼過ぎには外出する準備を始め、言い訳するように「今日、早めの予約が入っちゃったの。本当、まいっちゃう」とこぼした。

それが引き金《トリガー》になった。

「てめえ、仕事してるアピールかよ！　あてつけのつもりかよ！」

酒瓶が飛んできて、次いで、握り拳が飛んできた。

再び雨が降った。暴力と、涙の。

あなたは身体中を痛めつけられ、その日は出勤できなくなった。

レイジはまた泣きながら謝り「もう二度としない」と約束した。

あなたは、それを聞きながら、思った。

ああそういえば、こんなふうに父親から殴られ続けて一六歳で家を出たという男の身の上話をどこかで聞いたっけ。

あなたは、やっと気づいた。

この人は、駄目だ。たぶん、何かが決定的に壊れてしまっている。

この人はまた約束を破る。一緒にいたら、何度でも殴られる。

本人がなりたくてこうなったわけじゃないのかもしれない。お酒が悪いのかもしれない。殴りたくて殴っているわけじゃないかもしれない。この暴力と涙の繰り返しは、レイジにとっても、自分と関係ないところから降ってくるのかもしれない。

でも、駄目なものは、駄目だ。

この人と結婚？　主夫になってもらう？　あり得ない。

ホストと客の関係だったときから、積み上げてきたものは、いっぺんに冷め、熱を失い、崩れ落ちた。

私、とんでもない馬鹿だった。

あなたは我がことながら、あきれかえった。

宇宙が回っているのでなく、地球が回っていることに気づいた人は、もしかしたら、こんな心持ちだったんだろうか。

ただし、気づけたからといって、状況が好転するわけでもなかった。

レイジに暴力を止めさせることは、おそらくできない。

暴力から逃れる、最も単純な方法は、別れることだ。

でも簡単に別れられるなら世話はない。そもそも別れ話を切り出すことすらできない。そんなことしたら、それこそ死ぬまで殴られるんじゃないかと思う。逃げるにしても、あてがない。

こんなことなら、気づきたくなかった、目なんて覚ましたくなかった。

逃げられない暴力なら、苦しむより、受け入れた方が、ましだ。

殴られても「この人だって傷ついているんだ」「一番つらいのはこの人なんだ」と自分の苦しみを見ない振りをして、「いつかこの人と一緒になって穏やかな家庭を作るんだ」なんて馬鹿げた未来を信じていた方が、まだましだった。

でも、あなたはそうはなれなかった。

これまでに、酷い暴力を受けたことがなかったからか、肉体的な痛みはあなたに無理矢理気づかせた。

そして、気づいてしまえば、気づく前には戻れない。一度目が覚めてしまえば、幸福な夢の続きは二度と見ることが叶わない。

あなたの世界から「助けてあげなきゃいけない可哀相な恋人のレイジ」は、どこかへいなくなり、代わりに「気まぐれにあなたを殴る恐ろしいヒモのレイジ」が登場した。

身体を売って、そんな男の生活全般の面倒をみていることに改めて愕然とする。

気づきとともに、愛情は消え去り、後悔の念だけが残った。

けれどあなたは、分からない。

どこから後悔すればいいのだろう?

レイジに「一緒に暮らそうよ」と言ったことか。でも、あれはああ言ってしまう場面だった。

じゃあ、電話で呼び出されて駆けつけたことか。でも、あんな切羽詰まった声で「助けてくれ」なんて言われたら無視できない。じゃあ、レイジと出会ったときについて行ったことか。でも、あのときはどうしても癒しが欲しかった。じゃあ、デリヘルで働き始めたことか。でも、あのときは――

こうして元を辿ってゆけば、最後は生まれたことを後悔するよりなくなる。けれど、そもそも、生まれることは選んでいないのだから、後悔しようもない。

ああそうか。人間がただ降ってくるだけの自然現象にすぎないということは、つまりそういうことか。

後悔なんて、ただ心を蝕《むしば》むだけの意味のない感情にすぎない。いや、意味のある感情なんて、何一つないのかもしれない。

なのに、どうしても思ってしまう。

余計なものを背負ってしまった、と。

毎月仕送りしている母が、切っても切れない血縁のある、背負わなければならない「荷物」なのだとしたら、レイジは、背負う義理などないはずなのに背負ってしまった「余計な荷物」だ。

それは、あまりに重かった。

日々の生活から充実は消え、身体を売ることの苦しさと、殴られることの苦しさだけが残った。

あなたは、売りたくない身体を売り、愛情でなく恐怖を感じる男の生活を支えた。四六時中、緊張して、レイジの機嫌を損ねないよう言葉を選び、振る舞いに気をつけた。それでも時折、予期せぬ爆発は起きた。そんなときは早めに身をかがめて、少しでもダメージが少なくなるようにして、過ぎ去るのを待った。

地雷原で暮らすような日々がしばらく続き、夏も盛りを過ぎた八月の終わり。

いつものように仕事を終えた、朝だった。

血の代わりに泥が流れているかのように身体が重たかった。やはり、肉体労働だからだろうか、夏の間は仕事をしたあとの消耗がより激しい気がする。

この日は樹里とだけ帰りが一緒になった。

「あいつがいる家に帰るの憂鬱だよ」

「バックレらんないんすか？」

「無理。他に行く場所ないし」

「そっか、そっすよね」

「私って、絶望的に男運がないんだよね」

「はは、それは私も負けてないっすよ」

樹里にだけは、ざっくりとレイジのことを話していて、ときどきこんなふうに愚痴っていた。

樹里は樹里で、これまで付き合った男に漏れなく殴られているという。

明治通りで樹里と別れ、ホストのキャッチをかわしつつ歌舞伎町を抜けて駅へ向かい歩く。

途中で選挙ポスターを貼る掲示板の前を通りがかった。名も知らぬおじさんやおばさんの笑顔が並んでいた。

月末に行われる選挙では、日本で初めての本格的な政権交代が行われるんじゃないかと言われ、最近はテレビをつけるとどこもそのことを話題にしていた。レイジは、「今度新しく政権を取ろうとしている政党は、反日勢力の巣窟なんだ。絶対に政権交代なんかしちゃいけねえんだ！」などと熱っぽく語っていた。

あなたにしてみれば、関係のない話だ。政権交代しようがしまいが、自分の生活が変わるとは思えない。レイジの機嫌が悪くなりそうなことを思うと、しない方がありがたい。どのみち、選挙なんてこれまで一度も行ったことがないし、今回も行くつもりはなかった。

あんたたちの誰かが、私を助けてくれるっていうなら、投票でもなんでもするけどね。

頭の中で、そんなことを呟きながら、掲示板の前を通り過ぎたとき、久々に幽霊の声が聞こえた。

——姉さん、じゃあ僕が公約しよう。姉さんを助けるって。

見ると、若い女性候補者のポスター写真の唇の部分が、ぷるぷると震え、朱色の金魚になって宙を漂い始めた。

久しぶりの登場だ。思えば、レイジと知り合ったころから、ずっと出てこなかった。

「久しぶりね」

——僕は、姉さんがピンチのときに出てくるのさ。

幽霊はぷちぷち笑いながら言った。

これまでも、そうだったのだろうか。よく分からない。

ただ、いまがピンチなのは間違いない。

「ねえ、純、あなたが助けてくれるの？」

——正確には、姉さんが自分で自分を助けるんだけどね。だって、僕は姉さんの中にいるんだから。姉さんはね、すでに知っているんだよ、いまの生活から抜け出す方法を。僕はそれを教えるだけだよ。

「私が知ってる？　それ、どういうことよ？」

——姉さんを殴るあの男がいなくなって、ついでに身体を売らないでもいいくらいのお金が入れば、万事解決、そうだろう？

それはそうだ。

あなたはいつも思っている。

レイジがいなくなればいいのに、と。

もう身体を売らないでいいくらいのお金があればいいのに、と。

「何言ってんのよ、どうやったら、そんなふうになるのよ」

——殺しちゃえばいいんだ。

幽霊はさらりと言った。

「えっ？」

——あの男を殺しちゃえばいいんだよ。そして、その命をお金に換えればいいんだよ。

レイジを殺す？

お金に換える？

呆然とするあなたに、幽霊は続ける。

——この世には、人の命をお金に換える仕組みがある。その仕組みについて、姉さんは普通の人より詳しいじゃないか。

幽霊はぷちぷちと笑った。

——そう、生命保険だよ。


僅かながらに覚醒した意識が、最初に捉えたのは、ぺちぺちと、軽く頬を叩かれる感触だった。

次いで、声がする。

「——おーい、生きとるかあ？　生きとったら、返事せい」

あなたは、徐々に瞼を開く。

ぼやけた視界に、プレハブ小屋の天井と、ずんぐりむっくりした体型の男が映る。

あれ？　誰だっけこの男……。

あなたの脳裏に、意識が途切れるまでの記憶が蘇る。

誕生日だった。ガマガエルみたいな客に中出しされた。馬鹿女がデキ婚することを知らされた。ガマガエルの精液が垂れてきた。事務所に戻ってシャワーを浴びた帰り、拉致された。デリヘル狩り。四人組の男。ああ、そうだ。このずんぐりむっくりに、首を絞められて犯されたんだ。

意識が遠のいたときは、もう死んだと思った——、でも、死ななかった、生き延びた。

「おお、生きとったかあ」

ずんぐりむっくりは、にっと歯を剝《む》いて笑った。

身体感覚が取り戻されるにつれ、あなたは自分が裸に剝かれ、マットレスの上に倒れていることに気づいた。

ゆっくりと身を起こす。

「よかったでえ、死体、処分すんのも結構、面倒やからなあ」

ずんぐりむっくりは、もうシャツを羽織っていた。その傍《かたわ》らに三白眼と坊主頭、外の車にいたパンチパーマの姿もあった。ずんぐりむっくり以外の一同の表情には、かすかな安堵が窺えた。

性器の周りに、生乾きの精液がこびりついているのに気づいた。ずんぐりむっくりが出したのだろう。

「ご苦労さん。これで拭いて、服、着いや」

ずんぐりむっくりは、ウエットティッシュのボトルを寄越した。

あなたはそれを無言で受け取り、数枚、引き抜くと股間を拭いた。

頭の中は妙にすっきりとして、冴え渡っていた。それこそ、生まれ変わったみたいに。

あなたは、マットレスの上に散らばっている下着と服を素早く身につける。

「これ、生きとったご褒美や」

ずんぐりむっくりは、あなたの前に一万円札を一枚、ぽんと放り投げた。

「葛西《かさい》の駅まで送ってやるから、そっから帰りい、それで足りるやろ」

そんなところまで、連れてこられていたのか。

まあ一万円あれば、タクシーで帰ってもおつりがくるだろう。

でも……。

あなたは、金を拾わず、ずんぐりむっくりの隣にいる三白眼に目を向けて、口を開いた。

「このお金はいらないから、そっちの人が私から盗ったお金を返して」

車の中で、この男はあなたが身体を売って稼いだ金を奪った上に、笑った。せめて、取り返さなければ気がすまない。

強盗に奪った金を返せと言うのは無体な気もしたが、どういうわけか少しも恐怖は感じなかった。

三白眼は「ああ?」と声をあげ、あなたに一歩にじり寄った。

「てめえ、何言ってんだ！」

あなたは怯まず、三白眼を見据えた。

ずんぐりむっくりが、三白眼の肩を摑み、笑いながら制した。

「姉ちゃん、ええ度胸やで。ええがな、返したれ」

「でも……」

「小遣いなら、儂がやるで。返したれ！」

ずんぐりむっくりが強く言うと、三白眼はやや不服そうに頷き、ポケットをまさぐる。

「ほらよ」

三白眼は投げつけるように金を放り、くしゃくしゃになった数枚の札があなたの目の前に落ちた。

あなたはそれを拾った。

——姉さん。

頭の上から声がした。意識を失う直前に現れた純の幽霊だ。見上げると、天井すれすれの辺りを、滑るように回遊していた。

——降ってきたんだろ?

そう、降ってきていた。

死んでいなかったと思った瞬間、生き延びたのだと思った瞬間。

意志が。

あなたと関係ない、どこかから。

あなたの頭の中に、降ってきた。

条件が揃った、と。

やろう、と。

まともじゃないことは、百も承知で、やってみよう、と。

あなたは、男たちのボスと思われる、ずんぐりむっくりの顔をまっすぐ見て、尋ねた。

「あなた、人を殺したことあるのね？」

この男は死体の処分を面倒と言った。つまり、そういう経験があるということだ。

ずんぐりむっくりは、笑顔を浮かべて答えた。

「あるで。それが、どうした？」

その声色には、かすかに冷たく鋭利なものが混ざっていた。

平気で人を殺せる男。

「だったら、もう一人殺してくれない？　上手くいったら、お金をあげるから」

ずんぐりむっくりは一度目を見開いたあと、吹き出すように笑い出した。

「たくさん、たくさん、お金をあげるから！　人を殺して！」

あなたは声を張った。

三白眼と坊主頭とパンチパーマは、驚きの表情を浮かべて顔を見合わせている。

「なんや、おもろいやないけ」

ずんぐりむっくりは、あなたの目の前にどんとあぐらをかいて座った。

「話ぃ聞かせてもらおか」

このとき、あなたは初めて、そのことに気づいた。

あぐらをかいた男が、膝のところに置いている浅黒い手。

一、二、三、四、五、六——、その手には指が六本生えていた。

男は、あなたが、自分の手をじっと見ていることに気づき、ニヤリと笑って言った。

「へへへ、ええやろ？　神さんが一本余計にくれたんや。太閤さんと同じなんやで」

◇ 20

遠くに電車の走る音が聞こえる。

「そうそう。この人よ、隣に住んでいたの。ああ、思い出したわ。鈴木さん、鈴木さん、そんな名前がドアんとこ出てたわ」

鈴木陽子の写真を見て、三〇半ばくらいに見えるその女は頷いた。

「お隣に、この鈴木さんが住まわれていたのは二〇〇九年の一月から、一一月くらいまでで、間違いないですか？」

奥貫綾乃が尋ねると、女は少し首をひねる。

「えっと、そうだったかな？」

まあ、隣人の入退居の時期をそうそう正確に覚えているものでもないだろう。

その年あった大きな出来事を言ってみた。

「震災の前で、政権交代があったり、あとマイケル・ジャクソンが死んだりした年なんですけど」

「あー。多分、そんくらいだったと思う」

ＪＲ東中野の駅からほど近くにある『ヴェルデ東中野』は、住民票によれば、鈴木陽子が最初の再婚をする前まで住んでいたマンションだ。

「鈴木さんとのご近所づきあいは？」

「あまりなかったかなあ。あの人、夜の仕事してたみたいだったし」

「夜の仕事？　それが何か具体的にご存じでしたか？」

綾乃が訊くと、女はやや慌てたようにかぶりを振った。

「いや、本人に聞いたわけじゃないんだけどね。いつも夕方くらいに家を出て、朝帰ってきてたみたいだったのと、あとほら、服とかバッグとか、全体的な雰囲気？　で、お水か風俗なんだろうなって、私が勝手に思ってただけ」

「なるほど」綾乃は頷いた。

その見立ては当たっているかもしれない。

鈴木陽子が保険の仕事を辞めたのは、時期的には、『常春荘』の母親を訪ね、仕送りすることを決めた直後だ。金が必要なのに職を失ったことになる。

税務記録では、新和生命を去ったあとは無収入ということになっているが、それは単に、源泉徴収や確定申告の記録がないというだけだ。

ちゃんと住む場所を確保しており、母親に仕送りも続けていたことからすると、無収入ということはあり得ない。鈴木陽子は何か仕事をしていたはずだ。

水商売や風俗なら、源泉徴収をしない店はかなりあるので、税務上、空白になっているのは頷ける。また、とりあえずそれなりの金が必要になった女が、選択しがちな仕事でもある。

綾乃は女に重ねて尋ねた。

「印象で構いませんので、鈴木さんの暮らしぶりはどんな感じでしたか」

「暮らしぶりって言われてもねえ……」

女は、宙を見上げ、記憶を辿るようなそぶりをしてから、口を開いた。

「ちょっと可哀相な感じはしたかな。旦那だか、恋人だか知らないけど、ヒモみたいなのがいて」

「ヒモ？　それは、男性と一緒に暮らしていたということですか？」

「え？　ああ、そうよ」

「どんな男性でしたか？」

「えっと、背が高くて、結構イケメンで……」

あ、そうか。

綾乃は頭の中で幾つかの事実が、収まりよく嵌まるのを感じた。

「もしかして、この男ですか？」

スマートフォンに保存してある写真を女に見せた。

ラメの入ったブラックスーツに身を包み、ボリューミーに盛ったウルフカットの男が、切れ長の目で正面を見つめている。

鈴木陽子の二番目の夫、河瀬幹男だ。経歴を調べてゆくと、彼は一時期歌舞伎町のホストクラブに勤めていたことが分かり、そこで写真を入手することができた。

そのホストクラブのオーナーによれば、河瀬幹男は、先輩ホストとトラブルを起こし、自分から店を辞めたという。

「ああ、そうそうこの人、この人。髪はもっと短かったけどね」

このマンションで暮らしていたときは、まだ籍は入れていないはずなので、同棲していたということか。

「鈴木さんは、最初からこの男と二人で住まわれていたんですか？」

「えっと、うん、たぶん」

このマンションは単身者用ではなく、独り暮らしの住人はほとんどいないという。この女も姉と一緒に住んでいるとのことだった。

鈴木陽子がここの前に住んでいたのは、調布市西つつじヶ丘のワンルームマンションだ。最初の夫である山崎と別れてから暮らし始めた部屋で、そちらの聞き込みでは同居人がいたという話は出てきていない。

もし鈴木陽子が、保険の仕事を辞めたあとで夜の仕事をしていたとすれば、そこでホストの河瀬幹男と出会ったとは考えられないだろうか。風俗嬢やホステスが、ホストと付き合うというのは、非常によくある話だ。

そして、付き合うようになり、二人で暮らすために、引っ越してきたのではないか。

「あの、ヒモと仰ったということは、その男は仕事をしていないようだったということですか？」

綾乃が尋ねると、女は曖昧に頷いた。

「そうだと思うよ。ずっと家にいたっぽいし。在宅ワークとかかもしんないけど……、でも部屋から『働いてんのがそんなに偉《えれ》えのかよ！』とか怒鳴り声が聞こえてきたし、やっぱ仕事してなかったんじゃないかな」

「怒鳴り声、ですか……」

「そう、そう。その鈴木さん？　の悲鳴もね。いや、何が可哀相って、ときどき殴られてるみたいだったのよ。顔腫らしてるのも何度か見たことあったなあ」

暴力《DV》か。

綾乃は眉をひそめた。

決して珍しいことではない。事件化されないものも含めれば、夫婦や恋人の間で暴力が振るわれることは、世間で思われているよりずっと多い。そして大抵の場合は女の方が殴られる。

女はふと思い出したように続けた。

「あ、そういえば、私、一度、その男の人に家賃のこと訊いたことあるんだけど――」

鈴木陽子が住んでいた部屋は、その前の住人が自殺をしているいわゆる「事故物件」なのだという。

女は廊下でその男に会ったとき何気なく「おたく、やっぱ家賃安いの？」と尋ねてみたことがあるのだが、男は知らなかったようでずいぶん驚いたという。

「――でね、私、前の人が自殺したこととかも教えちゃったの。そしたら、その日、鈴木さんが帰ってきてから、隣から『ふざけんな！』とか、『恥かかせんな！』とか怒鳴り声がして……。あれ、やっぱ私が教えちゃったのが引き金だったのかな。だったら、鈴木さんには悪いことしちゃったかも……」

女は、今更もうどうにもならないであろうことを悔いてみせた。

聞き込みを終えたのは、午後の六時を少し過ぎたころだった。東京ではもうすっかり桜も散り、陽が伸びてきて、この時間でもまだ空はうっすら青い。

戻る前に東中野駅前のドーナツショップで軽く食事をしてゆくことにした。

「東中野《こっち》では、河瀬幹男と一緒に暮らしていたようですな」

向かいの席でオールドファッションを齧《かじ》りながら、井上《いのうえ》が言った。本庁捜査一課所属で、綾乃が寿退職する前から面識のあるベテラン刑事だ。合同捜査本部では彼とコンビを組むことになった。腰が低く、一見して刑事に見えないえびす顔をしている。「女性の方が話しやすいでしょ」と、聞き込み時は聞き役を全面的に綾乃に任せてくれた。

「そうですね」

綾乃は相づちを打つ。

『ヴェルデ東中野』では、隣の部屋の女を含め、当時から住んでいた者五人ほどに話を訊くことができた。鈴木陽子と親しくしていたという者はいなかったが、全員が彼女と、同居していた河瀬幹男らしき男のことは憶えており、また全員が怒声と悲鳴を聞いていた。

鈴木陽子と河瀬幹男があのマンションで同棲していたこと、そして鈴木陽子は河瀬幹男から暴力を受けていたことは間違いないようだ。

戸籍と住民票によれば、鈴木陽子は二〇〇九年一一月に河瀬幹男と結婚して、中野区から三鷹市へ引っ越し、『三鷹エステル』というマンションで暮らし始めた――、ことになっている。が、別班が行っているそちらへの聞き込みでは、以前、綾乃が調べたときと同じで、鈴木陽子を見かけた者はいるのだが、夫の河瀬幹男を見たという者が出てこない。やはりこの住所はダミーで、河瀬幹男の居住実態はなかったように思える。

しかし、結婚からおよそ八ヶ月後の二〇一〇年七月に、河瀬幹男は『三鷹エステル』の近く、三鷹市牟礼の路上で死んでいる。生きていたころ、魔法の力で姿を隠していた透明人間が、死後、魔力が切れて可視化されたかのように。

「奥貫さん、どう思います？　河瀬って男の暴力は、事件と関係あると思いますか？」

井上が尋ねてきた。

「どうでしょうか……。確かに、ＤＶや虐待を受けていた女性が、思いあまって夫やパートナーを殺してしまうというケースはありますけど」

かつて女性捜査班にいたとき、その手の事件をいくつも扱った。

理不尽な支配から逃れるために、男を殺す女はいる。殺人を肯定することなどできないが、「殺さなければ、殺される」という状況に追い込まれていた者もいる。

この事件もそのような性格があるのだろうか。しかし――、
綾乃は言葉を継いだ。

人だ。

鈴木陽子は河瀬幹男の死後、二人の男と結婚、死別を繰り返している。おそらくは保険金殺

井上は頷き、ドーナツとセットで注文したコーヒーを一口飲んだ。

「それは、そうですなあ」

「暴力から逃れるだけなら、河瀬幹男だけを殺せば、よかったはずです」

彼らもまた、結婚後に住んでいたはずの家の周辺で姿を見られていないのに、ある日、死体となってその家の近くに出現するのだ。

綾乃も自分の分のコーヒーに口をつける。ミルクも砂糖も入れていない。最近はファーストフードのコーヒーもかなり美味しくなり、ブラックでも十分飲める。カップの中で深い黒褐色の液体が揺れる。

「あの八木という男が見つかれば、だいぶ見通しもよくなりますかね」

井上がぼそりと呟いた。

「ですね」

綾乃は頷く。

八木徳夫。

鈴木陽子の最後の夫を轢き殺した男だ。一連の不審死を連続保険金殺人とするなら、最後の実行犯ということになる。

今朝の捜査会議で、科捜研から幾つかの報告があった。

『ウィルパレス国分寺』で見つかった死体（というより肉片だが）を詳しく分析したところ、微量のトリアゾラムが検出されたという。これは入手が容易で即効性の高い睡眠導入剤の主成分だ。

また、死体のDNA型と、綾乃がQ県の『常春荘』から回収してきた臍の緒のDNA型が一致し、正式に死体は鈴木陽子であることが確認された。これで、いまのところ判明している事件の関係者で生存している可能性があるのは、八木ただ一人ということになった。

現在、八木は行方が分からなくなっており、合同捜査本部では重要参考人として公開捜査に踏み切ることを検討している。

この八木が事件の詳細を知っているのは間違いないだろう。ただし、たぶん主犯ではない。パターンからすれば、もし犯行が連続していたら、次に殺されるのは八木だったに違いない。この事件では、おそらく実行犯は、主犯にそそのかされ犯行に参加し、やがて殺されるという、哀れな共犯者にすぎない。

事件全体の絵図を描いている者は、他にいるはずだ。

そして、事故を偽装する手間を考えれば、それが鈴木陽子一人だったとも考えにくい。

この事件に関与している被害者や加害者たちは、なんらかの糸で繋がり、その先には複数人からなる犯行グループがある、と目されていた。

「さて、行きますか」

井上はくいっとコーヒーを飲み干し、トレーを持って席を立つ。綾乃も「はい」と井上に続いた。

ＪＲ東中野駅から総武線に乗り、市ケ谷へ出て、そこから地下鉄で桜田門へ。四番出口から地上に出ると、もうすっかり陽は落ちていた。

不意に誰かに見降ろされているような気がして、足を止めて空を見た。

「お、今夜は満月ですか」

つられて、足を止めて天を仰いだ井上が言った。

金沢からＱ県へ向かう特急から、同じ月を見たのを思い出した。

白く冷たく、何者も寄せ付けない、孤独。

もっと大きな何か――、そんなイメージが、綾乃の脳裏をよぎった。

もし鈴木陽子が、何かから逃れようとしていたのだとしたら、それはただ一人の男から受けた暴力だけでなく、もっと大きなもののはずだ。

理屈でなくそう思い、すべてから逃げ切った鈴木陽子の魂があそこにあるような夢想をした。

「どうしました？」

じっと月を眺める綾乃に井上が声をかける。

「いえ、綺麗だなって思って」

綾乃は軽く肩をすくめた。

なぜ急に――それこそ空から降ってきたように――こんな考えに囚われたのか、自分でもよく分からなかった。

◆ 21

——陽子、

あなたは、知っていただろうか。

江戸川区鹿骨——、その地名の由来を。

いまから一二〇〇年以上前の奈良時代、栄華を極めていた藤原氏が平城京の守護として春日大社を創建する際に、常陸国《ひたちのくに》（現在の茨城県）から、藤原氏の守り神、武甕槌《タケミカヅチ》の神使《しんし》とされる鹿を大量に奈良まで連れて行くことになった。交通機関はおろか舗装道路すらなかった時代、これは一年にも及ぶ長旅となり、途中で死んでしまう鹿も多くいた。その亡きがらをこの地に埋葬したことから「鹿骨」と呼ばれるようになったと言い伝えられている。

太古の神使たちの墓場に建つその邸宅は、建坪七〇～八〇坪はありそうな二階建てで、間取りは7LDK。その大きさから遠目には、メゾネットタイプの集合住宅にも見えるが、玄関は一つだけの一戸建てだ。シンプルですっきりした外観ではあるが、豪邸と称していい部類の住まいだろう。

主《あるじ》は、神代武。あなたを拉致して犯した、あの六本指のずんぐりむっくりだ。「神さんの代わりて書いて、神代。ジンダイでもカミシロでもなくて、コージロや」と名乗った。

あのときの四人組は、この神代を筆頭に、茶髪で声が高い三白眼が梶原仁、子どものような坊主頭が山井裕明、そして運転席にいたパンチパーマが渡辺満といった。神代は彼らを「ファミリー」と称し、自分のことを「オヤジ」と呼ばせ、この邸宅で一緒に暮らしているようだった。

神代はなんとも不思議な男だった。

あの日、レイジに生命保険をかけて殺す計画をあなたが話すと、「そら、おもろいな」と、目を輝かせた。

まるで子どもが大好きなアニメでも観ているように、心底楽しそうに人殺しの計画を聞いた。ただ聞くだけでなく時折、「なるほど、そらいい手や」と合《あい》の手を入れたり、「ちょっと待ってな、いまんとこは、こういうことか?」などと、確認もした。

やがてあなたが一通りを話し終えると「陽子ちゃん、あんた最高やで、儂、惚れてもうたわ」と、あなたのことを名前で呼び、破顔した。

あなたはなぜか悪い気はしなかった。

相手は自分をレイプした男で、あまつさえ、あなたは殺されかけたというのに。

ごく短い時間、話をしただけで、気の置けない友人を相手にしているような気分になっていた。

あとから思えば、それこそが神代という男がもつ力というか、「器」だったのだろう。この男には、触れるものすべてを自分の手元に引き込んでしまう沼のような懐がある。

「やってくれるの?」

あなたが尋ねると、神代は「当たり前やで」とにんまり笑った。

神代がやると決めたら、彼の子分らしき三人も異論はないようだった。

そして神代は「そのレイジっちゅう、腐れホスト、儂が飼ったるわ。そいつ殺《や》る前に、陽子ちゃんが殺《や》られちゃ元も子もないからな」と言い、この日、子分たちとともに、東中野のマンションまでついてくることになった。

いつもの帰宅時間よりだいぶ遅く、もう正午になろうかというころだったが、レイジはまだリビングのソファで、鼾《いびき》をかいて眠っていた。

テーブルの上には、ノートパソコンが電源入れっぱなしのまま開いてあった。

画面を覗いてみると、匿名掲示板の閲覧・書き込みを行う専用ソフトが立ち上がっていた。

レイジが巡回した掲示板の話題《スレッド》がタブに表示されている。

〈マスゴミが隠す世界の真実〉

〈【嫌韓】知れば知るほど嫌いになる特定アジア【嫌中】〉

〈愛国ラップを語るスレ〉

〈【特定】在日芸能人【しますた】〉

〈【年収3000マソ以上】勝ち組が集うスレ【限定】〉

レイジがネットで出会ったという「真実」の欠片《かけら》たち。

スレッドを開くと中には言葉があふれていた。〈馬鹿じゃねえの〉〈馬鹿って言うやつが馬鹿〉〈自演乙〉〈プゲラｗｗｗｗ〉〈はい論破〉〈そんなことも知らねーでレスすんな、クズ。死ねよ〉

顔の見えない言葉たちは、醜く攻撃的で、およそ二つに集約される。「俺はすごい」と「あいつらは馬鹿」だ。

閲覧ソフトの書き込みログには、レイジが掲示板に書き込んだ文言が残っていた。

〈俺、投資コンサルやってんだけど、こないだヘッドハンティングしてきた会社、ＣＥＯの名前が姜。キムチ臭えｗ　9桁積まれたけど、断ったったｗ〉

〈俺、中卒だけど。20代で年収2億までいった。悪いけど、格差とかいってる奴らは努力が足りない。全部自己責任〉

〈国際金融の動き見てたら、リーマンショックとか余裕で分かったから、全然ビビんなかった。つーか、逆張りしてウマー。ごちそうさんって感じ〉

そこには、ネットの中にレイジが作り上げた、もう一人のレイジがいた。働きもせず酒に溺れて女を殴る元ホストではなく、金融の世界でバリバリ働くビジネスマン。ただし、そのイメージは貧困で、リアリティの欠片もない。

文字を追ううちに、胸が締め付けられてゆく。

やっぱり、この人は可哀相な人だ。

あなたは、ソファで眠るレイジのほっぺたを、指で軽く触ってみた。

レイジは「ううん」とごく小さなうめき声をあげた。

殺してあげるね。

あなたは思った。

「レイジくん、ねえ、レイジくん、起きて」

「んあっ」

レイジはとろんとした目を開く。口元からアルコールの匂いが立ちこめた。

「レイジくん、起きた？」

「んだよ！」

不機嫌な声を出すレイジにひるまず、あなたは言った。

「お客さんが来ているの」

あなたは、神代のことを『人妻逢瀬』の常連客の実業家で、連れの三人をその部下だとレイジに紹介した。

機嫌の悪い寝起きのタイミングで、いきなり見知らぬ男を四人も家に上げたことで、レイジがキレるかもとあなたは思ったが、おとなしく、話を聞いてくれた。

神代たちは、一見してカタギに見えない、というか四人で歩いていれば、すれ違った一〇人中一〇人がヤクザと思うような風体だ。案外、レイジはその迫力に臆していたのかもしれない。

初対面から神代は、見事にレイジの心を掌握してしまった。

「まずは、お近づきの証《しるし》に、美味いもんでもごちそうさせてや」

そう言って神代はレイジを連れ出し、新宿のイタリアンレストランへ行き、そこで昼からワインとピザで酒盛りを始めた。

神代は気さくにレイジに話しかけ、レイジが何かを言うと「そら、すごいわ」「さすがやな！」「自分、大した男やで！」などと目一杯持ち上げていた。レイジが明らかに理屈の通らないことや幼稚なことを言っても、神代は一切否定せず「そうや、そうや、その通りや」と誉め称えた。

傍目《はため》にも、レイジが自分の自尊心を満たしてくれる神代に惹かれてゆくのが、よく分かった。それは、かつてホストだったときにレイジがあなたにしていたことと、よく似ていたが、レイジはそんなことに気づく様子もなく、「俺のこと分かってくれて、マジ嬉しいすよ！」などと上機嫌でワインを飲んでいた。

こんなに楽しそうなレイジの姿を見るのは、本当に久しぶりだった。あなたは、その姿に悦びと悲しみの両方を感じた。

酒が進むほどに、レイジの口は滑らかに回り、主語は際限なく大きくなっていった。

「歴史を勉強すれば分かるんですけどね、日本人は明らかに世界で最も優れた民族だし、日本はとてつもない国なんですよ。日本人ならね、まずはそのことに誇りを持たなきゃいけないんです！」

レイジは日本が海外の国々に比べて、いかに素晴らしいかを、とうとうと語り始めた。「中国に比べて」「韓国に比べて」「アメリカに比べて」「ヨーロッパに比べて」大雑把に地球を切り取り、実際にそこで生活したことがあるわけでもなく、おそらくはインターネットで仕入れた情報を元にして、他国を貶《おとし》め、自国を持ち上げた。

神代はいちいち感心した様子でそれを聞いていたが、あなたはひたすら冷めるばかりだった。だって、全部、自然現象なのだから。

この地球上に暮らす、すべての人間がほとんど同じ遺伝子を持っていることは、あなたでも知っている。人間はただ、ランダムに生み出されるだけの動物だ。どの国に住むどの民族も、それぞれに素晴らしいだろうし、それぞれに過ちを犯すだろう。よしんば、日本という国に、他国より優れた部分があるとして、それは自然現象の積み重ねの中でたまたまそうなっているだけだろうし、それを誇る日本人もまた、たまたまそこに生まれただけに過ぎない。運がいいというだけのことだ。幸運を誇るという態度はずいぶん滑稽《こっけい》に思える。いや、そもそも、すべてが自然現象なら、優も劣も存在しない。民族とか歴史という自然現象の塊を、人間という自然現象が勝手に解釈しているだけだ。

でも、そういうことじゃないんだろうな。

自分自身を省みても、すべてを自然現象と割り切れるほど、心は冷たくならない。どれほど諦観《ていかん》しようとしても、そこには熱が籠もってしまう。求めてしまう。

それはごく自然な心の動きだ。人は誰だって、ある時代ある土地に、他の誰でもない自分として生まれたその意味を、求めてしまう。

ああ、そうか。

あなたは理解した。レイジは求めているのだ。

レイジにとって「日本人」とは、その大きさまで肥大化した自意識だ。レイジにとって「歴史」とは、過去にさかのぼるまで肥大化した自意識だ。

レイジは本当は国を誇りたいのではない、自分を誇りたいのだ。

「ほんま偉いで幹男くん、若いのによう勉強してて」

神代はレイジを名前で呼んで深く頷いた。

おそらくすべて分かった上で、レイジをおだてるこの男に空恐ろしさを覚えた。

「そんなきみを見込んで、頼みがあるんや。ちょっとな、手伝って欲しい仕事があってな」

神代が切り出すと、レイジの視線がかすかに泳ぐのが分かった。

おそらく「仕事」という言葉が、レイジに等身大の自分を思い起こさせたのだろう。

「でも、俺、怪我の後遺症があって……」

レイジはいきなり言い訳じみたことを言い出した。

あなたは無性に悲しくなる。

「いやな、身体使う仕事とちゃうねん。頭脳労働ちゅうかな、儂、ようけ分からんのやけど、インターネットに掲示板ちゅうのがあるんやろ？」

「え、あ、はい」

泳いでいたレイジの視線が定まった。自分がある程度知っていそうなことで、安心したのか。

東中野へ移動する間に、あなたは神代に「その腐れホスト、なんか趣味とかあるか？」と訊かれ、毎日、ネットの掲示板ばかり見ていることを教えていた。

「儂な、いまNPOの代表やっとってな、もちろん慈善事業なんやけど、どうもネットとかで、よくない噂を立てる奴がいるんよ――」

神代がNPO法人の代表を務めているのは本当のようだった。移動中に「儂、別にデリヘル狩りで食っとるわけやないで」と名刺を見せられた。肩書きは『NPO法人カインド・ネット代表理事』となっていた。事務所は台東区にあるようだった。梶原たちも、みなそのNPOの中心メンバーなのだという。神代はその活動のことを「そやな、棄てられたもん拾ってきて、金儲けする、リサイクルみたいなもんや」と言って笑っていた。

「――まあ、こっちは正しいことやっとるんやし、ネットに何書かれても影響なんかないから、放っとくんやけどな。一応、どんなこと書かれてるかは、把握しときたいんよ。けど、儂もみんなもパソコンのこと全然わからんでな、詳しい人おらんかな、思うてな」

「評判を検索したいんすね。ああいうのって、結構、コツがいるんすよね」

すっかり自信ありげな口調になって、レイジは言った。

「幹男くん、そういうの詳しいか？」

「ええ、まあ」

「じゃあ、ちょっとお願いでけんかなあ？」

「いいっすよ、任せてください！」

こうして、神代の「仕事」を手伝うことになったレイジは、このあと、鹿骨の神代邸に招かれた。

「うおっ！　すげえ！」

レイジはその大きな家の二〇畳以上はあるだろうリビングに案内されたとき、感嘆の声を上げた。彼が感動したのは、その広さではなく、床の間に飾られていた大小二本の日本刀だった。

「これ、真剣ですか？」

レイジが尋ねると、神代は「そうや」と笑顔で頷いた。レイジは日本刀には日本人の精神性がどうのこうのといった話をとうとうとし始め、神代は倦むそぶりを見せず、頷きながらそれを聞いていた。

結局、夜も神代たちと一緒に食事をして酒を飲み、レイジとあなたは、そのまま神代邸で一泊することになった。

翌日から神代はレイジに仕事をさせた。

仕事場は、神代邸の一室だ。要するに、それまで、あなたと暮らすマンションでひねもすパソコンに張り付いていたのが、神代邸でひねもすパソコンに張り付くようになっただけだ。

やはりそれが「仕事」という意識があるからか、レイジは以前よりもずっと充実した様子で画面に向かっていた。

最初のうち、レイジとあなたは、東中野のマンションに帰ったり、神代邸に泊まったりしていたが、「なんなら、ここに住んだらどうや」と神代に言われ、その言葉に甘えるように、マンションを出て神代邸で暮らすようになった。

「もう、きみらも儂のファミリーや、これからは『神代さん』でなく『オヤジ』か『お父《とん》』ってよんでな」

言われるままに、レイジは、神代のことを「オヤジさん」と呼び、あなたは「お父さん」と呼ぶようになった。

レイジはすっかり神代に心酔しているようで、彼のファミリーに加われたことを心底喜んでいた。

前に神代が言ったように、レイジはまるで飼われた動物のようになり、あなたはその暴力から解放された。

また神代は、あなたが準備に集中できるようにと、生活費とクレジットの返済、そして母親の仕送りといった、あなたが必要とする金のすべてを出してくれた。

身体を売る理由はなくなり、『人妻逢瀬』を辞めることができた。

最後と決めた出勤日に、樹里と一緒になったので特に事情は話さず「今日で辞めることになったの」と告げた。

樹里は「麻里愛さんいなくなったら寂しいっすよ」とあなたの退店を惜しんでくれ、「今度、遊びましょうよ」と、携帯の電話番号を交換したけれど、その後、彼女から連絡がくることはなかった。

レイジを殺すより一足先に、あなたは、ヒモ男に暴力を受けながら身体を売るという生活から抜け出すことができた。

何も知らないレイジが、神代のファミリーに加わった気でいる一方、着々と準備は進められていた。

まずあなたは、自分とレイジの戸籍を取り寄せ、そして結婚した。

以前から治療費の支払いの関係であなたがレイジの保険証を管理していたから、これと委任状を使えば、勝手に公的な届け出をしてしまうことができる。委任状は本人の直筆が条件だが、別に筆跡鑑定するわけじゃないので、適当に書いてしまえばいい。また、きちんと書類を整えれば、妻だけでも婚姻届は出せる。

偽装結婚は世間で思われているよりずっと簡単だ。保険証一枚あれば、本人にまったく知られることなく結婚することができる。

あなたが書類を揃える間に、神代たちが、レイジを殺すのに都合のいい場所を選んだ。

そこは三鷹市の住宅街の外れ、エアポケットのように静かな路地のカーブだった。近隣の民家やマンションの窓からは死角になっており、また車で走っていてもあまり見通しはよくない。理想的なロケーションに思えた。

ここで、レイジを殺す。交通事故に見せかけて。

保険金目当てで人を殺す場合、強盗や暴漢の犯行を装って殺すのは上策とは言えない。そんなことをすれば事件になり警察が徹底的な捜査を行うし、保険会社の方も支払いに慎重になる。手間も時間も掛かるくせにリスクが高い。

また、自殺に見せかけて殺すのは、下手すると殺し損になる。バブルが崩壊した九〇年代以降、日本では死亡保険金目当ての自殺が急増した。多額の借金を抱え、あなたの父親のように逃げるのではなく、自らの命で贖《あがな》おうとした者も多くいたのだ。これを踏まえ、現在では、生命保険は加入後三年以内に自殺した場合は保険金が下りないという契約が一般的になっている。

やはり、一番いいのは、警察がさほど熱心に捜査をしないような事故を装うことだ。

たとえば、あなたの弟、純が死んだときのような交通事故を。

あのときの経験であなたは知っていた。

交通事故で人を殺してしまっても、殺人罪には問われない。それどころか、警察や検察が被害者の過失を認めれば、不起訴となり無罪放免になる。そして、目撃者がいない事故であれば、それはドライバーの証言だけでほぼ決まる。

それを、狙う。

人目のないところで、レイジに過失があるような状況をつくり、車で轢き殺す。

実行犯であるドライバーは轢き逃げなどせず、むしろ警察にはきちんと通報して、事故として処理させ、不起訴に持ち込む。ドライバーとあなたとの共犯関係さえ隠し通せれば、上手くいくはずだ。

あなたはレイジが車に轢かれて死ぬさまを思い浮かべようとしたが、あまり上手くいかず、スプラッタ映画のように目玉や脳みそが飛び散る、現実離れした死に様ばかり想像してしまった。

殺害予定地が決まったら、すぐにあなたは、そこから近い場所で住居を探した。不動産屋をいくつか回り、徒歩五分ほどのところにある『三鷹エステル』というマンションを借りることにした。ここを本籍地としてレイジと入籍し、住民票もこの住所に移動した。

あなたが独りで三鷹市役所を訪れ、「夫は仕事の都合で一緒に来れなかったんですけど、今日、籍を入れたいんです」と婚姻届を提出すると、窓口の女性は一切怪しむ様子はなく「おめでとうございます」と、にっこり笑って受理してくれた。

こうして、あなたの戸籍上の名前は、鈴木陽子から河瀬陽子に変わった。また、住民票の上では、実際に暮らしている鹿骨の神代邸でなく、『三鷹エステル』に住んでいることになった。

続けてあなたは、レイジの名義であなたを受取人にした生命保険に加入した。

手間をかけて偽装結婚したのは、そうしておくと保険の加入と保険金の受け取りが極めてスムーズになるからだ。

結婚と同時に夫が妻を受取人にした生命保険に入るのはごく自然なことであり、これを怪しむ者はいない。また、死亡保険金は相続財産とみなされるため、配偶者ならほぼ無税で受け取れるし、税務署も怪しまない。

一般的に無職だと生命保険に入れないことになっているが、職業欄に「自営業」と記入し、きちんと掛金を払っておけば、特に問題はない。かつて仕事で嫌と言うほどやったので、このあたりの契約の勘所はよく知っていた。

もっともシンプルで保険効率のいい掛け捨ての保険に、あまり高すぎない、ごく自然な額で加入する。民間の生命保険会社では加入後二年以内に支払いが発生した場合「早期事故扱い」として、支払い前に調査を行う。このとき、たとえば億を超えるような高額保険に入っていると、悪目立ちして余計に怪しまれる。

生命保険だけで高額の保険金を狙うのではなく、事実上の生命保険でありながら、業界が違い、保険会社とは情報交換をあまり密にしない共済にも加入し、更には死亡事故が起きたときに自賠責保険から支払われる慰謝料をあわせ、トータルで一億強の金が入ってくるようにする。

書類上の住所は『三鷹エステル』になっているので、あなたはときどき訪れて、役所や保険会社から送られてくる郵便物を受け取り、手続きを進めていった。

「この世の幸せっちゅうんは、こうしてファミリーで飯を食うことやね」

神代はよくそんなことを言っていた。特別な事情がない限りは、夕食は揃って食べるのが、神代のファミリーのルールだった。

そしてその夕食は、いつも神代がつくった。神代の料理の腕は、プロ級と言ってよく、和、洋、中、問わずなんでも美味しくつくることができ、おまけに寿司まで握れた。

こうして一緒に食卓を囲むようになると、神代のファミリーたちは、柄はよくないが、案外、気の好《い》い連中だということが分かってきた。レイジもあなたも、そこが昔からの居場所だったようにすぐに馴染んだ。

打ち解けるうちに、この邸宅に住む者はみな、社会からドロップアウトしてどこにも行き場がなかったところを、神代に拾われたのだと知った。

三白眼の梶原は前科二犯の強盗犯、パンチパーマの渡辺は破門された元ヤクザ、大柄な山井は親が薬物中毒で小学校にすら通わせてもらえなかった元不良少年。そして神代自身も、昔は関西で事業をやっていたが、地元ヤクザと揉めて一度はすべてを失ったのだという。

レイジは強く共感したようで、父親から暴力を受けていたことや、単身上京してホストの世界に身を置いたが、結局そこも追い出されたといった身の上を語った。あなたに暴力を振るっていたことは言わなかったが、まあ、他の連中だって、ドロップアウトする過程で、きっとどこかの誰かを酷く傷つけているのだろう。

流れで、あなたも身の上話をすることがあったが、そんなときは少し困った。レイジの前でホスト時代の彼に引っかかったことを後悔しているなどとは言えない。それに、みんなの話を聞いたあとだと、あなたは自分の人生はさほど不遇とも思えなかった。

しかし神代は、あなたも含めて全員が、社会から棄てられた「棄民」なのだと言った。

「自分ら、棄てられてんねん。表から見えんようにされ、いないことにされとる、見えざる棄民やねん」

棄てられた――、神代に言葉を与えられ、あなたは自分の身体の中心にある感覚に気づいた。

確かに、そうだ。

それが神代の言うように「社会」なのかどうかは分からない。けれど、何か大きなものに棄てられた、という感覚が確かにある。

だとして、それはいつだったのか？

保険の仕事をクビになったときか、山崎と離婚したときか、父が蒸発したときか、あるいは、あの母の元に生まれたときか。

自分が、いつ、誰に棄てられたのかよく分からない。気がつけば、寄る辺をなくし、この世界に独り漂っていた。

「けどな、人間、そう簡単に棄てたもんやないで。誰だって、それぞれに、ええとこあるんや。儂な、棄てられた者《もん》の、居場所をつくりたいんよ」

神代の言に嘘はなかった。彼らは確かに、ファミリーたちに居場所を与えていた。まさに家族のように。

自らを「オヤジさん」と呼ぶ男たちを息子のように可愛がり、また、あなたのことは娘かあるいは妻のように扱った。

神代邸に移ってきてから、あなたとレイジの間に性交渉はなくなり、神代は当然のように週に何度かあなたを自分の寝室に呼ぶようになった。レイジもそのことに気づいていたはずだが、最後まで特に何も言わなかった。

最初、あなたはまた首を絞められ犯されるのかと怯えたが、神代は「心配すんなや、陽子ちゃん、もう儂のファミリーなんやで。嫌がることとせえへんわ」と、首を絞めるどころか乱暴なことは一切せず、普通に、しかし、激しく求めた。

神代と肌を重ねるごとに、あなたは深い悦びを覚えるようになった。

有り体に言って、神代に愛を感じるようになったのだ。

そう、愛だ。

神代はあなたに向ける愛欲だけでなく、新参のレイジを含めファミリー全員に家族愛としか言いようのない愛情を惜しみなく注いでいるように思えた。

食卓はまるでその象徴で、そこには確かに「幸せ」があったように思う。

しかし少し立ち止まって、周りをよく見てみれば、奇妙な景色が広がっていた。神代を中心に、ずぶずぶと人を飲み込む、巨大な沼のような景色が。

「棄てられた者の居場所をつくりたい」と言う神代だったが、彼がやっている『カインド・ネット』というNPOでは、まさに社会から棄てられたと言っていいような者たちを、劣悪な「居場所」に閉じ込めることで金儲けをしていた。

また、神代は、月に一、二度程度は、梶原たちを連れてデリヘル狩りに繰り出していた。あなたも被害に遭ったから分かるが、彼らは一応、金は奪うが、それが主目的ではない。神代は一回でせいぜい数万程度しか奪えないデリヘル狩りが、リスクと労力を考えれば間尺に合わないことなど分かっているはずだ。

それでもやるのは趣味、文字通り「狩り」だからだ。ファミリーとなったあなたを求め愛情を注ぐ一方で、神代は、釣りをするように、明け方の街で風俗嬢を物色してレイプしているのだ。

いや、レイプだけですんでいないかもしれない。あの日、あなたが生きていたのは、たまたまとしか思えない。あなたはデリヘル狩りには同行しないので分からないが、あれと同じことをやっているなら、殺してしまうことだって当然あるはずだ。もっとも、そうだとしても、死体さえ処分してしまえば、風俗嬢が一人消えたところで、きっと誰も大騒ぎはしない。どこかへバックレたのだと思われるのが関の山だ。

おそらく、女を探して拉致する労力や、たまに殺してしまうことのリスクと面倒も込みで、神代はデリヘル狩りを楽しんでいる。

まともじゃない。

しかし、そんなことは最初から分かっていたことだ。

まともじゃないからこそ、この男は、あなたの持ちかけた、まともじゃない提案に乗ってきたのだ。

一つ屋根の下で暮らすことになったファミリーたちが、自分を殺す計画を着々と進めているなどとは夢にも思わないだろうレイジは、神代邸で過ごす日々の中で確実に変わっていった。世間一般の基準から見て、善《よ》い方向、好ましい方向へと。

たとえそれが、神代がでっち上げた、ただのネットサーフィンに過ぎないものだとしても「仕事」があるということは、レイジの生活に張りとリズムをつくっているようだった。

神代邸に来てから、レイジは毎日きちんと朝起きて、三食たべて、夜眠るという生活をするようになった。

神代は、そんなレイジのことを、他のファミリーと分け隔てなく、平等に、実の息子のように扱った。レイジのことを認め、誉め、ときに諭し、毎日美味しいものを食べさせ、レイジが喜べば、自分も喜んでいた。

日に日にレイジは人当たりがよくなり、相変わらず酒は飲んでいたが、酔って暴れるようなことは一度もなく、少しずつだが酒量も減っていった。また、神代以外のファミリーたちともすっかり馴染み、特に年下の山井とは気が合うようで、二人でどこかへ遊びに行くことも多いようだった。

最初からこんなふうだったら。

変わってゆくレイジを見ているうちに、あなたの胸には、詮無い想いが浮かぶようになってきた。

最初からレイジが、こんなふうに暴力など振るわない、穏やかな男であったなら。殺そうなんて思わなかったのに。

あなたは一度、山井と二人だけになったとき、尋ねてみた。

「レイジのこと、殺すの嫌じゃない？」

レイジと仲よくしている山井なら、情が移っているんじゃないだろうか。

けれど、山井はあっけらかんと言った。

「ぶっちゃけ、ちょっときついっすかね。まあでも、しゃあないっすよ。そこは割り切んないと。オヤジさん、もうずいぶん金使ってるし」

その言い分は正しい。

いまのレイジは殺すのが惜しい「よいレイジ」かもしれないが、以前のレイジは死んだ方がいい「悪いレイジ」だった。レイジをよくしたのは神代だ。レイジを殺して金を手に入れる前提で、神代がアプローチしなければ、「よいレイジ」はこの世界に出現しなかっただろう。

なら、しゃあない、仕方ない。

感情の問題はどうであれ、レイジは殺さなければならない。金をかけて準備した以上、きっちり殺して回収しなければ話にならない、成立しない、納得しない。誰が？　もちろん神代が、だ。

最初はあなたが誘い、あなたのアイデアで始まった計画だが、細かい絵図を描いたのは神代だ。彼は決行を七月と決めていた。

もう、止めようがない。

だから、レイジに対して情が湧いてても仕方ない。割り切るしかない。

多かれ少なかれ、みな同じ想いだったのだろう。

その日が近づくにつれ、あなたや山井だけでなく、梶原と渡辺も、ほんの些細な態度の中にレイジの命を惜しむ気持ちがにじむようになった。が、無論、レイジは真意に気づくことなどなく「みんな、よくしてくれる」くらいに思っているようだった。

ただ一人、神代だけは、最初から変わらず、家族のようにレイジに接しつつ、殺すことについての迷いも葛藤も、みじんも見せることはなかった。

まるで食用の豚に愛情を注いで育てるかのように。

そうか、動物なんだ。

あなたは悟った。

神代にとって、人間は動物なのだ。愛玩用、畜産用、狩猟用と、自分の都合に合わせて心の距離を自由に動かし、生殺与奪、思うままにできる対象。だから、殺す前提でも、家族のように愛情を注ぐことができるし、金儲けに利用することも、狩ることも厭《いと》わない。一度蹂躙した相手でも手元に引き入れ、愛することができる。

ファミリーと口で言いつつ、神代は決して自分以外の人間を自分と同等の存在と思っていない。飼われているのは、たぶん、レイジだけではない。

そして……、おそらくみんな、意識しているか、無意識かは別にして、それを分かっているんじゃないだろうか。神代とはそういうものだと。

神代が殺すと決めてるのだから、仕方ないのだと。

◇ 22

その日の捜査会議は、始まる前から空気が違った。

奥貫綾乃は会場となる大部屋に足を踏み入れるやいなや、そこに見えない熱が籠もっているのを感じ取った。

幹部連中はみな難しい顔をして、ひそひそと話をしている。

捜査本部がこんな空気に包まれるときは、新しい事実が出てきたときや、大きく捜査が進展したときだ。

もしかして、八木の居所が分かったのだろうか。

「久しぶりだな」

不意に声をかけられ振り向くと、知った顔があった。

「楠木《くすのき》さん？　……お久し、ぶりです」

綾乃は訝しみつつ、挨拶を返す。

楠木一馬《かずま》。警視庁捜査一課殺人犯捜査第四係、係長。

なぜ、この男がここに？

警視庁の人間だから、警視庁で会うのは不思議ではないが、彼が統《す》べる四係はこの捜査本部には参加していないはずだ。

「しかし、奇妙なところで会うな。これも縁だな」

楠木はにやついた顔で言った。

綾乃にとっては因縁浅からぬ人物。綾乃が初めて知った男であり、五年以上も不倫関係にあった相手だ。

最後に会ったときよりも、だいぶ老けた印象だ。髪には白いものが混じり始め、目尻の皺が目立つようになり、頬の肉もやや垂れ始めている。もう五〇になるだろうから、年相応か。

まあ、向こうだってこっちのことを――、などと思っていたら、楠木はそのものずばりを口にした。

「しかし、きみもすっかりオバサンになったな」

綾乃が睨み付けると、楠木は慌てて付け足した。

「いや、もちろん、いい意味でだぜ。ベテランだなってことだ。使える女は少ないからな。きみみたいな人材が、家庭に埋もれていたなんてもったいない。復帰してくれて俺も嬉しいよ」

こういう男だ。デリカシーというものをどこかに置き忘れてきており、言葉の端々から女性を低く見ていることが窺える。

初めて肌を重ねたとき、綾乃が処女だと知って楠木は大喜びしていた。そしてずっと「俺がお前を女にしてやった」だの「俺が仕込んだ」だの言い続けた。いや、まだ、そう思っているに違いない。

いまとなっては、もう汚点でしかないが、ハタチの綾乃は、確かにこの男に恋心を抱いていた。年上の仕事ができる男に。ひな鳥がインプリンティングされるように、その人品骨柄《じんぴんこつがら》など気にもせずに、恋していた。

言ってしまえば、子どもだったのだ。だからそれは、綾乃が大人になった時点で冷めた。仕事の能力と人間性は、必ずしも一致しないと気づいた時点で。相手に尊敬できない部分を、ときには軽蔑せざるを得ないような部分を見つけた時点で。「年上で男」と「年下で女」という上下関係を巧みに利用し、楠木の都合のいいように状況をコントロールされていたことに気づいた時点で。ときに甘い言葉を囁くこの男が、その実、対等の関係など望んでいないことに気づいた時点で。

楠木は、仕事はできたかもしれないが、品がなく、男尊女卑的で、不実だった。長く付き合う中で、自分以外の若い女性警官に手を出していることも分かってきた。

尊敬や恋慕の情より軽蔑と嫌悪が強くなり、綾乃の方から別れ話を切り出した。楠木はあっさりとそれに応じたが、その態度にも腹立たしさを覚えた。そこからは、こじれさせて、家庭や仕事を棒に振る気などさらさらないということが滲み出ていた。欲望のはけ口にされていただけなのだと、気づかされた。

綾乃にとって、楠木への幻滅は、警察そのものへの幻滅に繋がった。

のちに楠木とは正反対の、警察内部ではまずお目にかかれないようなタイプの男と結婚したとき、退職することを躊躇しなかった。清々したとすら思った。結局はこうして出戻ってしまったけれど。

「どうして楠木さんがここに？」

綾乃が尋ねると、楠木は不敵な感じで肩をすくめた。

「ちょっと、な。まあ会議が始まれば分かるさ。ああ、そういや、鈴木陽子とかいう女の戸籍から不審な点を見つけたの、きみだったんだってな？」

「ええ、まあ」

身元を辿れば、誰だって発見できたものではあるけれど。

「礼を言っておく、こっちはおかげで助かった」

楠木は口角をあげた。

昔はこの男の笑顔を見ることが嬉しかったこともあったのだっけ。もうよく思い出せない。いまではただ不快なだけの中年の笑みだ。

その言葉の意味は、楠木が言ったとおり、会議が始まってすぐに分かった。

会議の冒頭、ひな壇から、捜査主任官を務める一課の管理官が告げた。

「大変重大な事実が判明した。宮木《みやき》主任、報告を頼む」

関係者の人間関係を中心に調べる鑑取《かんど》り捜査を統括する捜査一課の刑事が立ち上がり、口を開いた。

「えー、鑑取りの結果、二番目に死んだ新垣清彦、三番目に死んだ沼尻太一、そしてその実行犯と目される八木徳夫、以上、三人に共通点が見つかりました――」

場がかすかにざわついた。

死んだ夫たちに共通点があるとすると、そこから大きく捜査は進展するはずだ。

「――彼ら三人は、いずれも過去ホームレスかそれに準ずる状態にあり、あるNPO法人の支援を受け、生活保護を受給していたことがあります。そのNPOとは、『カインド・ネット』。昨年、代表理事が殺害されたので聞き覚えがある者もいることでしょう。この『カインド・ネット』は今回の連続保険金殺人に深く関与していたと思われます」

ざわめきは、どよめきに変わった。

綾乃も思わず「えっ」と声をあげていた。

『江戸川NPO法人代表理事殺害事件』、確かあの事件、重要参考人の女が行方不明になっていたんじゃなかったか。

まさか……。

「静粛に！」

管理官は一喝し、場が鎮まるのを待ってから言った。

「これを受け、今回の会議には、その代表理事殺害事件を担当している四係の楠木係長にも参加してもらっている。楠木さん」

促され、ひな壇の一番端にいた楠木が立ち上がる。

そうか、それでここにいたのか。

楠木は、軽く一礼して口を開いた。

「四係の楠木です。えー、まず、この『カインド・ネット』ですが、まともなNPOではなく、やってることは、いわゆる囲い屋でした。ヤクザではありませんが、職員にはチンピラがごろごろいる、まあ、そういう集団です。こちらで名前の挙がっている、新垣、沼尻、八木の三人は、いずれも元ホームレスで、路上でこの『カインド・ネット』の職員に声をかけられ、囲われていたことのある人物です。四係《うち》が入手している名簿にも名前がありました。改めて詳しく調べたところ、彼らはみな、生活保護の受給をやめ『カインド・ネット』の囲いから抜けた直後に、こちらで追っている事故を起こしています」

『カインド・ネット』が生活保護制度を悪用した詐欺まがいの商売を行っていたことは、いつか読んだ週刊誌にも書かれていた。

「これは私見ですが」と、断りを入れて楠木は続けた。「おそらく『カインド・ネット』は、自分たちが囲っていた元ホームレスを利用し、連続保険金殺人を犯していたのではないでしょうか」

一同が息を呑むのが分かった。

「楠木さん、そこはこれから裏を取る。いまのところは、確定している事実だけを喋ってくれ」

管理官が注意し、楠木は肩をすくめた。

「失礼しました。この『カインド・ネット』のボスと言いますか、代表理事の、神代武という男が昨年一〇月に殺害されており、残念ながら目下のところ犯人逮捕に至っていないのですが——」

楠木は代表理事殺害事件のあらましと、殺された神代という男の人となりを説明し始めた。

事件が起きた昨年一〇月というのは、鈴木陽子が死亡したと思われる時期とちょうど重なる。

殺害された神代武は、生きていれば今年で五五歳。戸籍を調べた限り出身は兵庫県だが、経歴については未だに不明の部分が多く、いつごろ上京したのかもはっきりとは分かっていないという。自称実業家で、長年、違法すれすれの仕事をしており、暴力団との交際もあるようだが、本人が杯《さかずき》を受けて暴力団員になった形跡はない。七年ほど前にNPO法人『カインド・ネット』を設立して囲い屋を始めたようだ。

殺害現場にもなった江戸川区鹿骨の邸宅が神代の住まいで、数人の仲間というか子分を住まわせ一緒に生活していたという。聞き込みなどでも、神代邸には不特定多数の人々が出入りしていたことが確認されている。

神代が殺害されたのは、昨年一〇月二一日の深夜から、二二日未明にかけて。明け方、女の声で「人が死んでいる」と一一〇番通報があり、駆けつけた捜査員が居間で滅多刺しにされて死んでいる神代を発見した。

調べを進めると、神代と同居していた者の中には、一人、神代の情婦らしき女がおり、事件当夜二人きりだったことが判明するが、この女は忽然と姿を消してしまっていた。

捜査当局は、一一〇番通報をしてきたのはこの女で、なんらかの事情を知っている重要参考人——あるいは有力な容疑者——として行方を追うことになる。

ところが、同居していたという神代の子分たちは、誰一人として、その女の行き先はおろか、素性も本名も知らなかった。神代の家に女物の衣料や化粧品は何点かあったが、個人を特定できるような身分証や写真の類は何も見つからなかった。

女の姿は近隣住民に何度も目撃されており、多くの人が神代の妻だと思っていた。聞き込みによれば、女は中肉中背で、年齢は三〇代後半から四〇歳くらいだったという。

場がざわつき始めた。

楠木はそれに負けぬように声を張った。

「今回、こちらの事件との繋がりを知らされ、鈴木陽子の写真を使い、再度の聞き込みを行ったところ、近所に住む人、および生活圏にあるコンビニの店員から『この女で間違いない』との確認が取れました。私たちが追っていたこの女と、鈴木陽子は同一人物のようです」

再び、大きなどよめきが起こった。

◇

被告人　梶原仁（ＮＰＯ法人『カインド・ネット』職員　三八歳）の証言

はい……。事件のあったとき、あの鹿骨の家には、六人で住んでました。俺と、オヤジさんと、ヒロと、ナベさん、それに陽子さんと、八木さんです。そうです。オヤジさんは神代さん、ヒロは山井、ナベさんは渡辺さんです。

オヤジさんは一緒に住んでる連中を「ファミリー」って言ってました。実際、家族みたいな感じでした。俺は、オヤジさんのことを本当の親父みたいに思っていましたし。はい。俺は、刑務所《ムショ》から出てきたあと、どこも行くとこないとき、オヤジさんに拾われたんです、家を世話してもらって。それで、オヤジさんの仕事を手伝うようになりました。そうです、『カインド・ネット』です。オヤジさんが囲い屋やろうと言い出したとき、NPOつくるってアイデアを出したのは俺です。NPOって聞くとイメージいいから、いろいろやり易くなるし、生活保護の申請通すのも楽になるんで。

あの日は、陽子さんの誕生日で、オヤジさんたちが家で二人きりで過ごしたいって言うから、俺らはオールで飲みに行くことになったんです。いえ、全然、怪しいとは思いませんでした。オヤジさん、すげえ陽子さんのこと気に入ってて、本物の夫婦みたいな感じになってましたから。

あ、でも、八木さんが、別行動したいって言ったときはちょっと変だなと思いました。だってあの人、酒が好きなのに、銀座で飲むより、お台場の温泉がいいなんて言うから。まあでも、たまにはそういう気分の日もあるのかなと思って。別にこっちも八木さんと飲みたいわけでもないですから。

はい、それで、銀座で朝まで飲んで、家に帰ったら、警察の人がうじゃうじゃいて。いや最初は、普通に家宅捜索《ガサ》かなと思いました。『カインド・ネット』もそうだけど、オヤジさんのやってるビジネスは、どれもグレーだから。

だけど、そうじゃなくて、オヤジさんが殺されているって聞かされて……。

もちろん、驚きました。

でも、冷静に考えたら、やったのは陽子さんだろうと思って。あと、もしかして八木さんもグルだったんじゃないかって。はい、それで八木さんの携帯も繋がらないし、やっぱりあの二人がオヤジさん殺して逃げたんじゃないかって思いました。

なんてことしてくれたんだとは思いましたけど、これでもしあいつらが警察に捕まると、〈換金〉のことがばれて、俺たちまでヤバいから、とりあえずは隠そうってことになって。

警察は八木さんの「や」の字も出さないから、もしかして存在を知らないのかと思って、だったら、ちょうどいいから黙っておこうって。本当は陽子さんの存在も隠したかったんですけど、あの人はあそこに住んで結構長くて、近所の人にも見られているだろうし、警察も女が一緒に住んでいたことはもう知っているみたいだったんで……、まあ、そういう人は確かにいたけど、名前も素性も知らない、みたいな感じにすることにして。ヒロとナベさんとも口裏を合わせました。

え？　ああはい、〈換金〉っていうのは、保険金殺人のことです。人の命を金に換えるから、換金。オヤジさんがそう名付けたんです。

でも、考えたっていうか、言い出しっぺは陽子さんでした。

あの人は、五年くらい前だったかな、デリヘル嬢やってて、そうです。二〇〇九年の冬です。オヤジさんが……その……遊びに行った先で知り合ったんです。

それで向こうから俺らに金で人を殺してくれって持ちかけてきて、はい、最初は、陽子さんと同棲していた元ホストを殺す話でした。はい、河瀬幹男です。

偽装結婚して、保険かけて。交通事故に見せかければ、実際に車で轢く人も、刑務所、入らないですむからって。

陽子さん、昔、保険の仕事してて、あと、弟が車に轢かれて死んだことがあって、その経験から思いついたって言ってました。

それを聞いたオヤジさんが、やるって決めたんですけど、一回で終わらしたらもったいないって、『カインド・ネット』で囲ってるオッサンたち使って、何度も続ける方法を考えたんです。

そうです。囲ってるオッサンで免許持ってて、上手く騙せそうな人を選んで、轢き殺す役やらせて、それでファミリーに加わったような気にさせて油断させて、そのオッサンを次に殺すってやり方です。事故を起こす都道府県を変えれば、警察は関連に気づかないから、いくらでもできるって言ってました。

はい、八木さんもそうでした。沼尻さんを殺させてて、本人はファミリーの一員になったと思ってたみたいですが、次に〈換金〉する予定でした。

計画は、ほとんどオヤジさんが決めてました。俺は……、オヤジさんに命令されて手伝わされただけなんです。本当です。俺は本当は人殺しの手伝いなんてしたくなかったんです。でも、オヤジさんには恩があったし、やれと言われたら断れませんでした。それに……。

それに、オヤジさんの話を聞いていると、〈換金〉は悪いことじゃないように思えたんです。

俺らが〈換金〉していた連中は、オヤジさんは「見えざる棄民」って言ってましたけど、もともとホームレスで、社会から棄てられてたような人たちでした。生きててもなんの役にも立たなくて、みんなから嫌われてて、公園にいても警察に追い出されて、人目につかないとこに追いやられて、いないことにされている人たちでした。そういうオッサンを拾ってきて殺して、本当にいなくすることは、別に悪いことじゃないだろうって。もしそれを悪いって言うなら、そいつは偽善者だって。

そのとおりだなって、思って。あ、いえ、そのときは、です。いまはやっぱり、人を殺すのは悪いことで、恐ろしいことだと思っています。はい、とんでもないことをしてしまったと、反省しています。だからこうして、聞かれたことには全部正直に答えているんです。

陽子さんと八木さんの行方は、本当に知りませんでした。

そりゃ、オヤジさん殺《や》られて悔しい気持ちはあったけど、警察がオヤジさんのことや『カインド・ネット』のこと調べているから、下手に動けませんでした。捜してもないです。本当です。その国分寺のマンションがどこにあるのかも知りませんし、陽子さんが死んでいたことも、捕まってから知りました。

もちろん、陽子さんを殺してなんかいません。

◆ 23

――陽子、

あなたたちがレイジを殺す日がいよいよ近づいてきた。

二〇一〇年の夏は、冷夏になると予測されていたのだが、蓋を開けてみれば、観測史上稀にみるほどの猛暑になった。全国的に一週間以上早く梅雨が明け、熱中症で倒れる人が続出し、死亡者数は統計を取り始めて以来、最多のペースで増えているとのことだった。

七月二三日、決行するのは深夜だから、正確には二四日――、
この日付を選んだのは神代だった。学校が夏休みに入るタイミングの週末で、事故を起こす三鷹では花火大会が開催され、警察はパトロールや交通整理などに人員を割かれ、特別忙しくなる日なのだという。

それを聞いてあなたは、なるほど罪を犯すことに馴れた者というのは、こういうところに気を配るのか、と妙な感心を覚えた。

決行の三ヶ月ほど前から、あなたは三鷹から一駅先の吉祥寺《きちじょうじ》にあるネットカフェで週に一日、深夜のアルバイトを始めていた。レイジが事故に遭う時間の自然かつ完全なアリバイをつくるためだ。レイジには、神代の知り合いの工場で深夜勤務のパートが辞めたため、あなたが

手伝うことになった、と説明していた。

実際に車を運転してレイジを轢き殺す役――実行犯――は、ファミリーの誰かがやるものだとばかり思っていたが、直前になって別の人間を手配していると、神代から聞かされた。

「黙ってて悪いな。でも、この際、陽子ちゃんとは一切、面識ない方がええやろ」

実行犯となるのは、『カインド・ネット』で面倒をみている新垣という男だという。不自然にならないよう、この新垣は少し前から現場になる路地の近くに住まわせ、周りの人たちに車を使った仕事をしているように見せかけているということだった。

これにあなたは、違和感を覚えた。

確かに、この計画で最大のポイントは、あなたと実行犯の繋がりを隠し通すことだ。実行犯はあなたから遠い人物であるほど好ましい。だから、あなたと一面識もない者を選ぶという理屈は分からないではない。

しかし、それは新しい人間を計画に引き込むということでもある。その新垣という男がどの程度信頼できるのか分からないが、むやみに人を増やすのは得策とは言えないだろう。

あなたとの繋がりを隠すのなら、ファミリーの誰かでも十分ではないのか。現状、住民票にしろ戸籍にしろ、あなたの個人情報から、神代とそのファミリーに繋がるものは何もないはずだ。万全を期す意味でより遠い赤の他人にするのだとしても、そのメリットが、人を増やすことのデメリットに勝るとは思えない。

が、あなたは、特に意見をしなかった。

すでにもう、その新垣は計画に引き込まれてしまっているようだ。だったら今更、外すわけにはいかないだろう。罪を犯すということにおいて、神代があなたの何倍も長けていることは疑いようがない。

決行日の選定と同じように、実行犯の選定にも、あなたが気づかないコツのようなものがあるのかもしれない。

その日、七月二三日の夜も、いつものようにファミリーで食卓を囲んだ。

レイジにとっての最後の晩餐に神代が選んだのは、レイジが好きな寿司だった。もちろん、神代が握った。

どこで修業して覚えたのか分からないが、口の中でぱらっとほどける神代の見事な握りを、レイジは美味しそうにいくつもほおばっていた。

神代邸の広いリビングで、いつもと変わらぬ歓談が交わされた。

神代がレイジに酒を勧め、レイジは喜んでそれを飲んだ。そして気分のよくなったレイジは、例によって「日本の歴史は」「日本人は」と始め、最近読んだブログで学んだという特攻隊について熱っぽく語っていた。

「いまの日本があるのは、彼らが命を賭けて戦ってくれたからなんですよ！　海外では特攻隊のことを自爆テロの一種のように言う人がいるらしいけど、冗談じゃない！　彼らは祖国と大切な人を守るために戦って、散っていった戦士なんです！　俺たち日本人は、彼らを敬い、その魂に報いるように、誇り高く生きなきゃいけないんです！」

あなたは、レイジの言葉を聞いて思った。

ああ、なんて純粋なんだろう。勇気を持って、大切な人を守るために死んでいった人に、自分を重ねることができるなんて。

レイジの姿はまばゆく輝いて見え、その口元からは甘い香りが漂っていた。

「俺だって、オヤジさんや、ファミリーのみんなのためなら、死んでみせますよ！」

そうレイジが高らかに宣言したのは、あまりにも皮肉で、あなたは、引きつって曖昧な笑みをつくることしかできなかった。山井も、梶原と渡辺も、微妙な表情をしていたが、神代だけが満面の笑顔を浮かべていた。

「そない言うてくれて、感激やわ。幹男くんこそ、ほんまの日本男児やで！」

レイジは「へへ」と照れくさそうに笑ったあと、言った。

「あ、そうだ。もし、みんなの都合がよければ、今年の八月一五日、靖国神社に行きましょうよ」

「おう、ええな。行こうで、ちゅうか、日本人として当然やな」

「そうですよ」

「みんな、ええよな？」

神代に呼びかけられたとき、あなたは答えずリビングの時計を見て「あ、そろそろ行かなきゃ」と、席を立った。

時刻は夜の九時を少し過ぎたところ。ネットカフェのバイトは一一時からだが、吉祥寺までの移動に時間がかかるので、いつもこのくらいに家を出ていた。

リビングから出て行くとき、背中から、八月一五日にみんなで靖国神社に行く話がまとまり、レイジが「楽しみだなあ」と言う声が聞こえた。

あなたは、せめて自分だけでも、守れない約束をしないですんだことに、少しだけ安堵していた。


あなたがバイトするネットカフェは、吉祥寺駅から歩いて五分ほど。井ノ頭通り沿いにあるレンガ風のテナントビルの二階にあった。

深夜帯のアルバイトは、シフトに入ってすぐが一番忙しい。終電前に帰る客と、逆に終電に間に合わずホテル代わりに泊まろうという客が入れ替わり、掃除と受付で大わらわになる。

この日、深夜のシフトは三人。あなたの他は、近所の大学に通う二〇歳の大学生と、その大学を卒業したあと就職せずフリーターになったという二三歳の青年だ。人生ではあなたがだいぶ先輩だが、バイト歴は彼らの方が長い。

最初のころは、ブースの掃除にえらく時間がかかったり、受付に手間取り客に怒鳴られたりと、いくつか失敗もしたが、馴れてしまえばさほど難しいことを要求されるような仕事ではなかった。

あなたは、そうプログラムされた機械のように、掃除と受付に没頭した。この日に限って言えば、余計なことを考えずにすむ分、忙しい方がありがたかった。

気がつけば深夜の二時を回り、入ってくる客も出ていく客も、いなくなった。このくらいの時間から、明け方まで、ネットカフェは時が止まる。

予定では、そろそろのはずだ。

べろべろに酔っぱらったレイジを拘束し、バンに乗せて、三鷹のあの路地まで運ぶ。梶原が一足先に実行犯と落ち合っており、現場まで同行する。

レイジを地面に転がし、みんなで身体を押さえつけた上で、頭の上をタイヤが通るようにしてトラックで轢く。

周りに飲みかけの酒瓶を転がすなどの工作を施して、実行犯を残し、全員がその場から姿を消す。そして、実行犯が一一〇番――。

余裕ができた分、つい余計なことを考えてしまう。

あなたが、なるべく無心になろうとフロアに出て本棚を整理していると、目の前の廊下の角から、ピンクのスウェットを着た小さな女の子が飛び出してきて、ぶつかりそうになった。たぶんまだ三歳か四歳くらいの、小さな子だ。

「待ちなさい！」

後ろから、母親らしき女が追いかけてきて、女の子を後ろから抱きかかえる。

歳は二〇代の後半くらいだろうか。女の子とおそろいのスウェットを着ているが、そこから突きだした手足はガリガリに痩せていて、まさに骨と皮だけといった感じだった。

「すみません」

女はあなたに頭を下げる。

赤褐色の顔に発疹が浮きでていて、かつての純と同じようだったので、一目でアトピーなんだと分かった。抱きかかえた子どもも痩せ気味で、首筋に同じような発疹があった。

二人ともうっすらと髪の毛が濡れている。この角の先にあるシャワールームから出てきたのだろう。

女は子どもを抱きかかえ、そそくさと、禁煙コーナーの方へ消えていった。

条例で一八歳未満は深夜ネットカフェに入れないことになっているが、この店では小さな子で親が同伴している場合は、黙認していた。

あの母娘は、確か先週、シフトに入ったときも姿を見た。あのときも、今日と同じおそろいのスウェットを着ていた。

常連、というより、半ばここで生活しているんじゃないだろうか。

住む場所を失った人が、ネットカフェで当座の生活をしのぐというのは、そんなに珍しいことじゃない。一般的なアパートでは入居時に敷金や礼金で、家賃の五倍くらいの現金が必要になる。それを払うだけの蓄えのない者は、ホームレスになるか、でなければネットカフェくらいしか行くあてがなくなってしまう。少し前からそうやってネットカフェで暮らす人々を「ネットカフェ難民」なんて呼ぶようになっている。

あの母娘はどんな生活をしているのだろう。彼女たちも、何か大きなものに棄てられたのだろうか。神代が言う「見えざる棄民」なのだろうか。

いや、そんなことはないかもしれない。たまたま、週末にどこかへ遊びに行って終電を逃し、ネットカフェに泊まるということが続いただけかもしれない。何にも棄てられてなどいない、幸せな母娘かもしれない。きっとそうに違いない。

あなたが、頭の中で、赤の他人に対しての勝手な想像をこねくり回しながら、受付に戻ると、今日のシフトリーダーを勤めるフリーターに声をかけられた。

「河瀬さん、休憩入ってください」

呼ばれ慣れない名字で呼ばれ「はい」と返事するのが少しだけ遅れた。

この空間ではあなたは、河瀬陽子。去年の一一月に結婚して、夫の河瀬幹男と三鷹で暮らし始めたが、この不景気下、少しでも生活を安定させようと、三ヶ月ほど前から週に一度だけ時給が高めの深夜にバイトをしている――、ことになっている。

今日一緒の二人もそうだが、深夜帯のバイトはあなた以外はみな若い男だ。共通の話題もないためか、仕事中に業務連絡的なこと以外は、滅多に話しかけられない。余計な作り話をしないですむので、これはこれでありがたかった。

あなたは、バックヤードにある休憩室に入った。部屋の隅にプラスチック製の大きなカゴがあり、その中に何十冊もの漫画本が投げ込まれている。古くなったり、傷ついたりしてフロアから回収されたものだ。

あなたは、その中から一冊手に取る。いまから三〇年近く前、あなたが小学生のころに人気のあった、ベタベタで甘々の少女漫画だ。

処女と童貞が三角関係でどたばたした挙げ句、最後は全部の登場人物が収まるところに収まる漫画。困難は必ず乗り越えられて、最終的には誰も不幸にならない漫画。主人公の女の子は、居場所を失わず、生活に困らず、身体を売ったり、ましてや保険金殺人の画策なんかしないで、一番好きな男と結ばれて幸せになる、そんな絵空事を描いた漫画だ。

それを読むうちに、あなたは、ファイトが湧いてくるのを感じた。こういう漫画はポジティブな気持ちにさせてくれる。

大丈夫、きっと、上手くいく。

あなたは自分に言い聞かせた。


〈事故に遭われた男性は、亡くなっております〉

受話器の中から、くぐもった男の声が、淡々とそう告げた。

その電話があったのは、朝の八時一〇分を回ったころだった。

ネットカフェでのバイトを終えたあと、あなたは鹿骨ではなく、ここ『三鷹エステル』に帰ってきた。警察の対応がどうなるにせよ、事故の処理がすべて終わるまでは、あなたはこのマンションで夫と二人で暮らしていた妻を演じ続ける手はずだった。

気は昂ぶっていたものの、さすがに徹夜明けで眠気を覚え、狭いリビングでうとうとしていたところ、ベルが鳴った。

電話をかけてきたのは警察官を名乗る男で、昨夜事故に遭って死亡した男性が、あなたの夫、河瀬幹男らしいと言っていた。

予定どおりだった。神代たちが、そしてあなたは会ったことのない、実行犯の新垣という男が、レイジを殺したのだ。

〈男性は河瀬さん名義の携帯電話を持っておりました。昨夜から帰っていないとなりますと、やはり河瀬さん本人の可能性が高いのではないかと思われます。もちろん電話を拾ったりした別人ということもあり得ますが、どちらにせよ奥様に確認していただきたいと思っております。これから病院までご足労お願いできますでしょうか？〉

あなたは、電話の向こうの男に向かって、可能な限り神妙な声で「はい」と答えた。

マンションを出て三鷹駅前まで行きタクシーを拾うと、電話で教わったその病院の名前をドライバーに告げた。

さほど遠くはなく、時間にして一〇分強、二メーターで到着した。

児童公園の向かいに建つ、白いコンクリートで造られた無機質な四角い建物は、一目でそれと分かるほど病院然としていた。

中に入り、受付で来意を告げていると、背後から「河瀬さんですか」と、声をかけられた。声色で先ほど電話をかけてきた男だと分かった。

振り向くと、そこにはポロシャツを着た痩せた男が立っていた。見たところ四〇がらみで、顔のパーツが中心に集まり、大きくつり上がった目つきをしていた。なんとなく昆虫、カマキリのような印象を受ける。

「ご足労ありがとうございます。三鷹署交通課で事故の担当をしておる原島《はらしま》です」

電話と同じ抑揚の少ない喋り方で男は名乗った。

「早速ですがこちらへよろしいでしょうか」

あなたは原島に促されて、一階の奥にあるこぢんまりした部屋に通された。普段は医師が患者や家族に説明をするために使われている部屋のようだ。部屋の中心に六人がけの大きなテーブルがあり、壁面にはホワイトボードが設置してあった。

テーブルの上には、あなたの見覚えがあるものが並べられていた。

昨日レイジが着ていたTシャツとジーンズ、履いていたスニーカー、そして携帯電話。

原島はあなたに尋ねた。

「これが事故に遭われた方が持っていた携帯電話と、身につけていた衣類です。ご主人のものか分かりますでしょうか？」

あなたは、それらを一つ一つじっくりと眺める。Tシャツの首と肩の部分に、茶色く変色した血痕がこびりついていた。

「はい、携帯も服も、主人のもの……です」

「間違いないですね？」

原島は静かな声で念を押すように尋ねた。

あなたは、無言で頷く。

夫の死に呆然とする妻を上手く演じられているだろうか。

どんな態度が一番正しいのかよく分からないが、あなたは表情を固め、俯いてテーブルの上をじっと見つめていた。

背後から原島の声が聞こえた。

「ありがとうございます。これら遺留品がご主人のものでしたら、やはり亡くなられていたのは、ご主人で間違いないと思われます。直接、ご遺体も確認していただくのが原則なのですが……」

原島が一度、言葉を切った。

あなたが振り向くと、カマキリの顔がこちらをじっと見据えていた。

「ご遺体は頭を酷く損傷してまして、ご家族がご覧になるのは、少々おつらいかもしれません。私どもとしても、無理にとは思っていないのですが、いかがでしょうか？」

確実に殺すために頭を潰す――、それは、最初から決めていたことだった。

そのレイジの死体を確認するか、どうか。

あなたは演技でなく、迷った。

レイジの死体をこの目で確かめたいという気持ちと、そんなもの見たくないという気持ち、両方がある。どちらがより怪しまれないのか。

どうしよう――、

頭の中で思考がどちらか決めるより先に、口が動いていた。

「あの、確認、します」

「お願いできますか？」

「はい」

原島は「少々お待ちください」と、足早に部屋を出て行き、しばらくして若い男性看護師を連れて戻ってきた。

メガネをかけた小太りのその看護師は、特に名乗らず、あなたにぺこりとお辞儀をし、「では、こちらになりますので」と、促した。

安置所は、病院の裏手に別棟として設置されていた。平家《ひらや》建てで、外壁は本館と同じ無機質な白いコンクリートだ。曇りガラスが嵌まった入り口ドアのところには、盛り塩がしてある。その高さのない長方形の建物は、巨大な棺桶のようにも思えた。

看護師を先頭にして建物の中に入るなり、鳥肌が立つほどの寒さを感じたのは、心理的なものではなく、冷房が強く入っているからだろう。真夏の外との気温差は一〇度以上はありそうだ。

窓がなく薄暗い廊下には、ドアとベンチが等間隔に並んでいた。

昔――そう、もう二〇年も前の昔のことだ――純が死んだとき、母と一緒に地元の病院の安置室を訪れたことを思い出した。

あのときは、地下だった。母だけが死体のある部屋の中に入り、あなたは廊下で待たされていた。あなたが、純の死体を見たのは、その数日後、葬儀の席だった。

前を行く看護師が足を止めた。

看護師は「どうぞ」と目の前にあるドアを開けて、部屋の中に入ってゆく。

部屋の広さは八畳ほどだろうか。壁は一面くすんだクリーム色で塗られていた。向かって右手の壁に小さな祭壇があり、正面には搬送口らしき大きな観音開きの扉がある。

部屋の中央にシーツの掛かったストレッチャーが一台。

シーツは人形《ひとがた》に盛り上がっており、頭の方が祭壇を向いている。下にドライアイスが敷いてあるようで、かすかに白い湯気が漂っていた。

「確認をお願いします」

原島に言われ、あなたはストレッチャーの真横に立った。

看護師が小走りに回り込み、「では」と声をかけて、顔の部分のシーツを外した。

そこにあったのは、奇妙な顔だった。

レイジの面影はあるものの、あなたの知っている彼の顔よりも細長く、べっこりとひしゃげていた。高かった鼻はぺしゃんこに潰れ、右側の耳がちぎれかけている。陶器のように真っ白くなった肌がところどころ削げて、その奥の筋肉繊維が見えた。

顔を車に潰されると、こんなふうになるのか。

綺麗だったレイジの顔は、壊れてしまった。

レイジが、死んでしまった。

純粋だったレイジ。神代やあなたのことを信じ切っていたレイジ。可哀相なレイジ。

「ああっ」と、あなたの口から嗚咽が漏れた。

次いで、目から涙があふれた。

演技ではなかった。泣こうと思って泣いたわけではなかった。

身体の反応に一瞬遅れて、胸の中が悲しみで満たされた。

純の葬式で死体を見たときと同じだった。それまでなんとも思わなかったのが、死体という実在を目の前にした途端、悲しくなった。

そもそもあなたが、レイジを殺そうと、神代に持ちかけたのに。

それでも、死体は哀れで悲しかった。

「大丈夫ですか？」

看護師が白いハンドタオルをあなたに差し出してくれた。

あなたは、それで顔を覆い、思い切り泣きじゃくった。

「間違いなく、ご主人ですね？」

原島の問いかけが聞こえた。顔を上げると、あなたの真横には、同情の色を浮かべたカマキリの顔があった。

あなたは「はい」と声を絞り出して、頷いた。

「そうですか……、ありがとうございます」

原島が目配せすると、看護師は急いでレイジの死体に再びシーツをかけた。

「河瀬さん、こちらへ」

あなたは、原島に促されて部屋から廊下に出る。

「どうぞ」と原島はあなたを廊下のベンチに座らせた。

あなたは、看護師からもらったタオルで目元を押さえたまま、大きく深呼吸を繰り返す。それに合わせて気持ちが少しずつ落ち着いてゆくのが分かった。

原島は座らず、あなたの傍らに立ったまま、恐縮するように頭を下げた。

「ご苦労様でした。ご愁傷様です。ご心痛のところすみませんが、このあと、すぐ近くの交番でお話しを訊かせていただいてもよろしいでしょうか」

その言葉があなたを、悲しみの世界から引き戻した。

そうだ、ここで印象づけるんだ、事前に打ち合わせたように。

神代によれば、警察官が一般人にどういうスタンスで接するかは、ほぼ第一印象で決まり、よっぽど強い証拠が出て来ない限り、それは変わらないのだという。

このカマキリのような警察官に、結婚から一年も過ぎてないのに、事故で夫を亡くした哀れな女と思ってもらわなければ。

「大方《おおかた》すんだようやし、陽子ちゃんも、うち戻ってき。儂な、きみの肌が恋しいねん。ああ、そうや、そろそろきみの誕生日やろ？　儂らが出会ってちょうど一年や。打ち上げも兼ねてそのお祝いもしよか」

神代がそんなことを言ったのは、レイジを殺してから二ヶ月半ほどが過ぎた一〇月の半ばだった。

結論から言えば、計画は完璧に成功した。

警察は事故であることを疑う様子もなく、レイジの遺体は解剖されず、事故の翌日、あなたに返却される手続きが取られた。

あなたは何度か警察と検察に呼ばれ、聴取を受けたが、その大半は、あなたがドライバーに対してどの程度の処罰を望んでいるか確認するものだった。

あなたが「道で寝ていた主人にも非はありますので」と、あまり強い処罰感情がないことを述べると、決まって相手はどこかほっとしたような様子をみせた。おそらく初期の段階から、起訴はしないという判断があったのだろう。案の定、自動車運転過失致死罪の疑いで逮捕された実行犯、新垣清彦は、最終的には不起訴になった。

事故の情報は「自動車安全運転センター」に登録され、保険の手続きに必要な事故証明書が発行されるようになった。この時点で、これは紛れもない事故であるという警察のお墨付きをもらったことになる。

あなたはすぐさま生命保険と共済の死亡保険金請求手続きを取った。契約から二年以内の「早期事故扱い」のはずだが、問題なく受理され、およそひと月後に死亡保険金が支払われた。これが生命保険と共済二種、合わせて七〇〇〇万円強。

そののち、新垣が加入していた自賠責保険から、上限額の慰謝料、三〇〇〇万円が支払われることになった。

死亡事故の慰謝料は、もし被害者が生きていたら稼いだであろう所得額を「逸失利益」として加味して算出する。レイジは書類上「自営業」として保険に加入しているが、実際には無職で所得はない。が、それでも逸失利益はゼロにはならない。所得がない人や、低所得の人でも生きていれば将来的にもっと稼いだかもしれない、という可能性を考慮し、就労可能年齢の期間の逸失利益は最低でも全世代の平均所得を元に算出するという規定がある。そのため働ける世代の死亡事故では、ほとんどのケースで自賠責保険からは上限額の慰謝料が支払われるのだ。

死亡保険金と、慰謝料、総計およそ一億。

一円も稼がない男の命が、そんな大金に換わった。

あなたは、これらの金が口座に入ると即座に金融機関へ赴き「夫が借金を残している」と嘘を言い、数回に分けて現金化し、神代に渡していた。

これら手続きがすむまで、あなたは鹿骨の神代邸には帰らず、ずっと『三鷹エステル』で生活をしていた。去年の暮れに、偽装結婚と同時に入居してから、このマンションの部屋に立ち入ったのはあなただけだ。隣近所の人たちには、独り暮らしと思われているかもしれないが、事故として処理される限り、被害者の妻の周囲を警察が探ることはないだろう。

週に一度か二度、外で神代たちと会い、金の受け渡しや近況の報告をしあった。

こうして、順調に計画のゴールが近づいてきたとき、あなたは、今更ながらの問いにぶつかり、愕然とした。

これから、私はどうなるんだろう？

最初――、そう、神代に殺されかけて、生き延びて、保険金殺人を持ちかけたとき。あのときは、とにかくレイジがいなくなってお金が手に入ればそれでいいと思っていた。

神代には「たくさんお金をあげるから、人を殺して」と言った。けれどその後、具体的に分け前をどうするかという話は一切していない。

一つ屋根の下で神代のファミリーたちと過ごす中で、打ち解けていったのはレイジだけではない、あなたもだ。むしろ、騙し討ちにするために信頼関係をつくっていたレイジより、その計画を共有し、ボスである神代が妻のように扱っていたあなたの方が、より結びつきは強かったと言える。

元ヤクザだという渡辺は強面だが、性格は気さくで、ヤクザ時代に見聞きしたことを面白おかしく聞かせてくれた。前科二犯の梶原は、頭の回転はたぶん一番速く、神代からの信頼も厚いようだった。一番若い山井は、見た目どおりの子どもで、明るくよく笑う、天然のムードメーカーだった。

そんな彼らと一つ屋根の下で過ごすうちに、あなたには、彼らが本当の家族《ファミリー》のように思えてきた。成功したら分け前をいくらもらって、どうする、ということをほとんど気にせず、とにかくファミリー全員で、やり遂げることだけを考えていた。

そして計画が実行され、しばらく鹿骨の神代邸を離れて、一日の大半を独りで『三鷹エステル』で過ごすようになって、あなたは奇妙な寂しさ、心許《こころもと》なさを覚えた。まるでホームシックにかかったような。

あなたは、神代の「帰ってこい」という言葉に、安堵を覚えた。

この先もずっと、この人のファミリーでいられるんだ。

同時に、逃れようのない深い沼に腰まで浸かっているような絶望も覚えた。

この先もずっと、この人のファミリーでいなければならないんだ。


神代邸の玄関をくぐり、その匂いを嗅いだとき、あなたはごく自然に「帰ってきた」と思った。

あなたが邸宅に戻った夜は「お祝い」と称し、神代はとっておきだというA5ランク黒毛和牛のTボーンステーキを焼き、二〇年ものの高級ワインを振る舞った。

久々にファミリーと囲む食卓だった。

けれど、その中に一人、あなたの知らない顔が混ざっていた。

四〇半ばくらいの、メガネをした顔色の悪い痩せた男。

「陽子ちゃんは、初めてやったな。この人がセイさん、今回、一番骨折ってくれた新垣清彦さんや」

レイジを轢き殺した実行犯だった。警察を介した事故処理や、自賠責保険による慰謝料の支払いで、名前だけは何度も目にしていたが、直接顔を合わせるのは、神代の言うように初めてだった。

「こないな大仕事一緒にやったんやから、セイさんも立派にファミリーやで」

神代に紹介され、新垣は照れくさそうな笑みを浮かべ「どうも、新垣です」と頭を下げた。

食事をしながら身の上を聞いたところ、新垣は元はそこそこの商社に勤めるサラリーマンだったが、意地の悪い上司にいじめられうつ病になり、退職を余儀なくされたのだという。職を失ってしまった心労から、病状は悪化するばかりで、再就職もできずにやがてホームレスになってしまった。そうして、路上生活をしているところ、『カインド・ネット』に声をかけられ、囲われるようになったのだという。

もともとの性格なのか、うつ病の影響なのかはよく分からないが、新垣はあまり押しが強くなく、自信なさげな小さな声でぼそぼそと喋る、そんな男だった。

この人が、ファミリー？

正直あなたは、あまりピンとこなかった。

まとっている雰囲気がみんなとは違い過ぎるのだ。

神代、梶原、山井、渡辺の四人に対して、レイジはまだ釣り合いが取れていたが、この新垣という男は、なんというか善良すぎるように見える。同じ食卓で、同じ肉を食べていても、肉食獣の群れに一匹だけ草食獣が交じっているような、そんな違和感がある。

ああでも、この人がレイジを殺しているんだよね。

たとえ雰囲気が善良でも、この男は事実として事故に見せかけて人を殺しているのだ。

新垣はレイジほどではないにせよ、酒が好きなようで、かなりいいペースで血のように赤いワインを空けていた。

酔いが回ってくるにつれ、新垣はいくらか饒舌になり、また泣き上戸のようで、言葉と一緒に涙をこぼしていた。

「男の子なら、みんなそうだと思いますけど、私、子どものころ、テレビの変身ヒーロー、正義の味方が、大好きでして……、大きくなったら、自分もヒーローになりたい、なんて思ったもんです。それなのにねぇ、いざ社会に出てみたら、悪い奴にこてんぱんに負かされてしまって……。情けないったら、ありゃしない。だけど、オヤジさんがこんな私を拾ってくれて、正義の味方にしてくれてぇ、うう、本当に、本当にありがとうございます！」

「いやいや、やったのは、セイさんや。セイさんが勇気を振り絞って手ぇ汚したから、あの悪人を始末できたんや。あんたこそ、ほんまもんの勇気をもった正義の味方や、ヒーローやで！」

新垣は泣きながら、誇らしげな笑みを浮かべ、神代に何度も礼を言っていた。

いまひとつ、話が見えず、あなたは迂闊《うかつ》なことを言わないように相づちだけを打っていた。

途中でトイレに立ったとき、梶原がさり気なくついてきて、かいつまんで事情を教えてくれた。

新垣はレイジのことを、三年前に神代の両親と兄を惨殺した強盗殺人犯だと、思い込んでいるのだという。神代はレイジが犯人だということを突きとめたが、証拠がないため警察は動いてくれず、個人的な復讐をすることにした。あなたは、情報収集のためにレイジに近づき、上手く取り入って結婚までした仲間ということになっているのだそうだ。

ずいぶんと雑な話に聞こえるが、実際にレイジを殺している以上、新垣がそれを信じ切っているのは間違いない。

きっと、不自然な部分には自分なりに都合のいい理由をつけて納得しているのだろう。騙されるとは、つまりそういうことだ。

ただ、こうして実際に新垣に会ってみて、以前抱いた疑問が再び頭をもたげた。

なぜ、神代は余計な嘘までついて、この男を計画に引き込んだのだろう？

特別、才気煥発にも見えない。これだったら、たとえば渡辺あたりに実行犯役をやらせた方が、リスクは低かったのではないだろうか。

その謎が解けたのは、夜半も過ぎようというころだった。

「陽子ちゃん、ワン・モア・タイム、やで」

神代は歯を剝いて笑いながら、人差し指を立てた。

「お祝い」が終わったあと、あなたは神代の寝室に呼ばれ、久しぶりに抱かれた。神代は相変わらず、激しくあなたを求めた。硬く、しかし柔らかくもある固太りの肉と、その表面を覆うざらざらとした体毛の感触は、他の何でも味わえない不思議な心地よさがあった。

二度の交わりのあと、神代は互いの体液がこびりついたペニスをティッシュで拭きながら言った。

ワン・モア・タイム、もう一度。

「また同じようにやろうや。幹男くんみたいにな、セイさんも〈換金〉したろうや」

女性の再婚禁止期間が過ぎたら、あなたが今度は新垣と偽装結婚し生命保険をかけ、同じやり方で殺そうというのだ。

ただし、事故を起こす場所は東京以外の土地にして、入籍するときの本籍地もそこにするという。女性が結婚して名前を変え、本籍地も都道府県のレベルで変えてしまえば、ほぼ別人になれる。また、事故を調べる警察も本部から変わるので、同一人物の夫が同じような事故に遭って死んでいることは、まず発覚しないと、神代は語った。

あなたは、神代の使った〈換金〉という単語は言い得て妙だと思った。

確かにこれは〈換金〉だ。人の命を金に換える。

いつからだろう?

おそらく、ずいぶん前から、神代はただレイジを殺して金を手に入れるだけでなく、もう一度繰り返すことを考えていたのではないか。少なくとも、新垣を引き入れた時点では、もうずっと先の絵図までできていたはずだ。

否《いや》も応もない。

神代がやると決めているのだから、どうしたってやることになるのだろう。神代とは、この男とは、そういうものだ。

「『カインド・ネット』で囲っとる連中に、在庫になりそうなやつ結構おるからな、いくらでもいけるで」

そうか、殺した者を殺して、延々と〈換金〉を繰り返すつもりなのか。

この沼には底がない。

あなたは思わず吹き出した。

「ワン・モア・タイム、じゃないじゃない」

「はは、そうやな。メニー・タイムス、や」

神代も笑った。裏表のない、心底楽しそうな笑顔だった。


新しくファミリーに加わった新垣は、レイジが使っていた部屋で寝起きすることになった。正義の味方になったつもりのこの男は、まさか自分が殺した悪人と同じベッドで寝ているなどとは夢にも思っていないだろう。無論、近い将来その悪人と同じように、誰かに殺されることになるなど、とも。

新垣は、かつてレイジがそうだったように、神代から「仕事」を与えられているようだった。新垣はレイジのようにパソコンは使えなかったから、別の何かを神代がでっち上げたのだろう。新垣は毎朝、梶原たちとともに、どこかへ出かけて行った。もしかしたら、本当に『カインド・ネット』の仕事の一部を手伝わせていたのかもしれない。

ただ、なんにせよその「仕事」の最大の意味は、新垣に自分がファミリーの一員であると信じ込ませ、車で轢くそのときがくるまで、飼い続けることにある。

新垣は神代とファミリーのことを信頼しきっているようで、免許証や保険証を拝借するのは実に簡単だった。

レイジが死んでから半年が過ぎ、法的に再婚が可能になった二〇一一年二月、あなたは、レイジのときとほぼ同じ手順で新垣と偽装結婚をした。

神代が新垣を殺す現場として選んだのは、埼玉県狭山市の入間川の近くを走る路地だった。

あなたはそのほど近くにある『コーポ田中』という安アパートを借りて、自分と新垣の住民票を移動した。

あなたが、暫《しばら》く振りに、幽霊に逢ったのは、それからひと月ほどが過ぎてからだ。

二〇一一年三月一一日——、

多くの人の記憶に刻み込まれているだろうその日、あなたは、新垣名義での生命保険加入手続きのため『コーポ田中』を訪れていた。

午後二時四六分という時刻はあとから知った。

昼下がりを少し過ぎたころ。予定どおり届いた郵便物を、部屋のテーブルに広げ、その内容を確認するうちに、うつらうつらしかけていた。

そんな眠気を吹き飛ばす、突然の衝撃。

見えない巨大な手に部屋ごと摑まれて、左右に振られていると錯覚するような、強烈な震動に襲われた。

それが地震であることはすぐに分かったが、これほど強い揺れを体験したことは過去に一度もなかった。

耐震補強などしているとは思えないアパートは、みしみしと音を立て、天井からぶら下がっている蛍光灯のシェードが、空中ブランコさながらの弧を描いた。もしもあれが頭に落ちてきたら堪らない。あなたは、畳の上を這いつくばって、窓のない壁の傍によった。「ちょっと、何これ!」「地震?」、隣の部屋の人のものらしき声が聞こえた。あなたは、その壁が中年男のビール腹のように、大きく膨らみたわんでいるのをはっきりと見た。

このアパートはこのまま倒壊してしまうんじゃないだろうか。

大きな力によって問答無用に翻弄されることの生理的な恐怖と、瓦礫《がれき》の下敷きになる自分を想像してしまうことの精神的な恐怖。この二つの恐怖と、奇妙な高揚が胸を満たした。

私は死んでしまうんじゃないか——、

世界が終わってしまうんじゃないか——、

そんな予感とともに、あなたは部屋の隅で身をすくめ、数秒、数十秒。収まったと思った矢先、再び、激しく揺さぶられた。

これも、のちに知ることだが、継続時間はおよそ三分二〇秒。あなたが揺れが止まっていると認識したのは、頭上の蛍光灯の振り子運動が収まっているのに気づいたときだ。

しかし身体の方はいつまでも揺れを感じていた。

三半規管を宥めながら、よろよろと立ち上がり、あなたは部屋の外に出た。

すると、同じように隣のA室から飛び出してきたらしい、六〇歳くらいの小柄な女性の姿があった。

隣人と顔を合わせるのはこれが初めてだ。

「すごい揺れたわねえ」と話しかけられ、「そうですね」と相づちを打った。

「本当、びっくりしたわ。死んじゃうかと思った」

女性は言って、大きく息をついた。

そうか、そういうことか。

あなたの口元に笑みが浮かんだ。

「自然現象ですからね」

あなたは、女性に答えるでもなく呟いた。


地震の影響で電車が止まってしまい、いつ動くのか分からず、道路もところどころ通行止めになっているということなので、その日は鹿骨には帰らず『コーポ田中』に泊まってゆくことにした。

あなたが、その地震の「大きさ」を本当に知るのは、夕方、アパートの近く、入間川にかかる橋のたもとにある食堂で、やけに塩辛い野菜炒め定食を食べながら、テレビの緊急特番を観たときだった。

古びたお店には不釣り合いな大型液晶テレビには、地震の直後、上空から撮影した、被災地の沿岸の街の様子が映し出されていた。海から静かに、しかし確実に押し寄せる黒い水が、ミニチュアのような街を飲み込んでゆく。いや、そんなふうに見えるのは高いところから見下ろしているからだ。本当はあの街はミニチュアなんかじゃないし、あの水は鎌首をもたげた大蛇《おろち》のような津波だし、街には轟音と悲鳴が谺《こだま》していたに違いない。

けれどその様子は、四角い画角に切り取られ、電波に乗せて遠く離れた土地に運ばれる過程で、リアリティをそぎ落とされて、ただ事実を伝えるだけの静かな映像になっていた。

店の経営者らしき、初老の夫婦と、常連客らしき老人がそれを見ながら、不謹慎なことを言って笑っていた。

食事をすませて、アパートの部屋に帰ると、何をするでもなし、布団に寝っ転がりぼんやりと過ごした。

気が昂ぶっているのか、夜が更けても眠気が襲ってくることはなく、それでいて時間の流れが酷く緩慢に感じられ、ただ独り夜に取り残されているような錯覚を覚えた。

身体が記憶しているのか、横になっていると、揺れの感覚が蘇ってくる。蛍光灯が空中ブランコを始め、壁が大きくたわんでいるような、錯覚を覚える。

世界は揺れてなどいないのに、あなたの世界は揺れている。

そう。ここは私の世界。唯一無二の、他の誰でもない、私だけの世界——。

ぷちぷちという笑い声がした。

揺れる蛍光灯の傍らに朱色の金魚が漂っていた。

——姉さん、やっと気づいたね。

「ええ」

たぶん、ずいぶん前から知っていた。けれど、気づいたのは今日だ。

「純、あんたの言うとおりだわ。全部自然現象なのね」

――そうだよ。

「生も死も、人の心も。すべては、私と無関係に降ってくるのね」

――そうだよ。

「だから、何一つ選べない。どんなふうに生まれるか、どんなふうに生きて、どんなふうに死ぬか。人は髪の毛一本の行く末さえ、自分で選ぶことなんてできない」

――そうだよ。

「そして、選べないだけじゃなくて、分からないのね」

――そうだよ。

「世界のすべて、この自然現象は、いつ何が降ってくるのか分からない。たとえば今日みたいな地震があって、ある日突然、死んでしまうかもしれない。心だって一瞬ごとに変わってしまう。人はいつでも裏切るし、自分だっていつでも自分を裏切る。今日正しいと思えることが、明日悪いと思えるかもしれない。世界のことも自分のことも、分からない」

――そうだよ。

「私たちは、何一つ選べないし、何一つ分からない。だから、一切のことに意味がない。何が美しく、何が醜いのか、何が正しくて、何が悪いのか、人は勝手に、あれこれ決めたがるけど、答えはない」

——そうだよ。

「それはつまり——」

あなたは、自分が気づいたことを、最も的確に表現する言葉を探した。

もし神様なんてものがいて、空の上からこの世界を見たら、そこにあるのは一本の線だろう。世界は自然現象の集積だから、星々の運行があらかじめ決まっているように、万物の行く末はあらかじめ決まっている。分岐もなければ、選択もない、一本の線。人はその上をただ転がるだけの石だ。

神様から見れば、そう見える。けれど人間は神様ではない。すべてがあらかじめ決まった自然現象だとしても、それを見通すことなどできない。ならば何も決まっていないのと同じだ。

それが、私の世界。

ただの人間であるということが、何も分からないということが、選択肢のない自然現象の意味を反転させる。

何も選べなくても、何が起こるか分からないなら、可能性は無限だ。

それはもう、なんでも選ぶことができるのと同じじゃないか。

「——自由、ということね」

——そうだよ、姉さん、あなたは自由だ。

自由。

それがあなたがたどり着いた結論だった。

人間という自然現象、その本質は自由だ。何をしてもいいし、何をしなくてもいい。善悪優劣因果のすべては、その上に貼り付けた無意味なラベルに過ぎない。

「純」

——なんだい、姉さん？

「あんたは、自由だから、あきらめたのね。生きることを、戦うことを」

——そうだよ。僕はあきらめた。僕にはあきらめる自由があった。

「私はあきらめないよ。私は、戦う。自由だから、戦う。自由だから、生きる」

——正しいよ。姉さん、順番はそれが正しい。人は戦って自由を手に入れるんじゃない。人は自由だから、戦うんだ。自由だから、生きるんだ。姉さん、あなたには、生きる自由も、死ぬ自由も、戦う自由も、あきらめる自由も、全部ある。すべて等しく、あなたの目の前にある。法も倫理も関係ない。好きなものを選べばいい。何一つ選べないこの世界で、しかし、あなたは、なんだって選べるんだ。

「そうね。純、ありがとう。私は選ぶよ」

あなたは目を閉じた。

——さよなら。

幽霊が言った。

ああそうか、純、これでお別れなんだね。

あなたが再び目を開いたとき、朱色の金魚は消えていた。

そしてこの先、二度と幽霊を目にすることはなかった。


東日本大震災。

三陸沖を震源とするマグニチュード九の巨大地震と、それに伴う余震と津波は、東北地方を中心に、いくつもの街を破壊し、数多《あまた》の人の命を奪い、果ては福島県の沿岸に建つ原子力発電所で炉心溶融及び原子炉建屋の爆発事故まで引き起こした。

政府と電力会社は情報をコントロールしようと嘘をつき、巷《ちまた》には悲しみとデマと不安があふれた。

人智を絶する自然現象は、物理、社会、精神のあらゆる面で、人とそのつくりしものの脆弱さを露呈した。

震災の三日後から、原発事故の影響による電力不足に対応するために東京では輪番停電が実施され、多くの店や施設が夜間の照明を控えるようになった。

そんなふうにして夜の闇が深くなるのをしり目に、まず、あなたは確かめる。

いま、自分自身が置かれている状況を。

神代武という犯罪者と、連続保険金殺人を犯そうとしている。神代やその仲間たちとは、単なる共犯者ではない、家族《ファミリー》としての紐帯《ちゅうたい》がある。神代の家に住み、妻のように神代と情を交わし、家族のようにみんなで食卓を囲む。この生活に心地よさを覚えている。江戸川区鹿骨の神代邸を自分の居場所と思っている。

が、その一方で、支配されてもいる、他ならぬその神代に。

神代のファミリーは、どこまでも神代の王国だ。神代の意志が最優先で必ず実現されるようにできている。神代とファミリーの間には、明確な支配・被支配の関係がある。おそらく、梶原、山井、渡辺の三人には支配されているという自覚はないだろう。あまりに自明だからだ。地球の自転に合わせて昼と夜が決まり、それが人の行動を決めることを支配と思わないように。神代に合わせて考え行動することを彼らは支配と思わず、自明のものとして受け入れる。自分の意に沿わないことがあったとしても、神代が望むなら仕方ないと、あきらめる。みんな、神代をそういうものだと思っている。

古代の人々に森羅万象を司る上位の存在が君臨していたように、神代はファミリーに君臨している。

けれど、それは幻想だ。自然現象だけで満たされるこの世界に、上位の存在など本当はない。この幻想を抱き続けることは危険だ。このままじゃいけない。

神代は、たとえファミリーであっても、自分以外を対等な人間と思っていない。いまは寵《ちょう》愛《あい》を受けているように感じるが、いつどうなるか分からない。神代はあなたを殺した方がいいと考えれば、迷わずそうするだろう。

どれほど、居心地のいい居場所に思えても、そこは沼なのだ。神代の懐で安穏と眠ってはいけない。

あなたは、確かめる。

神代が、あなたたちと同じ、ただの人間だということを。

日々の団欒《だんらん》の中で。寝室で肌を重ねる中で。

野球の中継を一緒に観れば、神代が応援するチームが必ずしも勝つわけじゃない。歳のせいかときどき膝を痛そうにさすることがあるし、年に一度は風邪もひく。毛むくじゃらの身体には盲腸を手術したという傷跡がある。セックスだって強い方ではあるが、たとえば射精を一〇〇パーセントコントロールできるわけじゃない。愛撫の技術については、あなたは神代より上手い男を知っている。

万能ではない。

神代は、人間だ。そういうものではない。

つまり、利用可能な自然現象だ。雨水をダムに溜めるように、太陽光で電気をつくるように、あるいは、肉を得るために家畜を育てるように。

おそらく神代自身が自分以外の人間に向けているのと同じ視線を、あなたも神代に向ける。

無論、気づかれないように。これまでと同じように、支配されている家畜のふりをして。

神代を利用する。

彼は色々なことをよく知っている。そして訊けば喜んで教えてくれる。

あなたは真意を悟られぬように、神代に尋ねる。

殺人事件が発生したとき、警察はどんなことを調べるのか。警察の捜査を逃れる方法はあるのか。死体を棄てたり隠したりするのに、一番いい方法は何か。あなたが渡した現金はどこに保管しているのか。

無論、必要なことをまとめて訊いたりはしない。主にセックスのあとのピロートークで、神代に過去の犯罪自慢をさせるような流れで、可能な限り自然に、必要な情報を集めてゆく。

少しずつ、少しずつ。

やがて、それは形を持ち始める。

最初は、このままじゃいけない、という漠然とした危機感だったものが、だんだんと、何をどうすれば、神代の支配から逃れることができるかという、具体的な計画と呼ぶべきものに変質してゆく。

その一方で、あなたは神代のファミリーとしての役割も完璧にこなしていた。

二〇一一年一二月。警察が特に忙しくなる忘年会シーズンのピークと言える週末。

神代の描いた絵図のとおりに、新垣清彦は埼玉県狭山市の路上でトラックに轢き殺された。

工作も手順も、レイジのときと同じだった。

あなたは、二四時間営業のアルバイト（このときはコンビニだった）をしてアリバイをつくっておいた。新垣は頭をタイヤで潰され、ドライバーは「被害者は路上に寝ていて、気づかずに轢いてしまった」という意味の証言をした。目撃者はなく、新垣の遺体からはアルコールが検出され、現場近くに飲みかけの酒瓶が転がっているのが見つかった。

このときあなたは、本来、選べずただ降ってくるだけのはずの自然現象のうち、一つだけ、自由に降らせることができるようになっているのに、気づいた。

それは、悲しみだ。

あなたは、いつでも蛇口をひねるように胸を悲しみで満たすことができた。何か悲しいことを思い出すのではない、およそこの世のありとあらゆるものが内包している悲しみを見るのだ。咲き誇る満開の花だろうが、公園で朗らかに遊ぶ子どもたちだろうが、あなたはそれらすべてが、本質的に悲しい存在であると本気で思い、泣くことができた。

だから、一度は恋愛関係にあったレイジと違い、最後まで感情的に強い結びつきを覚えることのなかった新垣の死体と対面したときも、真実の気持ちで悲しみ、泣くことができた。

警察は、レイジのときと同じように事故と判断し、あなたは、死亡保険金と、自賠責保険の慰謝料を受け取った。

新垣を轢き殺した実行犯は、やはり『カインド・ネット』に囲われていた元ホームレスで、沼尻太一という男だった。新垣と同じように、神代に恩義を感じ、神代に騙され、法で裁けぬ悪を裁くという大義名分で実行犯を引き受けていた。かつてファミリーだった新垣は、神代の両親を騙し自殺に追い込んだ詐欺師ということにされていた。

当然のように、みたび、計画は回り始めた。

沼尻は神代のファミリーに加えられ、鹿骨の神代邸であなたたちと生活するようになった。神代が彼に与えた部屋は、レイジや新垣が使っていたのと同じ部屋だった。

そして新垣が死んでからおよそ半年後、あなたは、この沼尻と偽装結婚をした。

三度目の繰り返し。

次は茨城県の取手市だった。

桜の花が咲くころ、沼尻はこの土地で、八木徳夫という男が運転するトラックに轢かれて死んだ。

この三人目の実行犯にして、四人目の犠牲者になるはずの男、八木にあなたは目をつけた。

二〇一三年一〇月二一日、深夜、日付が変わり二二日――、

ちょうど四〇歳を迎えた誕生日の夜、あなたは八木と共謀して神代を殺害することになる。

◇ 24

五月、その日の札幌は二五度を超える夏日で、むしろ東京よりも暑いくらいだった。応援に駆り出されていた札幌署の巡査によれば、四月の下旬から急に暑くなったとのことで、こんなことは記憶にないという。関東でもスコールのようなゲリラ豪雨が頻発しており、気候変動により日本が熱帯化しているというのも、あながち嘘ではないのかもしれない。

札幌の繁華街すすきのからほど近く、南三条沿いにあるビジネスホテル『アルトイン南三条』。そのロビーのソファに浅く腰掛け、奥貫綾乃は奥にあるエレベーターのドアに視線を注いでいた。

綾乃の向かいで煙草を吸っている井上を始め、このロビーにたむろする六人は、全員が東京から派遣されてきた私服刑事だ。正面のエントランスの外と、裏手の非常口は、応援を要請した札幌署の署員たちが固めている。

鈴木陽子を追ううちに綾乃たちがたどり着いた『一都二県連続不審死事件』と、昨年一〇月に発生した『江戸川NPO法人代表理事殺害事件』は、一つの線で繋がり、捜査本部は統合されることになった。綾乃も引き続きこれに参加している。

これまでに判明した事実から、NPO法人『カインド・ネット』が、鈴木陽子とともに連続保険金殺人を犯していたのはほぼ間違いない。

『カインド・ネット』は、貧困者支援のふりをして生活保護費をピンハネする「囲い屋」であり、彼らは自らが囲っている貧困者と鈴木陽子を偽装結婚させて、別の貧困者に殺させるということを繰り返していた。しかし、なんらかの仲間割れがあり、代表理事の神代が殺害され、鈴木陽子と八木徳夫が逃亡。鈴木陽子は潜伏していた国分寺のマンション『ウィルパレス国分寺』で死亡した——、というのが、捜査本部が読んでいる事件の筋だ。

鈴木陽子の死については、遺体から睡眠薬の成分が検出されていることから、自殺、他殺、どちらの可能性もあると考えられている。薬を飲んで死んだか、飲まされ眠らされて殺されたか。残念ながら、科捜研でも、猫に食い散らかされた死体の死因を特定することはできなかった。

仮に他殺だとすれば、まず疑わしいのは、一緒に逃亡した可能性のある八木徳夫。それから、連続保険金殺人に関わっていた『カインド・ネット』の職員の誰かだ。

『カインド・ネット』には、二〇名近い職員がいるが、このうち神代の邸宅で同居していたという梶原、山井、渡辺の三人は、連続保険金殺人への関与が濃厚とみられ、連日、厳しい取り調べを受けている。いまのところ三人ともしらを切り続けているが、次第に互いの供述に矛盾が出始めているという。

行方不明になっていた八木は、重要参考人として手配したところ、すぐに居所が判明した。

八木は数日ごとにビジネスホテルを泊まり歩いていたようだが、宿泊者名簿には実名を書いており、そこから足がついた。二日ほど前から、この『アルトイン南三条』に連泊していることが確認できたため、捜査員が派遣されることになった次第だ。

ホテルの従業員によれば、八木は特に部屋に閉じこもることもなく、頻繁に外出しているとのことだった。まだ自分に手配がかかっていることに気づいていないのだろう。

そこで踏み込まず、部屋から出てきたところで身柄を押さえることになった。箱形のホテルだから、出入り口さえきっちり押さえておけば、たとえ逃げようとしても、雪隠詰《せっちんづめ》にできる。

不意に、耳にはめているイヤホンから声がした。

〈マルタイ、部屋を出ました〉

八木がいる部屋のフロアで張っている町田からだ。

ロビーに、目に見えない緊張の圧が広がる。

井上は煙草を灰皿に押しつけ、綾乃に目配せをした。綾乃は頷き、二人同時にソファから腰をあげた。

「全員、配置！」

今回の現場の仕切りを担当する井上の号令で、捜査員たちは事前に打ち合わせていた配置につく。

エレベーターから降りてくるであろう八木を迎えるように、ドアの左右から二人ずつ。万が一逃亡を試みても阻止できるように、少し離れた場所に二人。

綾乃はドアの右側についた。

〈いま、エレベーターに乗ろうとしています。同乗します〉

エレベーターのフロア表示ランプが動き出す。

6、5、4、3、2、1。

ロビーのあるここ一階でランプは止まり、ドアが開く。

ネルシャツにジーンズを穿いた男の姿が見える。八木だ、間違いない。背が高く一八〇センチはありそうだ。肥満というほどではないが、やや太め。鍛えている感じはなく、肉の付き方がだらしない。四七歳のはずだが、見た目はもう少し上に見える。

八木の背後に、客のふりをして同乗してきた捜査員二人の姿も見える。その片方が、町田で、彼はその巨軀を活かし、もし八木が引き返そうとしたら行く手を塞ぐことになっている。

八木は、ドアを出るなり、左右から剣呑《けんのん》な雰囲気を漂わせた男たち（と、一人の女）に囲まれたのに気づき、目を丸めた。

井上がその正面に立ち口を開いた。

「八木徳夫だな？」

八木は反射的に回れ右をしたが、段取りどおり町田が前に立ち塞がり、両手でその肩をがっしりと掴む。次いで、左右から捜査員が手を取る。

無理矢理、八木に再び回れ右をさせて、井上と相対させる。

「もう一度聞く、八木徳夫だな！」

井上は怒鳴りつけた。

八木はそれとは対照的な蚊の鳴くような声で「はい……」と、認めた。

◇

被告人　八木徳夫（無職　四七歳）の証言　6

はい。私が、鹿骨の家で暮らし始めたのは、沼尻さんを車で轢き殺して、ええ、不起訴が確定したあとからです。

いえ最初は、陽子さんはいませんでした。ただ、はい、沼尻さんには陽子という妻がいるけれど、彼女は情報を集めるために近づいたファミリーの一員で、本当は神代さんの女だ、とは聞いていました。沼尻さんが死んだあとも、いろいろと後始末があるので、まだ取手にいると。

保険会社を介した自賠責の慰謝料のやりとりで、書類に名前があったので、そういう人がいるのは知っていましたが、顔は合わせませんでした。いや、このときも、慰謝料や保険金が目当てとは思っていませんでした。純粋に、神代さんの復讐だと思っていました。

陽子さんが戻って来たのは、事故からふた月以上してからでした。ええ、その日はみんなでお祝いすることになって。私のことも紹介されて……。

神代さんの女と聞いていたんで、なんとなく、もっと派手な感じの人を想像していたんですけど。どちらかといえば、地味な雰囲気で。あ、でも、人当たりが優しくて、一緒にいると安心できる感じがするというか、いい女《ひと》だなと。

しばらくは、普通にというか、あの家でみんなで暮らしていました。そして去年の一〇月に入ってすぐ、家で陽子さんと二人きりになったときに、「大事な話がある」と言われて……。はい、全部、聞きました。

「このままだと、あなたも〈換金〉されるよ」って。

最初は、信じられませんでした。でも、私が轢き殺した沼尻さんがみんなと楽しそうにご飯を食べてる写真を見せられて。それから、陽子さんを受取人にした生命保険証券のコピーを、沼尻さんのだけでなく、その前の新垣という人と、河瀬という人のやつも。

陽子さんは、もうこんなことはやめたい、と言いました。だけど、ただ逃げても、神代さんは逃がしてくれない、必ず追ってくる。だから殺すしかない、と泣きました。

私はもう何がなんだか分からなくなってしまって。写真や、生命保険証券を見ると、陽子さんの言うことが嘘とは思えません。それに、確かに思い返してみれば、神代さんの言っていることには、おかしなことも少なくないんです。

それで……、陽子さんは「私が殺すから」と。ええ、はっきりそう言いました。ただ、手伝って欲しいと。神代さんは男で力も強いので、陽子さん一人で殺すのは大変だけど、二人がかりで嵌めれば、簡単だから、と。

そうです。結果的には陽子さんを信じて、やることに……。

本当に恐ろしかったんですけど、殺されるのはもっと恐ろしかったので。

一〇月二一日が陽子さんの誕生日で、夜、家で神代さんと二人きりで過ごすことになっていたので。いえ、毎年というわけじゃないようです。ある日、食卓の席で、陽子さんがそうしたいと言って、神代さんも「たまには、ええな」って。神代さんも他のみんなも、まるで疑っていないようでした。

それで当日は二人以外は家を空けることになって、梶原たち三人は、銀座まで繰り出して飲みに行くと言っていて、私はお酒より温泉がいいからと、別行動でお台場にある大きな温泉施設へ行って、そのまま一泊してくることに——、ええ、嘘です。出かけたふりをして、陽子さんの部屋のクローゼットの中に潜んでいたんです。

はい、計画というか、手順は全部陽子さんが考えました。

私は、クローゼットの中でじっと身を潜めていて、ちょっとどのくらい待ったかはよく分からないんですが、深夜に携帯が震えて。陽子さんから何も書いてないメール、空メールっていうんですか？　それが合図でした。

その、陽子さんと神代さんが、する感じになったら……、あ、はい、そうです、セックスです。すみません。セックスをする感じになったら、その直前、服を脱いだりしているときに、空メールをくれることになっていて。

私はクローゼットから出て、なるべく音をたてないように、ゆっくり部屋からも出て、廊下を進んでいくと、物音が、はい、寝室ではなく、居間、リビングでした。これも予定どおりです。

そっとドアを開けて中をうかがうと、その、真っ最中で……。ソファのところで、ちょうど、神代さんがこちらに背中を向けていて陽子さんに馬乗りになっていました。

私は恐る恐るリビングに入っていきましたが、神代さんはまったく気づかない様子でした。すごく大きな声をあげてて。「ええで！　陽子ちゃん、ええで！」と。

私、このとき初めて神代さんの裸を見たんですけど、背中なんか、びっちり黒い毛で被われていて、まるで人間じゃなくて動物みたいで。こんなものが、本当に利くのか不安になったんですけど、もうここまできてしまったら仕方ないので。

え、ああ、はい、スタンガンです。陽子さんが秋葉原の防犯ショップで買ってきたものです。それを持たされていて……。

私は意を決し、ままよとばかりに、思い切りそれを神代さんの背中に押しつけました。

すると、すごい大きな音がして。あ、いや声だったんですけど、神代さんの。私にはただ大きな音に聞こえて。ごごごごって、まるで雷みたいな。私は恐ろしくて、ひたすらスタンガンを押し込みました。

すると、神代さんは身体を大きく痙攣させてソファから床にひっくり返るみたいになって、それまで、神代さんの下にいた陽子さんが立ち上がって。あ、はい、もちろん裸でした。

陽子さんは……、まるで人形か、ロボットみたいに、無表情でした。小走りにリビングの奥の床の間に行って、そこに飾ってある日本刀のうち短い方を、手に持って、鞘《さや》から抜くと、何も言わずそれを神代さんに何度も突き立てて。

最初からそういう段取りだったんですけど、私はすっかり腰を抜かしてしまいました。

神代さんの毛むくじゃらの身体から、ぴゅうぴゅう血が噴き出して、あっという間に一面血の海に。い、いや、分かりません、どこを何回刺したかなんて。ただ、滅多切りというか、滅多刺しにしていました。

陽子さんは、ずっと無表情で無言のまま、本当に機械みたいにざくざく刺していて、神代さんは声をあげているんですけど、やっぱり悲鳴というよりも、雷とか風とかの大きな音みたいで、もし声だとしても、とても人間とは思えないような、腹に響く声で。

はい、正直、人が人を殺しているようには見えませんでした。

◆ 25

——陽子、

あなたは、神代の身体に刀を突き刺すたびに、血が噴き上がるのを見ながら、二つのことを同時に確認した。

ああ、やっぱり、この人も人間だったんだ。

ああ、やっぱり、命って結局ただのモノなんだ。

鋭く研がれた刃は、物理法則に従い力を切っ先の一点に集中させ、神代の肌と筋肉と血管を切り裂いた。大量の血液がやはり物理法則に従い飛び散り、そこら中に落下した。

鉄の匂いがしたのは、その血液にヘモグロビンが混ざっているからだろう。一緒に饐えた匂いもしたのは、腹が裂けて、そこで分解中の食べ物や糞尿がこぼれたからだろう。

大きな音が聞こえたのは空気が震えたからだ。空気を震わせていたのは神代の喉だ。断末魔の神代の脳が、何か信号を発し、まだ動く筋肉を動かし、喉を使って音を出した。すべてモノとモノの関係だけで説明できる現象だった。

その音は何か言葉だったのかも知れないが、よく聞き取れなかった。怒っているようにも、泣いているようにも、笑っているようにも思えた。

そのいずれだとしても、あなたにとってはあまり関係なかった。

予定どおり、隠れていた八木が背後からスタンガンを当てた瞬間から、あなたはただ、神代が一切の動きを止めるまで、刀で刺し続けることだけを考え、実行した。

これは作業だ。ただのモノを壊すだけの作業――、あなたは、そう思うことができた。

音が止み、神代の身体がぴくりともしなくなるのを確認して、あなたは最後にその股間に刀を突き刺し、そのままにした。

それから、あなたは神代の書斎へゆき、大きなマホガニーのデスクのキャビネットを開いた。以前神代から教わった、金の置き場所だ。二重底になっており、封を切っていない札束が大量に隠されていた。そこから一〇組取り出し、スポーツバッグに詰め、八木に渡した。

彼への報酬と当座の逃亡資金のつもりだった。

それを渡すと、八木は真っ青な顔のまま、脱兎のごとく逃げ出した。

大きな邸宅の中で、神代の死体と二人きりになったあなたは、シャワーを浴びて返り血をすっかり洗い流し、自分の部屋でよく髪を乾かして、新品のブラウスとジーンズに着替えた。

小ぶりのボストンバッグとトートバッグに荷物をまとめた。ボストンバッグには書斎に隠してある札束を詰められるだけ詰めた。トートバッグには薄手のカーディガン三着と、身分証など自分の存在を示唆するものすべてを家中から回収して仕舞った。そして、二つのバッグを提げた自分を姿見で確認した。不自然なほどの大荷物という感じではない。まあ問題ないだろう。

書斎を片づけ、物色した形跡を消し、最後に邸宅の固定電話から一一〇番通報をした。

「人が死んでます。場所は江戸川区鹿骨――」

オペレーターの反応を無視して、最低限の情報だけを二度繰り返して電話を切った。これで警察は少なくとも確認にはくるだろう。

もしも梶原たちが最初に発見した場合、神代の死体を処理した上で、あなたの行方を追ってくるかもしれない。それでも、そうそう見つかるものではないと思うが、警察を介入させた方がむしろ行動を縛れる。彼らはあなたを追うことよりも、保険金殺人を隠蔽することに注力するはずだ。

あなたは玄関から明け方の住宅街へと出てゆく。

人気《ひとけ》のない街を新小岩の駅まで歩き、そこからタクシーで渋谷へ向かう。駅前のロータリーから車が出るとき、パトカーのサイレンを聞いた気がしたが、それが自分と関係あるのかは分からなかった。

渋谷でタクシーを降りると、カーディガンを羽織り、再びタクシーを拾い、六本木へ向かう。六本木でタクシーを降りたあと、羽織っているカーディガンを変えると、また別のタクシーに乗り換え新宿へ向かう。

早朝でも人が多い繁華街で、いちいち服装を変えて、タクシーを乗り継ぐ。よっぽど顔立ちや髪型に特徴がない限りは、これでほぼ足取りを追えなくなる。

新宿から中央線に乗り、国分寺へ。この日のために準備しておいたマンション、『ウィルパレス国分寺』へあなたは向かった。

◇ 26

身柄を東京に送られた八木は、協力的と言っていいほど素直に取り調べに応じた。

彼の供述により、『カインド・ネット』による連続保険金殺人の全貌は、かなり明らかになった。

事件に関与していたのは、神代武と、彼と同居していた、梶原、山井、渡辺、そして鈴木陽子の計五人。ここに、八木のように『カインド・ネット』に囲われている貧困者が引き込まれる形で犯行が繰り返されていたようだ。

また八木は、鈴木陽子と共謀して、神代武を殺害したことも認めた。ただし、八木自身は手伝っただけであり、日本刀で神代を滅多刺しにして殺したのは鈴木陽子だと主張している。そして、神代殺害後は別々に逃げたため、鈴木陽子が国分寺にいたことも、死んでいたことも知らなかったとし、鈴木陽子殺害については否定した。

八木が逮捕されたことで、梶原、山井、渡辺の三人は観念したのか、少しずつだが、保険金殺人への関与を認める供述を始めた。彼らが最初、八木や鈴木陽子について詳しく話さなかったのは、やはり、そこから保険金殺人が発覚することを恐れたからだった。

事件の筋は概ね捜査本部の読み通りといえるが、鈴木陽子の死については、八木、梶原、山井、渡辺の、いずれもが関与を否定した。そもそも他殺と断定できる証拠がないため、全員に否定されると立件は難しくなってくる。

　これを受け、捜査本部内では自殺説を支持する声が優勢になっていった。

　鈴木陽子は保険金殺人を繰り返すことに罪悪感を覚えるようになり、罪を重ねるのをやめさせるために神代を殺害した。一度は逃げて国分寺に用意していたマンションに潜伏したものの、結局は自分も睡眠薬を飲んで自殺したのではないか。大量の猫は、証拠隠滅のための工作ではなく、当初、綾乃が考えたように、精神のバランスを欠いてしまい、集めてしまったのではないか——、というのだ。

　無論、あくまで仮説であり、裏は取りようがない。

　しかし、八木を逮捕したことで、生存している関係者の身柄はすべて確保することができたし、連続保険金殺人と、神代殺害については、自白も取れている。「事件」としては「解決」の筋道がついたことになる。上層部も鈴木陽子は、死因不明のままでもかまわないと考えているようだった。

　供述を元にした裏付けに捜査リソースの大半が割《さ》かれるようになり、それらが一段落ついた六月上旬、捜査本部は規模が縮小されることが決まった。

　綾乃や町田のように所轄から参加していた面々は、ここで御役御免となった。

　結局、すべての発端である鈴木陽子の死については、分からないまま幕が下りようとしていた。

綾乃が捜査本部を去る夜、「こうして再会したのも何かの縁だろう。最後に一回くらい飲みに行かないか」と楠木に誘われたとき、嫌悪感を押し込めて頷いたのは、この男に話してみたいことがあったからだ。

店のリクエストはあるかと聞かれ、どこでもいいからオイスターバーに行きたいと言うと、「へえ、大人になったんだな」と楠木は不快な笑みを浮かべた。

スマートフォンで検索して見つけた四谷の店へ行くことになった。地下鉄の四ツ谷駅を出てすぐ、新宿通り沿いの雑居ビルの三階にある落ち着いた雰囲気の店で、入り口にある大きな水槽が、ブラックライトで照らされていた。

店内にはコンテンポラリーらしき音楽が、小さなボリュームで流れていた。席はブースで区切られ、話をするのにちょうどよかった。

店のオススメだというシャンパンに、産地の違う生牡蠣《なまがき》の盛り合わせとシーザーサラダを注文した。

目の前に座るのが誰であれ、クリーミーな牡蠣とシャンパンのマリアージュは素晴らしい。この中年男が牡蠣にあたりますように、と願いながら、綾乃は楠木とグラスを傾けた。

楠木が次々と繰り出してくる愚痴と自慢をやり過ごしながらタイミングを見計らい、綾乃は尋ねた。

「楠木さんも、鈴木陽子が自殺したと思いますか？」

楠木が、本心で鈴木陽子の死をどう考えているのか知りたかった。この男は、人間としては最低だが、やはり警察官としては有能だ。

「はは、んなわけねえだろ」

楠木は苦笑しながら、即答した。

「殺された、と?」

「だろうな。俺はまだ立件をあきらめてないぞ」

楠木の目が、一瞬、刑事のそれになった。

本庁の係長である彼は、このあとも捜査本部に残り、中心的な役割を果たすことになる。

「根拠は?」

「金だ」

「お金、ですか?」

「そうだ。鈴木陽子の預金口座には一〇〇万円ほどしか入っていなかった。死んでいたマンションの部屋にも大金が隠してある様子はない。だが鈴木陽子は、神代邸からもっとゴツイ額の金を持って逃げたはずだ。それがどこにも見当たらない」

八木は逃げるときに、鈴木陽子から、一〇〇〇万円ほどの金が入ったバッグを受け取ったと証言しており、実際、北海道で捕まったとき、まだ八〇〇万円を超える現金を持っていた。この金は神代が邸宅に隠し持っていたものだ。鈴木陽子自身も、同じか、それ以上の金を持って逃げているというのは確かにあり得る。

ただし、これは裏が取れない。

神代はかなりの現金を手元に置いていたようで、家宅捜索では神代邸の書斎から二億近い札束が発見されている。帳簿の類はなく、梶原たちも金があることは知っていたが、いくらあるかは把握していなかった。金は神代が一人で管理していたようだ。もともといくらあったかが分からないので、鈴木陽子がいくら持って逃げたかも分からないというわけだ。

綾乃も楠木と同じように鈴木陽子は殺されたと思っているのだが、敢えて訊いてみた。

「でも、自殺説では動機は罪悪感ということになっているので、お金を持ち逃げしなかったとしても、不自然ではないのでは？」

楠木は鼻で笑った。

「俺はこれまで、金のために人を殺した人間は山ほど見てきたが、罪悪感で人を殺した人間なんざ一人も知らない」

「つまり、鈴木陽子は神代を殺害して金を持って逃げた。そのあとで、誰かに殺され、その金を奪われた？」

「そうだ。俺にはそうとしか思えん」

「……誰かって、誰です？」

「八木だ」

楠木は言い切った。

八木は鈴木陽子と共謀し、神代を殺害したあと、鈴木陽子のことも殺した。そして大金をせしめ、その大部分は隠したまま、一〇〇〇万円だけを逃亡資金として持ち逃げした――、というのが、楠木の読んだ筋だった。

他殺だとすれば、確かにそれが一番、有り得る線だろう。

「あいつ、自分は死刑にならないと踏んでるんだ。保険金殺人も、神代殺しも、事件に巻き込まれた状況からすると、さほど長くは食らわない、ともな。刑期を終えたあとで、隠してあった金を手にして、よろしくやるつもりなんだろう。そうはさせるか。なんとしても口を割ってみせる」

証拠がないため、鈴木陽子殺しを立件するには自白を取るよりない。楠木は今後も厳しく八木を取り調べるつもりなのだろう。

でも……。

綾乃は、自分の意見をぶつけてみることにした。

「他の誰かってことはないですか？」

楠木は眉をひそめて訊き返した。

「他の？」

「はい、まだ捜査線上にいない誰かです……。たとえば、その誰かが、鈴木陽子をそそのかして、神代を殺害させて、金を奪わせたというのは考えられませんか？」

「なるほど。それでそいつが、最後に鈴木陽子を殺して全部持ってった、と？」

綾乃は頷いた。

根拠と呼べるほど強いものではないが、鈴木陽子が神代を殺す一年以上前にあの『ウィルパレス国分寺』を借りていることが気になる。神代殺害後の潜伏用に用意していたのだとしたら、かなり前から計画的に進めていたことになる。その上で、あそこで死んだとなると、やはり誰かに操られていたのではないか。

不意に楠木の顔つきが緩んだ。

「まあ、そうやって、謎の黒幕みたいなのを想像すりゃ、なんでもありだな」

その声に、嘲笑が混じっているのはすぐに分かった。

「いや、私なりにちゃんと……」

「ああ、分かってる。よく考えたと思うよ」

楠木は手を伸ばし、綾乃の掌をさすった。

ぞっと、背中に怖気が走った。

「そろそろ場所を変えようか。きみも寂しいだろ?」

楠木がそういうつもりで飲みに誘ってきたのは、最初から分かっていた。分かっていたとおりの下衆《げす》の振る舞いなのに、それに傷つく自分がいて嫌になる。

「結構です!」

綾乃はすっと、手を引いた。

楠木はあからさまに、不機嫌な顔になった。

「おいおい、どうしたんだ? 俺に恥をかかせるなよ」

離婚したときに、父親に言われた言葉を思い出す。

──恥ずかしい娘じゃ！

恥？　あんたの思いどおりにならないことが、恥なの？

ああ、でも……、私だって、自分の娘に対して、そう思ったんだった。

綾乃はバッグから財布を出し、一万円札を一枚抜いてテーブルにドンと置いた。

「どういうつもりだ」

どうもこうもない。顔見知り同士が、割り勘で飲みにきたというだけのことだ。

私はあんたに、刑事として自分の意見を聞いて欲しかった。そのために、誘いに乗った。私はもう今日で、捜査本部を離れるけれど、まだ残るあんたに聞いて欲しかった。

立件をまだあきらめていないと言うなら、尚更。あんたが鈴木陽子の死の真相に迫る気があるなら、尚更。聞いて欲しかった。

でも、あんたはちゃんと聞いてくれなかった。態度を見れば分かる。真面目に吟味するより前に、嘲笑《わら》った。だったら私がここにいる意味はないから、もう帰る。あんたとセックスする気は最初からない。

言葉を紡ごうとすると一緒に涙が出てきそうで、それは絶対に嫌だったので、綾乃は無言でテーブルを立った。

「ちょっと、待て」

楠木が手を伸ばしてくるのを避け、綾乃は入り口へ足早に歩く。

「何考えてんだ、綾乃！」

背中から声が聞こえる。名前で呼ばれて気分が悪い。

綾乃は店を出る。楠木は声を出すだけで追ってこない。そういう男だ。

雑居ビルのエントランスから表に出る。絶え間なく続く轟音と、ぐしゃぐしゃに滲んだ視界、そして真っ黒い空から降り注ぎ、目の前の新宿通りを川のように流れる大量の水に出迎えられた。傘を手に顔をしかめた人々が、足早に行き交っている。

昼からずっと曇っていた空が、いつの間にか堰《せき》を切ったように土砂降りの雨を降らせていた。

◆ 27

もうすぐだ。

もうすぐ、終わる。

始まりがあるものには、すべて終わりもある。

四〇年前にあなたが生まれたことで始まったこの物語は、もうすぐ、あなたが死んで終わる。

そのとき、あなたを呼ぶこの声も、止むのだろう。

――陽子、

あなたの企みに、神代は、気づいていたのだろうか?

いまとなっては、もう真相は分からない。

結果から普通に考えれば、気づいていなかったはずだ。神代はあなたの思惑どおりに殺されたのだから。

あなたが神代を殺すための準備を具体的に始めたのは、二〇一二年の年明けごろ。時期的には新垣清彦を狭山市で殺害した直後だ。

あなたは、一人の女と連絡を取った。友達というほど深い仲ではない、知り合いだ。

思えばその女は「今度、遊びましょうよ」と自分から番号を交換したくせに、一度も連絡をくれなかった。そのくせ、あなたが電話をかけると、喜んでくれ、以来、ちょくちょく連絡を取り合い、会うようになった。

この女があなたに希望を与えた。より正確には、この女が持っているあるものが。この女がいたからこそ、あなたは神代を殺し、逃げる気になれた。

あなたは、こっそりとマンションを借りた。国分寺駅の南口から歩いて一〇分ほどのところにある『ウィルパレス国分寺』。管理人が常駐しておらず、ピアノを置けるほど防音がしっかりし、ペットが飼える物件だった。契約時、大家の老婦人に引っ越しの事情を訊かれたので、「離婚したんです……」と答えた。真実ではないが、丸っきりの嘘というわけでもない。

神代たちに感づかれないように住民票は動かさず、保証人は保証会社を使った。銀行口座を新しくつくり、家賃と公共料金は自動引き落としにした。神代は「小遣い」と称し、特に用途を問わない現金を気軽に、それもたくさんくれたので、費用はこれで十分まかなえた。のちのち、警察が調べることを考え、口座に毎月二〇万円前後の金を入れ、適当に引き出したりして生活の痕跡をつくった。

また、あなたは運転免許を取り、車を一台買った。さすがに、これは気づかれずにやるのは難しそうなので、ストレートに「私、免許欲しい。車、乗ってみたいの」と神代にねだってみた。すると彼は訝しむことなどなく「おお、ええで。免許取りぃ。取れたら、車も買《こ》うたるで」と、教習所に通わせてくれた。

やはり寵愛されていたのだと思う。

神代はあなたのことを対等とは思っていなかったが、愛情を注いではくれていた。「飼犬に手を噛まれる」という慣用句があるが、人がよく飼い慣らされた動物を信頼するのと同じように、神代はあなたを信頼していたはずだ。だから、自分の与《あずか》り知らぬところで、あなたが、こそこそとその手に噛みつく準備を進めていたなどとは、夢にも思わなかった——、はずだ。

結果から考えれば、そのはずなのに、神代を本当に騙せていたのか、自信がない。あなたは、企みが露見しないように細心の注意を払っていたつもりだが、態度に不自然なものが漏れていなかったとは言い切れない。また、八木徳夫に関しては、あなたから事実を知らされてからの数日は明らかに挙動不審で、ずいぶんと冷や冷やさせられた。

一つ一つは小さくとも、シグナルは無数に出ていたはずなのだ。

神代は、酸いも甘いも噛み分け、特に人を信頼させ騙すことにかけては、人後に落ちることのないような男だ。それが、シグナルをすべて見逃し、騙されていたなどということが、有り得るのだろうか。

どうしても、神代はすべて分かった上で、あなたに準備をさせていたような気がしてしまう。けれど、それこそあり得ない。なぜなら、それでは神代が自殺したようなものなのだから。神代は、自殺願望とか破滅願望などという繊細な感情からは、最も遠いところにいる獣だ。

神代が気づいていたとしても、気づいていなかったとしても、どちらでも等しく釈然としない。純なら「死んだ人間の真実なんて分からないのだから、考えるだけ無駄だ」とでも言うだろうか。

ともあれ、あなたは神代を殺害して、逃げることに成功した。

しかしまだそれは当面のことに過ぎず、「逃げ切れた」とまでは言えない。

梶原たちはあなたの存在と、保険金殺人のことを極力隠すだろうが、下手を打って警察に喋ってしまうかもしれない。

八木が不安から自首するかもしれない。

誰かが、あなたの戸籍を丁寧に辿れば、不自然な婚姻歴から犯行の存在に気づくかもしれない。

本当に逃げ切るには、すべてを、あなたという存在にまとわりつくすべてを、振り切らなければならない。

あなたはそのため、女を呼んだ。

「ねえ、今日か明日、ちょっとうち来れない？　あ、うん、国分寺なんだけどね。外じゃできない、いい話があるのよ。そうそう、お金儲けの話。え、大丈夫、危なくないよ。まあ、とにかく、話を聞いてよ。ありがとう、あ、そうだ、それで持ってきて欲しいものがあるんだけどね――」

この一年半、ときどき会い、そのたびに食事を奢ったりして信頼関係をつくってきた。

あなたにとっての希望。

かつて、あなたと同じ風俗店で樹里という源氏名で働いていた女――、そう、私だ。

◇ 28

被告人　八木徳夫（無職　四七歳）の証言　7

陽子さんがどのくらい刺していたのかは、よく分かりません。

本当に恐ろしかったのですが、目をそらすこともできずに、私はずっとそれを眺めていました。

いつの間にか、音が、神代さんの声が消えてて、陽子さんは神代さんの下腹部のところに刀を刺したまま、引き抜かないで手を止めました。

それから、陽子さんは「お金取ってくる」と言って、裸のまま神代さんの書斎に行って、はい、神代さんがそこに現金を置いてるのを、知っているようでした。

それで、札束の入ったバッグを持ってきて、私に。一〇〇〇万円くらい入ってるから、当面逃げるには十分だろうと。

私は、金の入ったバッグを持って、先に独りで逃げました。いえ、分かりません。陽子さんは、シャワーを浴びて血を流してから逃げると言ってましたが……。

それで、とりあえず遠くと思って、北へ北へ向かって、いつの間にか北海道に。お金はあったので、ずっとビジネスホテルを渡り歩いていました。

でも、私、やっぱり怖くて怖くて。沼尻さんを殺したあとは、神代さんの家に招き入れられて、ファミリーって言われて、守られているというか、いざとなったら、神代さんが助けてくれるような安心感があったんですけど、独りで逃げるのは、どこにいても、いつか誰かが追いかけてくるんじゃないかって思えて。

陽子さんが言ったように、梶原たちが隠しているようで、マスコミには、私のことはまったく出てきてませんでした。それでもやっぱり安心はできなくて……。むしろ、毎日不安が大きくなってきて、頻繁に沼尻さんや神代さんのことを思い出すようになって。正直、いまより、逃げているときのほうがずっときつかったです。

はい、もちろんホテルに泊まるとき偽名を使うことは、考えました。でも……、なぜか毎回、本名を書いてました。自分でもよく分からないんですが、もしかしたら、いっそ捕まえて欲しかったのかもしれません。

え？　はい、知りませんでした。警察での取り調べでも何度も訊かれましたが、私は、陽子さんの行き先は知りませんでした。もちろん、国分寺にマンションを借りていることもです。ですから、当然、私は鈴木陽子さんを殺してなんかいません。

◇

「――ですから、当然、私は鈴木陽子さんを殺してなんかいません」

その声は、小さいながらもはっきりと、狭く静かな法廷に響き渡った。

八木徳夫は鈴木陽子殺害を否定した。

傍聴席の奥貫綾乃からは、その後ろ姿しか見えない。弁護士にそうするように言われているのか、あるいはもともと姿勢がいいのか、背筋はぴんと伸びている。その肩越しに、黒い法服を着た三人の裁判官と、色とりどりの私服を着た六人の裁判員の姿が見える。

結局、楠木は八木から自白を取ることができなかったようだ。一連の事件の中で、鈴木陽子の死については、立件されなかった。

それでよかったのだと、綾乃は思う。八木はもちろん、他の誰を被疑者として起訴したとしても、それは冤罪になっていただろう。

八木徳夫は、神代殺害と、実行犯を引き受けた沼尻太一殺害の、二件の殺人で起訴された。

他方、梶原、山井、渡辺の三人は、河瀬幹男殺害、新垣清彦殺害、沼尻太一殺害の、三件の殺人で起訴されている。

全員、当該事件に関わったことは認めているが、首謀者ではなく、巻き込まれただけという意味の主張をしている。

綾乃は公休日を調整し、これらの裁判をできる限り傍聴するようにしていた。自分が掘り起こした事件だからその帰趨《きすう》が気になる、というのはもちろんある。

けれど、それ以上に知りたかった。

鈴木陽子とは、どんな女だったのか。彼女は、何をしたのか。

彼女に接した者、ともに罪を犯した者たちの、生の声を聞きたかった。

八木の弁護人が被告人質問を続けている。八木が起訴されている二つの事件のうち、沼尻殺害については事故として処理されたときに不起訴処分を受けていることを何度も確認して強調していた。近代法には一事不再理の原則があり、ある事件で一度確定判決が出たら、のちに新事実が発覚しても同じ事件では裁くことができないとされている。沼尻殺害での起訴は、これに抵触するのではないかと、弁護人は主張したいのだろう。

被告人質問は予定以上に時間がかかり、この日の公判で予定されていた論告・求刑は次回に持ち越されることになった。順調に進めばその次が判決公判になる。一事不再理について、量刑について、裁判員たちはどう判断するのだろう。綾乃には見当もつかなかった。


地裁のビルを出たとき、もう陽は傾いていて、霞が関の街を茜色に染め上げていた。はす向かいの警視庁が、西日を受けて、長い影を落としている。綾乃はその前を素通りし、お堀沿いに有楽町まで歩いた。

特に目的があるわけじゃないけれど、家電量販店と、ショッピングビルを冷やかした。セレクトショップの前を通り過ぎたとき、自分と同世代の夫婦と娘といった親子連れが、子ども用の麦藁帽子を選んでいるのを見て、不意に思い出した。

もうすぐ、あの子の誕生日だ。

別れた、娘。血は繋がっているけど、もう家族でなくなった女の子。

夫は「別れたって、きみはこの子の母親なんだよ」と、定期的な面会を望んだけれど、応じなかった。もう、会うつもりはない。

離婚後は夫の両親が同居して、育児に参加することになったと聞いている。あの夫に似て、上品で誠実な人たちだ。彼らがいるなら、心配ないだろう。きっと娘は健やかに幸せに育ってくれるだろう。だったら。

だったら、私が会う必要なんて、一つもない。

いつかあの子は、恨むだろうか。さんざん怒鳴ったり、叩いたりして傷つけた挙げ句、母親の責任を放棄していなくなった女のことを。

綾乃はずっと、自分が離婚を選んだ理由は、家族を、特に娘を傷つけたくないからだと思っていた。

私は家族を持つことに決定的に向いていなくて、娘のことを上手く愛せない。一緒にいれば、傷つけてしまう。だから独りを選ぶ。傍にいて最悪の結果を招いてしまうよりは、独りで遠くから幸せを願っている方がずっといい、と。

けれど、それは違うのだと気づいた。

本当は嫌だったのだ。

自分が血を分けた存在と、向き合うのが。

思いどおりにならない娘の向こうに透けて見える自分自身に耐えられなかった。

私が上手く愛せないのは、娘のことじゃなかった――。

なぜだろう。鈴木陽子のことを調べる中で、唐突にそう気づいた。そして、気づいたとしても、どうにもできなかった。たとえ、独りで生きることを選んでも、それはずっとついてくるのだから。

逃げることなんて、できないのだから。

綾乃は、目についたカフェに入って早めの夕食をとることにした。BLTサンドと、ローズヒップ・ティー。Q県で、あのミス・バイオレットの店を訪れて以来、ハーブティーをよく飲むようになった。

帰りは一度東京駅まで出て、始発の中央線に座った。電車が西へ進むうちに、窓の外の空は黒く染まってゆく。

そこに人がいても誰《た》そ彼《かれ》分からぬという黄昏《たそがれ》から、もうそこに人がいることすら分からない夜へと、時は移っていった。

◆ 29

呼ぶ声は、ますます狂おしく。

世界を貫くほどの切実さで、響く。

聞き覚えのあるその声は、四〇年前にあなたを産んだ女のそれだ。

あなたの母親が、あなたのことを呼んでいる。

——陽子、陽子、陽子、

「すっげえ、いいマンションっすね！」

私はその部屋を見回して言った。

「家賃いくらっすか？」

「八万円」

あなたは正直に答えた。

「都下なのに結構、するんすね」

「うん。でも、防音がしっかりしてて、ペット可だから」

「へえ。あれ、でもペットいないっすよね？」

「これから飼おうと思ってるの。やっぱ独りだと寂しいから」

あなたがあの『人妻逢瀬』を辞めたすぐあと、私も辞め、以来、店を転々としていた。近況を尋ねられ、私は先月から品川にある外国人向けのデリヘル店で働いていることを話した。

「お客さん、ほとんど中国人です。私の源氏名、『花』って書いて『ファ』って読むんですよ」

このところ、中国人を始め、海外の富裕層の間で日本の風俗店で遊ぶのが大流行しており、外国人向け風俗店は軒並み繁盛している。外国人の客は、みな日本人より優しく、チップをたくさんくれるので、すごくいい――、そんな話を私がして、あなたは興味深げに聞いていた。

「で、お金儲けって、どんな話なんですか？」

急かす私を宥めるように、あなたは「まずは飲みましょう。あなたの好きなの用意しておいたんだよ」とワインのコルクを抜いた。私の好きなピノ・ノワールだ。おつまみも、やはり私の好きな燻製チーズ。

「うわっ、ありがとうございます！」

私は少しもあなたのことを疑ってなどいなかった――と、思う。

そのワインには睡眠導入剤が入っていたので、たぶん味は少しおかしかったはずなのだが、私は気にせずがぶがぶ飲んだ。

薬の成分が、私の神経に作用し、私は酩酊してゆく。

「ねえ、あの御守り、今日も持ってるんだよね？」

おまもり？　ああ、御守りか。

私が七歳のときに自殺した両親の形見。以前あなたに、話して中身を見せたこともあった。再会してからも度々、あなたは私がこの御守りを持ち歩いていることを確認した。

「もっち、ろぉん、持ってますよぉ」

私は、呂律《ろれつ》の回らない声で答えた。

そのあとすぐ、私は寝入ってしまう。あなたが呼び水に使った「お金儲けの話」を聞かぬまま。無論、そんなものは、本当はないのだけれど。

あなたは、私の頰をつつき、目を覚まさないのを確認してから、私のバッグを探る。あなたを信じた私は、あなたが「必要だから」と言っていた保険証を持ってきていた。それから、サイドポケットに大きな御守りが一つ。

あなたは、それを取り出し、中を確認する。

御守りの中には、ちょうど掌に収まるくらいの大きさの何かが和紙に包まれ、収められていた。

和紙を開いてみる。そこには濃く、黒に近いような茶色をした、干からびたものがある。私が私であることを証明しうる、ＤＮＡの塊。

以前私は、この御守りに入っている臍の緒が、親との唯一の絆なのだと、あなたに話していた。

あなたは、それを包む和紙に書かれていた文字に目を留める。

すみれ
昭和五〇年　一二月八日生
あなたが生まれてきてくれたことに感謝します。
あなたの人生に幸多からんことを祈って。

私――橘《たちばな》すみれの、本名と生年月日。そしておそらくは私の母親が書いたのだろう、祝福の言葉がそこにあった。

瞬間、あなたは猛烈な怒りに襲われる。

私への。

目の前で安らかに眠る女。

親はなく、頼れる親戚もない天涯孤独の身で、施設で育ち、そのあとずっと人の目の届かない夜の世界で身体を売って生きていた女。一ヶ所にとどまることはなく、いくつもの店を渡り歩く孤独な女。おそらく、ある日突然いなくなっても、誰にも顧みられることのない女。その分、戸籍は綺麗な女。

見えざる棄民。

棄てられている女。

なのに。

生まれた瞬間、確かに愛され、祝福された、女。

あなたは用意していたロープを私の首にかけた。

書き換える。

あなたと、私。

光の届かない夜の底で、ほんの一瞬すれ違ったくらいの接点しかない、二人の棄民。その人生を。その歴史を。

あなたを、私に。

私を、あなたに。

書き換える。

あなたは、否、私は、思いきりロープを引く。

殺すのは私で、殺されるのはあなただ。

ここ『ウィルパレス国分寺』の五〇五号室で死ぬのは、鈴木陽子、あなただ。

この臍の緒も、それに添えられた祝福の言葉も、あなたのものだ。

書き換える。

あなたは、鈴木陽子。私ではない。

私は、橘すみれ。あなたではない。

私たちを棄てた、この世界を騙しきる――。

この日から五日かけて、私は一一匹の猫を買ってきて、あなたの死体がある部屋に放った。ついでに、最低限、猫を飼っていたように、グッズやフードも買って部屋に置いておく。猫はなるべく足が付かないよう、一匹ずつ店を変えて揃えた。

私はあなたの部屋の中にあなたと猫を閉じ込めると、すべての窓とドアを閉め、鍵をかけて、部屋を出た。

あの密室の中で猫たちが、証拠を食い尽くし、あなたをあなたにしてくれるだろう。

それから私は、用意していた車でQ県へ向かった。あなたの母親——鈴木妙子が住む『常春荘』へ。

あなたをちゃんと殺すには、臍の緒以外に、あなたとDNA型鑑定ができるものがあっては困る。鈴木妙子にはどうしても消えてもらう必要があった。

彼女を連れ出すのには多少、苦労すると思っていた。

いまの私は、あなたと同じ顔をしている。だから、鈴木妙子は私を、自分の娘と思うだろうし、私もあなたとして彼女に接し、何か適当な理由をつけて車に乗せるつもりだった。しかし、あなたとあの母親の関係は良好とは言い難い。

あなたは鈴木妙子にずっと仕送りを続けているが、彼女がそれを屈辱と思いはしても、感謝していることはないだろう。あなたが「お母さん、ちょっとドライブしよう」と言って、素直に応じるような母ではないのだ。

前に見たとき、だいぶ痩せ細っていたから、力尽くで連れ去ることもできそうだが、変に騒がれて「娘らしき女が、嫌がる鈴木さんを無理矢理、連れて行くのを見た」などという目撃情報ができてしまうのは上手くない。

かといって、神代を殺したときのように、協力者をつくるわけにはいかない。あなたが神代を殺したことは、いずれ誰かにばれてもいいが、私があなたを殺したことは、誰にも知られてはならない。絶対に、だ。

約束は破られるし、秘密は漏れる。つまり、絶対を望むなら、私が独りでやらなければならない。

とにかく行って、連れ出すよりない。最悪、無理矢理になってしまい、誰かに見られても、そのことで直ちに私とあなたの繋がりが発覚するわけではない。鈴木妙子を残しておく方が、はるかに危険だ。

——などと、あれこれ懸念していたのだが、案ずるより産むが易しというべきか、鈴木妙子はなんの抵抗もせずに私についてきた。

鈴木妙子は、私の顔を見て、あなたとも思わなかった。

夕方の終わりか、あるいは夜の始まりのころ。誰そ彼の時。私が鈴木妙子の部屋を訪ねると、台所の向こうの居室で敷きっぱなしの布団にちょこんと座った痩せた女は、こう言った。

「誰？」

鈴木妙子は前に見たときよりも、更に痩せて縮んでいた。そして認知症なのだろうか、正体をなくしているようだった。

私は特に名乗らず「お出かけしましょう」と誘ってみた。

鈴木妙子はやや顔を明るくして「お家に帰るの？」と尋ねた。

「そうだよ」私は笑顔で答えた。「一緒に帰ろう」


一緒に、帰ろう。


私は鈴木妙子をアパートの近くのコインパーキングまで連れてゆき、そこに停めてある黄色い軽自動車の助手席に乗せた。免許を取ったときに、買った車だ。

それを見て鈴木妙子は「すっごく可愛いお車」と、喜んでいた。そのしぐさや物言いから、幼児退行を起こしているようにも思えたが、よく分からない。

私は運転席について、エンジンをかける。

空は色を深め、うっすら星が浮かび始めていた。

行き先は事前に調べて決めてあった。

Q県と隣県の境にある、こんな季節には滅多に人は訪れない山だ。

「ちゃんとシートベルトしよう」

私は手を伸ばし、鈴木妙子のシートベルトを締める。その小さな身体をしっかり固定するには、一番端まで金具を締めてちょうどいい感じだ。

「きついよぉ」

「我慢して。ちゃんと押さえてないと、危ないんだから」

「えーっ」

鈴木妙子は不満そうに口を尖らせるが、私は無視してアクセルを踏んだ。

免許を取ってまだ一年足らず、運転にはそんなに自信がない。万が一、事故でも起こせば面倒なことになる。私はなるべく広く見通しのよい道を選び、安全運転を心がけて車を走らせた。

鈴木妙子は、しばらくぼんやりと窓の外を流れる夜景を眺めていたが、やがてうとうとして、舟をこぎ始めた。

およそ二時間、夜道を走り、目的地へたどり着いた。

山の中腹。そのつづら折りに登る細い車道が急角度で曲がる部分。せり出すようにして崖になっている小さな広場。

地図によれば、この崖から落ちた先には原生林が広がっている。

以前、神代に「死体始末すんなら、裸に剝いて、山に棄てんのが一番や」と教わったことがある。

山に棄てられた死体は、野生動物や虫によって、あっという間に骨にされ、身元を割ることもできなくなる。下手に水に沈めたり地面に埋めるよりも、人が来ないようなところに放置してしまうのがいいのだという。

ここに、鈴木妙子《このひと》を棄てる。

広場に車を入れて停めると、私は自分のシートベルトを外した。そして助手席の座席を目一杯引いて、スペースをつくり、そこに座る鈴木妙子の前に身を滑り込ませた。

私の顔と、鈴木妙子の寝顔が、至近距離で向き合う。

やつれ細り、皮は弛み、皺と染みにまみれている。昔、誰もが美人と認めた面影はもうどこにもない。

鈴木妙子の目がゆっくりと開かれた。

目を覚ましたようだ。焦点が合わぬ様子で、しばらく虚《うつ》ろな視線を彷徨《さまよ》わせたあと、小さく声をあげた。

「え?」

目の前に覆い被さるようにして私がいることに気づき、驚きの声をあげた。

「何?」

私は答えず、じっとその目を見返す。暗くて分からないが、この灰色の瞳には私の像が映っているのだろうか。

「あ? あれ? 誰?」

鈴木妙子は、混乱しているようだ。車で連れ出されたこと自体、忘れてしまっているのかもしれない。

私はなおも答えず、薄く笑みを浮かべる。

何か不穏なものを感じ取ったのか、鈴木妙子は顔にみるみる不安の色を浮かべ、身をよじろうとする。しかしきつめに締めたシートベルトがそれを邪魔している。

私は無言のまま、ゆっくり、その首に両手を伸ばす。

「やめて！」

鈴木妙子が声をあげたが、無論、意に介さない。

その首は本当に細く、私の両手にすっぽりと収まってしまう。

命が。

鈴木妙子の、あなたの母親の命が、私の両手に包まれる。

「いやああ！」

さすがに自分が何をされるのかは、分かるのだろう。鈴木妙子は懸命に首を振り、悲鳴をあげる。

「陽子」

そのとき、鈴木妙子はあなたの名を呼んだ。

私に呼びかけているのか、それとも彼女の頭の中にいる娘に呼びかけているのか。分からない。

「陽子」

鈴木妙子は、なおも呼ぶ。

私は手に力を込めてゆく。首を絞める。

鈴木妙子は必死に身体を暴れさせて、抵抗しようとする。この痩せ細った女の、どこにこんな力が眠っていたのかというほどの強さで。シートベルトの隙間から手を伸ばし、私の肩を摑み、引き離そうとする。爪が肌に食い込み、痛みが走る。

私も必死だが、鈴木妙子も必死だ。もうその脳は、正確に状況を把握などしていないだろう。

おそらくは生存本能によって、命のすべてをかけた抵抗を試みているのだ。

私は、それを受け止め、負けぬように、全身全霊で首を絞める。ここで力を使い果たして死んでもいいという気持ちで。

私たちは、高校球児のように互いに全力を出し合い、真剣勝負をする。

けれど、その趨勢は明らかだ。

二人とも全力なら、体力に勝り、しかも有利なポジションで、責め続けている私が勝つ。必ず勝つ。逆転はあり得ない。

いつだったか、神代が言っていた言葉を思い出す。

——懸命に抵抗するのを踏みにじるのがええのにっ！

あのときは、最低だと思った。けれど、いまは分かる気がする。全力を全力で迎え撃ち、打ち砕く。確かにこれは、いい。闘争の真実がここにある。

「陽子、陽子、陽子」

その声は、命は、狂おしく、切実に響く。

私は首を絞めながら、追想する。

あなたが生きた四〇年を。

鈴木陽子という女が生まれて死ぬまでの物語を。

声が、聞こえる。
あなたの名前を呼ぶ、声が。

——陽子、

◇ 30

東京発の中央線が国分寺駅に到着するころには、もうすっかり空は暗くなっていた。途中、三鷹で特快との待ち合わせがあったが、奥貫綾乃は乗り換えず、快速電車に揺られた。

国分寺駅の南口を出ると、タクシーもバスも使わず、街路を歩いた。

駅前の繁華街を抜け、大通りを越え、住宅街へ。

一〇分もしないうちに、その建物が見えてきた。白を基調にダークブラウンをアクセントとしたサイディングが施されたマンション。

『ウィルパレス国分寺』。

綾乃はその前まで行くと、鈴木陽子が借りていた五〇五号室──五階の一番端の部屋──を見上げた。

灯りは消えている。さすがにもう部屋はクリーニングしているだろうが、前の住人があんな死に方をしたのでは、なかなか次の入居者は見つからないのかもしれない。

──他人だったんだよ。

鑑識係の野間から、その話を聞いたのは先週、綾乃が当直に入ったときのことだった。

北区の荒川河川敷で、ホームレスが未成年の少年四人に襲撃され、殺害されるという事件が発生した。襲撃した四人の少年たちは、いずれも親や兄弟から虐待を受けており、弱い者が更に弱い者を叩くという、古い流行歌の歌詞のような事件だった。

このとき殺されたホームレスの所持品に免許証があり、そこにはQ県三美市の住所と「鈴木康明《やすあき》」という名前が印字されていた。蒸発し、二〇〇〇年一〇月に捜索願が出された、鈴木陽子の父親だ。

ただ、そのホームレスの顔は、免許証に印刷されている写真のそれと、かなり違った。長きにわたる路上生活で人相が変わっているのか、それとも赤の他人なのか、免許証の小さな写真と、死体となった面相では判断がつかなかった。そこで、DNA型鑑定が行われることになった。科捜研には娘の鈴木陽子のDNAが試料としてまだ残っている。

「それでなぁ、鑑定したらしいんだけどよ――」

深夜の刑事部屋で溜まっているデスクワークをこなしながら、当直員同士でだべっていたとき、野間が、本庁の知り合いから聞いた話として、披露した。

「――他人だったんだよ。親子の確率はゼロ。そのホームレスは鈴木陽子の父親じゃなかったわけだ。まあ、どっかで免許証拾ったんだろうな。案外、鈴木陽子の父親もホームレスになってて、行き倒れたりしてんじゃねえかな」

鈴木陽子の父親と思われたホームレスは、DNA型鑑定の結果、そうでないと断定されたという。

でも、もし逆さまだったら?

そのホームレスが、真実、鈴木陽子の父親だったとしたら?

あの部屋で見つかった死体の方こそが、赤の他人のものだったら?

鈴木陽子を殺した「誰か」が鈴木陽子自身だとしたら?

計画的と思える死、猫を使った証拠隠滅、姉弟なのに姉の方だけ保管してあった臍の緒、いなくなった母親――、いくつもの事象が綺麗に収まる気がする。

いまからこの考えを誰かに伝えて、採用されるだろうか?

いや、無理だろう。

すでに一連の事件は「解決」したとされ、裁判が始まり、もうすぐ判決が出る。何か決定的な証拠があるならまだしも、推測だけで今更藪《やぶ》をつつくなんて判断はあり得ない。

風が吹いた。季節が変わってしまったことを知らせる、涼やかな、しかし乾いた風が、夜の住宅街を渡ってゆく。

すごいな、と思う。

鈴木陽子のことを。

警察官としてはあるまじき感情かもしれないけれど。

すべてを振り切り、逃げられないはずのものから、逃げ延びた女に感心する。

マンションの向こうの夜空に月が見えた。満月かそれに近い、丸い月。

あなたは、そこにいるのね?

綾乃は手を伸ばしてみるが、当然のことながら届かない。
ぽっかりと。
夜空に穴があいたかのように、真っ白い真円が浮かんでいた。
ただ独り。
地上からは届かない場所で、何者も寄せ付けないような、冷たさを湛えて。

◆エピローグ

声が、やんだ——。

陽子、あなたを呼ぶ声は、もう聞こえない。

しかし、私の両の手が包む命には、まだかすかな熱がある。

その老婆の喉はわずかに震え、ひゅうひゅうと、声にならない音を立てている。

あと、少し。

私は、ますます力を込め、体重もかけて、鈴木妙子の首を絞める。

少しの衝撃で折れてしまいそうにも見えるそれは、しかし、中心に丈夫な骨が通り、そうそう折ることなどできない。だから、潰す。圧をかけ、その中の空洞を、血と空気が通れなくなるように、思い切り、潰す。

私は戦うことを選んだのだから、容赦などしない。

私の目の前、口づけできるほどに近い、鈴木妙子の顔。若いころの美貌は失われ、くしゃくしゃに丸めた藁半紙のようになったその中心で、眼球がくるんと回り、白目が見えた。

近づいてきている。絶命の、ときが。

もうすぐ、死ぬ。

鈴木妙子が、死ぬ。

あなたの、鈴木陽子の母親が、死ぬ。

私が、殺す。そうだ、私がこの手で殺すんだ。

得体の知れない灼熱が、私の胸を衝く。

それは胸から喉を伝い、口から吹き出した。

「ありがとう！」

感謝の言葉だった。

「ありがとう！　ありがとう！　ありがとう！」

どうして？　私は何を言っているの？

「お母さん、ありがとう！　私を産んでくれてありがとう！」

ああ、これは私の言葉じゃない。

あなたの言葉だ。

鈴木陽子の言葉だ。

「生まれたくなんてなかったよ！　選べるのなら、別の家の別の子に生まれたかったよ！　せめて男の子に生まれたかったよ！　あなたに、愛されたかったよ！　それでも――」

この人の胎《はら》から生まれた、娘の言葉だ。

生まれたとき、「本当は男の子がよかった」と呪われた、女の言葉だ。

誰に頼んだわけでもないのに、この理不尽な世界に生み落とされた、人の子の言葉だ。

「――それでも、私を産んでくれてありがとう！　あなたが産んでくれたから、ここに命があるよ！　私がいるよ！」

何一つ選べず、何一つ分からず、すべてがただ降ってくるだけの自然現象だとしても、それでも求めずにいられない、人間の言葉だ。

その熱だ。

自由の言葉だ。

「お母さん、私は、生きるよ！　あなたを殺して、私も殺して、生きるよ！　求めて、奪って、与えて、生きるよ！　あなたにもらったこの命が消える日まで、私は、戦うよ！」

私の目から涙があふれる。

視界が歪み、何も見えなくなる。ただ両手に摑む感触だけが、そこにある存在を伝える。

まるで糸のように細い首。

いままさに、こときれようとしている老婆。

私の世界、そのすべてを産んでくれた母《ひと》。

「ありがとう！　ありがとう！　ありがとう！」

私は、精一杯の感謝を込めて、その命を摘み取った。

透き通るような白をベースにしたキャンバスに、幾本もの不規則な線で描かれた綾《あや》と、茶色い濃淡の模様が、描かれている。

全裸にした鈴木妙子の死体は、そこら中に皺と染みが浮き、人体としては醜く朽ちているように見えたが、ただ一つのモノと思えば、不思議な趣と美しさが感じられた。

私は、さよならも言わず、それを崖から投げ捨てた。

人形のような白い身体が、沈むようにゆっくりと、しかし、瞬きもできぬほどあっという間に、闇に吸い込まれていった。

私は車に戻り、運転席のリクライニングを目一杯倒して、身を横たえる。

身体中を、心地よい疲労が満たしていた。特に、ずっと首を絞め続けた両腕は痺れきってしまって、ほとんど力が入らない。

睡魔が静かに降りてくる。私はその魔力に逆らわず、少しだけ眠った。

目を覚ましたとき、空はかすかに白んでいた。

鳥の鳴く声がうるさいくらいに聞こえる。

私は軽く伸びをすると、シートの位置を戻して、エンジンをかける。鳥の声がかき消されてゆく。

アクセルを踏んで車を発進させる。

やらなければならないことはまだある。

まず、どこかで鈴木妙子の着衣を処分する。特に血が付いているわけでなく、身分を特定できるようなものもないから、ビニール袋に詰めてゴミ捨て場に棄てれば十分だろう。

次に、この車を処分する。これも簡単だ。身元も所有者も確認せずに車を引き取ってくれる業者など山ほどある。

そして、あなたと同じこの顔を変えよう。現代の美容整形技術なら、金さえかければ、あなたの地元の友達と再会しても分からないくらいに顔を変えることもできる。

私は、あなたと少しも似ていない、まっさらでオリジナルな、私になる。

新しい、橘すみれという女になる。

アクセルを強く踏む。

私は走る。

窓の外を景色が流れる。

何一つ選ぶことのできない世界が、遠ざかってゆく。

私は走る。

どこへ？

私の居場所へ。

なければ、つくればいい。

そうだ、新しいことを始めよう。居場所をつくろう。

私の、そして誰かの、居場所。

ここなら大丈夫と、安心して過ごせる居場所を。

誰もが、束の間でも、自分の居場所と思えるような、そんな優しい場所を。

そのために必要な資金は十分ある。

走る、走る、走る。

フロントグラスのはるか向こうで、有り明けの月が残る空を、朝焼けがすみれ色《バイオレット》に染めている。

なんて美しい自然現象。

あれが私の、新しい空だ。

すべてを振り切って、あそこにたどり着こう。

主要参考文献

『一人でできるはじめての戸籍の読み方・取り方』千葉諭（翔泳社）
『生命保険はだれのものか』出口治明（ダイヤモンド社）
『生命保険のウラ側』後田亨（朝日新聞出版）
『貧困ビジネス被害の実態と法的対応策』日本弁護士連合会貧困問題対策本部・編（民事法研究会）
『生活保護』今野晴貴（筑摩書房）
『間違いだらけの生活保護バッシング』生活保護問題対策全国会議・編著（明石書店）
『弱者の居場所がない社会』阿部彩（講談社）
『彼女たちの売春《ワリキリ》』荻上チキ（扶桑社）
『殺人捜査のウラ側がズバリ！わかる本』謎解きゼミナール・編（河出書房新社）

この他、多くの書籍、雑誌、新聞記事、ウェブサイトなどを参考にさせていただいております。

参考文献の主旨と本作の内容はまったく別のものです。

解　説――「女の幸せ」という亡霊の鎮魂

水無田気流《みなしたきりう》
（詩人、社会学者）

妙子の幸福・陽子の諦念

読者のみなさま。いかがでしたか？　この物語のどこに、心の琴線が触れましたか⁉

とまあ、思わず映画館だったら、横の人に話しかけたくなってしまうような作品である。

ヒロイン・陽子《ようこ》は一九七三年生まれの団塊ジュニア世代。母・妙子《たえこ》は団塊《だんかい》の世代だ。世代間ギャップを代表するかのようなヒロインとその母の落差は、そのまま日本の戦後史を裏書きする。

ごく普通の地方都市の高卒事務員だった妙子は、ごく普通の結婚をし、ごく普通の専業主婦になり、ごく普通の住宅地にマイホームを建て、ごく普通の一男一女に恵まれ、ごく普通の幸せを享受していた……はずが、人生の急展開で、あのラストである。

妙子の「幸福」と、その後の陽子の人生は、この国で戦後女性たちが辿《たど》ったライフコースの対照性を鮮やかに描き出している。妙子が「幸せ」とたびたび口にするのは、「幸せになる」

ことこそが、戦後昭和における「女の上がり」だったからに違いない。

戦後まもない一九五〇年まで、就業者の半数が農林漁業従事者だった日本では、団塊以前の世代の女性の標準モデルは「農家の嫁」である。おそらく妙子の母も、重労働である農作業をこなし舅《しゅうと》姑《しゅうとめ》に仕える農家の嫁であったとすれば、夫はサラリーマンで親世代の同居もなく、家事育児に専念できる妙子の生活は、階層上昇感があったことだろう。だが、日本社会は内部に大きな矛盾《むじゅん》を抱えていた。戦後の新しい憲法体制下、男女は同権とされ、民主化されて行く社会の中で、それでもなお経済的・社会的には実質的に不平等だったこの国の女性たちは、この矛盾を「女の幸せ」でコーティングして、見えないようにさせられていた。あるいは、見ないようにしていた、と言った方がいいかもしれない。

女性が一人で食べていくことのできる職業はまだまだ限られ、たとえ成績が良くても進学には親の理解が得られなかった時代、あらゆる挑戦や可能性の芽を摘まれながら、「そこそこの幸せ」になることだけが唯一の成功とされた時代だったからこそ、妙子は幸せにならねばならなかったし、幸せだと口にして周囲に賛同してもらわねばならなかった。

この「女の幸せという呪い」は、厄介なまでに娘・陽子の人生に絡みついていく。妙子の陽子に対する言動は、つねに矛盾に満ちあふれている。私見では、隙あらば娘に「女としては上」と牽制《けんせい》したがる母とは、いわゆる「毒親」の典型だが、「女としての幸せ」以外の可能性を根こそぎもがれた（と、妙子は思い込んでいる）妙子にとっては、自分のプライドの源泉となる大問題なのだ。

自分が果たせなかった社会的成功を託し、妙子の「代理自己」と目していた息子・純《じゅん》のあっけない自殺は、物語の中心部に喪失と空白地帯を生む。親の期待や欲望、世間の目、あるいはいじめ……等の憶測を横に置き、純は「自由」だ。その自由は、やがて陽子に共有されて行く。すべては「ただの自然現象」だという純の台詞《せりふ》はまるで悟りの境地のようだが、この感覚は、あらゆる社会現象を独善的な幸福感からしか眺めようとしない妙子と好対照だ。

妙子が幸福感からしか物事の価値を計れないのに対し、陽子の人生は序盤、諦念を基調としている。圧巻であったのは、物語の中盤に訪れる、陽子のあまりにもスムーズな転落ではないだろうか。そして恐ろしいことに、バブル崩壊後の日本人女性を題材とすれば、この転落譚は極めてリアリティがある。

凡庸と壮絶の間

読了して振り返ると、陽子の人生すごろくは、誠にすさまじい。地方都市の短大卒事務員↓バブル崩壊後に父が多額の借金を残して蒸発↓売れない漫画家の妻↓夫の浮気による離婚↓コールセンターの派遣社員↓生保レディ↓自爆営業により解雇↓デリヘル嬢↓ヤクザの情婦↓連続保険金殺人犯……。

葉真中マジックの恐ろしさは、「凡庸」と「壮絶」の間があまりにもすんなりと地続きで、気がつくと読者は驚愕の縁に立たされている点にあるのだが、それにしても淡々と急展開する人生である。第1部の核を成す文、「人生は個人の選択とは関係なく壊れるときには壊れるもの」がそのまま体現するように、陽子の人生はどんどん押し流されていく。

後半、稀代《きだい》のトリックスター・神代《こうじろ》が語る「棄民」を読み、読者はハッとするだろう。元ヤクザや犯罪者といった分かりやすい社会からのドロップアウト記号をもたなくても、この国の女性はそもそも棄民性を色濃く帯びていたのだ。この国は、地縁や血縁に恵まれない人間に優しくはない。それは、農村共同体における「ミウチ意識」が濃厚なまま、「ヨソ者」に冷たいこの社会の基盤の上に、国家が成立しているがゆえの呪いだ。

周知のように、たとえばこの国で、生活保護法は、「公的扶助に先立ち三親等内の親族を含む扶養義務者による扶養が優先して行われるもの」と定めているように、親族共同体の相互扶助への期待が大きい。高度成長期を経て、すでに旧来の農村共同体は解体され、単身世帯が核家族の「標準世帯」を上回り、血縁地縁による紐帯《ちゅうたい》は弱体化しているというのに、「困ったときにはミウチ頼み」意識だけは、社会保障制度や慣習にも色濃く刻まれているのである。

とりわけ女性は、未婚のうちは実家に、既婚者は夫の庇護《ひご》の下にあるはずとの前提があるため、男性に比して低い社会的地位や所得水準なども放置されたままである。たとえば現在でも、女性の平均給与所得は男性の二分の一、従業員の六割が非正規雇用、勤労者世帯（二十歳〜六十四歳）の一人暮らしの女性の三人に一人が貧困、シングルマザーの八割は就労しているのに五割以上が貧困……と、実質的に経済的な水準では、この国の女性は層として「棄民」ではないのか。もはや未婚率も上昇の一途を辿り、結婚したとしても相手の男性の給与水準は低下し昇給ベースも年々鈍化している。「女性は結婚しさえすれば万事解決」という時代でもないというのに……。

そう、「女の幸せ」という呪いがあるからこそ、経済的自立が困難なこの国の女性たちは、実質的には「棄民」の位置に立たされてはいないか。ここで再度、神代の名台詞を読み直してみよう。

「自分ら、棄てられてんねん。表から見えんようにされ、いないことにされとる、見えざる棄民やねん」

たしかに、表の社会では生きていけない神代ファミリーの男たちは、分かりやすい「棄民」である。では、この国の女性たちはどうか。棄てられていることすら、見えなくされてはいないだろうか。

今、この国の女性たちはたしかに自由になった。女性たちは、「私の幸せ」は自分の力でつかむことが可能になった。だが、悩ましいことに「女の幸せ」のほうは、独力ではつかめない。そのことが、戦後延々女性のライフコース上の問題を複雑にしてきた。

しかもそうこうするうちに、バブル崩壊以降は景気低迷の影響で「私の幸せ」すらもおぼつかなくなってきた。陽子が派遣社員では食べていくことが難しく生保レディになったあたりのリアリティは、団塊ジュニア世代の経済的敗北が、とりわけ女性に厳しく寒風を吹き付けた時代性を物語っている。バブル崩壊後の就職氷河期、若年層はもともと都内在住で地縁血縁基盤のある層と、地方からの流入者との格差が大きくなった時代でもある。「地方」「短大卒」のとくに専門スキルがあるわけではない女性の中途採用がいかに厳しいものであったかは、想像に難《かた》くない。

陽子による「共同体からの自由」と「母殺し」

ところで家族と地域コミュニティ、地縁血縁の強固な共同体の残滓《ざんし》が引き起こした日本ミステリー小説の代表作といえば、松本清張《まつもとせいちょう》『砂の器』（一九六一年）であろう。コミュニティの土着性から逃れ、前衛芸術家として成功をつかもうとしている和賀英良《わがえいりょう》が、コミュニティの代表者である善意の人・三木謙一《みきけんいち》を殺す大作は、悪意が不在のまま、日本人が戦後捨て去ろうとした戦前の土着性に絡め取られて行くストーリーであり、悪意を持つ人間が一人も出て来ない点が特徴である。

だが葉真中作品は、前作『ロスト・ケア』で描いた家族と介護をめぐる問題点しかり、本作しかり、戦前の土着性の強固なコミュニティのしがらみなど、ユートピアであったかのような今日的状況を描く。日本の共同体に潜む闇を中軸に据える点で、日本ミステリーの正嫡《せいちゃく》ともいえるが、本作は「所属なき棄民」の疑似家族を描き、そしてそれが陽子による「共同体からの自由」を準備した点が重要である。

ときに夢や希望を託され、現状のオルタナティブ性を期待される疑似家族や疑似共同体だが、神代の「ファミリー」は恐ろしい。「換金」とは言い得て妙だが、生命保険はまさに、日本の家族の紐帯を前提にした換金システムである。これを逆手にとった神代を、さらに逆手に取り返すくだりは、間違いなく本作のクライマックスだろう。

陽子は自己選択した疑似共同体をも殺し、チャンスをくれたトリックスターである神代を「王殺し」のように殺す。さらに、文字通り「女の幸せ」の象徴のような「母殺し」を果たし、「自分殺し」までやってのけようとする。根底にあるのは、この国が戦後脈々と紡《つむ》いできた「女の幸せ」という巨大な呪いを解き、鎮魂せんとするかのような意思だ。

すごい。すさまじい。こんなに血に染まり、怪物と化さなければ、この国の「女の幸せ」という呪いは解けないのか。いやそれほどまでに、今なおこの国には、一匹の亡霊が徘徊している。「女の幸せ」という名の亡霊が……。

二〇一四年十月　光文社刊

光文社文庫

絶《ぜつ》　叫《きょう》

著者　葉《は》真《ま》中《なか》　顕《あき》

2017年3月20日　初版1刷発行
2019年3月25　8刷発行

発行者　鈴木広和
印刷　萩原印刷
製本　ナショナル製本

発行所　株式会社　光文社
〒112-8011　東京都文京区音羽1-16-6
電話（03）5395-8149　編集部
8116　書籍販売部
8125　業務部

ISBN978-4-334-77450-9　Printed in Japan

組版　萩原印刷